The Love of a Good Woman

Alice Munro

善き女の愛

アリス・マンロー

小竹由美子 訳

CREST BOOKS

Shinchosha

目　次

THE LOVE OF A GOOD WOMAN
by
Alice Munro

First Japanese edition published in 2014 by Shinchosha Company
Japanese translation rights arranged with Alice Munro
c/o William Morris Endeavor Entertainment, LLC., New York
through Tuttle-Mori Agency, Inc., Tokyo

Illustration by Hatano Hikaru
Design by Shinchosha Book Design Division

善き女の愛

名編集者にして誠実な友であるアン・クローズへ

善き女の愛

The Love of a Good Woman

ウォーリーには数十年まえにできた博物館があり、写真や、バターを作る攪乳器、馬具、古い歯科用椅子、重たくてかさばる林檎の皮むき器、磁器と硝子でできた電柱用のかわいらしい絶縁体といった珍しいものが保存されている。

赤い箱もあり、「検眼士D・M・ウィレンズ」と印字されていて、横の説明には「この検眼士の道具を収めた箱はさほど古いものではないが、地元民にとってはなかなか重要である。というのも、一九五一年にペレグリン川で溺死したD・M・ウィレンズ氏の所有物だったからだ。箱は惨事をまぬがれ、恐らくは発見者が当館のコレクションの目玉にと、匿名で寄贈してくれたものと思われる」と記されている。

検眼鏡は雪だるまを連想させるかもしれない。いちばん上の部分――中が空洞になった持ち手に留めつけられた部分が、似ているのだ。大きな円盤の上に小さめの円盤。大きな円盤には覗き穴が開いていて、レンズをつぎつぎと変えられるようになっている。電池が中に入ったままなので、持ち手は重い。電池を取り出し、下の端に円盤のついた付属の棒を挿入すると、電気コードに繋ぐこともできる。だが、電気が来ていないところで使う必要もあったので、電池が入っているのだろう。検影器はもっと複雑な構造に見える。額に留める丸い輪の下部に、平べったい丸顔に尖った金属の帽子をかぶった小妖精の頭のようなものがくっついている。これは細い柱に対して四十五度の角度で傾き、柱の先端から小さな光が放たれるようになっている。平らな顔はガラス製で、黒っぽい色をした一種の鏡なのだ。

何もかも真っ黒だが、黒く塗られているだけで、検眼士の手がしょっちゅう触れた部分は塗料が剝げて、ぴかぴか光る銀色の金属が一部見えている。

i　ジャトランド

ここはジャトランド（ユトランド）と呼ばれていた。かつては工場がひとつと小さな村落のようなものがあったが、十九世紀の末までにはきれいさっぱりなくなっていたし、いつの時代にしろ、大した場所ではなかった。第一次大戦中の有名な海戦にちなんで名付けられたと信じている人も多かったが、実際のところは、あの海戦が行われる何年もまえにすっかり廃墟となっていた。

一九五一年早春のある土曜日の午前中、ここへやってきた三人の少年は、たいていの子供と同様、ジャトランドという地名は川岸の地表から突き《ジャト》出している古い木の板や、すぐそこの水中で不揃いな柵みたいに並んで立っているまっすぐな厚板から来ているのだと思っていた（これはじつはセメントがなかった時代に作られたダムの名残だった)。そのほか、板や礎石の山、ライラックの茂みや黒い瘤のある数本の巨大な林檎の木、毎夏イラクサがびっしり生える浅い水車用水路、こういったものだけが、かつてここにあったものの名残だった。

道路というか小道が一本、町の道路から分かれて来ていたが、砂利が敷かれたことはなく、地図上には道路建設が予定されていることを示す点線しか記されていなかった。夏になると、川へ泳ぎに行く人たちの車や、夜には停車場所を求めるカップルの車によく利用されていた。溝の手前に転回場所はあるのだが、降水量の多い年にはあたり一面イラクサやハナウド、木のようなドクニンジンがはびこるので、ちゃんとした道路までえんえんと車をバックさせなければならないこともあった。

その春の朝、水際まで続く車輪の跡はすぐ目に付いたはずだが、少年たちが注目することはなかった。泳ぐことしか頭になかったのだ。少なくとも、少年たちはそれを水泳と称していた。町へ戻ったら、地面から雪が消えるまえにジャトランドで泳いできた、と言うつもりだった。

町に近い川の浅瀬よりもこの上流のほうが水は冷たい。川岸の木々にはまだ葉は一枚もなかった──目に入る緑といえば、地面のところどころに生えているポロネギと、川へ流れ込む細流という細流に沿って広がるホウレン草のように鮮やかなリュウキンカだけだった。そして対岸の何本かのヒマラヤスギの下には、少年たちがとりわけ期待していたものがあった──石のような灰色の、長々と低く横たわる、頑固に残る雪だまりだ。

地面から消えてはいない。

そして三人で水に飛び込み、冷たさが氷の短剣のように突き刺さってくるのを体感する。氷の短剣は目の奥から伸びてきて、頭骨のてっぺんを内側から突き刺すだろう。それから手足を何度か動かして水から上がり、震えながら歯をがちがち言わせる。感覚のなくなった手足を服につっこみ、血が痛みを伴って慌てたようにふたたび体を駆けめぐるのを感じ、偉そうに言ってしまったことを実行できてほっとするのだ。

三人が気に留めなかったタイヤ痕は、溝をそのまま乗り越えていた――溝には今は何も生えておらず、藁みたいな色をした前年の枯れ草がべったり貼り付いているだけだった。向きを変えようともせずに溝を通り越して川の中へ。少年たちはその轍を踏み越えていった。だが、この頃にはじゅうぶん水に近づいていたので、タイヤ痕よりもさらに異様なものに目を引かれた。

水がうす青く光っているのだが、空の色が反射しているのではなかった。車が丸ごと水中で斜めになって、前輪と先端を川底の泥に突っ込み、トランクの隆起が水面から飛びだしそうになっている。当時ライトブルーは車の色としては珍しく、その膨らんだような形も珍しかった。三人にはすぐわかった。小型のイギリス車、オースティン、この手は郡全体で間違いなく一台しかない。それは検眼士ミスター・ウィレンズの車だった。この車を運転しているときの検眼士は漫画のキャラクターのように見えた。背が低いのに太っていて、肩ががっしりして頭が大きかったからだ。まるで小さな車に体をねじ込んでいるみたいで、いつも、車体が張り裂けんばかりになった服のように見えた。

車の天井にはパネルがついていて、ミスター・ウィレンズは暖かいときには開けていた。今、それは開いていた。中の様子は三人にはよく見えなかった。色のせいで車は水中ではっきり見えたが、水は実際にはそれほど澄んではおらず、鮮やかな色合いでないものはよく見えなかったのだ。少年たちは川岸にしゃがみこみ、それから腹ばいになって亀のように頭を突き出して見てみようとした。何か黒っぽくて毛の生えたようなものが、大型動物の尻尾のようなものが、屋根の穴から突き出して、水中でゆらゆら揺れていた。これはすぐに腕だとわかった。何か厚手でもじゃもじゃした素材の黒っぽいジャケットの袖に包まれている。どうやら車内では男の死体が――ミスター・ウィレンズの死体に違いない――妙な位置に押し込められているようだった。水の力――たとえ水車池といえども、この時期には水中ではかなりの力が働いている――によってなぜか座席から持ち上げられて振り回され、肩の一方が車の天井に近づいて腕が外へ出てしまったに違いない。きっと頭は運転席側のドアと窓に押し付けられているのだろう。前輪の片方がもう一方よりも川底に深く潜り込んでいるので、車は前後だけでなく左右にも傾いていた。実際には、窓が開いていて、頭が外へ突き出してしまっているために、体がそんな姿勢で引っかかっていたに違いない。だが、少年たちにはそれは見えなかった。三人は、自分たちの知っているミスター・ウィレンズの顔を脳裏に浮かべたのではなかろうか――角ばった大きな顔で、しょっちゅうわざとらしいしかめっ面になるが、たいして威嚇効果はない。頭頂の縮れた薄い毛は、赤みがかっているというか真鍮色で、額に斜めに撫で付けられている。眉毛は毛髪より色が濃く、毛虫のように太くもじゃもじゃで目の上に突き出していた。この顔は、大人の顔の多くがそうであるようにもともと少年たちにとってはグロテスクだったので、溺れたところを見るのは怖くなかった。だが見えるのはあの腕と青白い手だけだった。水を透かし見るのに慣れると、手はかなりはっきり見えるようになった。手は、練り粉のごとくずっしりしているように見えるのに、羽毛のようにどっちつかずに震えながら浮かんでいた。そして、それがそこにあるということにともかく慣れてしまうと、こんどはあたりまえに見えてきた。爪はどれも整った小さな顔のようで、置かれた状況には分別くさく素知らぬふうを装い、いつもどおり賢そうに挨拶していた。

「なんてこった」少年たちは言った。活気のみなぎる、関心の深まりとありがたいような気持ちさえもにじませた口調で。「なんてこった」

それは少年たちにとって今年初めての遠出だった。ペレグリン川にかかる橋を、地元では「地獄の門」とか「死の罠」と呼ばれている一車線二径間の橋を渡ってきたのだ——もっとも、実際のところ、危険は橋そのものよりも道の南端の急カーヴと関係していた。

歩行者には正規の歩道があったのだが、少年たちはそこを通らなかった。そこを通った覚えなどなかった。もしかすると何年もまえ、手をつないでもらっていた幼い頃なら通ったかもしれない。だがあの時代は彼らのなかでは消え失せていた。たとえ写真で証拠を見せられたり、家族との会話のなかで余儀なく聞かされたとしても、覚えているとは認めなかった。

少年たちは、今や橋の、歩道とは反対側の鉄の棚を歩いていた。幅約二十センチで、橋の床より三十センチかそこら高くなっている。ペレグリン川はこの時期には、冬場の大量の氷雪の雪溶け水をヒューロン湖へと押し流していた。浅瀬を湖に変え、若木を引っこ抜き、届く範囲にあるボートや小屋をすべて叩き壊す毎年の大水のあと、川はなんとか川岸のあいだに収まるのだ。野原から流れ込む水で濁り、淡い日差しに水面を照らされて、川の水は沸き立つバタースコッチプディングのように見えた。だがそこへ落ちれば、血が凍りつき、湖へと投げ飛ばされる。まずさいしょに、出っ張りで頭をかち割られなければだが。

通りかかる車がつぎつぎと、少年たちにむかってクラクションを鳴らした——警告あるいは叱責だ——が、三人は気に留めなかった。夢遊病者のように落ち着いて一列縦隊で進んだ。そして、橋の北の端まで来ると、前の年の記憶にある小道を探りながら湿地に降りた。大水が起こったのはごく最近なので、そうした小道をたどるのは容易ではなかった。打ち倒された藪を蹴散らし、泥で固まった草の小丘から小丘へと飛び移って進まなければならない。泥や大水の名残の水溜りにうっかり着地することもあり、いったん足が濡れてしまうと、少年たちはどこに飛び降りようが気にしなくなった。ぴちゃぴちゃ音を立てて泥のなかを進み、水たまりでは水を跳ねかすので、ゴム長の上端から水が入ってくる。風は暖かかった。風に引き裂かれた雲は古ぼけた毛糸みたいになり、カモメやカラスが言い争いながら川の上を急降下している。ノスリがそのうんと上空で、警戒するように旋回した。コマドリは戻ってきたばかりで、ペンキに浸かったかのように目に鮮やかな、羽に赤い紋のあるハゴロモガラスが、一対になって飛んでいた。

「22口径を持ってきたらよかった」

「12口径を持ってくるんだった」

少年たちは、もう棒を掲げて発射音の口真似をする歳でもなかった。銃などいつでも使えるんだと言わんばかりに、気軽な口ぶりで残念がってみせた。

三人は北側の堤を上って砂がむきだしになっているところへ行った。この砂地では、亀が卵を産むということだった。まだその時期には早かったし、じつのところ亀の卵の話は何年もまえのことで——この少年たちの誰も見たことはなかった。だが彼らは念のために砂を蹴散らし、踏みつけた。それからあたりを見回して、前の年に彼らのひとりがべつの少年といっしょに牛の坐骨を見つけたのがどこだったかを探した。屠られた場所から大水で流されてきたのだ。毎年のように、川はおびただしい数の驚くべき物や邪魔な物、風変わりな物やありふれた物をさらえては、いたるところに放り出してくれる。巻いた針金、無傷の階段、曲がったシャベル、コーンケトル。坐骨はウルシの枝に引っかかっていた――すべすべしたウルシの枝は先端が赤茶色に尖っているものもあって、それはまるで牛の角か鹿の枝角みたいなので、もってこいに見えた。

三人はしばらくのあいだ騒々しく動き回った――シース・ファーンズは仲間に正確にはどの枝だったか教えた――が、何も見つからなかった。

あれを見つけたのはシース・ファーンズとラルフ・ディラーで、今はどこにあるのかと訊かれたシース・ファーンズは、「ラルフが持ってった」と答えた。今いっしょにいる二人――ジミー・ボックスとバド・ソルター――には、どうしてそういうことになるのかわかっていた。シースの場合、父親の目から楽に隠せる大きさでなければ何も家へ持ち帰るわけにはいかなかったのだ。

三人はこれから見つけられるかもしれない、あるいはここ数年で見つけた、もっと役に立ちそうなものについて話し合った。柵の横木は筏を作るのに使える、漂ってきた材木を集めれば計画中の小屋かボートを作れる。本当に運がよければ、流れてきたマスクラットの罠が手に入る。そうすれば商売を始められる。材木を要るだけ拾って皮を伸ばすボードにし、皮剝ぎ用のナイフを盗んでくればいいのだ。少年たちは、かつて馬の預かり所だったところの裏の袋小路にある空き小屋を、自分たちのものにしようと話し合った。南京錠がかかっているが、たぶん窓から入れるだろう、夜のあいだに打ち付けてある板を外して、夜明けには元に戻しておけばいい。懐中電灯を持っていくのがよかろう。いや――ランタンだ。マスクラットの皮を剝いで広げておいて売れば、結構な金になる。
この計画は少年たちにはまるで現実のように思えてきて、貴重な毛皮を一日じゅう小屋に置きっぱなしにするのが心配になった。あとの二人が罠道へ行くあいだ、ひとりが見張っていなければならない（誰も学校のことは口にしなかった）。

町を離れると、彼らはこんな話をする。まるで自分たちは束縛のない――というかほとんど束縛のない――人間であるかのように。学校に通ったり、家族と暮らしたり、年齢ゆえに課せられる恥辱を我慢したりすることなどないかのように。そしてまた、こちらはほんの些細なリスクと努力だけで、田園や他人の家が彼らの事業や冒険に必要な物すべてを与えてくれるのだとでも言わんばかりに。

町を離れたこの場所での彼らの会話のもうひとつの変化は、三人がほとんど名前を呼び合わなくなることだった。どっちにしろ、少年たちは互いの本名はあまり使っていなかった――バドといった家族間でのニックネームでさえ。だが学校ではほぼ全員がべつの名前を持っていて、ぎょろ目《ゴーグル》とかおしゃべり《ジャバー》といった外見や話し方からきているものもあれば、痛む尻《ソア・アース》とかチキンファッカーといった、そういう名前をつけられた当人あるいは兄弟や父親やおじ――そういった名前は何十年にもわたって受け継がれる――の人生における現実の、あるいは架空の出来事に関係したものもあった。未開墾地や川辺の湿地へやってくると、少年たちはこうした名前を捨ててしまう。互いの注意を引きたいときには、ただ「おい」とだけ言う。突拍子もなく、卑猥な、おそらく大人は耳にすることのない名前を使ってさえ、こういうときの気分、互いの容姿や習慣や家族や経歴をそっくり当然のこととして受け入れている気分は台無しになっていただろう。

それでもなお、彼らは互いを友だちだとは思っていなかった。誰かのことを一番の親友だとか、二番目の親友だとか呼ぶことは決してなかっただろうし、女の子がやるように人をそういう地位に据えてしまうこともなかったろう。少なくとも十人ほどはいる少年たちのどのひとりを持ってきても、この三人のうちの誰かと置き換えが可能で、まったく同じように他の二人に受け入れてもらえただろう。この集団のメンバーの大半は九歳から十二歳のあいだで、庭や近隣のむこうへは行けない年ではないが、仕事に就くにはまだ幼かった——店舗の前の歩道を掃くとか自転車で食料品を配達するといった仕事でさえも。彼らの大半は町の北端に住んでいた、ということはつまり、そうできる年齢になったらすぐにその種の仕事に就くことを期待されていて、彼らの誰ひとりとしてアップルビー大学やアッパー・カナダ大学へはやってもらえそうもないということだった。そして、彼らのなかには掘っ立て小屋に住んでいる者もいなければ、身内が刑務所に入っている者もいなかった。とはいうものの、家庭での暮らしや、人生において期待されていることについては、明らかな違いがあった。だがこうした違いは、郡刑務所や穀物倉庫や教会の尖塔が見えなくなり、郡庁舎の鐘の音が聞こえなくなるや、たちまち消えてしまうのだった。

家路へ向かう少年たちの足取りは速かった。ときどき小走りになったが、走りはしなかった。飛び跳ねたり、ふざけたり、水をはねかしたりといったことはすべて取りやめとなり、行きに上がっていた叫び声や喚き声も聞かれなかった。大水の贈り物はどれも見逃さなかったが、立ち止まりはしなかった。じつのところ少年たちは、まるで大人のように進んでいた。かなり着実な速度で、もっとも妥当な道筋をたどり、これからどこへ行って何をしなければならないのかという意識をしっかりと持って。彼らのすぐ目の前には何かが控えていた。彼ら自身と、大半の大人のものであるように思える世界とのあいだに入り込んできた光景が、目の前にあった。淵、車、腕、手。どこかの地点まで来たら叫びだそう、みたいなことを彼らは考えていた。叫び声をあげてニュースを振り回しながら町へ入っていけば、みんなじっと聞き入るだろう。

少年たちはいつもどおり、棚を伝って橋を渡った。だが不安は感じなかったし、勇気を出したわけでも無頓着だったわけでもなかった。歩道を通っているのも同じだった。

港にも広場にも通じている急カーヴの道を行く代わりに、少年たちは鉄道の建物の近くへ出る小道の土手をまっすぐ上がっていった。時計が十五分すぎの鐘を鳴らした。十二時十五分だ。

これは、人々が午餐《ディナー》のために歩いて家に向かっている時刻だった。オフィス勤めの人たちは、午後は休みだ。だが商店で働く人たちにはお決まりの一時間しかない——商店は土曜の夜は十時か十一時まで営業しているのだ。

大半の人たちは、熱々の食べごたえのある食事をとるために家へ向かっていた。ポークチョップかソーセージ、あるいはボイルド・ビーフ、またはコテージ・ハム。欠かせないポテトはマッシュかフライで。冬場に貯蔵されていた根菜かキャベツ、それとも玉ねぎのクリーム煮(普通より金があるか、それともごく一部の無能な主婦なら、エンドウマメかインゲンマメの缶詰を開けていたかもしれない)。パン、マフィン、ジャム、パイ。帰る家がないか、あるいはなんらかの理由で帰りたくない人でさえ、カンバーランド公爵亭かマーチャンツ・ホテル、あるいはもっと安くあげるならシャーヴィルズ・デリ・バーの曇った窓の奥で、似たりよったりの料理を前に腰を下ろす。

こうして我が家目指して歩いているのはほとんどが男だった。女たちはすでに家にいた——四六時中家にいた。だが、自分のせいではない理由——夫に死なれたとか夫が病気だとか夫を持ったことがないとか——があって商店や事務所で働いている中年女の幾人かは少年たちの母親と友だちで、通りの向こう側からでさえ（これはバド・ソルターにとっては最悪だった、相棒《バディー》なんぞと呼ばれていたのだ）、家族のあれこれやずっと昔の幼年時代の思い出をどっと蘇らせるような、どこか楽しそうな陽気な口調で声をかけてきた。

男は、たとえよく知っている場合でも少年たちをわざわざ名前で呼んだりはしなかった。彼らは「坊主ども」とか「若いもん」とか、ときには「諸君」と言ったりした。

「こんにちは、諸君」

「おい坊主ども、これからまっすぐ帰るのかい？」

「若いもんが集まって、今朝はいったい何をやらかしてたんだ？」

こうした声かけはややひょうきんなものだったが、それぞれ違いがあった。「若いもん」と呼びかける男たちは、「坊主ども」と言う男たちよりも好意的だった——というか、好意的に見せようとしていた。「坊主ども」という呼びかけは、何やらはっきりしない、あるいははっきりした罪に対する小言があとに続くことを示唆している可能性があった。「若いもん」という呼びかけは話し手自身もかつては若かったのだということを仄めかしていた。「諸君」はあからさまな嘲りであり、軽視だったが、叱責に繋がることはなかった。こんな呼びかけをする男は、少年たちなど気にかけていなかったからだ。

少年たちは返事をする際、ご婦人のバッグあるいは男の喉仏までしか視線を上げなかった。彼らは「こんちは」とはっきり言った。さもないと何かまずい事態になるかもしれないからだ。そして質問に対しては、「はいそうです」とか「いやそうじゃないです」とか「べつになにも」と答えた。この日でさえも、そんなふうに声をかけられると警戒心や当惑を感じ、少年たちはいつもの口の重い態度で応じた。

所定の角に来ると、別れ別れにならなければならない。帰宅時間をいつもいちばん気にするシース・ファーンズが真っ先に離れていった。「ディナーのあとで会おう」と彼は言った。

バド・ソルターが「ああ。そしたらみんなで街へ行かないとな」と答えた。

これは「街の警察署へ」ということなのだと、全員が理解していた。互いに相談する必要もなく、彼らは新しい行動計画を、ニュースを告げるためのより慎重な手立てを受け入れたようだった。だが、家では何も言わないことにしようなどということがはっきり口にされたわけではない。バド・ソルターやジミー・ボックスが言わない道理はなかった。

シース・ファーンズは家で何も言わなかった。

シース・ファーンズは一人っ子だった。両親は大半の少年たちの親より年をとっていて、というか、もしかすると共に無気力な生活を送っていたせいで年取って見えるだけだったのかもしれない。他の少年たちと別れると、シースは小走りになった。家までの最後の一区画はいつもそうするのだ。これは家に帰りたくてたまらないからでもなければ、帰ったら何かいいことがあると思っているからでもなかった。時間が早く経つようにするためだったのかもしれない、最後の区画ではどうしても不安が募ってくるのだ。

母親は台所にいた。よし。ベッドからは出ていたが、まだ部屋着のままだった。父親はその場にいなかったが、これもまたいいことだ。父親は穀物倉庫で働いていて、土曜の午後は休みだった。そして今になっても家にいないということは、まっすぐカンバーランド亭へ行ってしまった可能性が高いということだった。となると、父親をなんとかしなければならないのは夜も遅くなってからだろう。

シースの父親の名前もシース・ファーンズだった。ウォーリーではよく知られた、それもたいていは親しみを持って知られている名前で、三十年、四十年あとになっても、逸話を語る者は、それが息子ではなく父親の話なのだということを誰もが心得ているのを当然だと考えていた。町へやってきて比較的日が浅い者が「それはシースらしくないなあ」と言ったりすると、誰もあのシースのことは言っていない、と正されるのだ。

「あいつじゃない、俺たちが言ってるのはあいつの親父のことだ」

彼らはシース・ファーンズが病院へ行った――というか、病院へ連れて行かれた――ときのことを話した。肺炎あるいは何か他のただならぬ事態で、看護婦たちは熱を下げようと、彼を濡れタオルやシーツで包みこんだ。汗で熱は下がり、そしてタオルやシーツはぜんぶ茶色くなった。体内のニコチンだ。看護婦たちはそれまでそんなものを見たことがなかった。シースは大喜びだった。十歳のときからタバコを吸って酒を飲んでいるのだと、彼は豪語した。

そして彼が教会へ行ったときのこと。どういうわけで出かけたのか想像もつかないが、バプテスト教会だった。女房がバプテストだったから、もしかすると女房を喜ばせるために行ったのかもしれない、なおさら想像がつかないが。彼が出かけた日曜は聖餐式が行われていて、バプテスト教会ではパンはパンだったが、ワインはグレープジュースだった。「こりゃあなんだ？」シース・ファーンズは大声で叫んだ。「これがキリストの血だっていうんなら、きっとひでえ貧血だったにちがいない」

ファーンズ家の台所では昼の支度が進行中だった。テーブルにはスライスしたパンが置かれ、賽の目になったビートの缶詰が開けられていた。ボローニャソーセージを数切れ焼いたものが——卵のまえに、本来ならあとにすべきなのだが——まだちょっと温かいままレンジの上にある。そしてシースの母親は、今度は卵にとりかかっていた。片手にフライ返しを持ってレンジの上に身を屈め、もう一方の手で腹を押さえて痛みをなだめている。

シースはフライ返しを母親の手からもぎ取って、高すぎる電熱器の温度を下げた。火口《ほくち》の温度が下がるあいだ、白身が固くなりすぎたり端が焦げたりしないよう、シースはフライパンを持ち上げていなくてはならなかった。古い脂を拭って新しいラードをちょっぴりフライパンに落とすのは間に合わなかった。母親は古い脂を決して拭わず、そのままつぎの食事に使い回しては、必要なときにラードをちょっと足すだけなのだ。

好みの温度に近づくと、彼はフライパンを下ろして、レースのような卵の端をきちんとまとめて丸くした。きれいなスプーンを見つけると、熱い脂を黄身の上にちょっと滴らせて落ち着かせる。母親も彼も卵はこんなふうに料理するのが好きなのだが、母親はちゃんとできないことが多いのだ。父親は、卵をパンケーキのようにひっくり返してぺたぺた押し付け、靴の革のように固く焼いて胡椒を真っ黒になるほど振りかけるのが好きだった。シースは卵を父親好みに料理することもできた。

シースが台所でどれほど熟練しているか、他の少年たちは誰も知らなかった——同様に、シースが家の外の、食堂の窓の向こう、メギの陰の死角になっているところにこしらえた隠れ場所のことも、誰も知らなかった。

　シースが卵の仕上げをしているあいだ、母親は窓のそばの椅子に座っていた。じっと通りを見つめている。父親が何か食べようと家に帰ってくる可能性はまだあった。父親はまだ酔ってはいないかもしれない。だが、父親の振舞いは必ずしも酔い方の程度によるわけではなかった。もし父親が今台所に入ってきたら、自分にも卵を料理しろとシースに言いつけるかもしれない。それから、お前のエプロンはどこだと訊ねて、お前はピカイチの女房になれるぞ、などと言うかもしれない。機嫌がいいとそんなふうに振舞う。違う気分のときは、シースを独特の顔つきで――つまり、大げさな、馬鹿みたいに威嚇的な表情で――睨みつけ、気をつけろよ、と言うことから始める。

「小生意気なヤツめ。ふん、お前には、気をつけろよとしか言いようがないな」

　そしてもし、シースが見つめ返したりすると、あるいはもしかすると見つめ返さなくても、あるいはフライ返しを取り落としたり、がちゃんと置いたりしても――たとえうんと注意して何も落とさないように、そして音をたてないようにしていてさえも――父親は歯をむきだして犬のように唸る。さぞ馬鹿みたいだったろう――実際馬鹿げていた――ただし、父親は本気なのだ。一分後には、料理も皿も床の上、椅子やテーブルがひっくり返り、部屋じゅうシースを追い掛け回しながら、今度こそとっ捕まえて顔を熱い火口に押し付けてやるぞ、どうだやってほしいか、と喚いているかもしれない。頭がおかしくなったに違いないと思ってしまうところだ。だが、この瞬間にドアがノックされたら――たとえば父親の友だちが車で迎えにきたら――父親の顔はたちまち元に戻り、ドアを開けて、冗談めかした大声で友だちの名前を呼ぶ。

「すぐ行くからな。入ってくれって言いたいとこだが、女房のやつがまた皿をぶん投げてたもんでなあ」

べつに信じてもらおうと思っているわけではない。自分の家で起こることは何もかも冗談にしてしまうためにそんなことを言うのだ。

外は暖かくなってきてるかい、今朝はどこへ行ってたの、と母親がシースに訊ねた。

「うん」とシースは答え、そして「沼地に行ってた」と続けた。

あんたの体から風のにおいがすると思ったよ、と母親は言った。

「あのね、ご飯食べ終わったらすぐ、母さんがどうするかわかる？」と母親は問いかけた。「湯たんぽを持ってまっすぐベッドに戻るんだよ、そしたらたぶん元気を取り戻して、何かしようって気になれる」

たいていいつも母親はそう言うのだが、必ずそれを、たった今思いついた、期待の持てる決心だ、みたいな言い方をするのだった。

バド・ソルターには二人の姉がいて、母親に強いられない限り役に立つことは何ひとつしなかった。そして、髪を整えたりマニキュアを塗ったり靴を磨いたり化粧したりといったことを、服を着こむのでさえも、自分の部屋や浴室だけで行うわけではなかった。姉たちは櫛やカーラーや白粉やマニキュアや靴クリームを家じゅうに撒き散らした。それに椅子という椅子の背にアイロンをかけたばかりの自分のドレスやブラウスを掛け、床に空いているところさえあれば、洗ったセーターをタオルの上に広げて干す（そして、その傍を歩こうものなら金切り声を浴びせる）。姉たちはあちこちの鏡の前に陣取る——玄関ホールのコート掛けの鏡、食堂の食器棚の鏡、台所のドアの横の、下にある棚にはいつも安全ピンやヘアピンや一セント銅貨やボタンやちびた鉛筆が載っている鏡。どちらかが二十分かそこら鏡の前に立っていることもある、さまざまな角度から自分をためつすがめつし、歯をじっくり見て、髪を後ろに撫で付けては揺すって前へ戻し。そして、どうやら満足した様子で、というか、少なくともこれで終了という様子で歩み去る——だが隣の部屋の、つぎの鏡まで行くだけで、そこで、新しい頭が届いたのだと言わんばかりにまたさいしょからやり直すのだ。目下のところ彼の姉の片方、見栄えがいいとされている方は、台所の鏡の前で髪からピンを抜いていた。彼女の頭はカタツムリのような艶やかなカールで覆われていた。一方の姉は、母に指示されてジャガイモを潰していた。五歳になる弟はテーブルの席について、ナイフとフォークを上下させて打ち付けながら「何かよこせ。何かよこせ」と叫んでいた。

これは父親の真似で、父親は冗談でこれをやるのだ。

バドは弟の椅子の横を通りながら、小声で「見ろ。姉ちゃんがまたマッシュポテトに塊を入れてるぞ」と囁いた。

バドは弟に、塊というのはライス・プディングのレーズンみたいに、戸棚にしまってあるのを加えるんだと信じ込ませていたのだ。

弟はあの言葉を繰り返すのをやめて、文句を言い始めた。

「姉ちゃんが塊を入れるんなら、僕食べない。ママ、姉ちゃんが塊を入れるんなら僕食べないからね」

「馬鹿なこと言うんじゃないよ」とバドの母親は言った。母親はリンゴのスライスとオニオンリングをポークチョップといっしょに焼いていた。「赤ん坊みたいにぐずぐず言うのはやめなさい」

「バドのせいよ」と姉が言った。「塊を入れてるってバドがその子に言ったのよ。バドはいつもそう教えるの、その子は何もわかんないのに」

「バドの顔をぶん殴ってやればいいのよ」ジャガイモを潰していた姉、ドリスが言った。彼女のそんな言葉は必ずしも実行を伴わないわけではなかった——彼女は以前バドの頬に爪で引っかき傷を残したことがあった。

バドは食器棚のほうへ行った。そこにはルバーブパイが冷ましてあった。バドはフォークを手にとって、美味しそうな湯気を、シナモンの芳しい香りを外へ逃がしながらこっそりと注意深くパイをほじくり始めた。表面の空気穴のひとつを広げて、中身を味見しようとしたのだ。弟は兄のやっていることを見ていたが、こわいので何も言わなかった。弟は始終姉たちに甘やかされ、守られていた——家のなかで彼が敬意を払うのはバドだけだった。

「何かよこせ」弟は、今度は思慮深く小声でまた言った。

ドリスがマッシュポテトを入れる鉢を取ろうと食器棚のところへやってきた。バドはうっかり手を動かし、パイ皮の表面が陥没した。

「あらあら、この子ったらパイをめちゃくちゃにしてる」とドリスは言った。「ママ——この子、ママのパイをめちゃくちゃにしてるよ」

「ちくしょう、黙れ」とバドは言った。

「パイに手を出すんじゃないよ」バドの母親は経験を積んだ、落ち着き払ったと言っていいほどの厳しさで命じた。「罵るのはおやめ。告げ口はおやめ。大人になりなさい」

ジミー・ボックスが座っているディナーのテーブルは混み合っていた。ジミーと父親、母親、それに四歳と六歳の妹は、祖母の家で、祖母と大叔母のメアリ、独身の叔父とともに暮らしていた。ジミーの父親は家の裏の小屋で自転車の修理屋をやっていて、母親はホーネカー百貨店で働いていた。

ジミーの父親は足が不自由だった——二十二歳のときにポリオにやられたのだ。父親は杖を使って、腰から前へ出すようにして前かがみに歩いた。店で働いているときにはこれはあまり目立たなかった、そうした仕事はどのみち前かがみになることが多いからだ。通りを歩く際には、確かにかなり奇妙に見えたが、悪口を言ったりその姿を真似したりする者はいなかった。彼はかつて町のホッケー選手及び野球選手として鳴らしていて、その過去の栄光と武勇がいまだに漂っているので、現在の状況は大局的な視点のもとでの一段階であるかのように（最終局面なのだが）思えてしまうのだった。父親は、落ち窪んだ目に現れている、夜眠らせてくれないことも多い痛みを否定して、馬鹿げた軽口を叩き、楽観的な調子で喋ってこうした認識を助長していた。それにシース・ファーンズの父親とは違って、家の中でもそんな調子を変えることはなかった。

だがもちろん、これは父親自身の家ではなかった。妻と結婚したのは不具になったあとだったが、婚約はそのまえからしていて、妻の母親のところへ移り住んで生まれてくる子供の面倒を見てもらい、妻が仕事を続けるのは当然のことと思えたのだ。妻の母親のほうも、もうひと家族引き受けるのは当然のことと思えた——自身の妹メアリの視力が衰えた際、ここにいる皆のところへ引っ越してくるのが当然だと思えたのと同様に。そしてまた、人並み外れて内気な息子のフレッドが、もっと本人の気に入るところが見つからない限り実家で暮らし続けるのが当然と思われるのと同様に。この家族はあれやこれやの重荷を、天気を受け入れるほども騒がずに受け入れるのだ。実際この家では、ジミーの父親の身体の具合のこともメアリ大叔母さんの視力のことも、重荷や問題として口にする者は誰もいなかったし、フレッドの内気さについても同じだった。障碍も不幸も注目されることはなく、その逆の状態と区別されることはないのだった。

一家では昔からジミーの祖母は料理上手とされていて、これは、一時は真実だったかもしれないが、最近では腕が衰えていた。今や節約が必要以上に実行されていた。ジミーの母親と叔父はそこそこの賃金を得ていたし、メアリ大叔母さんは年金を貰っていて、自転車屋はけっこう繁盛していたのだが、卵三個が一個になり、ミートローフにはオートミールが一カップ余分に入れられた。なんとか埋め合わせしようと、ウスターソースをやたらとかけたり、カスタードにはナツメグがいやというほど振りかけられていた。だが誰も文句は言わなかった。皆が褒めた。この家では、不平は球電光（雷によって生じる放電現象）なみに珍しい現象なのだ。そして誰もが「失礼」と言った。小さな女の子たちでさえ、互いにぶつかると「失礼」と言った。毎日お客がいるかのように、テーブルでは誰もが、取ってください、とか、すみませんが、とか、ありがとう、と言った。一家はそんなふうに暮らしていたのだ、家のなかで皆がひしめくようにしながら。どのフックにも服が重なり、コートが何着も手すりに掛けられ、ジミーと叔父のフレッドの折りたたみベッドは食堂に広げっぱなしになっていて、食器棚はアイロンを掛けたり繕ったりしなければならない衣類の山で覆われていた。足音荒く階段を上り下りしたり、ドアを力まかせに閉めたり、ラジオの音をやたら大きくしたり、嫌なことを口にしたりする者は、誰もいなかった。

だからジミーは、あの土曜の午餐の席で口をつぐんでいたのだろうか？　彼らは全員が口をつぐんでいたのだ、三人全員が。シースの場合はすぐ理解できる。シースがそんな重大な発見をしたと主張するのを、彼の父親は我慢できなかっただろう。もちろん息子を嘘つき呼ばわりしただろう。そして、父親に及ぼす影響いかんによってすべてを判断する母親は、息子がその話をしに警察署へ行くことでさえ家で騒動を引き起こすと――正しく――判断し、頼むから何も言わないでくれと息子に頼んだことだろう。だがあとの少年二人は極めてまっとうな家庭で暮らしているのだから、話してもよかったはずだ。ジミーの家では仰天されて、多少の非難は受けたかもしれないが、ジミーが悪いわけではないとすぐに認めてもらえたことだろう。

バドの姉たちは、あんた頭がおかしいんじゃないの、と言っただろう。死体に出くわすなんていかにもあんたらしい、なにしろ嫌な性格なんだから、などというこじつけめいたことを仄めかしさえしたかもしれない。だが父親は分別のある辛抱強い男で、鉄道駅の貨物取扱人として働くなかで数々の奇妙な長話を聞くのに慣れていた。父親はバドの姉たちを黙らせ、きちんと話し合って、バドの言っていることが本当で、誇張しているわけではないと確かめた上で、警察に電話していたことだろう。

理由はただ、三人とも自分の家がすこしの余地もないように思えたというだけのことだった。すでにあまりに多くのことが進行中だった。これは他の二人の家同様シースの家でも同じことだった。たとえ父親がいなくとも、そのハチャメチャな存在感は常に記憶され、脅威を与えていたのだ。

「お前、しゃべったのか？」

「お前は？」

「俺もしゃべってないぞ」

三人はどこへ向かっているかは考えないで中心街を歩いた。シプカ通りに入ると、ウィレンズ夫妻が住む化粧漆喰を塗ったバンガロー式住宅の前を通りかかった。気がついたら家の真ん前にいた。玄関の両脇には出窓があり、玄関への階段の最上段は椅子を二つ置けるくらい広く、今は置かれていないが、夏の夕方にはミスター・ウィレンズと奥さんが座っていた。家の片側には陸屋根の増築部分があり、通りに面してもうひとつ入口があって、そちらへはべつの通路から入っていくようになっていた。そちらのドアの横の看板には「検眼士D・M・ウィレンズ」と記されていた。少年たちの誰も自分がその診療所を訪れたことはなかったが、ジミーの大叔母のメアリは点眼薬を貰いに定期的に通っていたし、祖母はそこでメガネを作ってもらった。バド・ソルターの母親もだった。

化粧漆喰はくすんだピンクで、ドアと窓枠は茶色く塗られていた。防寒用の二重窓は、町のほとんどの家と同様に、まだ外されていなかった。その家には何も特別なところはなかったが、前庭は花で有名だった。ミセス・ウィレンズは園芸愛好家として名高く、ジミーの祖母やバドの母親がやっているように、野菜畑の横に長い列にして花を育てたりはしなかった。丸く植えたり、三日月形に植えたり、あらゆるところに花を植え、木々の根元には円形に植えた。あと二週間もすれば、この芝生は水仙でいっぱいになるだろう。だが目下のところは、花が咲いているのは家の角のレンギョウの茂みだけだった。軒まで届きそうなほど伸びていて、噴水が水を吹き上げるように大気のなかへ黄色を噴射している。

レンギョウが揺れたが、風のせいではなかった。そして、茶色い猫背の人影が現れた。庭仕事用の古着に身を包んだミセス・ウィレンズだ。小柄なずんぐりした女性で、だぶだぶのスラックスに破けたジャケット、夫のものだったのかもしれないひさしのついた帽子をかぶっている——帽子を目深にかぶりすぎて、両目がほとんど隠れていた。夫人は植木鋏を持っていた。

三人はうんと歩調を落とした——そうするか、あるいは走るかだ。気づかれないと思ったのかもしれない、自分たちは柱になってしまえると。だがすでに見つかっていた。だから夫人は急いでかき分けて出てきたのだ。

「あなたたち、うちのレンギョウに見とれてたでしょ」とミセス・ウィレンズは言った。「すこし家へ持って帰る？」

少年たちが見とれていたのはレンギョウではなくこの光景全体だった——家はまったくいつもどおりに見えた、診療所の横の看板も、光の差し込むカーテンも。空っぽなところも不吉なところもなく、ミスター・ウィレンズが家のなかにはおらず、氏の車は診療所の裏の車庫ではなくジャトランド池に沈んでいるのだということを示すようなものは何もなかった。そしてミセス・ウィレンズは外に出て庭で働いていた。雪が溶けるやいなや夫人はそこにいるはずだと、誰でもが思うであろう場所だ——町じゅうの誰もがそう言った。そしてあのお馴染みの、タバコでしゃがれた、ぶっきらぼうで挑戦的だが敵意があるわけではない声——半ブロック離れたところから、あるいはどの店の奥から聞こえてきてもそれとわかる声——で、呼びかけてきたのだ。

「待ってて」と夫人は言った。「ちょっと待ってて。すこし切ってあげるから」

夫人は選びながら明るい黄色の枝を手早く切っていき、これでいいと思えるだけの本数になると、花の衝立を前にかざすようにしながら少年たちのほうへやってきた。

「ほら」と夫人は言った。「お母さんのところへ持ってお帰りなさい。レンギョウを眺めるのはいいものよ、春のいちばんさいしょの花だからね」夫人は枝を三人に分けた。「全ガリアみたいにね」と夫人は言った。「全ガリアは三つの部分に分かれる。ラテン語を習ってたら知ってなくちゃね」

「俺たちまだ中等学校じゃないんです」とジミーが答えた。家での暮らしのおかげで、他の二人よりもご婦人と話す心構えができていたのだ。

「あらそうなの?」と夫人は言った。「とにかく、いろいろ楽しみなことがあるわよ。ちょっと温かい水に挿すようにお母さんに言ってね。あら、きっともうご存知よね。あげたのはまだ咲ききっていない枝ばかりだから、うんと長持ちするはずよ」

少年たちは、ありがとうございますと言った——ジミーがさいしょに言い、あとの二人はそれを真似した。三人は花を腕に抱えて中心街へ向かった。踵を返して花を家へ持って帰るつもりはなかったし、自分たちがどこに住んでいるか、夫人はよく知らないはずだと踏んだのだ。半ブロック進んだところで、三人はそっと振り返って夫人がこちらを見ているか確かめた。

見てはいなかった。どっちにしろ、歩道脇の大きな家の陰になって見えなかった。

レンギョウのおかげで考えなければならないことができた。花を抱えている気恥かしさ、花を始末するという問題。そうでなければ、どうしたってウィレンズ夫婦のことを考えてしまっただろう。なんだって、妻は庭で忙しく働いて、夫は車のなかで溺れ死んでいるなんてことがありうるのか。夫人は夫がどこにいるか知っているのだろうか、それとも知らないのか?　知っているはずはないように思われた。そもそも夫が家にいないということは知っているのだろうか?　夫人は、何も問題はないかのような態度だった、まったく何も。そして夫人の前に立っていたときには、そっちが本当のことのように思えた。三人が知っていること、三人が見たものは、夫人はそれを知らないという事実に実際のところ押しのけられ、打ち負かされてしまったように思えたのだ。

自転車に乗った女の子が二人、角を曲がってやってきた。片方はバドの姉のドリスだった。たちまち女の子たちは叫んだり野次ったりし始めた。

「ああら、その花」と女の子たちは叫んだ。「どこで結婚式があるの？　きれいな花嫁付添人が揃ってるじゃない」

バドは思いつく限りいちばんひどいことを怒鳴り返した。

「ケツが血まみれのくせに」

もちろん、血まみれではなかった。だが実際にそうなったこともあった——ドリスは学校からスカートに血をつけて帰ってきたのだ。皆に見られてしまい、この先忘れてはもらえないだろう。

家に帰ったらきっと言いつけるだろうとバドは思ったのだが、ドリスは言いつけなかった。あのときの恥ずかしさは彼女にとってあまりに甚大だったので、たとえ弟をまずい立場に追いやるためであっても口にすることはできなかったのだ。

そのとき少年たちはすぐさま花を捨てなければならないと気がつき、花束を停まっていた車の下にそのまま投げ込んだ。服にくっついた何枚かの花びらを払い落としながら、三人は広場に入っていった。

当時はまだ土曜日は特別な日だった。田舎の人たちが町へやってきた。広場の周囲や脇道にはすでに車が停められていた。田舎から来た大きな少年少女、それに町や田舎のもっと小さな子供たちが、映画のマチネーへ行こうとしていた。

さいしょの区画にあるホーネカー百貨店の前を通る必要があった。するとそこのウィンドウのなかで丸見え状態の母親が、ジミーの目に映った。すでに職場に戻っていた母親は、女のマネキンにきちんと帽子をかぶせ、ベールを調整してからドレスの肩のところをいじっていた。背が低いので、この作業をちゃんとこなすにはつま先立ちにならなければならなかった。ショーウィンドウのカーペットの上を歩くために、母親は靴を脱いでいた。ストッキング越しに、まるまるとしたピンク色の踵の膨らみが透けて見え、伸び上がると、スカートのスリットから膝の裏側が見えた。その上には大きいが格好の良い臀部とパンティーかガードルの線。母親が発しているはずの小さな唸り声がジミーの頭のなかで聞こえた。それに、伝線しないよう家に帰った母親がすぐに脱いでしまうことがあるストッキングのにおいも漂ってくる気がした。ストッキングも下着も、清潔な女物の下着でさえ、淡い密やかなにおいがあって、それは魅力的でもあり、おぞましくもあった。

ジミーはふたつのことを願った。他の二人が母親に気づかないことを（彼らは気づいていたが、母親が毎日盛装で町の公共の場へ出ていくというのはあまりに奇妙なことだったので何も言えず、忘れてしまうしかなかった）、そして母親が、たのむから振り向いて自分を見つけたりすることのないように、と。もし見つかったら、母親はガラスを叩いて、ねえねえ、と口を動かして見せかねない。職場での母親は、家にいるときの寡黙な思慮深さを、慎重な穏やかさを失ってしまう。母親の親切さは、温和なものから出しゃばりへと変わってしまうのだ。以前は、母親のこの別の面が、この快活さが、ガラスと艶のある木でできた広大なカウンター、階段の踊り場に、二階の婦人服売り場へ上っていく自分の姿が映る大きな鏡のあるホーネカー百貨店に嬉しくなってしまうのと同様、ジミーには嬉しかったものだが。

「あらあらわたしのいたずらっ子ちゃん」と母親は言い、十セント硬貨をこっそりくれることもあった。いられるのはせいぜい一分ほどだった。ホーネカー氏あるいは夫人が見張っているかもしれない。

いたずらっ子ちゃん。

かつては十セント硬貨や五セント硬貨のチャラチャラいう音のように心地よく聞こえた言葉が、今ではなに食わぬ辱めに変わっていた。

一行は無事に通り過ぎた。

次の区画ではカンバーランド公爵亭の前を通らなければならなかったが、シースにはなんの心配もなかった。父親がディナーのときに帰ってこなかったということは、まだあと何時間もそこにいるだろうということなのだ。だが、「カンバーランド」という言葉はいつもシースの心に重くのしかかった。それが何を意味するのかわかってもいなかった頃から、彼は心に重く沈んでいくものを感じ取っていた。重しがずっと下のほうで、暗い水面を打つのを。

カンバーランド亭と市役所のあいだには舗装されていない路地があって、市役所の裏が警察署だった。三人がこの路地に入るや、通りの騒音に抗って、新たに騒々しい音が響いてきた。カンバーランド亭から聞こえる音ではない――あそこの音ならすっかりくぐもっている、ビアホールは公衆トイレのように、小さな窓が高いところについているだけだったのだ。音の出処は警察署だった。温暖な気候なので署のドアは開けられていて、路地からでさえパイプタバコや葉巻のにおいを嗅ぎ取れた。とりわけ土曜の午後ともなると、冬はストーブが点けられ、夏は扇風機が回り、今日のような中間の日には気持ちの良い空気を入れようとドアを開け放してある署に座っているのは、警察官だけではなかった。きっとボックス大佐がいるだろう——じつのところ、三人の耳にはすでに、大佐が喘息性の笑い声をあげたあとの長く続く名残であるぜいぜいいう音が聞こえていた。大佐はジミーの親戚だったが、家族のあいだには冷ややかなものがあった、大佐がジミーの父親の結婚を認めなかったからだ。大佐はジミーに気がつくと、おやおやとばかり皮肉をにじませた口調で声をかける。「あの人が二十五セント玉とか何かやろうかって言っても、いりませんって言うんだよ」ジミーは母親からそう言い聞かされていた。だがボックス大佐がそんな申し出をしてくれたことは一度もなかった。

それに、ポラックさんもいるだろう、ドラッグストアで働いていたが引退している。それからファーガス・ソウリー、馬鹿ではないのだがそう見える、第一次大戦で毒ガスを吸ったせいだ。この男たちやほかの男たちは、日がな一日トランプをしたり、タバコを吸ったり、話をしたり、町の経費で（バドの父親に言わせれば）コーヒーを飲んだりしていた。苦情申し立てや通報をするなら、彼らに見られながら、そしてたぶん聞かれながらしなければならない。

鞭の列をくぐり抜けるのだ。

一行は開いたドアの外で立ち止まりかけた。誰も少年たちには気づいていない。ボックス大佐が言った。「俺はまだ死んどらんぞ」何かの話の最後の一節を口にしているのだ。一行は頭を下げて、砂利を蹴散らしながらゆっくりとその前を歩き始めた。建物の角を曲がると、速度をはやめた。男性用公衆便所の入口の横の壁には、最近のものらしい塊の多い嘔吐物が筋になっていて、砂利の上には空き瓶が二本落ちていた。ゴミ箱と、高いところにあってよく外の見える書記官事務所の窓のあいだを抜けていかなければならない。それから砂利を離れてまた広場に戻った。

「金ならあるぞ」シースが言った。このあっさりした一言に、皆ほっとした。シースはポケットの硬貨をじゃらじゃらいわせた。皿を洗ったあと、表側の寝室にいる母に出かけると言ったら、母がくれた金だった。「鏡台から五十セント持って行きなさい」と母は言ったのだ。母はときおり金を持っていることがあった、父が母に金を渡すところなど見たことがなかったのだが。そして母が「持って行きなさい」と言ったり、硬貨を何枚かくれたりするときにはいつも、母が自分たちの暮らしを恥ずかしく思っている、息子に対して、息子を前にして恥ずかしいと思っているということがシースにはわかり、そういうときの母を目にするのは嫌だった（金はありがたかったが）。とりわけ母から、いい子だねえ、あんたがしてくれてることに感謝してないなんて思わないでね、などと言われると。

一行は港へ向かう通りに入った。パケット給油所の横には売店があって、パケットのおばさんがそこでホットドッグやアイスクリームやキャンディーやタバコを売っていた。おばさんはジミーがおじのフレッドに頼まれたんだと言ってもタバコを売ってはくれなかった。だが少年たちが買おうとしたことを非難したりはしなかった。おばさんは太ったきれいな女の人で、フランス系のカナダ人だった。

少年たちは黒と赤のリコリス・ウィップ（ひも状のグミのような甘草の菓子）をいくつか買った。今はディナーでお腹がいっぱいなので、アイスクリームを買うのはあとにするつもりだった。フェンスの横の、夏には日差しを遮ってくれる木の下に古いカーシートが二つ置いてあるところへ行った。リコリス・ウィップを皆で分け合った。

ターヴィット船長がべつのシートに座っていた。

ターヴィット船長は本物の船長で、何年ものあいだ湖のボートに乗っていた。今ではボランティア巡査の職に就いていた。学校の前で車を止めて子供たちに道を横断させたり、冬には脇道で子供たちにそり滑りをさせないようにしていた。船長は笛を吹いて大きな片手を上げる、白い手袋をはめたその手は道化師の手のようだった。年をとっていて髪は白かったが、まだ背が高くて背中がまっすぐで肩幅が広かった。車は船長の言うことをきいたし、子供たちもそうだった。

夜になると船長はすべての商店をまわってドアの鍵がかかっているか見て回り、押し入って窃盗を働いている者がいないか確認した。日中はよく、人前で寝ていた。天気が悪いときには図書館で寝て、良いときには戸外のベンチのどれかを選んだ。警察署で過ごすことはあまりなかった。おそらく、耳がひどく遠いので補聴器なしでは会話についていけないのに、耳の遠い人の多くがそうであるように補聴器が大嫌いだったせいだろう。それになんといっても、たった一人で湖のボートの舳先の向こうを見つめているのに慣れていたし。

船長は目を瞑って、日差しを顔に受けられるよう頭を反らせていた。話しかけようと近づいた(そしてそうしようという決定は、相談することもなく、仕方ないなあ、大丈夫かなあ、という眼差しを交わしただけで行われた)少年たちは、まず相手をうたた寝から起こさなければならなかった。彼の顔に認識を示す——場所、時間、相手は誰か——表情が浮かぶまでちょっとかかった。それから彼は、子供たちからはいつも時間を教えてくれと頼まれるのだと言いたげに、大きな昔風の懐中時計をポケットから取り出した。だが少年たちは、興奮した、ちょっと決まり悪そうな表情で話を続けた。少年たちはこう言った。「ミスター・ウィレンズがジャトランド池に沈んでるよ」そして「俺たち車を見たんだ」そして「溺れ死んでる」。船長は片手を上げて黙れという動作をし、もう片方の手でズボンのポケットを探って補聴器を取り出した。辛抱、辛抱と言い聞かせるように重々しく頷きながら、器具を耳に装着した。それから両手を上げ——静かに、静かに——テストした。しまいに今度はきびきびと頷き、厳しい声で——だが多少自分の厳しさを茶化しながら——言った。「続けなさい」

三人のなかでいちばん無口な——ジミーがいちばん礼儀正しく、バドはいちばんやかましい——シースが、すべてをがらりと変えた。

「ズボンの前があいてるよ」と彼は言ったのだ。

そして少年たちは全員で歓声をあげると、逃げていった。

少年たちの高揚感がすぐに消えてしまったわけではない。だが、それは分かち合ったり口にしたりできることではなかった。彼らはバラバラになる必要があった。

シースは家に帰って自分の隠れ家作りに勤しんだ。冬中凍っていたダンボールの床が今ではびしょびしょになっていて、とり替えなければならなかった。ジミーは車庫の屋根裏へ上った。おじのフレッドのものだったドク・サベージ・マガジン（冒険小説雑誌）の入った箱を最近そこで見つけていたのだ。バドが家に帰ると母親しかおらず、母は食堂の床にワックスがけをしていた。彼は一時間ほど漫画を読んでから、母親に話した。母親は家の外のこととなると経験もないし権限も持っていない、父親に電話しなければどうしたらいいか決められないだろうとバドは思っていた。ところが驚いたことに、母親はすぐさま警察に電話した。それから父親に電話した。そしてシースとジミーを連れに人がやってきた。

パトカーが町の道路からジャトランドへ走り、すべてが確認された。警官と英国国教会の牧師がミセス・ウィレンズのところへ行った。

「ご迷惑をおかけしたくなかったんです」ミセス・ウィレンズはそう言ったということだった。「暗くなるまではほうっておくつもりでした」

ミスター・ウィレンズは昨日の午後、盲目の老人に点眼薬を届けるために田舎のほうへ行ったのだと夫人は述べた。時間をとられることもあるんです、と夫人は言った。誰かを訪ねたり、車が立ち往生したり。

気落ちした様子とかはなかったですか？　と警官は夫人に訊ねた。

「いや、そんなことはありませんよ」と牧師が言った。「聖歌隊の砦みたいな人でしたからねえ」

「そんな言葉は主人の辞書にはありませんでした」とミセス・ウィレンズも答えた。

少年たちが座ってディナーを食べながら何も言わなかったことについて、あれこれ取り沙汰された。それからリコリス・ウィップを買ったことについても。新しいニックネーム——死人《デッドマン》——ができて三人それぞれに定着した。ジミーとバドは町を離れるまでそれを背負い、そしてシースは——若くして結婚し、穀物倉庫で働くようになった——そのニックネームが二人の息子に受け継がれるのを見ることとなった。その頃にはそれが何を指しているのか誰もわからなくなっていた。

ターヴィット船長を侮辱したことについては内緒のままだった。

つぎに船長が上げた腕の下を通って通りを渡り、学校へ行くときには、あの件を思い出させられるだろう、傷ついた、あるいは非難するような横柄な眼差しを投げられるだろうとそれぞれが思っていた。ところが船長はあの手袋をはめた、気高い、道化師のような白い手を、いつもの慈愛深い沈着さで上げていた。彼は承諾を与えた。

行きなさい。

ii　心臓麻痺

「糸球体腎炎」イーニドはノートに書き込んだ。初めて見る症例だった。じつのところ、ミセス・クィンの腎臓は機能しなくなっていて、手の施しようがなかった。腎臓は干からびて、硬い、役たたずのじゃりじゃりした塊になりかけていた。目下のところ尿の量は乏しく、くすんだ色で、呼気や肌のにおいはつんと鼻をつく不吉なものだった。そしてべつの、腐った果物のようなかすかなにおいがあって、体に現れている薄いラベンダーブラウンのしみと関係しているようにイーニドには思えた。脚は突然の痛みに痙攣し、肌にはひどい痒みがあるので、イーニドは氷で撫でさすってやらなければならなかった。氷をタオルに包んで痒い部分に押し当てるのだ。

「それにしても、どうしてそんな病気にかかるのかしら?」ミセス・クィンの義妹が訊ねた。彼女の名前はミセス・グリーンといった。オリーヴ・グリーンだ(どんなふうに聞こえるかなんて、考えてもみなかったのよ、と彼女は言った、結婚するまでね、そうしたら、急に皆がこの名前を笑うようになったの)。彼女は数マイル離れた、幹線道路沿いの農場に住んでいて、数日おきにやってきてはシーツやタオルや寝巻きを持ち帰って洗っていた。子供たちのものも洗って、ちゃんとアイロンをかけて畳んで持ってくるのだ。寝巻きのリボンにまでアイロンをかけていた。イーニドにはありがたいことだった――洗濯も自分でしなければならないところもあったのだ、それどころか、それを自分の母のところへ持ち帰り、母が金を払って町で洗濯してもらうことさえ。相手の気を悪くさせたくはなかったが、質問がどの方向を向いているかを見てとって、彼女は答えた。「答えるのは難しいですねえ」

「いろいろ聞くもんでね」とミセス・グリーンは言った。「女の人が薬を飲むことがあるでしょ。生理が来ないときに飲む薬をもらうことが。で、ちゃんとお医者に言われたとおり、いい目的で飲むんならいいけど、悪い目的でたくさん飲み過ぎると腎臓がやられちゃうのよね。そうでしょ?」

「そんな症例は見たことありませんけれど」とイーニドは答えた。

ミセス・グリーンは背の高いがっしりした女だった。ミセス・クィンの夫である彼女の兄のルパートと同じく、丸っこい獅子鼻で、愛想よく見える皺の寄った顔――イーニドの母親が「ポテト・アイリッシュ」と呼ぶタイプだ。だがルパートの陽気な表情の裏には、用心深さと抑制があった。そしてミセス・グリーンの表情の裏には、切望があった。なんに対する切望なのかは、イーニドにはわからなかった。ほんのささいな会話に、ミセス・グリーンは大きな要求を持ち出す。もしかすると単にニュースに対する切望なのかもしれない。何か重大なニュース。大事件。

もちろん、大事件が、何か重大なことが少なくともこの家では起きようとしていた。ミセス・クィンは死にかけていた、二十七歳で(それは本人が言った年齢だった――イーニドとしてはそれにあと何歳か足したいところだったが、いったん病気がここまで進んでしまうと、年齢を推測するのは難しかった)。腎臓がまったく働かなくなると、心臓が駄目になって死んでしまう。医者はイーニドに「夏までかかるだろうが、暑い季節が終わるまでには休みがとれそうだね」と告げた。

「ルパートは北へ行ったときにあの人と出会ったの」とミセス・グリーンは言った。「ひとりで出かけて、むこうの森林地帯で働いてたのよ。あの人はホテルで何か仕事をしてたの。何をしてたのかはよく知らないけど。客室係の仕事。でもその土地で育ったんじゃないの——モントリオールの孤児院で育ったんだって。本人にはどうしようもないことよねえ。フランス語をしゃべるんじゃないかって思うでしょうけど、しゃべれるにしても口にはしないわ」

イーニドは言った。「興味深い人生ねえ」

「確かにね」

「興味深い人生だわ」とイーニドは言った。ついやってしまうことがあるのだ——効果をもたらす望みのないところで冗談を言ってしまう。でしょう、というように眉を上げると、ミセス・グリーンはちゃんとにっこりした。

だが、気を悪くしたのだろうか? それはまさに中等学校時代、嘲りかもしれないものを受け流すときにルパートが見せたような笑顔だった。

「それまでルパートには彼女ができたことがなかったの」と、ミセス・グリーンは話した。

ミセス・グリーンには言わなかったが、イーニドはルパートと同じクラスだった。このときイーニドは一種の決まり悪さを感じた。というのも、彼はイーニドやその女友だちがからかったりいじめたりしていた男子のひとり——じつのところ、いちばんの標的——だったのだ。「いびる」と女の子たちは言っていた。通りで彼の後ろからついていっては「ねえ、ルパート。ねえ、ルーパート」と呼びかけ、彼を困らせて、首が真っ赤になるのを見つめて、ルパートをいびっていたのだ。「ルパートったら猩紅熱にかかってる」と言ったりした。「ルパート、あんたを隔離しなくちゃ」そして、誰かひとりが――イーニドかジョーン・マコーリフかマリアン・デニー――彼に夢中だというふりをする。「彼女、あんたと話したがってるのよ、ルパート。なんで彼女をデートに誘ってあげないの？　せめて電話くらいできるでしょ？　彼女、あんたと話したくてたまらないのよ」

こうした訴えかけるような提案に彼が応じるとはべつに期待していなかった。でも、もし応じていたら、なんて愉快だったことだろう。彼はたちまち振られて、その話は学校中に吹聴されていただろう。なぜ？　なぜ彼をあんなふうに扱ったのだろう、彼に恥をかかせたかったのだろう？　ただ単に、自分たちにはそうすることができたからだ。

彼が忘れたはずはない。だが彼はイーニドが新たな知り合いであるかのように、どこかから自分の家へやってきた妻の看護婦として接した。そしてイーニドは彼の態度に倣った。

この家ではイーニドに余計な手間をかけないよう、並外れてじゅうぶんな配慮がなされていた。ルパートはミセス・グリーンの家で眠り、食事もそこでとる。小さな女の子二人もそこで寝泊りさせてもいいのだが、そうするとべつの学校へかわらせることになる――学校が夏休みに入るまで、まだ一ヶ月近くあった。

ルパートは夕方になると家にやってきて、子供たちと話をした。

「おまえたち、おりこうにしてるか？」と彼は訊ねる。

「積み木で何を作ったか、お父さんに見せてあげたら」とイーニドは言う。「塗り絵帳の絵を見せてあげなさい」

積み木もクレヨンも塗り絵帳も、すべてイーニドが与えたものだった。彼女は母に電話して、古いトランクに何か入っていないか見てちょうだいと頼んだのだ。母は言われたとおりにして、誰かからもらってきた古い切り絵人形の本――エリザベス王女とマーガレット・ローズ王女と、それにたくさんの衣装――もいっしょに持ってきてくれた。こうした物をぜんぶ高い棚に上げて、ありがとうと言うまでこのまま置いておくからね、と宣言してようやく、イーニドは小さな女の子たちにありがとうと言わせることができた。ロイスとシルヴィーは七歳と六歳で、家畜小屋の猫並みの野育ちだった。

ルパートは玩具がどこからきたのか訊ねなかった。彼は娘たちにいい子にしているようにと言い、イーニドには何か町で買ってくるものはないか訊ねた。一度彼女は、地下室の入口の電球を換えたので予備の電球を買ってきてくれないかと頼んだ。

「俺が換えたのに」と彼は言った。

「電球くらいわけないわ」とイーニドは答えた。「ヒューズも、釘を打つのもね。母とわたしはもう長いあいだ家に男なしでやってきてるのよ」ちょっとからかって親しみを見せるつもりだったのだが、効き目はなかった。

ルパートは最後に妻のことを訊ね、イーニドは、血圧がちょっと下がっているとか、夕食にはオムレツを少し食べて胃に収まっているとか、氷で皮膚の痒みが和らいだようでいつもよりよく寝ているとか答える。するとルパートは、寝ているのなら入っていかないほうがいいな、と言う。

「とんでもない」とイーニドは言った。ちょっとうとうとするよりは夫の顔を見るほうが女は元気が出るものだ。それから彼女は子供たちを寝かせに行く、夫婦だけの時間を作ってやろうと思ってのことだ。だがルパートは数分いるだけだった。そしてイーニドが階下に戻って、病人に夜の支度をさせようと表側の居間——今では病室になっている——へ入っていくと、ミセス・クィンは枕にもたれて仰向けになり、気持ちを高ぶらせているようではあるが、不満そうでもない顔をしている。「うちの人、あまり長くはいてくれないのよねえ」ミセス・クィンはそう言う。「あたしを笑わせるの。はははは、具合はどうだい？　はははは、さあ出かけよう。彼女を連れ出して肥やしの山に放り込んでやろうよ。猫の死骸みたいに投げ捨ててやろう。あの人ったら、そんなこと考えてるのよ。でしょ？」

「さあどうかしら」イーニドはそう答えながら、洗面器とタオル、清拭用のアルコールとベビーパウダーを持ってくる。

「さあどうかしら」ミセス・クィンはひどく意地の悪い口調で言いながらも、寝巻きを脱がせられて顔にかかっていた髪を後ろに撫で付けてもらい、タオルで下半身を拭われるのには進んで従った。イーニドは、うんと年をとっていたり、ひどく病が重い人でさえ裸になるのを嫌がるのに慣れていた。冷やかしたりしつこく催促したりして道理を納得させなければならないこともあった。「これまでわたしが下半身を見たことがないとでも思ってるんですか？」と、とイーニドは言う。「下半身も上半身も、ちょっと見ていたらうんざりしちゃいますよ。あのね、わたしたち人間の体は二通りしかないんです」だがミセス・クィンは恥ずかしげもなく両足を開き、作業をしやすくするためにちょっと腰を浮かせた。彼女は小柄で骨細で、今では腹部と手足が腫れ、小さく縮んだ乳房には干葡萄のような乳首がついた、奇妙な体型になっていた。

「豚かなんかみたいに膨れちゃって」とミセス・クィンは言った。「オッパイだけはべつだけどね、ずっと役立たずでさ。あたしはあんたみたいな大きなお乳にはなったことないんだ。あたしのこの体、見てるの嫌にならない？　あたしが死んだら嬉しいんじゃないの？」

「そんなふうに思ってるなら、ここにはいません」とイーニドは答える。

「ああせいせいした」とミセス・クィンは言う。「みんなそう言うんだ。ああせいせいした。あたしはもううちの人にとっちゃあ役立たずだからね。どの男にとっても役立たずだよ。あの人、毎晩ここにはいないで、女をひっかけに行ってるんだよね？」

「わたしの知る限り、妹さんの家へ行ってるわ」

「あんたの知る限りねえ。だけどあんた、たいして知りゃしないじゃない」

これがどういう意味かはわかっている、とイーニドは思った、この悪意と敵意、わめき散らすことならできるエネルギーときたら。ミセス・クィンは必死で敵を求めていた。病人は健康な人間を腹立たしく思うようになり、ときには夫婦のあいだでも、あるいは母と子のあいだでさえそうなることがある。ミセス・クィンの場合は、夫に対しても子供たちに対してもそうだった。ある土曜の朝のこと、イーニドはポーチの下で遊んでいたロイスとシルヴィーを呼び寄せて、母親がきれいになったところを見せた。ミセス・クィンは朝の清拭をしたところで、清潔な寝巻きを着て、薄くなった細い金髪を梳かし、青いリボンで結わえていた(イーニドは女性患者の看護をしにいくときにはこういうリボンを持っていった――それに、コロンの瓶と香料入りの石鹸も)。彼女は確かにきれいに見えた――というか、少なくとも元はきれいだったということが見て取れた。額と頬が広く(今では頬骨が肌を突き破らんばかりで、中国のドアノブみたいだが)大きな目は緑色がかっていて、子供のような半透明の歯に、負けん気の強そうな小さな顎。

子供たちは素直に部屋に入ってきたが、嬉しそうではなかった。

ミセス・クィンは「この子たちをあたしのベッドに近づけないで、汚らしいんだから」と言った。

「お母さんの顔を見たがっているだけよ」とイーニドは答えた。

「なら、もう見たでしょ」とミセス・クィンは言い返した。「もう出て行かせてよ」

この態度に、子供たちは驚きもしなければがっかりもしていないように見えた。二人がイーニドのほうを見るので、イーニドはこう言った。「いいわ、さあ、お母さんを休ませてあげなくちゃね」

すると二人は駆け出して、台所のドアをバタンと閉めた。

「あれ、やめさせられないの?」とミセス・クィンは言った。「あれをやられるたびに、胸にレンガがぶつかるみたい」

ミセス・クィンの二人の娘はじつは騒々しい母なし子で、彼女に際限なくくっつきたがっているとでも思われそうだ。だが、こんなふうになる人もいるのだ。それから心静かになって死んでゆくのだが、ときには死それ自体に至るまでこんなふうなこともある。ミセス・クィンよりも穏やかな性格の人なら──思うに──兄弟や姉妹や夫や妻や子供たちからずっとどれほど憎まれていたことか、自分がどれほど相手を失望させ、そして自分も相手に失望させられてきたことか、だからきっと自分が死ぬのを見てみんな大喜びするだろう、などと言うかもしれない。そんな感情の爆発などとても説明がつかない、愛情に満ちた家族に囲まれたなかで、平穏で有益な人生を閉じようというときに、こんなことを言ったりするのだ。そして、ふつうはそういった爆発は過ぎ去る。だが、人生最後の数週間、あるいはあと数日になってさえ、昔の確執や侮辱についてあれこれ考えたり、七十年前に与えられた不当な罰についてぶつぶつこぼしたりすることもまた多い。以前、イーニドはある女に、食器棚から柳模様の大皿を持ってきてくれと頼まれたことがあり、その美しい所有物を最後に一目見て心を慰めたいのだと考えた。ところが結局、女の望みは、驚くべき最後の力を振り絞ってベッドの支柱に皿を叩きつけることだった。

「これで妹はぜったいにこの皿を手に入れられなくなったわ」と女は言った。

そして、見舞い客はいい気味だとほくそ笑みに来ているだけだし、自分が苦しい目に遭っているのは医者のせいだと言うことも多い。イーニド自身の姿を目にするのもひどく厭う。イーニドには眠らなくてもすむ体力があり、その手は我慢強く、体内には生命の活力が見事に安定して流れているからだ。イーニドはそういったことに慣れていたし、相手の苦しみも理解できた。死の苦しみも、そしてまた、ときにはそれを見劣りさせてしまうほどの生の苦しみも。

ところが、ミセス・クィンには途方に暮れてしまった。

ここでは癒しを提供できないというだけではなかった。提供したいと思えないのだ。この運の尽きた哀れな若い女に対する嫌悪感を克服できない。洗ったり、パウダーをはたいたり、氷とアルコール清拭で痒みを鎮めたりしなければならないその体が厭わしかった。病気も病人の体も大嫌いだという人の気持ちが、今では理解できた。よくそんなことができるわねえ、わたしはぜったい看護婦にはなれない、それだけはぜったいなれないわね、と自分にむかって言った女たちの気持ちがわかった。この特定の体が、その病の特定の症状すべてが、嫌でたまらなかった。そのにおいとしみが、禍々しい小さな乳首が、哀れなフェレットのような歯が。これらすべてが意図的な堕落のしるしに見えた。イーニドはミセス・グリーンと同じくらいの人の悪さで、はびこる不道徳を嗅ぎ出していたのだ。より分別のある看護婦であるにもかかわらず、そして、思いやり深くあることが自分の仕事――それに間違いなく自分の性格――であるにもかかわらず。どうしてこんなふうになるのか、彼女にはわからなかった。ミセス・クィンは、中等学校時代に見知っていた女の子たちをどこか思い出させた。まだずうずうしい自己満足の表情を浮かべていた、わびしい将来を控えた安っぽい服装の不健康な女の子たち。彼女たちは一、二年しかもたなかった――妊娠して、そのほとんどが結婚した。イーニドは後年、彼女たちの何人かが自宅出産する際の看護をし、彼女たちの自信が枯渇し、大胆さが従順さに、それどころか恭順に変わっているのを知った。イーニドは彼女たちを気の毒に思った。手にしているものを獲得しようと彼女たちがどれほどむきになっていたか覚えているにもかかわらず。

ミセス・クィンは扱いにくかった。ミセス・クィンはどんどんまいっていくのかもしれないが、その心にあるのは拗ねた害意だけ、堕落だけだろう。

イーニドがこれほど強い嫌悪感を抱いてしまうという事実よりさらに悪いのは、ミセス・クィンがそれを知っているということだった。イーニドがどれほどの我慢強さや優しさ、陽気さを奮い起こそうと、ミセス・クィンに悟らせずにおくことはできなかった。そしてミセス・クィンは、知っていることで勝ち誇った。

あああせいいせいいしいた。

イーニドが二十歳で、看護実習を終えようとしていた頃、父親がウォーリー病院で死の床についていた。そのとき父からこう言われた。「どうもこのお前の仕事は気にくわんのだがなあ。お前には、こんなところで働いてもらいたくないんだ」

イーニドは父のほうへかがみこんで、自分がどんなところにいると思ってるの、と問いかけた。

「ただのウォーリー病院でしょ」とイーニドは言った。

「わかってるよ」と父は、それまでつねにそうだったように、冷静で分別のある口調で答えた（父親は保険及び不動産業者だった）。「自分がしゃべっていることはわかってるさ。やらないって約束してくれ」

「何を約束するの？」とイーニドは訊ねた。

「こういう仕事はしないってことを」と父親は言った。それ以上の説明は得られなかった。父親は、そんなこと訊ねられるのも気分が悪いと言わんばかりに口を引き結んでいた。言うことはただひとつ「約束してくれ」だけだった。

「いったいどういうこと？」イーニドは母親に訊ねた。すると母親は「あら、いいじゃない。いいからお父さんに約束しなさいよ。したってどうってことはないでしょ？」と言った。

イーニドはこれをけしからぬ言い草だと思ったが、何も言わなかった。多くの事柄について、母親の物の見方はこんな具合だったのだ。

「わたしは自分が納得できないことを約束するつもりはないわ」とイーニドは答えた。「いずれにせよ、たぶん何も約束はしないと思う。だけど、お父さんが言っているのがどういうことなのか知ってるんなら、教えてくれるべきだわ」

「ただね、お父さんがこうなってみて感じたことがあってね」と母親は言った。「看護って仕事は女を下品にするってお父さんは感じたのよ」

イーニドは「下品に」、と繰り返した。

父親が看護職のどこに反対しているのかというと、看護婦が男の体に慣れてしまうという部分なのだと母親は語った。そうした慣れは女の子を変えてしまうと、そしてさらにそういう女の子に対する男の見方も変えてしまうとイーニドの父親は思った——確信していた。そうなると良いチャンスは台無しになり、あまり良くない他のチャンスをいろいろ与えられることになるだろう。興味を失う男もいれば、良くない興味を持つ男もいるだろう。

「つまりすべてはあなたに結婚してもらいたいっていう願いと関係しているのよ」と母親は言った。

「だとしたら、お気の毒さまね」とイーニドは答えた。

だが結局彼女は約束した。すると母親は言った。「そうね、それであなたが満足できるといいわね」お父さんが満足してくれると、ではなかった。「あなたが満足できると」だ。この約束がどれほど心をそそるものか、イーニドが気づくまえに母親にはわかっていたようだった。死の床の約束、自己否定、とてつもない犠牲。そして、理不尽であればあるほどいいのだ。イーニドはこれに屈した。そしてそれは父への愛情のためではなく（母親がほのめかしたように）そうすることの快感ゆえだった。まったくの見事な意固地さだ。

「あなたにとってどっちにしろどうでもいいようなことを諦めてくれってお父さんが頼んでいたら、たぶん、そうしますなんて約束してなかったんじゃないの」と母親は言った。「たとえば、口紅をつけるのをやめてくれって頼まれていたらね。あなたはきっと相変わらずつけてるわよ」

イーニドは我慢強い表情でこれを聞いていた。

「そのことについて、お祈りはしたの？」と母は厳しい口調で訊ねた。

祈った、とイーニドは答えた。

彼女は看護学校をやめた。家にいて、いつも忙しくしていた。金はじゅうぶんにあったので、働く必要はなかった。じつのところ、母親はそもそもイーニドが看護婦になるのを望んでおらず、貧しい女の子のやることだ、両親が娘を家においておいたり大学へやったりできない女の子たちが辿る道だと主張していたのだ。イーニドはこの矛盾を母親に思い出させることはしなかった。彼女はフェンスにペンキを塗り、冬に備えてバラの木を結わえた。パンやお菓子を焼くことを覚え、ブリッジを覚え、母親が毎週隣家のウィレンズ夫妻とするゲームで、父親の後釜となった。たちまちのうちに彼女は――ミスター・ウィレンズに言わせると――けしからぬほどうまくなった。彼はパートナーとしての自分の力不足の埋め合わせとして、イーニドにチョコレートやピンクのバラを持ってくるようになった。

冬の夕べには、彼女はスケートに出かけた。バドミントンもやった。

これまで友達に不自由したことはなく、今もそうだった。中等学校の最終学年でいっしょだった同級生のほとんどは今や大学を終えようとしているか、あるいはすでに遠方で教師や看護婦や公認会計士として働いていた。だが彼女は、最終学年になるまえに中退して銀行や商店や事務所で働いたり、配管工や帽子職人になった者たちと友達になった。このグループの女の子たちは、互いのあいだの言い方によると、バタバタと脱落していた――結婚へとなだれ落ちていたのだ。イーニドはブライダルシャワーを主催し、トルーソー・ティー（結婚前に花嫁の母親が結婚式の招待客以外の人々を招くパーティー）の手伝いをした。数年のうちには洗礼式がやってきて、彼女は人気のあるゴッドマザーとなる。血のつながりのない子供たちが彼女を「おばさん」と呼びながら成長するのだ。それに彼女はすでに母親と同じ年配かそれ以上の女たちにとって、いわば娘のような存在になっていた。読書クラブや園芸クラブに出席する暇のある唯一の若い女だったのだ。というわけで、たちまちのうちに、イーニドはまだ若いというのに、この重要かつ中心的ながらも孤独な役割をさっさとまといかけていた。だがじつを言えば、これはずっと彼女の役割だったのだ。中等学校ではいつもクラスの書記か委員長だった。人気があって潑剌としていて身なりがよくて美人だったが、ちょっとばかり毛色の違うところがあった。男の子の友達はいたが、恋人を持ったことはなかった。意図的にそうしているようではないらしかったが、気にしてもいなかった。彼女は自分の野心のことで頭がいっぱいだった——ある段階では気恥ずかしくも宣教師になりたいと思っていて、そのあとは看護婦。彼女は看護職を結婚するまでの腰掛け仕事とは決して考えていなかった。彼女の願いは善き人間になること、そして善行をなすことだった。それも、必ずしもちゃんと社会通念に則って、妻として、とかいうのではなく。

新年に、彼女は市庁舎へダンスに行った。いっしょに踊った回数がいちばん多く、彼女を家まで送って、おやすみ、と手を握り締めたのは、酪農場の経営者だった——四十代の男で、結婚歴はなく、ダンスが非常にうまく、相手を見つけられそうにない女の子たちにとっては慈愛に満ちた友だった。彼のことをまともに相手として考える女はいなかった。

「ビジネス講座を受講してみたら」と彼女の母親は言った。「でなきゃ、大学へ行けば?」

そういう場所なら男たちももっと見る目があるかもしれない、と母親は間違いなく考えていた。

「もうそんな歳じゃないわ」とイーニドは答えた。

母親は笑った。「そんなこと言うってことはつまり、あなたはまだまだ若いってことよ」と母は言った。その年齢では当然のちょっとした愚かしさを娘が持っているのがわかって、母親はほっとしたように思えた——つまり、十八と二十一はものすごくかけ離れているなどという考え方が娘にはできるということに。

「中等学校を卒業した若い子たちのなかに混じるつもりはないわ」とイーニドは言った。「冗談じゃない。それにしても、どうしてわたしを追い出したがるの？　わたしはここで何の不足もないの」この不機嫌さやとげとげしさも母親を喜ばせ安心させるらしかった。だがちょっとすると、母親はため息をついて言った。「月日がたつのがどれほど早いか、びっくりしちゃうわよ」

八月には麻疹が多発し、同時にポリオも何件か発生した。イーニドの父親を担当していて、病院での彼女の力量を見ていた医師が、しばらく手伝ってくれないか、在宅患者の看護をしてもらえないかと持ちかけてきた。考えてみますと彼女は答えた。

「お祈りするってこと？」と母親は訊ね、イーニドの顔には、ほかの女の子の場合なら恋人との逢瀬に関わっていそうな、頑なで密やかな表情が浮かんだ。

「あの約束は」と翌日彼女は母親に言った。「あれは病院で働くってことについてだったわよね？」

確かにそういうふうに理解していた、と母親は答えた。

「それに、卒業して正看護婦になるってことについてだったわよね？」

確かに、確かに。

ならば、在宅看護を必要としている人が、病院に行く余裕がないとか行きたがらないとかいう人がいて、イーニドが、正看護婦としてではなくいわゆる准看護婦としてそういう人の家へ行って看護するなら、約束を破ることにはならないのではないだろうか？　それに彼女の看護を必要としているそういう人たちはほとんどが子供とか赤ん坊のいる女の人とか死にかけているお年寄りだから、あの下品になるという危険はさほどないのではなかろうか？

「あなたが接する男の人は二度とベッドからは出られない人ばかりだということならば、確かにそうね」と母親は答えた。

だが母親は、これはつまり、イーニドは、ほとんど金ももらえずにみすぼらしい粗末な家で惨めな骨の折れる仕事をするために、病院でまともな仕事に就く可能性をなげうとうと決意したというわけだ、と付け加えないではいられなかった。イーニドは汚染された井戸からポンプで水を汲み上げ、冬には洗面器の氷を割り、夏には蝿と戦い、屋外トイレを使うことになるだろう。洗濯機と電気の代わりに洗濯板と灯油ランプ。そんな状況下で病人の世話をし、家事のあれこれや、貧しい、イタチのような子供たちにも対処すべく努めることになる。

「だけどそれがあなたの人生の目的ならば」と母親は言った。「きっとわたしが悪いことを挙げれば挙げるほどあなたの決心は固くなるんでしょうね。ただね、わたしにもいくつか約束してほしいことがあるの。飲み水は必ず煮沸するって約束して。それと、農夫とは結婚しないで」

イーニドは答えた。「よりにもよってよくもまあそんな馬鹿げたことを」

あれから十六年になる。その間のさいしょの頃、人々はどんどん貧しくなっていった。病院へ行くゆとりのない人がどんどん増え、イーニドが働く家は母親が言ったような状態に近いほど劣悪なことが多かった。洗濯機が壊れて修理できなかったり電気が止められていたり、さいしょから電気が引かれていない家々では、シーツやおむつは手洗いしなければならなかった。イーニドは報酬なしで働いていたわけではなかった。そんなことをしたら、同じように看護の仕事をしている、イーニドのような選択肢を持たない他の女たちに対して公正を欠くことになってしまう。だが彼女は金のほとんどを、子供たちの靴とか冬のコートとか歯医者へ連れて行くとかクリスマスの玩具とかの形で返していた。

彼女の母親は友だちのところを回ってお古のベビーベッドやハイチェアーや毛布や擦り切れたシーツをもらい歩き、シーツは自分で裂いて縁を縫っておむつにした。イーニドのことをさぞ誇りに思っているでしょうねと皆が言い、母親は、ええ、確かにね、と答えた。

「でもねえ、ときにはものすごく大変なことなのよ」と母親は言った。「聖人の母親をやるっていうのは」

そして戦争が起こり、医師や看護婦が大幅に不足し、イーニドはかつてないほど歓迎された。戦争のあとしばらくのあいだも、赤ん坊がうんとたくさん生まれたので同じく歓迎された。病院が拡張され、多くの農場が繁栄するようになった今になってやっと、彼女の職責は縮小して、望みのない奇病にかかっていたり、救いがたく気難しいので病院から放り出されたような人の世話をするだけになってきたように見えた。

この夏は数日おきに豪雨が降っては太陽がひどく照りつけて、ずぶ濡れの木の葉や草を輝かせた。早朝は一面靄がかかり――ここは川のすぐそばなのだ――靄が晴れてさえ、夏はあらゆるものがあふれんばかりに繁茂していて、どの方向もあまり遠くまでは見えなかった。どっしりした木々、野生のブドウ蔓やアメリカヅタにすっかり絡みつかれた低木、とうもろこしや大麦や小麦やまぐさといった作物。すべてが俗に言う先走り状態だった。まぐさは六月には刈れるようになっていて、ルパートは雨で台無しになるまえに急いで納屋へ入れてしまわなければならなかった。陽の光がある限り働いている彼が夕方家へやってくる時間は、どんどん遅くなった。ある夜のこと、彼が家へやってくると、台所のテーブルでロウソクが燃えている以外は真っ暗だった。

イーニドは急いで網戸の掛金を開けた。

「停電？」とルパートは訊ねた。

イーニドは「しーっ」と制した。二階の部屋は暑すぎるので階下で子供たちを寝かせているのだ、とイーニドは囁いた。椅子をくっつけてキルトと枕で寝床にしたのだ。そしてもちろん子供たちが眠れるよう明かりを消さなければならなかった。引き出しにロウソクが入っているのを見つけたので、ノートに書き物をするにはそれでじゅうぶんだった。

「あの子たち、ここで寝たことをきっとずっと覚えているわ」とイーニドは言った。「子供の頃、どこか違う場所で寝たときのことって、ずっと覚えているものよ」

彼は病室用の天井ファンが入っている箱を下ろした。ウォーリーまで買いに行ってきたのだ。新聞も買ってあって、それをイーニドに手渡した。

「世の中がどうなってるか知りたいんじゃないかと思ってね」と彼は言った。

イーニドはテーブルの上の、ノートの横に新聞を広げた。噴水のなかで二匹の犬が遊んでいる写真が掲載されている。

「熱波が来てるって書いてあるわ」とイーニドは言った。「そういう事実がわかるだなんて、すてきじゃない？」

ルパートは注意深くファンを箱から出していた。

「それは助かるわ」とイーニドは言った。「今は涼しくなっているけれど、明日はそのおかげで、奥さん、ずいぶん楽になりますよ」

「早くに来てファンを取り付けるよ」と彼は言った。そして、今日は妻の具合はどうだったかと訊ねた。

　両脚の痛みは和らいできているし、医者が処方してくれた新しい錠剤のおかげで眠れているようだ、とイーニドは答えた。

「ただねえ、たちまち眠ってしまうの」と彼女は言った。「奥さんのお見舞いがなかなかできなくなってしまいますね」

「あいつが眠れるほうがいい」とルパートは答えた。

　このひそひそ声での会話に、イーニドは中等学校時代の会話を思い出した。二人は共に最終学年で、いじめとか、無慈悲に気を惹いてみたりとか、なんであれ以前のそういったことはとっくに止んでいた。その最後の一年はずっと、ルパートは彼女の後ろの席で、二人はいつも当面の目的のためによく短い会話を交わしていた。インク消し持ってる？「罪を負わせる《インクリミネイト》」ってどういう綴りだったっけ？　ティレニア海ってどこ？　自分の席で半ば振り向き、ルパートが近いところにいるのを目で見るのではなく感じられるだけの状態でこうした会話を始めるのは、たいていイーニドだった。彼女は確かにインク消しを借りたかったのだし、情報も必要としていた。だがまた同時に、親しみを示したいとも思っていた。それに償いもしたかった――自分や友人たちが彼をあんなふうに扱ったことを恥ずかしいと思っていたのだ。謝ったところで何にもならないだろう――彼をまたどぎまぎさせるだけのことだ。後ろに座って、自分の顔はイーニドには見えないと思って初めて、彼は気楽になれるのだ。通りで会うと、彼は最後の瞬間までそっぽを向いていて、それから消え入りそうな声で挨拶を呟き、一方で彼女は「こんにちは、ルパート」と大声で呼びかけながら、消してしまいたいと思っている以前のいじめの残響を耳にするのだった。

だが、彼が実際にイーニドの肩に指で触れて、注意を引こうと軽く叩いたりすると、彼が身を乗り出して、ショートカットにしていてさえ乱れる濃い髪にほとんど触れそうに、あるいは本当に触れたりすると――彼女にはどちらなのか確信が持てなかった――許された気がした。ある意味では、光栄に思った。生真面目な重んじられるべき人間に戻れた気がした。

ティレニア海ってどこ、正確にはどこなの？

今の彼はああいうことを何も覚えていないんだろうか、と彼女は思った。

彼女は新聞の前と後ろの部分を分けた。マーガレット・トルーマンはイギリスを訪問中で、王家の人々に拝謁した。王の医師たちは王のバージャー病をビタミンEで治療しようとしている。

イーニドはルパートに前の部分を差し出した。「わたしはクロスワードを見るわ」と彼女は言った。「クロスワードをやるのが好きなの――一日の終わりにくつろいだ気分になれるから」

ルパートは腰を下ろして新聞を読み始め、お茶はいかが、と彼女は訊ねた。もちろん彼は、お構いなく、と答えたが、田舎の言い方ではこの返事はお願いしますと言うのも同じだとわかっていたので、どっちにしろさっさと淹れてしまった。

「南アメリカがテーマだわ」クロスワードを見ながらイーニドは言った。「ラテン・アメリカ・テーマ。さいしょの横列は音楽の……衣服。音楽の衣服？　衣服ねえ。文字がいくつも。あらあら。

わたし今夜はついてるわ。ケープ・ホーン！」

「馬鹿みたいでしょ、こういうのって」イーニドはそう言って立ち上がり、お茶を注いだ。

もし彼がちゃんと覚えているとしたら、何か恨んだりしているのだろうか？　もしかしたら最終学年のときに彼女が見せた軽率な親しみは、彼にとってはあの以前の愚弄と同じく不愉快で傲慢なものに思えていたのだろうか？

この家でさいしょに彼を見たとき、あまり変わっていないとイーニドは思った。背が高くてがっしりした丸顔の少年だった彼は、背が高くてどっしりした丸顔の男になっていた。髪は昔からうんと短くしていたので、今では量が少なくなって明るい茶色から灰色がかった茶色に変わってはいても、たいした違いはなかった。永続的な日焼けが赤面にとって変わっている。そして彼を悩ませるもの、その表情に現れているものがなんであれ、あの昔からの悩みと同じことだったのかもしれない——世の中で場所を占め、他人に呼んでもらう名前を持ち、あいつのことはわかっていると他人から思ってもらえる人間でいるという問題だ。

最終学年の教室に座っていた自分たちのことをイーニドは思い出した。その頃までには、クラスは少人数になっていた——五年のあいだに、勉強好きではない生徒、真剣でない生徒、無関心な生徒は脱落し、残っているのは、三角法を学び、ラテン語を学ぶ、体ばかり大きな、真面目でおとなしい子供たちだった。自分たちがそれに対して備えをしているのは、どんな人生だと思っていたのだろう？　自分たちはどんな人間になると思っていたのだろう？

ダークグリーンの、表紙がよれよれになった『ルネッサンスと宗教改革の歴史』という本を、イーニドは脳裏に浮かべることができた。それはお下がりの、使うのはもう十人目くらいになる本だった——誰も新しい教科書など買わなかった。内側にはこれまでの所有者全員の名前が書いてあって、なかには町の中年の主婦や商人の名前もあった。その人たちもこんなことを勉強していた、「ナント勅令」に赤インクで下線を引き、余白に「注意」と書き込んでいたなんて、想像できなかった。

ナント勅令。ああいう教科書に出ていた、あの生徒たちの頭のなかに、あの頃の彼女自身やルパートの頭のなかにあった事柄の、まさにその役に立たなさ、エキゾチックな性格ゆえに、イーニドは愛おしさと驚嘆を感じた。べつに自分たちがなるつもりだったものになっていないわけではない。決してそんなことはなかった。ルパートはこの農場をやっていく以外のことは考えられなかったはずだ。ここは良い農場だし、彼は一人息子だった。そして彼女自身は結局、まさしく自分が望んでいたに違いないことをするようになった。間違った人生を選んだとか、自らの意に反した選択をしたとか、自分の選択をわかっていなかったとは言えない。ただ、時間がどれほど早く過ぎ去ってしまうかわかっていなかっただけなのだ。そして、かつての自分よりも多いのではなく、おそらくはちょっと少ないものしか残してくれないのだということを。

「アマゾンのパン」とイーニドは言った。「アマゾンのパン？」

ルパートが応じた。「マニオク？」

イーニドは数えた。「七文字よ」と彼女は言った。「七つ」

彼が言った。「Cassava《キャッサヴァ》？」

「キャッサヴァ？　それってSがふたつ？　キャッサヴァだわ」

ミセス・クィンは、日々食べ物に関してどんどん気まぐれになっていた。トーストが食べたいとか牛乳をかけたバナナが欲しいとか言うことがあった。ピーナツバター・クッキーが欲しいと言った日もあった。イーニドはこうしたものをぜんぶ準備した——どっちにしろ子供たちも食べるし——そしていざ用意が整うと、ミセス・クィンは見た目やにおいが我慢できないのだった。インスタントゼリーでさえ、彼女には我慢できないにおいがあった。

音をすべて嫌うこともあった。ファンさえ回させなかった。ラジオを点けたがることもあり、誕生日や記念日のためのリクエスト曲を流したり、電話を掛けて質問したりする局を聴きたがった。答えが正しいと、ナイアガラの滝への旅行とか、ガソリンをタンク一杯分とか、山のような食料品とか、映画のチケットを貰えるのだ。

「ぜんぶやらせよ」とミセス・クィンは言った。「誰かに電話かけるふりをするだけで——隣の部屋にいて、答えは予め教えてもらってね。まえに、ラジオで働いてる知り合いがいてさ、ほんとはそういうことなんだ」

このところ、彼女は脈が早くなっていた。息せき切った軽い調子でひどく早口にしゃべった。「あんたのお母さん、どんな車に乗ってんの？」と彼女は訊ねた。

「エビ茶色の車よ」とイーニドは答えた。

「どのメーカー？」とミセス・クィン。

イーニドは知らないと答えた、これは本当だった。知ってはいたが忘れたのだ。

「新車を買ったの？」

「そうよ」とイーニド。「そうよ。でももう三年か四年まえだけど」

「お母さん、ウィレンズさんちの隣のあの大きな石造りの家に住んでるんでしょ?」

そのとおりだとイーニドは答えた。

「なん部屋あるの? 十六?」

「多過ぎるくらい」

「ミスター・ウィレンズが溺れ死んだとき、お葬式に行った?」

いいえ、とイーニドは言った。「お葬式って苦手なの」

「あたしは行くはずだったの。あの頃はそれほど具合が悪くなかったし、ハーヴェイ夫婦といっしょに幹線道路を通って行くつもりだった、乗せてあげるって言われててね、そしたら奥さんのお母さんとお姉さんも行きたいって言い出して、後ろの座席に空きがなくなっちゃってさ。でね、クライヴとオリーヴはトラックで行ったからあたしが前の座席に割り込むことだってできたんだけど、二人とも誘おうとは思ってくれなくて。あの人、入水自殺したんだと思う?」

イーニドはミスター・ウィレンズがバラを一輪手渡してくれたのを思い出した。彼の冗談っぽい伊達男ぶった振る舞いは、イーニドの歯の神経を甘すぎるものを食べたときのように疼かせた。

「さあねえ。そうは思えないけど」

「彼とミセス・ウィレンズはうまくいってたのかしら?」

「わたしが知る限りでは、とてもうまくいっていたけれど」

「あら、そうなの?」とイーニドの控え目な口調を真似しながらミセス・クィンは言った。「とってもう・ま・く」

イーニドはミセス・クィンの病室のソファで眠っていた。ミセス・クィンのひどい痒みはほとんど消え、尿意も消えていた。たいていは夜通し眠れるようになったが、ひとしきり、耳障りな、怒ったような息遣いになることはあった。イーニドが目を覚ましては眠れなくなるのは、自分自身の問題のせいだった。不愉快な夢を見るようになったのだ。それまでは見たことがないような夢だった。以前は、悪い夢というのは、自分が見慣れない家にいて、そこでは部屋がどんどん変わり続け、常に自分にはこなしきれないほどの仕事があって、片付けたと思っていた仕事が片付いていなくて、限りなく邪魔が入る、そんな夢だと思っていた。それにもちろん、イーニドが恋の夢と考えていたようなのもあって、男が体に腕を回してきたり、抱きしめられることさえあった。相手は知らない男だったり知っている男だったり——そんな場面を想像するのが冗談でしかないような男のこともあった。こういう夢に、イーニドは物思いに沈んだりちょっと悲しくなったりしたが、自分にもそういう感情を抱くことができるのだとわかって、ある意味では安心した。そういう夢は、気恥ずかしく感じることはあっても、なんでもなかった、今見ているような夢と比べると、まったくなんでもなかった。今見ている夢では、彼女はぜったい許されない、考えられない相手と性交していたり、あるいは性交しようとしていたり(侵入者や状況の変化に妨げられることもあった)するのだ。もぞもぞもがく太った赤ん坊とか、包帯を巻いた患者とか、自分の母親と。彼女は欲望でぬめぬめし、心は虚ろに、情欲に呻きながら、荒々しく、不機嫌で実利的な態度で行為に取り掛かる。「そうよ、こうしなくちゃならないの」と彼女は自分に言い聞かせる。「もっといいことが起こらないんなら、これで間に合うわ」そしてこの心の冷たさ、この味気ない悪行に、彼女の情欲はひたすら駆り立てられるのだ。自責の念もなく、汗ばんで疲れ果てて目を覚まし、死骸のように横になっているうちに、自分自身が、恥ずかしさや信じられないという気持ちが、自分のなかに戻ってくる。肌で汗が冷える。暖かい夜、身を横たえた彼女は嫌悪感と恥ずかしさに震えた。眠りに戻ろうという気にはとてもなれない。彼女は暗闇に慣れ、レースのカーテンのかかった長方形の窓にかすかな光が満ちる情景に慣れた。それに、病気の女の呼気が耳障りな罵るような調子になってから、ほとんど消えてしまうのにも。

もしも自分がカトリック教徒なら、と彼女は考えた。これは告解で懺悔するようなことなのだろうか？　彼女には、ひとりで祈るときに口にすることさえできない事柄に思えた。彼女は正式な場合を除いてはもうあまり祈らなくなっていて、今経験したようなことに神の注意を促すのはまったく無用で冒瀆的なことに思えた。神を侮辱することになる。イーニドは、自分の心によって侮辱されたのだ。イーニドの信仰は希望に満ちた分別のあるもので、眠りのなかに悪魔が侵入するなどといったくだらないドラマを受け入れる余地はなかった。彼女の心にある汚らしさは彼女のうちにあるもので、それを脚色して重要に思えるようにしたところで、意味はない。ぜったいにない。なんでもないことなのだ、ただの心のゴミだ。

家と川岸とのあいだの小さな牧草地に、牛が何頭かいた。草をもぐもぐ食べたり押し合いへし合いしたり、夜中に餌を食べたりする音が聞こえた。むこうにいる、ミゾホオズキやチコリ、花の咲いている牧草のあいだの牛たちの大きなゆったりした姿を思い浮かべながら、彼女は思った。いい暮らしじゃないの、牛って。

もちろん、最後は屠畜場だ。最後は悲惨だ。

だけど、誰もが皆同じことじゃないか。眠っているあいだに邪悪なものに捕まってしまう。苦痛や崩壊が待ち構えている。事前に想像できるよりもずっとひどいアニマル・ホラー。心地よい寝床や牛の吐息や夜空の星の模様――そんなものは一瞬でひっくり返ってしまう。そして彼女はここでこうして、イーニドはここでこうして、そんなことなどないようなふりをしてせっせと働いて人生をすり減らしている。他人の心身を楽にしようと努力して。善き人間であろうと努力して。慈悲深い天使、と彼女の母親は言った。時が経つにつれて、その口調からはどんどん皮肉っぽさが薄れていった。患者と医者も、そう言った。

そしてその間ずっと、どれだけの人から馬鹿だと思われたことだろう？　彼女が労力を費やした相手は密かに彼女を蔑んでいるのかもしれない。もし自分なら、ぜったいこんなことはしないと思いながら。ここまで愚かにはなれない。駄目だ。

哀れな罪人たち、という言葉が彼女の頭に浮かんだ。哀れな罪人たち。

悔い改めた者を許したまえ。

そこで彼女は起き上がり、仕事をする。彼女の考えとしては、悔い改めるにはそれがいちばんなのだ。彼女は夜を徹して、うんと静かに、でも着実に働く。食器棚の曇ったガラスやベタベタする皿を洗い、それまで一切秩序の見られなかったところに秩序を確立する。一切秩序がなかったのだ。紅茶茶碗はケチャップとマスタードに挟まれているし、トイレットペーパーはハチミツ容器の上。棚にはパラフィン紙も、新聞紙さえ敷かれていなかった。袋に入ったブラウンシュガーは石のように固まっていた。ここ数ヶ月で状況が悪化していったというのは理解できるのだが、どうやらこの家にはいまだかつて気配りや秩序などあったためしがないように見えた。レースのカーテンはどれも煙で灰色になっていて、窓ガラスはベタベタしていた。ジャムの最後の一口は瓶のなかでカビが生えるまま放置され、大昔の花束を挿してある水差しの水は悪臭を放ち、一度も替えられていなかった。それでもなおここは良い家で、磨いたり塗ったりすれば元に戻りそうだった。もっとも、表側の居間の床に最近いい加減に塗られた嫌な茶色のペンキはどうしたものだろう？その日遅くにちょっと時間があったので、彼女はルパートの母親の花壇の草抜きをし、雄々しい多年生植物を窒息させていたゴボウやカモジグサを掘り起こした。

彼女は子供たちにスプーンを正しく持つことと、食前の祈りを捧げることを教えた。

この素晴らしい世界を与えてくださってありがとうございます、
わたしたちにこの食べ物を与えてくださってありがとうございます……

歯を磨いて、そのあとで祈りを捧げることを、彼女は子供たちに教えた。

「神さまどうぞお恵みを、母さんと父さんに、イーニドとオリーヴおばさんとクライヴおじさんとエリザベス王女とマーガレット・ローズ王女と」そのあとで、子供たちはそれぞれ相手の名前を付け足す。これをかなりのあいだやった頃、シルヴィーが訊ねた。「どういう意味なの？」

イーニドは問い返した。「どういう意味って何が？」

「『神さまどうぞお恵みを』ってどういう意味？」

イーニドはエッグノッグを作った。香りをつけるようなものはヴァニラさえ入れないでおいて、ミセス・クィンにスプーンで飲ませた。濃厚な液体を少しずつ飲ませ、ミセス・クィンは与えられる少量のものを飲み下すことができた。飲み込めないときには、イーニドは気の抜けた生ぬるいジンジャーエールをスプーンで与えた。

この頃では、日の光は、というかどんな光も、ミセス・クィンにとっては音と同じくらい不快なものだった。イーニドはブラインドを下げておいてさらに窓に厚手のキルトを掛けなければならなかった。ミセス・クィンの要求に従ってファンを止めると、部屋はひどく暑くなり、患者の世話をしようとベッドに身をかがめるイーニドの額からは汗が滴り落ちた。ミセス・クィンはがたがた体を震わせていた。どれほど暖かくしても足りないのだった。

「いつまでももってるじゃないか」と医者は言った。「きっとその、君が与えているミルクセーキのせいだね、それでももっているんだ」

「エッグノッグです」とイーニドは、それが大事なのだと言わんばかりに訂正した。

ミセス・クィンは、今では疲労と衰弱のあまりしゃべらないことが多くなった。意識が朦朧とした状態で横たわり、呼吸はかすかで、脈は安定せず、感じられなかったりするので、イーニドほど経験を積んでいない者なら死んだと思いそうなこともあった。だが、元気が出て、ラジオをつけてほしがり、それからまた消させることもあった。いまだに自分が誰なのかはちゃんとわかっていて、イーニドのこともわかっていて、考え込むような、あるいは詮索するような眼差しでイーニドを観察しているように思えることもあった。顔からはとっくに、そして唇からさえ血の気が失せていたが、目は以前よりグリーンが濃くなったように見えた――乳白色に煙った緑だ。イーニドは自分に向けられた眼差しに答えようとした。

「司祭さんに話しに来てもらいましょうか？」

ミセス・クィンは唾でも吐きたそうな顔をした。

「あたしがミック（アイルランド人、カトリック教徒の蔑称）に見える？」と彼女は問い返した。

「牧師さん？」とイーニド。こう訊ねるのが正しいことなのはわかっていたが、訊ねた彼女の心は正しいものではなかった――それは冷たく、ちょっと意地の悪いものだった。

いや。ミセス・クィンはそんなことを望んではいない。彼女は不機嫌に唸った。彼女にはまだ多少のエネルギーがあり、それを目的があって高めているようにイーニドには感じられた。「子供たちと話したいの？」努めて思いやりをこめた、励ますような口調でイーニドは訊ねた。「そうしたいの？」

いや。

「ご主人？　ご主人はもうちょっとしたらここへ来るわ」

イーニドは確信があるわけではなかった。ルパートが来るのがうんと遅くなる夜もあるのだ。ミセス・クィンが最後の錠剤を飲んで眠ってしまってからうんと遅くに。それから彼はイーニドと腰を下ろす。彼はいつも新聞を持ってきてくれた。ノート――二冊あることに彼は気づいた――に何を書いているのかと彼は訊ね、イーニドは説明した。一冊は医者のために、血圧や脈や体温を記録し、食べた物や嘔吐、排泄、飲んだ薬、患者の状態の全体的な概要などを記していた。もう一冊は自分用で、まったく同じというわけではないかもしれないが同じようなことをたくさん書き、だがそれに天気とか周囲の状況の詳細を付け加えていた。それに、覚えておくべきこと。

「たとえばね、このあいだはこんなことを書いたの」とイーニドは言った。「ロイスの言ったことよ。ミセス・グリーンがここへ来ていたときにロイスとシルヴィーが入ってきてね、小道沿いのべリーの茂みがどんどん伸びて道を横切ってるってミセス・グリーンが話したら、ロイスが、『〈眠り姫〉みたいね』って言ったの。あのお話をあの子たちに読んでやったのよ。そのことを書き留めておいたの」

ルパートは「あのベリーの枝は、なんとか刈り込まなきゃならんな」と言った。

イーニドの印象では、ロイスがそんなことを言って彼女がそれを書き記したのを嬉しく思っているようだったが、彼がそんなことを口にするはずはなかった。

ある夜、家畜の競売があるので二日ばかり留守にすると彼は告げた。大丈夫だろうかと医者に訊ねたら、行くようにと言われたのだ。

その夜彼がやってきたのは最後の錠剤を飲ませるまえで、短期間の留守を控えて、妻が起きているときに会おうとしたのだろうとイーニドは思った。そのままミセス・クィンの病室へ行くようにとイーニドは言い、彼はそうして、部屋に入るとドアを閉めた。イーニドは新聞を手にとって、二階へ行って読もうかと思ったが、子供たちはたぶんまだ寝ていないだろうと考えた。彼女を呼び込む口実を見つけることだろう。ポーチに出てもいいが、この時間には蚊がいる、とりわけこの午後のような雨のあとでは。

なにやら睦言を、あるいはひょっとしたら喧嘩の気配を漏れ聞いてしまって、そのあと出てきた彼と顔を合わす羽目になることをイーニドは心配していたのだった。ミセス・クィンの活力は爆発しそうに高まっていた――イーニドには確かにそう感じられた。そしてどこへ行こうか心を決められないうちに、実際何かを漏れ聞いてしまったのだ。非難でもなければ、(そんなことが可能ならば)愛情表現でもないし、おそらく彼女が半ば予期していた泣き声でさえなく、笑い声だった。ミセス・クィンが弱々しく笑うのが聞こえて、その笑い声にはイーニドがそれまでにも聞いたことがある嘲りと満足感があったのだが、初めて聞く、生まれてこのかた聞いたことのないものも含まれていた――何か意図的な忌まわしさだ。動くべきだったのに動かないまま、少しして彼が出てきたときも、イーニドはまだテーブルのところにいて、まだそこで病室のドアを見つめていた。彼は彼女の目を避けなかった――彼女も彼の目を避けなかった。そうできなかったのだ。とはいえ、彼が自分を見たと断言することもできなかっただろう。彼はただちらと彼女を見て、そのまま外へ出て行った。彼はまるで、電線を摑んじまったらこの馬鹿げた大失敗に体がまいっちまって、と謝っている――誰に対して？――かのように見えた。

翌日、ミセス・クィンの体力はどっと蘇っていた。イーニドが他の患者たちでも一、二度経験している、あの異常な、目を欺かれる現象だ。ミセス・クィンは枕にもたれて上体を起こしたがった。ファンを回してほしがった。

イーニドは言った。「それはいい考えだわ」

「あんたが信じないようなことを聞かせてあげる」とミセス・クィンは言った。

「みんなわたしにいろんなことを話してくれるのよ」とイーニドは答えた。

「そうよね。嘘っぱちを」とミセス・クィンは言った。「きっと嘘ばっかりなんでしょ。あのね、ミスター・ウィレンズはね、ここの、この部屋にいたんだけど？」

iii　間違い

ミセス・クィンは揺り椅子に座って目を調べてもらっていて、ミスター・ウィレンズはそのすぐ前で彼女の目に器具を当てていて、どちらもルパートが入ってくる足音が聞こえなかった。彼は川べりで木を切っているはずだったのだ。ところが彼はこっそり戻ってきた。物音を立てずにこっそり台所を通り抜け――そのまえに、ミスター・ウィレンズの車が外に停まっているのを目にしたにちがいない――それからこの部屋のドアをそっと開け、ミスター・ウィレンズが膝をついて器具を妻の片目に押し当て、バランスを保とうともう片方の手を妻の脚の上に置いているのを目にした。バランスを保つために脚を鷲摑みにしていて、スカートがまくれあがり、脚がむき出しになっていたが、それだけのことで、彼女にはどうしようもなく、ひたすらじっとしているしかなかった。

そんなわけで、ルパートは二人のどちらもが帰宅に気づかないうちに部屋に入ってきて、そして、ひとっ飛びで稲妻みたいにミスター・ウィレンズに飛びかかり、ミスター・ウィレンズは立ち上がることも振り向くこともできずに、気がつくまえに倒れていた。ルパートはその頭を床にがんがん叩きつけ、ルパートは相手の息の根を止めんばかりに叩きつけ、彼女はひどく慌てて立ち上がったので椅子が吹っ飛んで、ミスター・ウィレンズが目の道具を入れている箱がひっくり返っていろんなものが飛び出した。ルパートはひたすら相手を打ちのめし、たぶんミスター・ウィレンズはストーブの脚にぶつかったんじゃなかろうか、何かはわからないが。次はあたしだ、と彼女は思った。だが、部屋から逃げ出そうにも二人を迂回することができない。すると、結局のところルパートには彼女を攻撃するつもりはないのがわかった。ルパートは息を切らして、椅子を起こすとそこに座り込んだ。そこで彼女はミスター・ウィレンズのところへ行き、重い体を引っ張って仰向けにした。目は完全に開いてもいなければ、閉じてもいない、口からは何か滴っている。だが顔の皮膚には傷もなければあざも見当たらなかった――まだ現れていなかったのかもしれない。口から滴っているものも、血らしく見えさえしなかった。それはピンク色のもので、何に似ているかといえば、イチゴジャムを煮ているときに浮かんでくる泡にそっくりだった。明るいピンク。ルパートにうつ伏せにされたおかげで、それが顔にべっとりくっついていた。彼女が仰向けにすると、声も発した。ゲボゲボ。それだけだった。ゲボゲボ、そして彼は石のように横たわっていた。

　ルパートは椅子からぱっと立ち上がり、椅子がまだ揺れているなか、いろんな物を拾ってはひとつずつミスター・ウィレンズの箱へ戻し始めた。何もかもきちんと元通りに。そんなふうに時間を無駄にして。それは赤いフラシ天で裏打ちした特別な箱で、検眼士が使う道具をひとつずつ収めるようになっていて、どれもがきちんと入っていないと蓋が閉まらない。ルパートはきちんと収めて蓋を閉め、それからまた椅子に座り込んで、自分の両膝を叩き始めた。

　テーブルの上には例のなんの役にも立たない布がかかっていた、ルパートの両親が北へ、ディオンヌの五つ子（1934年オンタリオ州でフランス系夫婦のあいだに生まれた姉妹、世界的注目を浴びた）を見に行ったときの土産だった。彼女はそれをテーブルからはぐるとミスター・ウィレンズの頭を包み、ピンク色のものを吸い取って、それに顔も見なくてすむようにした。

ルパートはまだ、大きな両手でぴしゃぴしゃ平手打ちを続けていた。ルパート、この人をどこかに埋めなきゃ、と彼女は呼びかけた。

ルパートは、どうしてだ？　と訊ねるかのように、ただ彼女の顔を見た。

地下室に埋めればいい、あそこは土間だから、と彼女は言った。

「そうだな」とルパートは答えた。「あいつの車はどこへ埋めよう？」

納屋に入れて干し草をかぶせておけばいい、と彼女は言った。

納屋はのぞきに来る人間が多すぎる、と彼は答えた。

そのとき彼女は思いついた。あの男を川へ沈めてしまえばいい。水中の車のなかに座っている男の姿を彼女は思い浮かべた。まるで写真のように浮かんできたのだ。ルパートはさいしょ何も言わなかったので、彼女は台所へ行って水を持ってきて、ミスター・ウィレンズをきれいに拭って何も滴らせていないようにした。口からはもうネバネバは出てこなかった。彼女はポケットに入っていたキーを取り出した。ズボンの布地越しに、彼の太った脚がまだ温かいのが感じられた。

彼女はルパートに、さあぐずぐずしないで、と言った。

ルパートはキーを受け取った。

二人でミスター・ウィレンズを持ち上げた、彼女は足でルパートは頭、ひどく重かった。鉛のようだった。だが運んでいると、靴の片方が彼女の脚のあいだを蹴るような具合となり、彼女は思った。あらあら、まだそんなことして、すけべ親父。死んでまで足でつつくんだから。何もさせたりはしなかったが、彼はいつもすきあらば摑みかかろうとしていたのだ。彼女の目に器具を押し当てながらスカートの下の脚を摑んでいたように。彼女には止められず、おかげでルパートがこっそり入ってきて、勘違いするようなことになってしまった。

敷居を越えて、台所を抜けて、ポーチを横切って、ポーチの階段を降りて。人影はなかった。だが風の強い日で、真っ先に、彼女がミスター・ウィレンズの頭を包んでおいた布が風で吹き飛ばされてしまった。

この家の庭は道路からは見えない、それは幸運だった。屋根のてっぺんと二階の窓が見えるだけだ。ミスター・ウィレンズの車は見えないはずだ。

そのあとどうするか、ルパートは考えていた。ジャトランドへ運ぶのだ、あそこなら水は深いし、ずっと続く轍の痕は、彼が道路から入ってきて道を間違えたように見えるだろう。ジャトランド道路に入って、おそらく暗かったために、自分がどこにいるのか気づかないうちに水に突っ込んでしまった、みたいに。ちょっと間違ったかのように。

そうなのだ。ミスター・ウィレンズは確かに間違いを犯したのだ。

問題は、それにはこの家の小道を出て、ジャトランドへ曲がるところまで道路を運転しなければならないということだった。だが、このあたりには誰も住んでいないし、ジャトランドへ行く角を曲がったらあとは行き止まり、ということは、ほんの半マイルくらいのあいだ、誰にも会いませんようにと祈っていればいい。それからルパートはミスター・ウィレンズを運転席に移し、車を岸から水のなか目がけて突き落とす。淵目がけて全力で押す。なかなか大変だろうが、ルパートというやつは少なくとも力は強かった。これほど力が強くなかったら、そもそもこんな面倒なことにはなっていなかっただろう。

ルパートは車を発進させるのにちょっと手間取った、ああいう車を運転したことがなかったからだ。だがちゃんと発進させ、方向転換して、もたれかかってくるミスター・ウィレンズの体をがたがた揺らしながら小道を運転して出て行った。ルパートはミスター・ウィレンズの帽子をかぶっていた——車の座席に置いてあったのだ。

なぜ家に入るまえに帽子をとったのかって？　礼儀のためだけではなく、そのほうが彼女を捕まえてキスしやすかったからだろう。あれをキスと呼べるならだが。片手にはまだ箱を持ったままでもう片方の手で摑みながらぐいぐい押し付けてきて、よだれベタベタのジジイっぽい口で吸い付く。彼女の唇と舌に吸い付いてくちゃくちゃ嚙んで、自分の体をぐいぐい押し付けてきて、箱の角が彼女の体に当たる、彼女の尻に突き立てられる。彼女はびっくり仰天、しっかり押さえつけられているので、どう逃れたらいいのかわからなかった。押し付けて、吸い付いて、よだれを垂らして、彼女に突き立てて痛い思いをさせて、これすべて一時に。あの男は汚らわしいケダモノだった。

彼女は飛ばされてフェンスに引っかかっていた五つ子のクロスを取ってきた。階段に血がついていないか、ポーチや台所に何か汚れはついていないか、目を皿のようにして見てみたが、表側の居間と、それに自分の靴にくっついていただけだった。彼女は床についていたのを徹底的に洗い落とし、靴も脱いでごしごし洗い、すっかりやり終えてから初めて自分の服の前面にしみがついているのに気づいた。どうしてくっついたのだろう？　それと同時に物音が聞こえることにも気づいて、石になってしまった。車の音が聞こえたのだが、それは知らない車で、家の小道を近づいてきた。

レースのカーテン越しに見てみると、思ったとおりだった。新しそうな車で、ダークグリーンだ。自分の服の前にはしみがつき、靴は脱いで、床は濡れている。外から見えない位置へと戻ったものの、どこへ隠れたらいいかわからなかった。車は停止し、ドアが開いたが、エンジンは切られなかった。ドアが閉まる音が聞こえ、すると車はUターンして、また小道を出て行くのが聞こえた。そして、ポーチからロイスとシルヴィーの声がした。

あれは先生の恋人の車だ。毎週金曜の午後は恋人が先生を迎えに来るのだが、この日は金曜だった。そこで先生は恋人に、この子たちも家まで送ってあげましょうよ、この子たち、クラスでいちばん小さいし、家はいちばん遠いし、それに雨が降り出しそうだし、と頼んだのだ。

確かに雨も降っていた。ルパートが帰ってきた頃に、川岸に沿って歩いて帰ってきた頃に降り出したのだ。彼女は、よかったわね、車を突き落としたあたりのあんたの足跡が、これでどろどろになるわ、と言った。靴を脱いでソックスだけになって作業をしたんだと、彼は答えた。じゃあまた頭が使えるようになったのね、と彼女は言った。

例の土産のクロスや着ていたブラウスにくっついたものを水で濡らして取ろうとしてみる代わりに、彼女は両方ともストーブで燃やしてしまうことにした。ひどいにおいがして、そのにおいのせいで彼女は気分が悪くなった。そもそもそれが病気の始まりだったのだ。それと、ペンキが。床を掃除しても、しみがあると思える場所が彼女には見て取れたので、ルパートが階段を塗った残りの茶色いペンキを持ってきて、床全体に塗ったのだ。そのせいで、嘔吐が始まった。かがみこんで、ペンキのにおいを吸い込んでいたせいで。それに背中の痛みも――それもあれがきっかけだった。

床を塗ってしまうと、彼女は表側の居間へ入るのをやめた。だがある日、あのテーブルにべつのクロスを掛けなくちゃ、と思った。そのほうが普通に見えるだろう。掛けなければ、きっと義妹がやってきて嗅ぎ回って、訊ねるだろう。父さんと母さんが五つ子を見に行ったときに買って帰ったあのクロスはどこへいったの？　べつのクロスを掛けておけば、ああ、ちょっと変えてみたくてね、と言える。だがクロスなしでは変に見えるだろう。

そこで彼女はルパートの母親が花籠を刺繍したクロスを出してきてあそこに掛けにいき、するとまだペンキのにおいがした。そしてテーブルの上には、ミスター・ウィレンズの道具を収めた、彼の名前の記された暗赤色の箱が置いてあり、それはずっとそこにあったのだった。彼女は箱をそこへ置いた覚えすら、あるいはルパートがそこへ置いたのを見た覚えすらなかった。箱のことはすっかり忘れていたのだ。

彼女はあの箱をある場所に隠し、それからまたべつの場所に隠した。どこに隠したかは口にしないし、この先も言うつもりはない。叩き壊したいところだったが、あのなかに入っているいろいろなものを叩き壊せるわけがないじゃないか？　検査につかう道具。さあ奥さん、目の検査をしましょうかねえ、ここに座って楽にして、片目は閉じてもう片方は大きく開いておいてください。大きく開いて、さあ。毎回同じ手口で、何が起こっているのか彼女は気がつかないことになっている。そして彼が器具を取り出して彼女の目を覗き込んでいるときは、彼女がパンティーをはいたままでいることを彼は望むのだ、あの汚らわしいジジイはハアハアいいながら指を滑り込ませ、そしてハアハアいう。彼がやめて検査の道具を箱にしまい込むまで彼女は何も言わないことになっていて、そこで初めて、こんなふうに言う。「あら、ミスター・ウィレンズ、ええっと、今日はおいくら？」

そしてそれを合図に彼は彼女を押し倒し、雄ヤギみたいな勢いで彼女をばんばんやっつける。むき出しの床の上で彼女を乱暴に上下させ、粉々に打ち砕こうとする。彼のイチモツはトーチランプみたいだ。

どんな気分だと思う？

それから新聞に出た。ミスター・ウィレンズが溺死しているのが発見された。頭がハンドルにぶつかったんだって書いてあった。水に沈んだときには生きてたって。笑っちゃう。

iv 嘘

イーニドは夜通し眠れなかった――眠ろうとさえしなかった。ミセス・クィンの病室で身を横たえることができなかった。台所で何時間も座っていた。動くのは努力が要った、お茶を一杯淹れたり、トイレへ行くことさえ。体を動かすと、頭のなかで整理し、慣れようと努めている情報がかき乱された。服も脱がず、髪も解かずにいて、歯を磨いたら、たいそうな労力を要する慣れないことをしているような気がした。台所の窓からは月の光が差し込み――彼女は暗いなかで座っていた――リノリウムの床の上を光の当たる箇所が移動していって、やがて消えるのを、彼女は夜通し見つめていた。消えたことに彼女は驚き、それから、小鳥たちの目覚めに、新しい一日が始まったことに驚いた。夜はひどく長かったように思え、そのあとで、短すぎたように思えた。なにしろ何も決められなかったのだから。

彼女はこわばった体で立ち上がり、ドアの鍵を開けて、差し始めたばかりの陽光のなかでポーチに座った。そんな動きさえもが、考えていたことをごっちゃにした。それをまた分類して、二つに分けなくてはならなかった。起こったこと――というか、起こったと聞かされたこと――を一方の側に。それについてなすべきことをもう一方の側に。それについてなすべきこと――はっきりわからないのはそれなのだ。

牛たちは家と川岸とのあいだの小さな牧草地から出てしまっていた。そうしたいなら、彼女だってゲートを開けてそっちのほうへ行けばいい。そんなことをせずに戻ってミセス・クィンの様子を確認すべきなのはわかっていた。だが、気がつくと彼女はゲートのスライド錠を開けていた。

牛たちは草をぜんぶ食べてしまってはいなかった。牛たちはびしょ濡れの体を彼女のストッキングにこすりつけた。だが、川岸の木々、野生のブドウが猿の毛むくじゃらの腕のように絡みついているあの大きな柳の木々の下の小道は、くっきりと続いていた。霧が立ち込めているので、川はほとんど見えない。目を据えて一心に見つめていると、やがて水の一点が透けて見えてくる。鍋のなかの水のように静まりかえっている。流れているはずなのに、彼女にはその動きは見えなかった。

すると、動きが見えた。だがそれは水の動きではなかった。ボートが一艘動いているのだ。木の枝に繋がれて、古ぼけた粗末な手漕ぎボートがほんのわずかに持ち上がり、持ち上げられては下がる。いったんボートを見つけた彼女は、それをじっと見つめ続けた。それが何か教えてくれるのではないかとでもいうように。すると確かに教えてくれたのだ。穏やかながら、決め手となることを。

ほらね。ほらね。

子供たちが目を覚ますと、彼女はひどく上機嫌で、さっぱりと顔を洗って服を着て髪を垂らしていた。果物をたっぷり入れたゼリーをもう作ってしまっていて、昼食には食べられるようになっていた。そして今は、オーブン仕事ができなくなるほど暑くなるまえに焼いてしまおうと、クッキー生地を混ぜ合わせていた。

「あれはお父さんのボートなの?」と彼女は訊いた。「あの川にあるのは?」

そうだとロイスが答えた。「だけど、あたしたちはあれに乗って遊んじゃいけないの」それからロイスは言った。「ついてきてくれたら、遊べるんだけどなあ」子供たちはたちまちのうちに、その日の特別な雰囲気を、休日のお楽しみの可能性を、脱力感と興奮が入り混じったイーニドの常ならぬ気分を察知していた。

「そうねえ」とイーニドは答えた。その日一日を子供たちにとって特別なものにしてやりたいと彼女は思っていた。母親が死ぬ日となるだろう——彼女はすでにほぼ確信していた——という事実はべつとして、特別な日に。これから先の出来事に救いの光を投げかけてくれるようなものを子供たちの心に抱かせてやりたかった。彼女自身にも、ということだ、それに、どんなものであれこの先の子供たちの人生に彼女が及ぼす影響にとっても。

その朝ミセス・クィンの脈は見つけにくく、どうやら頭を上げることも目を開けることもできないようだった。昨日とはすっかり様変わりだが、イーニドは驚かなかった。あのエネルギーの大噴出、あの忌まわしい話の吐露が最後となるだろうと思っていたのだ。彼女がミセス・クィンの口元にスプーンで水を運ぶと、ミセス・クィンはその水をほんのちょっとすすった。猫が鳴くような声をあげた——きっとあのさまざまな不平の最後の痕跡だ。イーニドは医者に連絡はしなかった——その日はどのみち、もうすこししたら来ることになっていたのだ、たぶん午後の早いうちに。

彼女は瓶に入れた石鹼水を揺すって泡立たせ、針金を一本曲げて、それからもう一本曲げ、シャボン玉の道具を作ってやった。子供たちにどうやってシャボン玉を作るか見せてやった。しっかりと注意深く息を吹き込んで、針金にくっついて震える輝く球体をなるべく大きくして、それからそっと揺すって飛ばしてやる。子供たちは庭じゅうシャボン玉を追いかけまわし、そよ風に捕まって木に引っかかったり、ポーチのひさしにひっかかったりするまで浮かばせておいた。そんなときシャボン玉は、下からあがる感嘆の叫びや甲高い喜びの声によって活力を保ち続けているように見えた。イーニドは子供たちが騒いでもなんの制止もせず、石鹸水をすっかり使い切ってしまうと、また作った。

彼女が子供たちに昼食――ゼリーと、皿に盛った色つき砂糖をまぶしたクッキー、チョコレートシロップを加えた牛乳――を与えていると、医師から電話がかかってきた。木から落ちた子がいて足止めされている、たぶん夕食時までは出られないだろう、と医師は告げた。イーニドは小声で言った。「そろそろじゃないかって気がするんですけれど」

「ああ、できるものなら、楽に過ごさせてあげてください」と医師は言った。「どうすればいいか、私と同程度の心得はあるでしょう」

イーニドはミセス・グリーンには電話しなかった。ルパートがまだ競売から戻っていないのは知っていたし、ミセス・クィンがたとえもう一度意識を取り戻したとしても、病室で義妹の姿を見たり声を聞いたりしたがるとは思えなかった。子供たちに会いたがるだろうとも思えなかった。それに、子供たちに今の母の顔を見た記憶が残っても、いいことは何もない。

彼女はもうミセス・クィンの血圧や体温を測ろうともしなかった――海綿で顔や腕を拭い、水を与えることとしかしなかったが、それももはや相手にはわかっていないようだった。彼女はファンを回した。回る音をミセス・クィンはこれまでしょっちゅう嫌がっていたのだが。病人の体から漂ってくるにおいが変化して、アンモニアのようなつんとくるところがなくなってきたように思われた。死につきもののにおいへと変化しているように。

彼女は外へ出て階段に腰を下ろした。靴とストッキングを脱いで、日差しのなかに両足を伸ばした。子供たちは彼女に、そろそろとせがみ始めた。川へ連れてってよ、ボートに乗せてよ、オールを見つけられたらボート漕ぎに連れてってよ、と。職務放棄がそこまでいってしまってはならないことくらい彼女にはわかっていたが、子供たちにこう訊いてみた。プール遊びはどう？　プールが二つっていうのは？　それから彼女は洗濯盥を二つ持ち出して、芝生の上に置き、貯水タンクのポンプで水を満たした。二人はパンツだけになって、エリザベス王女とマーガレット・ローズ王女になって水に浸った。

「どう思う？」とイーニドは、草の上に腰を下ろし、頭を反らして目を閉じたまま問いかけた。「どう思う、もし誰かがすごく悪いことをしたら、罰を受けなくちゃならないかしら？」

「うん」とロイスはすぐさま答えた。「そういう人はムチで打たれるの」

「誰がそんな悪いことしたの？」とシルヴィーが訊いた。

「誰でもいいわ」とイーニドは言った。「じゃあ、すごく悪いことだけど、そんなことをやったのを誰にも知られていないとしたら？　自分がやりましたって話して、罰を受けるべきかしら？」

シルヴィーが答えた。「あたしなら、その人がやったってわかるな」

「わかるわけないでしょ」とロイスが言った。「どうやってわかるのよ？」

「ちゃんと見てるんだもん」

「見てるわけないよ」

「どうしてわたしがそういう人は罰を受けなくちゃならないって思うか、わかる?」イーニドは問いかけた。「そういう人はね、すごく嫌な気分になるからよ、自分自身がね。たとえ誰にも見られていなくて、誰にも知られていなくても。もし何かとっても悪いことをして罰せられなかったら、罰せられるよりも嫌な気分に、もっとずっと嫌な気分になるのよ」

「ロイスは緑の櫛を盗んだんだよ」とシルヴィーが言った。

「盗んでない」とロイス。

「そのことを、あなたたちに覚えておいてもらいたいの」とイーニドは話した。

ロイスが言った。「道端に落ちてただけだもん」

イーニドは三十分ごとくらいに病室へ行っては、ミセス・クィンの顔と手を湿らせた布で拭いた。決して話しかけはしなかったし、手に触れることもせず、布でしか触れなかった。彼女がこんなふうに、死にかけている患者の傍についていないのは初めてだった。五時半ごろにドアを開けたとき、病室に生きている者がいないことが彼女にはわかった。上掛けはぐられ、ミセス・クィンの頭はベッド脇に突き出ていた。イーニドはこの事実を、記録することも、誰かに告げることもしなかった。彼女は医者が来るまえに遺体をまっすぐにし、清めて、ベッドを整えた。子供たちはまだ庭で遊んでいた。

「七月五日。朝早くに雨。LとSはポーチの下で遊んでいる。ファンをつけたり消したり。音に文句。エッグノッグをひと匙ずつ半カップ。血圧上昇、脈拍早い、痛みの訴えなし。雨が降ってもあまり涼しくならない。夕方RQ。草刈り終了」

「七月六日。暑い一日、ひどくむっとする。ファンをつけてみるがダメ。しょっちゅう海綿清拭。夕方RQ。明日から小麦を刈り始める。暑さのせいですべてが一、二週早い、雨」

「七月七日。暑さ続く。エッグノッグ飲まない。スプーンでジンジャーエール。ひどく弱っている。昨夜は大雨、風。RQ、刈入れできず、穀物一部でなぎ倒される」

「七月八日。エッグノッグだめ。ジンジャーエール。午前中嘔吐。さらに注意。RQ、子牛の競売へ、二日間留守。医師は行ってらっしゃいと」

「七月九日。ひどく興奮。恐るべき話」

「七月十日。患者ミセス・ルパート（ジャネット）クィン本日午後五時頃死亡。尿毒症による心不全（糸球体腎炎）」


イーニドは、看護してきた患者の葬式まで留まったりすることはしなかった。礼を失することのない範囲でなるべく速やかにその家を出るのが得策であるように、彼女には思えたのだ。彼女の存在はどうしたって死の直前の、鬱陶しい、肉体的苦痛や困難に満ち満ちていた時期のことを思い出させてしまうだろうし、この先は儀式やもてなしや花やケーキでそれを取り繕うことになるのだから。

それにたいていは、一家のことをすべて引き受ける地位にある親戚の女性がいて、イーニドは突然、迷惑な客の立場に置かれてしまう。

実際、葬儀屋が来るよりまえに、クィン一家の家にはミセス・グリーンが到着していた。ルパートはまだ戻っていなかった。医師は台所でお茶を飲みながらイーニドを相手に、これでここの仕事が終わった彼女につぎに引き受けてもらいたい患者の話をしていた。イーニドは、ちょっと休みをとろうかと思っているのだと言って、答えをはぐらかしていた。子供たちは二階にいた。母親は天国へ行ったのだと二人は聞かされ、それは二人にとって、この滅多にない、面白い出来事だらけの一日の締めくくりだった。

ミセス・グリーンは医師が立ち去るまでは遠慮していた。窓のところに立って、医師が車を方向転換させて走り去るのを見守った。それから、こう言った。「今こんなことを言うべきじゃないかもしれないけど、言わせてもらうわ。今で本当によかったと思ってるの、もっとあとの、夏が終わって学校が始まった頃じゃなくてね。今ならあの子たちをうちで暮らすのに慣らすだけの時間があるし、これからは新しい学校に通うんだってことも飲み込ませられるでしょうしね。ルパートにも、あの人にも慣れてもらわなくちゃ」

イーニドはこのとき初めて、ミセス・グリーンは子供たちを一時的に預かるのではなく、いっしょに暮らすつもりでいるのだと気がついた。ミセス・グリーンは引っ越させたがってうずうずしていた、おそらくここしばらく、それを楽しみにしていたのだろう。きっと子供たちの部屋も用意して、新しい服を作ってやるために布地も買ってあるのだろう。彼女は大きな家に住んでいて、自分の子供はいなかった。

「あんただってきっともう出ていきたいわよねえ」と彼女はイーニドに言った。家にべつの女がいる限り、家庭に匹敵するものに見えるかもしれないし、そうすると彼女の兄には子供たちをすっぱりと引っ越させてしまうことの必要性が納得しづらくなるかもしれない。「ルパートがここへ帰ってきたら、あんたを送っていけるわ」

だいじょうぶ、母に迎えに来てもらうから、とイーニドは答えた。

「ああ、あんたのお母さんのことを忘れてた」とミセス・グリーンは言った。「お母さんとあの洒落た小型車のことを」

彼女は晴れ晴れした顔になり、食器棚の戸を開けてグラスやティーカップを検分し始めた——お葬式で使うんだけど、きれいかしら？

「しっかり働いてくれてた人がいるのね」彼女は今ではイーニドのことでほっとしていて、お世辞を言う気分になっていた。

ミスター・グリーンが外のトラックのなかで、グリーン家の飼い犬であるジェネラルといっしょに待っていた。ミセス・グリーンが二階のロイスとシルヴィーを呼ぶと、二人は服を入れた茶色の紙袋を持って駆け下りてきた。二人はイーニドには一瞥もくれずに台所を駆け抜け、ドアをバタンと閉めた。

「ああいうのは改めさせなくちゃね」ドアを乱暴に閉めることについて、ミセス・グリーンは言った。子供たちが大声でジェネラルに挨拶の声を掛け、ジェネラルがそれに応えて嬉しそうに吠えるのがイーニドの耳に聞こえた。

二日後、イーニドは母親の車を自分で運転して戻ってきた。午後も遅くなって、葬儀がとっくに終わっている頃にやってきたのだ。外には余分な車は停まっておらず、それはつまり台所を手伝っていた女たちは皆、追加の椅子やティーカップ、教会備え付けの大きなコーヒーポットなどを持って家に帰ったということだった。芝生には車の轍が残り、花が何本か押しつぶされていた。今ではイーニドはドアをノックしなければならなかった。請じ入れられるまで待たなくてはならなかった。

ルパートの落ち着いた重々しい足音が聞こえた。目の前の網戸の向こう側に立った彼にイーニドは挨拶を述べたが、相手の顔は直視できなかった。ワイシャツ姿だったが、スーツのズボンを穿いていた。彼はドアの掛金を外した。

「ここに誰かいるかどうかわからなくて」とイーニドは言った。「あなたはまだ家畜小屋かもしれないと思ってたわ」

ルパートは答えた。「皆が仕事を手伝ってくれた」

彼がしゃべるとウィスキーのにおいがしたが、酔っ払っている口ぶりではなかった。

「女の人たちの誰かが忘れ物を取りにきたのかと思ったよ」と彼は言った。

イーニドは、「忘れ物をしたんじゃないの。ただちょっと気になって、子供たちは元気?」と訊ねた。

「元気だよ。オリーヴのところにいる」

彼に請じ入れるつもりがあるのかどうか、よくわからなかった。彼を押しとどめているのは敵意ではなく、当惑だった。彼女自身、会話のこのさいしょのぎこちなさをどうするか心づもりはできていなかった。相手の顔を見なくてもすむように、彼女は空を見回した。

「日暮れがだんだん早くなっているわね」と彼女は言った。「いちばん日が長いときからまだ一ヶ月も経ってないのに」

「そうだなあ」とルパートは答えた。彼がドアを開けて脇に体を寄せたので、彼女はなかに入った。テーブルには受け皿なしでカップだけがひとつ置いてある。彼女はテーブルの、彼が座っていたのとは反対側に腰を下ろした。彼女はダークグリーンのシルククレープのドレスを着て、同じ色のスエードの靴を履いていた。これらを身に着けるとき、こうして身支度するのはこれが最後となるかもしれない、これが身に着ける最後の服となるかもしれないと彼女は思ったのだ。髪は後ろで一本の編み込みにして、顔には白粉をはたいた。こんな気遣いは、こんな虚栄は馬鹿げたことのように思えたが、彼女には必要なことだった。彼女はこれでもう三晩続けて寝ていなかった、一分たりとも眠れず、食べることもできず、自分の母親を欺くことさえできなかった。

「今度は特別大変だったの?」と母親は訊ねた。母親は死だの臨終だのといったことについて話すのを嫌っていて、それが自分からこう訊ねたというのはつまり、イーニドの動揺ぶりが目に余るということだった。

「子供たちのことが好きになっちゃったせいなの?」と母親は問いかけた。「あの可哀想なおサルさんたちが」

長く看病したあとでなかなか気持ちが落ち着かないというだけのことだとイーニドは答えた。それにもちろん、見込みのないケースの場合はそれなりのストレスがあるし。日中彼女は実家から出なかったが、誰かに出会っておしゃべりしたりしなくてすむとわかっている夜間には散歩に出かけた。ふと気づくと郡刑務所の壁の横を歩いていた。壁のむこうは刑務所の運動場になっていて、そこではかつて絞首刑が執行されていたことを彼女は知っていた。だがもう久しく行われてはいなかった。今ではきっと、執行しなければならないときには、規模の大きい中央の刑務所でやっているに違いない。それに、もう長いあいだ、この地域の誰かがそのような罰を受けるほどの重罪を犯したことはなかった。

テーブルの、ルパートの反対側に、ミセス・クィンの病室のドアと向き合って座った彼女は、自分の考えてきた口実のことをほとんど忘れてしまい、どう話をもっていくつもりだったのかわからなくなっていた。膝のバッグの感触、そこに入っているカメラの重み——それで思い出したのだった。

「頼みたいことがあるの」と彼女は言った。「今お願いしなくちゃと思ったの、この先もう機会がないでしょうから」

ルパートが訊ねた。「どんな頼み？」

「あなた、ボートを持ってるでしょ。わたしをボートで川の真ん中まで連れて行ってもらえないかしら。そうしたら、写真が撮れるわ。川岸の写真を撮りたいの。あそこはきれいでしょ、岸沿いに柳の木があって」

「いいよ」とルパートは答えた。訪問者の軽率な言動について——無礼さに対してでさえ——田舎の人たちが見せる、慎重に驚きを表さないようにした表情で。

それが今の彼女なのだ——訪問者。

川の真ん中へ出るまで待って、それから彼に自分は泳げないのだと告げる、それが彼女の計画だった。まずさいしょに、そのあたりの水深はどのくらいだと思うかと彼に訊ねる——そうしたらきっと彼は、あれだけ雨が降ったあとだから、たぶん七、八フィート、いや十フィートほどにもなっているかもしれない、と言うだろう。それから、自分は泳げないと話すのだ。それは嘘ではない。彼女は湖に面したウォーリーで育った。子供時代は毎夏岸辺で遊んだ。彼女は体力があり、スポーツが得意だったが、水を怖がり、なだめすかそうが、実地にやってみせようが、恥をかかせようが効果はなかった——彼女は泳ぎを習得せずじまいだった。

彼は片方のオールで彼女を突いて水のなかに突き落とし、沈むままにしておけばいいのだ。それからボートをそのまま水に浮かばせておいて泳いで岸に戻り、服を着替えて、家畜小屋から、あるいは散歩から戻ったら、車が停まっていて、彼女はどこだ？ となったのだと言えばいい。もし見つかれば、カメラまでもが話をよりもっともらしくしてくれることだろう。彼女は写真を撮ろうとボートを出し、そして何かの拍子に川に落ちたのだ。

彼が自分の利点を呑み込んだところで、彼女は言う。訊ねるのだ、あれは本当なの？

本当でなかったのなら、彼はそんなことを訊ねた彼女を憎むだろう。もし本当なら——そして彼女はずっと、本当だと信じていたのではなかったか？——彼はべつの、より危険な意味で彼女を憎むだろう。たとえ彼女がすぐさま——それも本気で、本気ですとも——決して口外しないと言ったとしても。

彼女は終始うんと静かに話すつもりだ、夏の宵に、水の上を声がどんなふうに伝わるかを念頭に置きながら。

わたしは口外しないわ、でもあなたは言わなくちゃ。そんな秘密を抱えて生きていくことはできないもの。

そんな重荷を背負ってこの世で生きていくことはできないわ。自分の人生に耐えられなくなるわよ」

もし彼女がそこまで言っても、彼が彼女の言うことを否定もしなければ彼女を川へ突き落とすこともなかったなら、イーニドは賭けに勝ったことになる。さらに話せば、断固として、でも穏やかに、さらに説得すれば、彼を岸へ漕ぎ戻ろうという気持ちにさせることもできよう。

あるいは、彼が途方に暮れて言う。どうしたらいいだろう？　すると彼女は彼を一歩ずつ進ませる。まずはこう言って。漕いで戻るのよ。

長い、つらい旅のさいしょの一歩だ。その一歩ごとを指示し、できる限り多くの歩みを彼と共に歩むのだ。さあ、ボートを結わえて。岸を上って。牧草地を抜けて。ゲートを開けて。彼女は彼の後ろか、あるいは前を歩く。どちらか、彼にとってよさそうな方を。庭を横切って、ポーチへ上がって、台所へ入る。

二人は別れの挨拶を交わして、別々の車に乗り込む。その先は、彼がどこへ行くかは彼の問題だ。そして彼女は翌日警察へ電話したりはしない。待っていると向こうから電話がかかってきて、そして彼女は刑務所にいる彼に面会に行く。毎日、あるいは許可してもらえる限りの頻度で、刑務所で、座って彼と話をする、それに手紙も書く。もし彼がべつの刑務所へ移されたら、彼女もそこへ行く。たとえ面会は月に一度しか許されなくとも、近くにいるのだ。そして法廷では――そうだ、法廷では毎日、彼から姿が見える位置に座っていよう。

この種の殺人で死刑を宣告されるとは思えない、見方によれば故意ではないのだし、一時の激情に駆られての犯罪であるのは間違いない。だが、そこには影があり、こうした献身の、愛と似てはいるが愛を超越した絆の光景が不適切なものとなってきていると感じるや、彼女の酔いを冷ます。

さあ、始まった。写真を口実に、川面へ連れ出してくれと頼むことで。彼女もルパートも立ち上がり、彼女は閉じられた病室――今はまた居間だ――のドアと向き合う。

彼女は馬鹿なことを言ってしまう。

「窓のキルトは外したの？」

彼女がなんのことを言っているのか、彼には一瞬わからないようだ。それからこう答える。「キルト。ああ。オリーヴが外したんじゃないかな。葬式はあの部屋でやったから」

「ちょっと気になっていたもので。日差しで色が褪せてしまうだろうって」

彼はドアを開け、彼女はテーブルを回って、二人で部屋を覗き込む。彼が言う。「入りたいなら、構わないよ。いいから。入ってくれ」

もちろんベッドはなくなっている。家具は壁際に押しやられている。葬儀の際には椅子が並べられていたのであろう部屋の中央は、がらんとしている。北側の窓のあいだのスペースもそうだ――きっとそこに柩が置かれていたのだろう。イーニドがいつも洗面器を置いたり、布や脱脂綿やスプーンや薬を並べていたテーブルは、隅に押しやられてヒエンソウの花束が置かれている。背の高い窓はどれもまだ陽光でいっぱいだ。

「嘘っぱち」という言葉が、今やイーニドの耳に聞こえる。ミセス・クィンがこの部屋で口にしたさまざまな言葉のなかから、この言葉が。嘘っぱち。きっと嘘ばっかり。

あれほど詳細にわたるとんでもない話をでっちあげることなどできるものだろうか？　答えは然りだ。病人の心、死にかけている人間の心があらゆるろくでもない考えでいっぱいになっていて、そんなろくでもない考えを恐ろしくもっともらしいものにまとめあげてしまうことがあるのだ。イーニド自身の心だって、この部屋で寝ていたときにはとんでもなく忌まわしい考えで、汚らわしいものでいっぱいだった。そういう種類の嘘っぱちが人の心の片隅で待ち構えていることがあるのだ、コウモリのように隅っこでぶらさがって、あらゆる闇に乗じてやろうと手ぐすね引いて。あんな話をでっち上げることなんて誰にもできない、などとは決して言えない。夢がどれほど精緻にできているか考えてごらん、幾層にも重なっていて、覚えておいて言葉で表せるのは、その表面から削り取ることのできるほんの一部だけだ。

四歳か五歳だったとき、イーニドは母親に、父親のオフィスに入っていったらデスクの向こう側に座っていた父親が膝の上に女の人を乗っけていたと告げたことがある。その時も今も、その女の人についてイーニドが思い出せるのは、花がうんとついた帽子とヴェール（当時でさえひどく時代遅れな帽子）をかぶっていて、ブラウスないしはドレスのボタンが外されて乳房が片方突き出し、その先端はイーニドの父親の口のなかに消えていたということだけだった。彼女はこれを母親に、ちゃんと見たのだと確信しきって話した。彼女は告げた。「女の人の前にあるもののかたっぽうが、父さんのお口に入ってたの」イーニドは乳房という言葉を知らなかったが、対になっているのはちゃんと知っていた。

母親は言った。「ねえイーニド。あなたなんの話をしているの？　前にあるものって、いったいなあに？」

「アイスクリームコーンみたいなの」とイーニドは答えた。

そして彼女にはまさしくそう見えたのだ。今でもそんなふうに浮かんでくる。ヴァニラアイスを盛ったビスケット色のコーンが女の胸にびしゃっとくっついていて、その反対側が父親の口に突っ込まれている。

すると母親はおよそ思いがけないことをした。自分の服のボタンを外すと、張りのないものを手にだらんと垂らして取り出したのだ。「こんなの？」と母親は訊ねた。

違う、とイーニドは答えた。「アイスクリームコーンよ」と言った。

「ならばそれは夢だったのよ」と母親は言った。「夢ってまるで馬鹿げていることがあるものよ。そんなこと、父さんに言っちゃ駄目よ。あんまり馬鹿げてるわ」

イーニドは母親の言葉をすぐに信じたわけではなかったが、一、二年経つうちにそんな説明が正しいに違いないとわかってきた。アイスクリームコーンがあんな具合に女の人の胸にくっつくわけがないのだし、それにあんなに大きくもないのだから。さらに年齢が進むと、あの帽子は何かの写真で見たものに違いないと思うようになった。

嘘っぱち。

彼女はまだ彼に訊ねてはいなかった。話してはいなかった。彼女を質問に踏み切らせるものはまだ何もない。まだそれ以前だ。今はまだ、ミスター・ウィレンズは自分でジャトランド池に車を突っ込んだのだ。故意にか、あるいは事故で。皆なおもそう信じているし、ルパートについて言えば、イーニドもまたそう信じていた。そしてそうである限り、この部屋にもこの家にも彼女の人生にも、違う可能性が、ここ数日のあいだ彼女が背負ってきた（あるいは喜びを感じてきた――なんとでも好きな表現でいいが）ものとはまったく違う可能性があるのだ。その違う可能性は彼女に近づいてきていて、彼女としてはただ黙ってそれが近づくに任せていればいいのだった。黙っていることを通じて、黙って協力することで、どんな恵みが花開くことだろう。他の人たちにとっても、そして彼女自身にとっても。

これは大半の人々が知っていることなのだ。単純なことなのに、彼女は理解するのにこんなに長くかかってしまった。こういうことのおかげで、この世は暮らしていける場所となっているのだ。

彼女は泣き始めていた。悲嘆ゆえにではなく、自分が探し求めているとは気づいていなかった安堵感にどっと襲われたせいで。今や彼女はルパートの顔を覗き込み、彼の目が充血していて、目のまわりの皮膚は乾いてしわが寄っているのがわかった。彼もまた泣いていたかのように。

彼が口を開いた。「あいつは運の悪い人生だった」

イーニドはちょっと失礼と言うと、ハンカチを取りに行った。テーブルの上のバッグに入れてあったのだ。あんな芝居がかった運命に備えて着飾ってきたのが、こうなるとばつが悪かった。

「わたしったら、何を考えていたのかしら」と彼女は言った。「こんな靴で川になんか歩いていけないわよねえ」

ルパートは居間の戸を閉めた。

「行きたいんなら、行ってもいいよ」と彼は言った。「あんたが履けそうなゴム長がどこかにあるはずだ」

あの人のじゃありませんように、とイーニドは願った。違う。彼女のならば小さすぎるだろう。

ルパートは勝手口のすぐ外にある薪小屋の箱を開けた。イーニドはその箱のなかを覗いてみたことがなかった。薪が入っているのだと思っていて、それはもちろん、その夏彼女に用のあるものではなかったからだ。ルパートは片足ずつのゴム長とスノーブーツまでいくつか取り出して、対になっているのを見つけようとした。

「これならよさそうだ」と彼は言った。「たぶんお袋のだったんじゃないかな。もしかしたら、足が大きくなるまえの俺のだったかもしれない」

彼はそれから、テントのように見えるものを、壊れたストラップを摑んで引っ張り出した。古ぼけた学校カバンだ。

「ここにこんな物が入ってるの、忘れてたよ」彼はそう言って、こうした物をまた箱に落とし、使わない長靴をその上に投げ込んだ。蓋を閉めた彼は、ひっそりと嘆くような、ちょっと改まった響きのあるため息をついた。

ひとつの家族が長いあいだ暮らしてきて、ここ数年ほったらかしにされてきたこういう家では、たくさんの箱や引き出しや棚やスーツケースやトランクやあちこちの隙間に、ラベルを貼ってとっておいたり、使えるように修理したり、箱に詰めてゴミ捨て場行きにすべくイーニドが選り分けなければならないものが、ぎっしり入っていることだろう。そうできる機会があれば、ためらいはしない。この家を、彼女の目から隠されているものは何もない、すべて彼女が定めた秩序に従う場所にするのだ。

彼は長靴を彼女の前に置き、彼女はかがみ込んで靴のバックルを外した。ウィスキーのにおいの下に、眠れない一夜と長い辛い一日のあとの苦い呼気を彼女は察知した。きつい労働に従事する男のぐっしょり汗にまみれる肌の、いくら洗っても——少なくとも彼がやっているような洗い方では——完全には落ちないにおいを嗅ぎつけた。身体のにおいはどんなものでも——精液のにおいでさえ——彼女が知らないものはないのに、間違いなく彼女の力が及ばず、彼女の世話を受けているのでもない身体のにおいには、どこかこれまで知らなかった、侵入してくるようなところがあった。

それは歓迎できるものだった。

「歩けるかな」と彼は言った。

歩けた。彼女は彼の前をゲートまで歩いた。彼は彼女の肩越しに体をかがめて、ゲートをぱっと開けてくれた。彼がゲートの掛金を掛けるのを待ってから、横へ寄って彼を先に行かせた。小道を通りやすくするために、彼が薪小屋から小さな手斧を持ってきていたからだ。

「牛がいるから草は伸びないはずなんだが」と彼は言った。「牛が食べようとしないものがあるんだ」

彼女は話した。「まえに一度だけここへ下りてきたことがあるのよ。朝早いうちに」

あのときの絶望的な気持ちは、今の彼女にはなんとも子供っぽく思えた。

ルパートは大きな肉厚のアザミを叩き切りながら進んだ。太陽が前方の木々の大半に、一様な埃っぽい光を投げかけている。空気が澄んでいるところもあったが、そうかと思うととつぜん小虫の雲のなかに入ってしまう。虫は埃の粒くらいの大きさで、絶えず動きながらもまとまって、柱か雲のような形を作っていた。どうしてそんなことができるのだろう？　それに、どうやってほかの場所ではなくその場所で集まろうと決めるのだろう？　何か餌と関係しているに違いない。だが、ものを食べられるだけの静止状態があるようにはとても見えなかった。

彼女がルパートと夏の木の葉の屋根の下へ入っていった頃には、黄昏時になっていて、ほとんど夜だった。小道に膨れ上がっている根っこに躓いたり、ぶら下がっている驚くほど頑丈な蔓に頭をぶつけたりしないよう気をつけなければならなかった。すると、黒々とした枝のあいだに水がきらめいた。川の向こう岸近くの水に光があたっているのだ。向こうの木々はまだ光で装われている。こちら側では――二人は今や柳を抜けて土手を下りていた――水は紅茶のような色だったが澄んでいた。

そしてボートが待っていた。暮色のなかで、何も変わらず。

「オールは隠してあるんだ」とルパートが言った。彼は柳の陰へ探しに行った。たちまち、彼女には彼の姿が見えなくなった。彼女は水際に近づいた。長靴がちょっと泥に沈み込んで、支えてくれる。耳を澄ませば、茂みのなかのルパートの気配をまだ聞き取ることができた。だがボートの動きに、僅かな、密やかな動きに注意を集中すると、はるか遠くまであたり一帯のすべてが静まり返ってしまったように感じられるのだった。

ジャカルタ

Jakarta

キャスとソンジェはビーチに自分たちの場所を確保している、何本かの大きな丸太の後ろだ。ここを選んだのは時折吹く強い風を避けるためだけではなく——二人はキャスの赤ん坊も連れている——毎日ビーチで過ごす女たちの一群の目につかないところにいたいからでもある。二人はそういう女たちをモニカたちと呼んでいる。

モニカたちには各自、二人とか三人とか四人の子供がいる。全員が本物のモニカの統率下にあって、そのモニカは、初めてキャスとソンジェと赤ん坊に目を留めたとき、ビーチを歩いて自己紹介しにやってきた。わたしたちのところへこないかと彼女は誘った。

キャリーコットをいっしょに引っ張りながら、二人はモニカの後からついていった。そうするほかないじゃないか？　だがそれ以来、二人は丸太の後ろに隠れている。

モニカたちの野営地は、ビーチパラソル、タオル、おむつバッグ、ピクニックバスケット、膨らませて使うボートやクジラ、玩具、ローション、予備の服、日よけ帽、コーヒーを入れた魔法瓶、紙コップと紙皿、手製のフルーツジュースアイスキャンディーの入った保冷容器などで構成されている。

　彼女たちはどう見たって妊娠しているか、妊娠しているように見えるかのどちらかだ。なにしろ身体の線が崩れてしまっている。のろのろと水際へ歩いていっては、丸太とか膨らませたクジラとかに乗ったり転がり落ちたりしている子供たちの名前を大声で叫ぶ。

「帽子はどこへやったの？　ボールはどこ？　もうずっとそれに乗ってるじゃないの、サンディーにかわってあげなさい」

　お互い同士でしゃべるときでさえ、子供たちの叫びや金切り声に負けまいと、彼女らは声を張り上げなければならない。

「ウッドワーズへ行けば、牛モモのひき肉が普通のひき肉くらい安いわよ」

「亜鉛華軟膏を使ってみたんだけど、効かなかったの」

「今度はうちの坊や、お股におできができちゃって」

「ベーキングパウダーを使っちゃ駄目、ソーダを使わなくちゃ」

　この女たちはキャスやソンジェよりうんと年上というわけではない。だが人生の、キャスとソンジェが怖気をふるっている段階に達していた。彼女たちはビーチ全体を演壇に変えてしまう。彼女たちの荷物、引き連れている子供たちと母親らしい重量感、彼女たちの支配力が、輝く水を、高い岩々から枝の赤いアービュタスの木やヒマラヤスギがねじ曲がって生えている、申し分のないこぢんまりした入江を圧倒してしまうのだ。キャスにはとりわけ彼女らのもたらす脅威が感じられる。今や自分も母親なのだから。赤ん坊に授乳する際、彼女はよく本を読み、タバコを吸うことだってある。動物的機能の泥沼に沈み込んでしまわないためだ。それに彼女が授乳するのは子宮を収縮させて腹部を平たくするためでもある、ただ単に赤ん坊――ノエル――に貴重な母親由来の抗体を与えるためだけではない。

キャスとソンジェは自分たちのコーヒーを入れた魔法瓶と、それに余分のタオルを持ってきて、それでノエルの居場所をこしらえている。タバコと本もある。ソンジェはハワード・ファーストの本を持ってきている。フィクションを読むなら彼のものを読むべきだと夫に言われたのだ。キャスはキャサリン・マンスフィールドの短篇と、それにD・H・ロレンスの短篇を読んでいる。ソンジェは自分の本を置いて、キャスがさしあたって読んでいないほうの本をどちらであれ手に取るのが癖になっている。彼女は一篇だけに自制していて、またハワード・ファーストに戻る。

お腹が減ると、どちらかが長い木の階段をあがっていく。マツやヒマラヤスギの生える岩肌に建つ家々が、この入江を取り囲んでいる。どれも元は夏用のコテージで、ライオンズ・ゲート・ブリッジが建設されるまえ、バンクーバーの人々が海を渡って休暇にやってきた時代のものだ。コテージのなかには――キャスやソンジェの家のように――まだまだ旧式な、家賃の安いものもある。本物のモニカの家のように、ぐっと改良されているものもある。だが、誰もここにずっと住むつもりはない。皆ちゃんとした家に移ろうと計画している。ソンジェとその夫は例外で、この夫婦の計画はほかの誰のものよりも謎めいているように思える。

弧を描いた未舗装の道路が家々を繋いでいて、両端はマリン・ドライヴと結合している。囲われた半円形には背の高い木々や下生えのシダ、サーモンベリーが生い茂り、何本もの小道が横切っていて、そこを通るとマリン・ドライヴの店へ近道できる。その店で、キャスとソンジェは持ち帰りのフライドポテトを買って昼食にするのだ。この遠征に出かけるのはキャスのほうが多い、木々の下を歩くのは彼女にとって特別なお楽しみなので——乳母車を押しているともはやできない楽しみだ。

ここに住むようになったとき、まだノエルが生まれるまえのこと、彼女は毎日のように木々のあいだを通り抜けながら、自分が自由であることなど考えてもみなかった。ある日、ソンジェに出会った。二人はこのちょっとまえまでどちらもバンクーバー公立図書館に勤めていたが、同じ部署ではなく、言葉を交わしたことはなかった。キャスは妊娠六ヶ月目で辞めていたが、これは、妊婦の姿が利用者を困惑させないよう求められていたことで、ソンジェが辞めたのはスキャンダルのせいだった。

というか、少なくとも、新聞に載った話のせいだった。彼女の夫コターはキャスが聞いたことのない雑誌の仕事をしているジャーナリストで、赤い中国を訪れたのだ。彼は新聞に左翼系ライターと書かれた。ソンジェの写真も夫の写真の横に掲載されて、図書館に勤めているという事実も付された。彼女が職場で共産主義者の本を勧めて図書館を利用する子供たちに影響を与え、子供たちが共産主義者になるかもしれないということが懸念された。彼女がそんなことをしたとは誰も言わなかった——ただ、そういう危険があるというだけだ。カナダ人が中国を訪れるのが違法だというわけでもなかった。ところが結局コターとソンジェは二人ともアメリカ人であることがわかり、それで二人の言動はいっそう警戒すべきものであると、おそらくはより意図的なものであるとされてしまった。

「あの子、知ってるわ」ソンジェの写真を見たとき、キャスは夫のケントにそう言った。「とにかく顔は知ってる。いつもちょっと内気な感じなの。こんなことになって困っちゃうでしょうにね」

「いや、困ったりしないさ」とケントは答えた。「そういうタイプの人間は迫害されてると思うのが大好きなんだ、生き甲斐なんだよ」

ソンジェは本の選択には一切関わっていないし、子供たちに影響を及ぼすこともない――彼女の勤務時間の大半はリストをタイプすることに費やされている――と図書館長は述べたと伝えられた。「あれはおかしかったわ」お互いに顔見知りと気づいて声を掛け、小道で三十分ばかり話し込んだあとで、ソンジェはキャスにそう語った。おかしかったのは、彼女はタイプができなかったからだ。

彼女は首にはならなかった、でもどのみち辞めてしまった。そのほうがいいと思ったのだ、コターと彼女の将来にはいくつかの変化が訪れてこようとしていたので。

キャスは、変化のひとつは赤ん坊なのかしらん、と思った。学校を終えたあと、さらにつぎつぎと試験に通ることで人生は続いていくように彼女には思えた。さいしょは結婚だ。二十五になるまでに結婚していないと、どう見てもその試験には落ちたということになる（彼女はいつも自分の名前を、安堵感とちょっと高揚した気分とともに、『ミセス・ケント・メイベリー』と記していた）。それから、第一子を持つことを考える。妊娠するまで一年の期間を置くのは悪くない考えだ。二年置くのは、ちょっとばかり必要以上に慎重すぎる。そして三年となると、周囲が首を傾げ始める。それからやがてどこかの時点で、二番目の赤ん坊がやってくる。そのあとは進展がぼやけてきて、自分の目指していた地点にいつ到達したのか確認しづらくなる。

ソンジェは、自分は子供を作ろうと努力しているのだとか、そうし始めてどのくらいになるだとか、どんな方法を使っているのかといったことをしゃべりたがる類の友だちではなかった。彼女はセックスについて決してそんなふうに話すことはなかった、自分の生理についても、身体のどういう作用についても——だが、すぐに彼女は、たいていの人がもっとずっと衝撃的だと思いそうなことをキャスに語った。彼女には優雅な威厳があった——彼女はバレエダンサーになりたいと思っていたのに背が高くなりすぎてしまい、ずっとそれを悔やんでいたのだが、やがてコターと出会い、「ふん、瀕死の白鳥になることを願う、よくあるブルジョワの女の子の話だね」と言われたのだ。彼女の顔は幅広で落ち着いていて、肌はピンクで——彼女は一切化粧をしなかった、コターが化粧に難色を示したのだ——豊かな金髪をぼさぼさのシニョンにまとめてピンで留めていた。素敵な人だとキャスは思った——天使のようで、かつ知的だ。

ビーチでフライドポテトを食べながら、キャスとソンジェは読んでいた物語の登場人物たちについて話し合う。どうしてスタンリー・バーネル（キャサリン・マンスフィールド「入江にて」の登場人物）はどの女からも愛されないのかしら？　スタンリーのどういうところが？　彼ってなにしろ大人じゃないのよ、愛情は押し付けがましいし、食卓では食い意地が張ってるし、自己満足に浸ってるし。それにひきかえジョナサン・トラウトは——そうよ、スタンリーの奥さんのリンダはジョナサン・トラウトと結婚すべきだった、ジョナサンは水中を滑らかに進んでいくけれど、スタンリーは水を跳ね散らしたり鼻を鳴らしたり。「こんにちは、我が至高の桃花よ」ってジョナサンは、滑らかな低音で言うのよね。彼ってやたら皮肉っぽくて、油断ならなくて、うんざりしているの。「人生はなんと短いことか、人生はなんと短いことか」って彼は言う。そしてスタンリーの傲慢な世界は偽りのものとして崩壊してしまう。

何かがキャスを悩ませる。彼女はそれを口に出すこともできないし、それについて考えることもできない。ケントはどこかスタンリーに似ている？

ある日、二人は議論した。キャスとソンジェはD・H・ロレンスの短篇について、心をかき乱される思いがけない議論をしたのだ。その短篇は「狐」という題名だった。

物語の終わりで、恋人たち――兵士と、マーチという名前の女――は海辺の崖に座って大西洋の、二人の未来の家となるカナダの方角を見渡している。二人はイギリスを離れて新しい生活を始めるつもりなのだ。二人は互いに固く結ばれているが、本当に幸せというわけではない。今はまだ。女が、今までのところまだそうしてはいないのだが、自分の人生を彼に委ねてしまうまで二人は本当の幸せを得られないと兵士にはわかっている。マーチはなおも彼に対して抗い、自分を彼から切り離しておこうとしていて、自分の女としての魂、女としての心にしがみつこうとすることによって、相手をも自分をもなんとなく不幸にしている。彼女はこれをやめなければならない――考えることをやめ、求めることをやめ、自分の意識を沈ませなければならない、自分の意識が彼の意識のなかに没してしまうまで。水面下で揺れるアシのように。見下ろしてごらん、見下ろしてごらん――ほら、アシが水のなかで揺れている、アシは生きているけれど、決して水面には出てこない。そしてあのようにして、彼女の女性性は彼の男性性のなかで生きなければならないのだ。そうすれば彼女は幸せになり、彼は強い、満足した人間となれる。そうすれば、二人は真の結婚を成就したこととなるのだ。

キャスは、こんなの馬鹿げてると思う、と言う。

彼女は自分の言い分を述べ始める。「彼はセックスのことを言ってる、そうでしょ？」

「それだけじゃないわ」とソンジェは答える。「二人の人生全体についてよ」

「確かにね、でもセックスなの。セックスは妊娠に繋がる。つまり、自然の成り行きでいくとね。

だから、マーチには赤ちゃんができる。たぶんひとりじゃすまないわ。そして彼女は子供たちの世話をしなきゃならない。心が海面の下で揺れ動いていたらどうやってそんなことができるのよ？」

「またずいぶんと文字どおりの受け取り方ねえ」ソンジェはちょっとばかり見下すような口調で言う。

「ちゃんと考えることができてこそ物事を決められる、でなきゃ決められないわ」とキャスは言う。「たとえば――赤ちゃんがカミソリの刃を拾い上げようとする。あなたはどうするの？　あら、わたしはここでふわふわ漂ってるわ、そのうち夫が帰ってきてこれがいいことかどうかについて決断を、つまりわたしたち夫婦の決断を下してくれるでしょうからね、としか言わないわけ？」

ソンジェは「それじゃあんまり極端だわ」と言う。

二人の声はどちらも硬くなっている。キャスは元気がよくて冷笑的、ソンジェは厳しく、頑固だ。「ロレンスは子供を望まなかったのよ」とキャスは言う。「フリーダが以前の結婚で作った子供たちに嫉妬してたの」

ソンジェは自分の膝のあいだに視線を落とし、指から砂をこぼしている。

「わたしはただ、素敵だろうなあと思うの」と彼女は言う。「女がそうすることができたら、素敵だろうと思うの」

何かがおかしくなっているのがキャスにはわかっている。彼女自身の論拠はどこかおかしい。なぜ自分はこれほど苛立ち興奮しているのだろう？　それに、どうして赤ん坊の話に、子供の話にしてしまったのだろう？　自分には赤ん坊がいて、ソンジェにはいないから？　ロレンスとフリーダの話をしたのは、コターとソンジェの場合もある程度同じなんじゃないかと思ったからだろうか？

女が子供の世話をしなければならないということについて、子供を基準として論を展開する場合、こちらは晴れ晴れしていられる。責められるはずがないのだ。だが、そんな論を展開しながら、キャスはごまかしている。あのアシと水のところが彼女には耐えられない、支離滅裂な抗議で膨れ上がって息が詰まりそうになる。だから、彼女が考えているのは自分自身であって、子供のことなどではないのだ。彼女自身こそまさにロレンスが不満を漏らしている女なのだ。そして彼女はそれを率直に明かすことはできない、そんなことをしたら自分の人生の貧しさをソンジェに疑われるかもしれない――キャス自身疑ってしまうかもしれない――からだ。

ソンジェは、これまた会話がただならない雲行きとなったときに、「わたしの幸せはコターにかかっているの」と言ったことがある。

わたしの幸せはコターにかかっているの。

この言葉にキャスは動揺させられた。自分ならケントについてぜったいそんなことは言わなかったろう。自分としては、そういうのは嫌だった。

だが彼女は、ソンジェに愛を逃した女だと思われたくはなかった。愛という屈服のことなど考えたこともなければ、提供されたこともない女だとは。

II

コタ一とソンジェが引っ越したオレゴンの町の名前を、ケントは覚えていた。というか、あの夏の終わりにソンジェが引っ越した町だ。彼女はコタ一がまたもジャーナリストとしての仕事で極東へ出かけているあいだ、コター の母親の世話をしにそこへ移ったのだった。中国への渡航後、コター が合衆国へ再入国するについては、現実の、あるいは想像される何らかの問題があった。つぎに彼が戻ってくるときにはカナダで落ち合おう、なんなら母親も来させようと、彼とソンジェは計画していた。

今ソンジェがその町に住んでいる可能性は低かった。母親はいるかもしれないという僅かな可能性があるだけだ。立ち寄る価値はないとケントは言ったのだが、デボラが、いいじゃないの、調べてみるのも面白いんじゃない？　と言ったのだ。そして、郵便局で訊ねると、道順を教えてくれた。

ケントとデボラは町を出て砂丘を走った――この長いのんびりした旅の大半をそうしていたように、デボラが運転していた。二人はトロントに住んでいるケントの娘ノエルを訪ね、それから彼の二度目の妻パットの産んだ二人の息子――ひとりはモントリオール、もうひとりはメリーランド――を訪れた。今ではアリゾナの、ゲートとフェンスで囲った住宅地で暮らすケントとパットの古い友人数人のところに泊まり、サンタバーバラのデボラの両親――ケントと同じくらいの歳――のところにも泊まった。そして今はバンクーバーの家に帰ろうと西海岸を目指しているのだが、ケントが疲れないよう、毎日のんびり進んでいた。

砂丘は草で覆われていた。普通の丘のように見えるのだが、草のないところでは砂の地肌が現れていて、冗談のような景色に見えた。不釣合に膨れ上がった子供の構築物のように。

道は、探すようにと言われた家のところで終わっていた。間違いようがない。看板があった――「パシフィック・ダンススクール」それにソンジェの名前と、その下には「売家」の看板が。庭では年取った女が茂みを相手に刈込鋏を使っていた。

ならば、コターの母親はまだ生きていたのだ。だがケントはここで、コターの母親が盲目だったことを思い出した。それでコターの父親が死んだあと、誰かがいっしょに暮らす必要があったのだ。盲目だとしたら、あの刈込鋏をふるって何をしているのだろう？

よくある勘違いだ、何年――何十年――の時が過ぎ去っているのかということが念頭になかった。それに母親だとしたら、今頃はものすごく年老いているはずだ。ソンジェは何歳になっているのだろう、彼自身は何歳だったっけ。なぜならそれはソンジェだったのだ、そしてさいしょは彼女も彼のことがわからなかった。彼女は前かがみになって刈込鋏を地面に突き立て、ジーンズで両手を拭った。彼女の身ごなしに窺える強張りを、彼は自分の体の節々に感じた。彼女の髪は白くて貧弱で、砂丘のあいだをここまで吹き抜けてきた海からのそよ風に煽られていた。骨格を覆っていた引き締まった肉はなくなっている。彼女は以前からどちらかというと胸は平らだったが、ウエストはそれほど細くなかった。幅の広い背中、幅の広い顔、北欧系のタイプの女の子だった。名前はその系統から由来しているわけではなかったが――彼女の母親がソニア（Sonja）・ヘニーの映画が好きだったので彼女をソンジェと名づけたのだという話を彼は覚えていた。彼女は自分で綴りを変え、母親のミーハーぶりを軽蔑していた。あの頃は皆自分の両親をなんらかの理由で軽蔑していた。

眩しい太陽の下で、彼にはソンジェの顔がよく見えなかった。だが、おそらく皮膚癌を切除した痕らしい、てかてかした銀白色の部分が二ヶ所ほど見えた。

「あらケント」と彼女は言った。「馬鹿ねえ。わたしったらあなたのこと、この家を買いに来た人だと思っちゃった。で、こちらはノエル？」

ならば、彼女も勘違いしたのだ。

デボラはじつのところノエルよりもひとつ年下だった。だが、いわゆる幼妻などというのではまったくなかった。ケントはさいしょの手術を受けたあと、彼女と知り合ったのだ。彼女は理学療法士で、結婚歴はなく、そして彼は寡夫だった。物静かで落ち着いた女で、流行も皮肉も信用しなかった――彼女は髪を後ろで三つ編みにしていた。彼女は彼にヨガと、所定の運動プログラムを紹介し、今ではビタミン剤と朝鮮人参も飲ませていた。彼女は機転が利き、無関心と言っていいくらい好奇心がなかった。たぶん彼女の世代の女は、誰もが皆さまざまな人々に彩られた説明不可能な過去を持っているのを当然と思っているのだろう。

ソンジェは二人を家のなかへと誘った。デボラは、おしゃべりはお二人でどうぞと答えた――健康食品の店を見つけたいし（ソンジェはデボラに一軒の店の場所を教えた）、ビーチを散歩したいから、と。

家に関してケントがまず気がついたのは、冷え冷えしているということだった。眩い夏の日中だというのに。だが、太平洋岸の北西地方の家々は、見かけほど暖かいことはめったにない――日差しのあたらないところへ来ると、たちまちひんやり湿っぽい息吹を感じる。霧や雨の多い冬の寒気が、長いあいだこの家に、ほとんどなんの邪魔もなしに入り込んでいたに違いない。大きな木造のバンガローで、雑な作りだが飾り気がないわけでもなく、ベランダと屋根窓がついていた。ケントが今も住んでいるウエストバンクーバーでも、昔はこんな家がたくさんあった。だがその大半は、売りに出されて取り壊された。

繋がった二つの大きな居間には家具がなく、アップライトピアノがあるだけだった。床は中央が擦れて灰色になり、四隅はワックスで黒ずんでいた。壁の一面には手すりがついていて、その反対側に埃をかぶった鏡があり、痩せた白髪頭の二人が横切ってゆく姿がそこに映った。この家を売ろうとしているところなのだと、ソンジェは語り――それは看板でわかっていたが――そして、この部分はダンス・スタジオとして設えられているので、そのままにしておいたほうがいいと思ったのだと語った。

「まだそこそこ使えるでしょ」と彼女は言った。一九六〇年頃、コターが死んだと聞かされたすぐあとに、スクールを始めたのだと彼女は話した。コターの母親――デリア――はピアノを弾いた。九十歳近くになってアタマがヘンになるまで（「あら失礼」とソンジェは言った、「でも、物事に対してけっこう無頓着になっちゃって」）、弾いていた。ソンジェは義母を老人ホームに入れなければならなくなり、毎日食事をさせに通ったが、デリアにはもうソンジェのことがわからなかった。そして彼女はピアノを弾いてもらうために新しい人を雇ったが、うまくいかなかった。それに、彼女は生徒たちに何もやって見せられず、ただ口頭で指示するだけになってしまった。そこで、そろそろやめる潮時だと思ったのだ。

彼女は昔はなかなか威厳のある娘で、あまり社交的ではなかった。じつのところ、さほど親しみやすくはなかった、というか、彼はそう思っていた。ところが今は、ほとんどひとりでいる人に見られることだが、せかせかとよくしゃべった。

「始めたときにはうまくいっていたの、あの頃は、小さな女の子たちはみんなバレエに夢中でね、でもそれから、ああいった類のことは流行らなくなって、だってほら、ひどく堅苦しいでしょ。でも完全にというわけでもなくて、それから八〇年代になって、子供のいる人たちがどんどんここへ引っ越してきて、そういう人たちってうんとお金を持っていたらしいのね、どうやってあんなにお金を稼いだのかしら？　で、またうまくやることもできたんでしょうけど、わたしにはどうもうまくやっていけなくて」

たぶん、義母が死んだことで気構えがなくなってしまったというか、どうしてもという気持ちがなくなってしまったというか、と彼女は語った。

「わたしたち、いちばん仲のいい友だち同士だったの」と彼女は言った。「ずっとね」

キッチンもまた広く、食器棚や電化製品で壁面が埋め尽くされてはいなかった。床は灰色と黒のタイルで――あるいはもしかしたら黒と白のタイルだったのが、汚い水で拭かれて灰色になっていたのかもしれない。二人はずらりと棚の並ぶ廊下を進んだ。棚は天井まであって、本やぼろぼろになった雑誌がぎっしり詰まり、新聞までありそうだった。ぐずぐずになった古紙のにおい。ここでは床にはサイザル麻のマットが敷かれ、それは横のポーチまで続いて、そこでようやく彼は腰を下ろす機会に恵まれた。本物の籐細工の椅子と長椅子、ばらばらになりそうでなかったら、そこそこの値段はするかもしれない。竹のブラインドも同様にあまりいい状態ではなく、巻き上げるか半分下ろすかしてあり、外では伸びすぎた茂みが窓に押し寄せていた。ケントは植物の名前はあまり知らなかったが、この茂みは砂地に生える種類の植物だな、と思った。葉は丈夫で艶がある——油に浸されたような葉だった。

キッチンを通り抜けるときに、ソンジェはお茶を淹れようとやかんを火にかけた。今や彼女も、くつろげて嬉しいと言いたげに椅子に腰を下ろした。彼女は節くれ立った汚れた両手を持ち上げてみせた。

「すぐ洗ってくるわ」と彼女は言った。「お茶はいかがって訊かなかったわね。コーヒーも淹れられるわよ。それとも、なんならどちらも飛ばしてジントニックを作りましょうか。それがいいんじゃない？　いい考えのように思えるけど」

電話が鳴っていた。大きく耳障りな昔ながらの音だ。すぐ外の廊下で鳴っているように聞こえたが、ソンジェは慌ててキッチンへ戻っていった。

彼女はしばらく話していたが、やかんのホイッスルが鳴ると、ちょっと話をやめてやかんを下ろした。彼女が「今ちょっと来客中で」と言うのが聞こえ、家を見たがっている人の気持ちをくじいてしまっているのでなければいいが、とケントは思った。彼女の神経を尖らせた口調は、これがただの社交的な電話ではなく、おそらく何か金銭絡みのことなのではないかと思わせた。彼はそれ以上聞くまいと努めた。

本や半分に折って重ねてある新聞に、彼はビーチの上手のソンジェとコターが住んでいた家を思い出した。じつを言えば、居心地の悪さやなおざりな様子のすべてに、思い出させられていたのだ。

あの家の居間の暖房は一方の端にある石造りの暖炉で、火が焚かれているというのに——一度だけ彼が訪問したときには——古い灰や黒焦げのオレンジの皮やゴミが溢れ出ていた。そして本やパンフレットがいたるところにあった。ソファの代わりに折りたたみベッドが置いてあった——足を床に下ろして背もたれはなしで座るか、でなければ壁際へ這い戻ってもたれ、足を引き寄せるか。キャスとソンジェはそんなふうにして座っていた。二人は一切会話に加わってはいなかった。ケントは椅子に乗っていた『フランスの内乱』というタイトルの味気ない表紙の本をどけて座っていた。フランス革命のことを昨今ではこう呼ぶんだろうか？　と彼は思った。それから著者の名前が目に入った、カール・マルクス。そしてそのまえでさえ、彼はその部屋のなかに敵意を、批判を感じていた。福音のパンフレットやロバに乗ったイエス、ガリラヤ海のイエスの絵でいっぱいの部屋で自分が批判されていると感じるのと同じように。本や新聞だけではなかった——暖炉の乱雑さにも、模様が磨り減ってしまった敷物にも、黄麻布のカーテンにもそれはあった。ケントのワイシャツとネクタイは場違いだった。キャスの目つきでそうじゃないかとは思ったのだが、いったん身につけてしまったからには、意地でも着ているつもりだった。キャスは彼の古いワイシャツを、安全ピンを連ねたもので留めたジーンズの上に羽織っていた。ディナーに出かけるにしてはだらしない服装だと彼は思ったのだが、今はそれしか入らないのかもしれないと結論を下したのだ。

あれはノエルが生まれるちょっとまえだった。

コターが食事を作っていた。それはカレーで、食べてみたらなかなか美味しかった。皆ビールを飲んだ。コターは三十代で、ソンジェやキャスやケントより年上だった。背が高くて、肩幅が狭く、禿げ上がった高い額に、薄いもみあげ。急いたような小声で、打ち明け話でもするように話した。

年かさのカップルも来ており、女は乳房が垂れ下がっていて、灰色になりかけの髪を首の後ろで丸め、小柄で背筋の伸びた男のほうは、服装はちょっとみすぼらしいのだが、立ち居振る舞いにはどこか小粋なところがあり、はっきりした鋭い声で話し、両手の指をかっちり箱形に組む癖があった。それに、赤毛で腫れぼったい潤んだ目の、しみだらけの肌の若い男もいた。彼は定時制の学生で、新聞配達の少年たちのもとへ新聞を搬入するトラックを運転して生活を支えていた。どうやら彼はこの仕事を始めたばかりらしく、彼と知り合いである年配の男はそんな新聞を運ぶとは恥ずべきことだと彼をからかい始めた。資本家階級の道具、エリートの代弁者だ。

なかば冗談のように口にされたとはいえ、ケントはそれを見過ごしにはできなかった。あとではなく、その時点で割って入ったほうがいいと思ったのだ。あの新聞がそれほど悪いとは思わないと彼は言った。

彼らはこういうものを待ち構えていた。年配の男はすでに、ケントが薬剤師でドラッグストアのチェーン店で働いていることを聞き出していた。そして若い男もすでに、「将来は経営者ですか?」と、他人は冗談だと思ってもケントはそうじゃないだろうとほのめかすような口ぶりで訊ねていた。

そうだといいがね、とケントは答えた。

カレーが出され、一同はそれを食べてさらにビールを飲み、火に薪が足され、春の空は暗くなり、バラード入江のむこうにポイント・グレイの明かりが瞬き、そしてケントは、資本主義を、朝鮮戦争を、核兵器を、ジョン・フォスター・ダレスを、ローゼンバーグ夫妻の処刑を——なんであれ他の連中が自分に投げつけてくるものを——擁護する役目を引き受けた。アメリカの企業がアフリカの母親たちに、赤ん坊に母乳を与えず粉ミルクを買うようにさせている、とか、王立カナダ騎馬警察隊はネイティヴ・アメリカンを虐待しているとかいった考えを彼は嘲笑った。とりわけ、コターの電話が盗聴されているかもしれないという話を。彼は、これは『タイム』に出ていたんだと言いながら『タイム』誌を引用した。

若い男は膝を叩き、頭を左右に振って、信じられないと言いたげな笑い声をあげた。

「この人、信じられないなあ。信じられます？　僕は駄目だ」

コターは様々な論を展開し続けながらも激高を抑えようと努めていた、自分は理性的な男だと思っていたからだ。年輩の男は学者ぶって話を変え、胸の垂れた女は毒を含んだ礼儀正しい口調で、突然言葉を挟んだ。

「どうしてあなたは、権力がその鎌首をもたげる場面ではいつも、すぐさま権力を擁護なさるの？」

ケントにはわからなかった。何が自分を駆り立てているのかわからなかった。こういう連中を本気で敵だと思っているわけでさえなかったのだ。彼らは現実の周辺にたむろして、長広舌をふるい、自分たちを重要な存在だと思っている、狂信者というのはどんな種類でもこうだ。彼らには堅実なところがまったくない、ケントの同僚と較べてみるといい。ケントがやっている仕事では、失敗は問題だし、常に責任があり、ドラッグストア・チェーンなるものは良くない存在ではないか、などという考えをもてあそんでみたり、製薬会社に関する妄想にふけったりしている暇はない。それは現実世界であり、ケントは毎日そこへ、自分とキャスの将来を肩に背負って出かけていく。彼はそれを受け入れ、誇りにさえ思っている、この部屋にいる不平屋どもに謝る気などなかった。

「皆さんの言い分にもかかわらず、暮らしはどんどんよくなっています」とケントは彼らに言った。

「とにかく、周囲を見回してみることですね」

彼は今でも若かった頃の自分に反対ではなかった。横柄だったかもしれないとは思うが、間違ってはいなかった。しかし、あの部屋での怒りに、激しいエネルギーについては不思議だった。あれはどうなってしまったのだろう。

ソンジェは電話を切った。彼女はキッチンから呼びかけた。「お茶は飛ばしてジントニックにすることに決めたわ」

飲み物を持ってきた彼女に、コターが死んでどのくらいになるのかとケントは訊ね、三十年以上になると彼女は答えた。彼は息を吸い込み、首を振った。そんなになるの？

「何か熱帯の病原菌のせいであっという間に死んだの」とソンジェは話した。「ジャカルタで死んだのよ。病気になったことをわたしが知りもしないうちに、埋葬されていたの。ジャカルタは昔バタヴィアって呼ばれていたの、知ってた？」

ケントは答えた。「なんとなく」

「あなたの家、覚えているわ」と彼女は言った。「居間は実際はポーチで、わたしたちのところと同じく表側を突っ切ったところにあって。グリーンと茶色のストライプの、日よけの生地でできているブラインドがあって。キャスはそれを透かして入ってくる日差しが好きだったわ、ジャングルみたいな光だって言って。栄光の掘っ立て小屋ってあなたたちは呼んでいたわね。家のことを口にするときにはいつも。栄光の掘っ立て小屋って」

「柱をセメントに突き立てて、建っていたんだ」とケントは説明した。「腐っていた。倒れなかったのが不思議だね」

「あなたとキャスはいつも家を見に行っていたわね」とソンジェは言った。「あなたのお休みの日に、ノエルを乳母車に乗せて、分譲地から分譲地へと歩いてた。新しい家をいろいろ見てた。あの頃の分譲地って、もう歩くなんてことはないって思われていたから、歩道がぜんぜんなくて、木はぜんぶ切り倒されちゃって、ただ家が寄り集まって、大きなはめ殺し窓越しに、互いを見つめ合ってるの」

ケントは答えた。「さいしょの家だからね、そんなのしか買えないよ」

「そうよね、そうよね。でも、あなたは言うんでしょ、『君はどれが好き?』って。キャスはぜったい答えない。それでしまいにあなたは腹を立てて、なら、どこでもいい、どんな家なら気にいるんだ、って言うの。すると彼女、『栄光の掘っ立て小屋』って答えるのよね」

ケントはそんなことがあったのを思い出せなかった。だが、そうだったのだろうと思った。どっちにしろ、それが、キャスがソンジェに聞かせた話だった。

Ⅲ

コターとソンジェは、コターがフィリピンだかインドネシアだかの予定地へ発ち、ソンジェが夫の母親と暮らすためにオレゴンへ向かうまえに、お別れ会を開くことにしていた。ビーチ沿いに住む全員が招かれた――パーティーは戸外で開かれることになっていたからだが、これはじつに賢明なやり方だった。それに、ソンジェとコターがビーチへ越してくるまえに共同住宅でいっしょだった人たちも招待されていた、そしてコターの知り合いのジャーナリストやソンジェの図書館時代の同僚も。

「とにかく全員」とキャスは言い、ケントは陽気に、「また左翼がかった連中？」と問い返した。

知らないけど、とにかく全員、と彼女は答えた。

本物のモニカがいつも頼むベビーシッターを雇い、子供たちは全員彼女の家へ連れてこられて、料金は親たちが出し合うことになった。キャスはちょうど暗くなり始めた頃に、ノエルをキャリーコットに寝かせて連れて行った。真夜中にはノエルがお腹を空かせて目を覚ますだろうから、それまでに戻るとシッターに告げた。家で用意している補助用の哺乳瓶を持ってきてもよかったのだが、そうはしなかった。パーティーのことがよくわからず、抜け出せる機会があるほうがありがたいかもしれないと思ったのだ。

ケントが全員と喧嘩になったあのソンジェの家でのディナーのことを、彼女とソンジェは決して口にしなかった。ソンジェがケントに会ったのはあれがさいしょで、そのあと彼女は、ケントが本当に見栄えがいいということしか言わなかった。見栄えのよさが陳腐な残念賞と考えられているかのように、キャスには思えた。

あの夜キャスは壁にもたれ、クッションを腹に抱えて座っていた。赤ん坊に内側から蹴飛ばされる部分にクッションを当てるのが癖になっていたのだ。クッションは色あせて埃っぽかった、ソンジェの家ではすべてがそうだった（彼女とコターは家を家具付きで借りていた）。青い花と葉の模様は白っぽくなっていた。キャスはじっとその模様に目を注ぎ、一方でみんなしてケントを苦境に陥れ、本人はそれに気づいてさえいなかった。若い男はケントに向かって、父親に話しかける息子のような芝居がかった怒りを見せてまくしたて、コターは生徒に話す教師の磨り減った我慢強さでしゃべった。年輩の男は苦々しげに笑い、女はケントに、広島に対する、工場に閉じ込められて焼け死んだアジア人少女たちに対する、忌まわしい嘘や喧伝されている偽善すべてに対する個人的責任を負わせているかのごとく、道徳的嫌悪感をあふれさせていた。そして、キャスの見る限り、ケントはこの大半を自分から招いていた。彼のワイシャツとネクタイを見て、ちゃんとしたマタニティー・スカートではなくジーンズを穿こうと思ったときに、彼女はこの種のことを恐れていたのだ。そしていったんここへ来てしまうと、そのあいだずっと座って、クッションをあちこちへねじっては銀色の光を捉えていなくてはならなかった。

部屋にいる全員があらゆることに確信を持っていた。一息つこうとするのは、ただ永遠に続く純粋の美徳、純粋な確信の流れを引き寄せるためなのだ。

たぶん、ソンジェは例外だったが。ソンジェは何も言わなかった。だがソンジェはコターに頼っていた。彼こそがソンジェの確信だった。ソンジェは立ち上がってカレーのお代わりを勧めた。ちょっとした怒りの沈黙が生まれたときに声を掛けたのだ。

「ココナツを欲しい人は誰もいないみたいね」

「あら、ソンジェ、そつのない女主人を演じるつもり？」と年輩の女が問いかけた。「ヴァージニア・ウルフの登場人物みたいに？」

ということは、ヴァージニア・ウルフも不人気らしかった。キャスには理解できていないことがたくさんあった。だがすくなくとも、そういうことがあるというのはわかっていた。そんなの馬鹿げている、と言えるほどの気構えはできていなかったが。

にもかかわらず、彼女は破水してくれたらと願った。なんでもいいから産気づかないものかと。慌てて立ち上がって一同の前で床に水たまりを作ったら、皆話をやめざるを得ないだろう。

ケントはそのあと、あの晩の成り行きに心を乱されている様子ではなかった。ひとつには、彼は自分が勝ったと思っていたのだ。「あの連中は皆左翼シンパだ、あんなふうにしゃべらずにはいられないんだ」と彼は言った。「あれしかできないんだよ」

キャスはそれ以上政治の話はしたくなかったので、話題を変え、年輩のカップルは共同住宅でソンジェとコターといっしょに暮らしていたのだと話した。その後引っ越していったカップルがもうひと組いた。そしてセックスのパートナーを規則正しく変えていた。年輩の男には外に愛人がいて、その愛人も時折パートナー交換に加わっていた。

ケントは言った。「それはつまり、若い男たちもあの年輩の女と寝ていたってこと？　彼女、五十にはなってるぞ」

キャスは答えた。「コターは三十八よ」

「たとえそうでも」とケントは言った。「ぞっとするな」

だがキャスはその、きちんと決められたとおり義務的に性行為をするという考えを、ぞっとすると同時に刺激的だと思ったのだった。なんの疚しいところもなく義務的に、誰であれリストどおりに自分自身をたらい回しにしていく——神殿売春のようではないか。情欲が義務となるのだ。そのことを考えると、キャスは淫らな深い興奮を覚えた。

ソンジェはそれに興奮を覚えなかった。性的解放を味わうことはなかったのだ。彼女が自分のところに戻ってくると、味わえたかとコターは訊ね、彼女は、味わえなかったと答えるしかなかった。コターはがっかりし、彼の気持ちを思って彼女もがっかりした。ソンジェはあまりに排他的で、性的所有の概念に縛られすぎているのだと彼は説き聞かせ、彼女はそのとおりだと思った。

「わたしが彼をじゅうぶんに愛しているならば、そういうことに対してもっとうまくいくはずだってあの人が思ってるのはわかってるの」とソンジェは言った。「だけどわたしはあの人のこと、本当に愛してるのよ、苦しくなるくらい」

さまざまな心そそられる思いは浮かんだものの、自分が共寝できるのはぜったいにケントだけだとキャスは思っていた。セックスというのは、自分たち二人のあいだで考案したものという感じなのだ。それを誰か他の人間とやってみるというのは、回路を変えることを意味する――人生のすべてが彼女の面前で爆発してしまうだろう。それでもなお彼女は、ケントを苦しくなるほど愛しているとは言えなかった。

モニカの家からソンジェの家へ向かってビーチを歩いていると、パーティーのために人が集まっているのが目に入った。何人かずつ集まって立ったり丸太に座ったりして、夕日の名残りを眺めている。皆ビールを飲んでいた。コターとべつの男が、パンチを作る容器にしようとゴミ箱を洗っている。図書館長のミス・カンポがひとりで丸太に座っていた。キャスは彼女に向かって快活に手を振ったが、そちらへ行こうとはしなかった。この段階で誰かのところへ行くと、捕まってしまう。そうなると、そこで相手と二人だけになる。どうすればいいかというと、三人か四人のグループに加わるのだ、たとえそこの会話――遠くからだと活発なものに見えていた――がまったく絶望的だとわかっても。だが、ミス・カンポに手を振ったあと、彼女にはどうもそれができなかった。どこかに向かって進んでいくしかない。そこで彼女は歩き続けた。モニカの夫と、ビーチの丸太を挽き切るのにどれほどかかるか話しているケントの横を通り過ぎ、ソンジェの家の階段を上ってキッチンへ入った。

ソンジェはチリの大鍋をかき回していて、例の共同住宅の年輩の女がライ麦パンとサラミとチーズを皿に並べていた。彼女はカレー・ディナーのときと同じ服装だった――ゆったりしたスカートとくすんだ茶色だがぴったりしたセーター、セーターが貼り付いている乳房は、ウエストへと垂れている。これはマルキシズムと関わりがあるんだ、とキャスは思った――コタ―はソンジェがブラなしなのを好んだ。ストッキングも口紅もなしなのを。それにこれは束縛も嫉妬心もないセックスとも関係していた、五十の女に対しても尻込みしない、度量が広くて背徳的ではない欲求と。

図書館の女の子もひとりここへ来ていて、ピーマンとトマトを刻んでいた。それにキャスの知らない女がキッチンのスツールに座ってタバコを吸っていた。

「ちょっと文句を言わせてもらいたかったの」と図書館の女の子がキャスに言った。「職場の全員がね。すごくかわいい赤ちゃんが生まれたって聞いたけど、あなたったらあたしたちに見せに来てくれないんだもの。赤ちゃんは今どこなの？」

キャスは答えた。「眠ってくれてると思うんだけど」

この女の子はロレインという名前だったが、ソンジェとキャスは図書館時代を思い出すときには彼女をデビー・レイノルズと呼んでいた。ひどく威勢がよかったのだ。

「なんだ」と彼女は言った。

胸の垂れた女は彼女と、そしてキャスにも、物思わしげな不快感を示す表情を向けた。

キャスがビール瓶の蓋を開けてソンジェに渡すと、彼女は「あら、ありがとう、チリにすっかり気を取られて一杯やるのを忘れてたわ」彼女はコターほど料理がうまくないので、不安だったのだ。

「あなたが自分で飲むつもりじゃなくてよかったわ」図書館の女の子がキャスに言った。「授乳しているあいだは駄目なのよ」

「わたしは授乳してるあいだずっとビールをがぶ飲みしてたけど」とスツールの女が言った。「飲むように勧められていたと思うわ。いずれにせよ、ほとんどはオシッコで出ちゃうからね」

この女の目は黒いペンシルで縁どられ、目尻はラインが伸びていて、まぶたは滑らかな黒い眉のすぐ下まで紫がかった青で塗られていた。顔のほかの部分はひどく青白く、というかそう見えるように化粧を施されていて、唇は白く見えるほど薄いピンクだった。キャスは以前にそういう顔を見たことはあったが、雑誌のなかでだけだった。

「こちらはエイミー」とソンジェが言った。「エイミー、こちらキャスよ。ごめんなさい、紹介していなかったわね」

「ソンジェ、あなたはいつも謝ってばかりね」と年輩の女が言った。

エイミーは切ったばかりのチーズをひと切れつまむと、それを食べた。

エイミーというのは愛人の名前だった。年輩の女の夫の愛人だ。キャスは突然この人のことを知りたい、友だちになりたいと思った。ちょうどかつてソンジェと友だちになりたくてたまらなかったように。

夕方が夜に変わり、ビーチに点在していた人々の群れははっきり見えなくなっていた。皆だんだん集まってきていた。水際では女たちが靴を脱ぎ、ストッキングを履いている者はそれもたぐり下ろして脱ぎ、つま先を水に浸けていた。大半がビールを飲むのをやめてパンチを飲んでいて、パンチはすでにその性質を変え始めていた。さいしょは主にラムとパイナップルジュースだったのだが、今では他の種類の果物のジュースと炭酸水、それにウォッカとワインが加えられていた。

靴を脱いだ者たちは、さらに脱ぐようけしかけられていた。服をほとんど着たまま水に駆け込み、それから服を脱いで放り投げて浜にいる相手に受け取ってもらう者もいた。どうせ暗いから何も見えないと互いにけしかけあいながら、その場で服を脱ぐ者もいた。だが実際のところ、しぶきを上げ、走り、暗い水のなかに倒れこむ裸の体はちゃんと見えていた。モニカは自宅からタオルの山を持ってきていて、水から上がったら、ひどい風邪を引きこまないようタオルで体を包んでくれと皆に呼びかけた。

岩の上の黒々とした木々のあいだから月が上り、それがひどく大きく、あまりに厳粛で感動的に見えたので、驚きの叫びがあがった。あれは何？　そして、もっと空高く上って普通の大きさに縮んでからでさえ、皆ときおり月を指しては「収穫月《ハーヴェスト・ムーン》」とか「さいしょに出てきたとき、見た？」とか言うのだった。

「すごく大きな気球だって、本気で思ってたわ」

「いったいなんなのか、想像もつかなかった。月があんな大きさに見えるとは、とても思わなかったよ」

キャスは水際で、先刻ソンジェのキッチンでその妻と愛人を見かけた男としゃべっていた。男の妻は、きゃあきゃあ叫んだり水を跳ねかしたりしている一団からちょっと離れたところで今は泳いでいた。前世では、と男は語った、私は牧師だったんだ。

「『信仰の海にもかつては潮が満ち』（マシュー・アーノルド作『ドーヴァー・ビーチ』）」と彼はユーモアたっぷりに言った。「『地球の岸辺を輝く帯のように取り囲んでいた』――そのときはまったく別の女と結婚していた」

彼はため息をつき、詩の続きを思い出そうとしているのだとキャスは思った。

「『しかし今聞こえるのはただ』」と彼女は暗唱した。「『長く憂いに満ちた引き潮の唸り、この世界の荒涼と広がる水際とむき出しの砂利を』」そしてそこで言葉を止めた、「『ああ、愛しいひとよ、互いに誠実でいよう――』」と続けるのはやりすぎに思えたのだ。

彼の妻がこちらへ向かって泳いできて、膝くらいの深さしかないところへ乗り上げた。乳房を横に揺らし、周囲に水滴を撒き散らしながら彼女は歩いてきた。

彼女の夫は両腕を広げた。彼は「エウロペよ」と、同志を迎える口調で言った。

「ならばあなたはゼウスってわけね」とキャスは大胆にも言った。ちょうどそのとき、こんな男にキスしてもらいたかったのだ。ほとんど知らない男、なんの関心もない男に。そして彼は実際にキスした、彼はキャスの口のなかで冷たい舌をもぞもぞ動かした。

「大陸が、女《カウ》にちなんで名付けられるんだからなあ」と彼は言った。彼の妻は二人のすぐ前に立って、水泳という激しい運動をしたあと、ほっと一息ついていた。あまりに近かったので、黒ずんだ長い乳首かぼさぼさの黒い恥毛に体が触れそうでキャスは気になった。

誰かが火を熾していて、水に入っていた者たちももう上がり、毛布やタオルで体を包んだり、丸太の後ろにかがみこんで服を着ようと苦心したりしていた。

そして音楽が流れていた。モニカの隣の住人は桟橋とボート小屋を持っていた。レコードプレイヤーが持ち出され、ダンスが始まっていた。桟橋の上や、踊りにくいが砂の上で。丸太の上でまで誰かがダンスのステップを踏み、よろめいては、落ちるか飛び降りるかした。服をふたたび着込んだ女たち、あるいは服を脱がなかった女たち、どうも落ち着かなくてひとつところにじっとしていられない女たち——キャスもそうだが——は、水際を歩いていたのだが(もう誰も泳いではいなかった、泳ぎは完全に過去のものとなって忘れられていた)、音楽のせいで違う歩き方になっていた。ちょっと照れくさそうに、冗談っぽく、それからもっと傲慢に、映画のなかの美人のように体を揺らして。

ミス・カンポは相変わらず同じ場所に座って、にこにこしていた。

キャスとソンジェがデビー・レイノルズと呼んでいた女の子は砂の上に、丸太に背中をもたせかけて座って、泣いていた。彼女はキャスににっこりしてみせて言った。「あたしが悲しがってると思わないでね」

彼女の夫は大学のフットボール選手で、今は車の修理屋をやっていた。妻を迎えに図書館に来る彼はいつも、世の中全般にちょっと愛想をつかしているまったくのフットボール選手に見えた。だが今は、妻の横に跪いて彼女の髪をいじくっていた。

「なんでもないんです」と彼は言った。「いつもこうなるんですよ。そうだよね、ハニー?」

「そうなの」と彼女は言った。

キャスはソンジェが火を囲む輪の周りでうろうろしながらマシュマロを配っているのを見つけた。

ちゃんと小枝に刺して炙っている者もいれば、投げ合って砂に落としてしまう者もいる。

「デビー・レイノルズが泣いてる」とキャスは告げた。「でも、だいじょうぶ。彼女、幸せなの」

二人は笑い始め、それから互いに抱き合って、マシュマロの袋を身体のあいだで押しつぶした。

「ああ、あなたに会えなくなると淋しいわ」とソンジェは言った。「ああ、わたしたちの友情がきっと恋しくなるわ」

「そうね、そうね」とキャスは答えた。それぞれがマシュマロをそのまままつまんで食べ、甘やかな寂しい思いでいっぱいになって互いに見つめ合い、笑いあった。

「わたしの記念に、これを行いなさい(ルカ22章19節)」とキャスは言った。「あなたはわたしのいちばん本物でいちばん真実の友だちよ」

「あなたはわたしの友」とソンジェは返した。「いちばん本物でいちばん真実の。コタ―はね、今夜はエイミーと寝たいんだって」

「そんなことさせちゃ駄目」とキャスは言った。「あなたがすごく嫌な気分になるんなら、そんなことさせちゃ駄目よ」

「ううん、させるとかどうとかの問題じゃないの」ソンジェは雄々しくそう言った。「チリを欲しい人は？　コタ―があっちでチリを配りますよ。チリはいかが？　チリはいかが？」と彼女は呼びかけた。

コタ―はチリの鍋を持って階段を降りてくると、鍋を砂に据えた。

「鍋に気をつけて」彼は父親みたいな口調で言い続けた。「鍋に気をつけてね、熱いから」

彼は皆によそおうとしゃがみこんだ。まとっているのはタオルだけで、はためいて開いている。

エイミーがその横で、ボウルを配っていた。

キャスはコターの前で両手を椀の形に丸めた。

「どうか、猊下」と彼女は言った。「わたしはボウルを使うほどの価値もない者です」

コターはおたまを放してぱっと立ち上がり、両手を彼女の頭に置いた。

「おやおや、わが子よ、あとの者が先になるであろう（マタイ20章16節）」彼はキャスのうなだれた首にキスした。

「あああ」エイミーが、彼女自身がこのキスを受けているかあるいは与えているかのような声をあげた。

キャスは頭を上げて、コターの後ろの彼女を見た。

「わたしもそんな口紅、つけてみたいわ」とキャスは言った。

エイミーは「いらっしゃいよ」と返した。彼女はボウルを置くとキャスの腰を軽く捉えて階段のほうへ進ませた。

「ここを上がって」と彼女は言った。「あなたの顔、いっしょにすっかりお化粧しちゃいましょ」

コターとソンジェの寝室の後ろの狭い浴室で、エイミーは小さな瓶やチューブやペンシルを広げた。便器の上しか広げる場所がなかった。キャスは浴槽の縁に腰掛けなければならず、顔がほとんどエイミーの腹に触れそうだった。エイミーはキャスの両頬にリキッドを伸ばし、まぶたにペースト状のものをなすりつけた。それからパウダーを刷毛で塗った。彼女はキャスの眉をブラシで整えてグロスを塗り、まつげに三種類のマスカラを塗った。唇の輪郭を描いてから塗りつぶし、拭き取ってまた塗る。彼女はキャスの顔を両手で捉え、光のほうへ傾けた。

誰かがドアをノックし、それから揺すった。

「ちょっと待って」とエイミーは叫んだ。それから、「どうしたっていうのよ、外へ行って丸太の後ろでできないの？」

ぜんぶ終わるまで、キャスは鏡を見せてもらえなかった。

「それから、笑顔は駄目よ」と彼女は言った。「効果が台無しだから」

キャスは口をへの字にした不機嫌な顔で鏡に映る自分を見つめた。唇は肉厚の花弁のようだ、ユリの花弁。エイミーが彼女を引っ張った。「そんな顔をしろとは言ってないわよ」と彼女は言った。「自分の顔なんか見ないほうがいいわ、どんな顔もしなくていいから、ちゃんと似合って見えるわよ」

「大事な膀胱を摑んどきなさい、あたしたち、もう出るから」ドアを叩いている新しい人物、あるいはもしかしたら同じ人物に、彼女はそう叫んだ。化粧品をさっとすくってバッグに入れると、それを浴槽の下へ突っ込む。彼女はキャスに「さあ、かわい子ちゃん」と呼びかけた。

桟橋の上でエイミーとキャスは、互いに笑ったり挑み合ったりしながらダンスした。男たちがあいだに割り込もうとしたが、しばらくのあいだは二人でそうさせないようにしていた。それから二人は降参し、引き離された。自分たちが遮られてしまったとわかって落胆した表情になり、飛び立てない鳥のように腕をばたばたさせながら、それぞれパートナーの軌道のほうへと引き離されていった。

キャスはその夜ずっと、それまで会った覚えのない男と踊った。男はコタークらいの歳のように見えた。背が高くて胴回りがたぷたぷして太く、冴えない色のもつれた縮れっ毛で、目の周りに傷かあざができているように見えた。

「わたし、落っこちちゃうかも」とキャスは言った。「くらくらする。海に落ちちゃうかも」

男は答えた。「受け止めてあげるよ」

「めまいがしてるけど、酔っ払ってはいないのよ」と彼女は言った。

男は笑い、これって酔っぱらいがいつも言うことよね、と彼女は思った。

「ほんとよ」と彼女は言った。そしてそれは本当だった。ビール一瓶すら空けてはいなかったし、パンチには手を触れてもいなかったのだから。

「肌から吸収したんじゃない限りね」と彼女は言った。「浸透」

男は答えなかったが、彼女の目を捉えながらぐっと引き寄せて、それから離した。

キャスとケントのセックスは熱心で精力的だったが、同時に控えめだった。互いに誘ったりすることはなく、なんとなくそういう雰囲気になだれ込む、というか二人がそういう雰囲気だと思う状態となってそのままそこに留まる。もしも人生にパートナーがひとりしかいないとしたら、何も特別なことは必要ない——すでに特別なのだから。二人は裸で互いを見つめてきた、だがそういうとき、たまたまそうなった場合をのぞいては、互いの目を覗き込むことはなかった。

今キャスがしているのはそれだった。見知らぬパートナーと、ずっと。前進し、後退し、旋回し、身をかわし、互いのためにショーを演じ、そして互いの目を覗き込む。こんなショーなどなんでもない、と二人の眼差しは断言していた。二人がそうしようと決めたらやってのけられる生々しい取っ組み合いと比べたら、なんでもない。

にもかかわらず、すべては冗談なのだった。触れるやいなや、また放す。近寄って、口を開けて舌を唇に這わせ、そしてたちまち引っ込めて倦怠を装う。

キャスは半袖のブラッシュドウールのセーターを着ていた。前あきの深いVネックなので授乳に便利なのだ。

つぎに近寄ったとき、彼女のパートナーは自分の身を守るかのように片腕を上げ、手の甲を動かし、むき出しの手首と前腕が、ちくちくするウールで覆われた彼女の固くなった乳房に触れた。そのせいで二人はよろめき、ダンスを中断しそうになった。だが続けた――キャスはふらふらよろめきながら。

自分の名前を呼ばれるのが彼女の耳に聞こえた。

ミセス・メイベリー。ミセス・メイベリー。

それはベビーシッターで、モニカの家の階段を半分下りたところから叫んでいた。

「お宅の赤ちゃん。赤ちゃんが起きました。お乳をあげに来てくださいませんか？」

キャスはダンスをやめた。他の踊り手たちのあいだをよろよろとすり抜ける。光から抜け出すと飛び降り、砂の上でよろめいた。パートナーが後ろにいるのはわかっていた。彼が後ろから飛び降りるのが聞こえた。彼女は唇を、あるいは喉元を彼に差し出すつもりでいた。だが彼は彼女の尻を捉え、振り向かせるや膝をつき、コットンパンツに包まれた彼女の股にキスした。そして彼がかくも大柄な男にしては身軽に立ち上がると、二人は同時にそれぞれ反対の方を向いた。キャスは光の方へと急ぎ、モニカの家の階段を上っていった。あえぎながら、お婆さんのように手すりに摑まって上っていった。

ベビーシッターはキッチンにいた。

「あの、お宅のご主人が」と彼女は言った。「ご主人がたった今哺乳瓶を持って来てくださいました。どういう手はずになっているのか知らなかったもので。でなきゃ、あんなに叫ぶことなかったんですが」

キャスはそのままモニカの居間へ行った。そこは廊下とキッチンから差す明かりしかなかったが、本物の居間であることは見て取れた。キャスのところやソンジェのところのようなポーチを改造したものではない。デンマーク製の現代的なコーヒーテーブルや布張りをした家具があり、カーテンが引かれていた。

ケントが肘掛け椅子に座って、ノエルに哺乳瓶でミルクを飲ませていた。

「やあ」とケントは声をひそめて言った。ノエルは猛烈な勢いで吸っていて、半分眠りかけるどころでさえなかったのだが。

「うん」とキャスは言い、ソファに腰を下ろした。

「このほうがいいかな、と思ったんだ」とケントは言った。「君が飲んでるといけないからね」

キャスは「いないわよ。飲んでなんか」と答えた。彼女は片手を乳房に当てて張り具合を確かめようとしたが、ウールの刺激でどっと欲情がこみ上げ、それ以上押さえることができなくなった。

「ほら、飲ませたいならそうすれば」とケントは言った。

ソファのうんと端に腰を下ろして前に身を乗り出しながら、彼女は夫に訊ねたくてたまらなかった。ここへは正面から来たの、それとも裏から？　つまり、道路を通って、それともビーチを？　もしビーチを通って来たのなら、ほぼ確実にダンスしているのを見られたはずだ。だが、今や桟橋ではずいぶん大勢ダンスしているから、たぶん夫は踊っている個々の人間のことには気づかなかったのではないか。

とはいえ、ベビーシッターはキャスを見つけたではないか。そして、ベビーシッターがキャスを、キャスの名前を呼ぶのを、夫は耳にしたのでは。それから彼は、ベビーシッターの叫び声が向けられている方角を見たのではないか。

つまり、もし彼がビーチから来たのならば。道路から来てキッチンではなく玄関ホールから家に入ったのなら、ダンスはまったく目にしていないことになる。

「あの人がわたしの名前を呼んでいるのを聞いたの？」とキャスは訊ねた。「それでうちから哺乳瓶を取ってきてくれたの？」

「とっくにそうしようかと思っていたんだ」と夫は答えた。「そろそろ時間だなと思ってね」彼はノエルがどのくらい飲んだか確かめようと哺乳瓶を持ち上げた。

「お腹を空かせてたんだ」と彼は言った。

キャスは答えた。「そうね」

「さあ、チャンスだよ。酔っ払いたいならね」

「あなたはもうそうなってるの？　酔っ払ってる？」

「そこそこ飲んだよ」と夫は答えた。「飲みたいなら行っといでよ。ゆっくりしといで」

夫の自信たっぷりな口調は、悲しげに嘘っぽく聞こえると彼女は思った。きっと妻がダンスしているところを見たのだ。でなければ「その顔はどうしたんだ？」と訊ねているだろう。

「あなたを待ってるわ」とキャスは言った。

彼は哺乳瓶を傾けながら赤ん坊にしかめっつらをして見せた。

「ほとんど飲んだな」と彼は言った。「君がそうしたいならそれでいいさ」

「ちょっとバスルームへ行ってくる」とキャスは告げた。そしてバスルームのなかには、モニカの家ならあるだろうと期待していたとおり、ティッシュペーパーがたっぷり置いてあった。キャスは湯を出して濡らしてはこすり、濡らしてはこすりしながら、黒や紫に染まったティッシュの塊を何度か便器に流した。

Ⅳ

二杯目を飲みながら、ウエストバンクーバーにおける昨今の唖然とするような桁はずれの不動産価格についてケントがしゃべっていると、ソンジェが言った。「あのね、わたしにはひとつの説があるの」

「あの、昔僕たちが住んでいたところ」とケントは話していた。「もうとっくに売られちゃったよ。今と比べたら、二束三文でね。今ならどのくらいになるだろう。あんな物件がさ。取り壊すような家がねえ」

説というのは何？　不動産価格について？

いいえ。コタ－のことで。彼が死んだとは信じられないの。

「あのね、さいしょは信じたのよ」とソンジェは語った。「疑おうなんてこれっぽっちも思わなかった。ところがね、あるとき目が覚めると突然、本当とは限らないじゃないかって思ったの。必ずしも本当とは限らないって」

状況を考えてみて、とソンジェは言った。医者から手紙が来たの。ジャカルタから。つまりね、手紙をくれた人が自分は医者だって書いてたの。コタ－は死んだって書いてあって、死因については医学用語を使っていたけれど、もう忘れちゃった。ともかく、伝染病だった。だけど、その人が本当に医者かどうかなんて、わからないじゃない？　それに、その人が医者だとしても、本当のことを言っているのかどうか、わかるわけないでしょ？　医者と知り合いになるなんて、コタ－には難しいことじゃないわ。友だちになることなんて。コタ－にはあらゆる種類の友だちがいたんだから。

「それとも、その人にお金を払ったのかも」とソンジェは言った。「そういう可能性だってないわけじゃないわ」

ケントは訊ねた。「どうして彼がそんなことするんだい？」

「そんなことをする医者は彼がさいしょってわけじゃないもの。もしかしたら貧しい人たちのために診療所を続けていくお金が必要だったのかもしれないし、そんなのわからないでしょ？　ただ自分のためにお金が欲しかったのかもしれない。医者は聖者じゃないんだから」

「いや」とケントは言った。「僕が言ったのはコタ－のことだよ。どうしてコタ－がそんなことしなくちゃならないんだ？　それに、彼は金は持ってたの？」

「いいえ。お金なんかぜんぜん持っていなかったわ、でも――さあねえ。どっちにしろ、単なる仮説よ。お金。それにわたしがここにいたでしょ。ここにいて、あの人のお母さんの世話をしていた。あの人、お母さんのことは本当に気にかけていたの。わたしはぜったいにお母さんを見捨てないって、あの人にはわかってた。だからね、それはよかったの」

「本当によかったのよ」とソンジェは言った。「わたし、デリアが大好きだった。重荷だとは思わなかった。コターとの結婚生活よりもデリアの世話をしているほうが本当は向いていたかもしれない。でね、妙なことがあるんだけど。デリアもわたしと同じように考えていたの。コターのことで。同じ疑いを持っていたの。でもデリアは一度もわたしにはその話をしなかった。わたしもデリアには話さなかった。それぞれが、話すと相手の心を打ち砕くことになると思っていたの。ところが、ちょっとまえの、つまりデリアが逝ってしまうちょっとまえのある晩、香港を舞台にしたミステリーを読んで聞かせていたら、デリアがね、『ひょっとしたらコターはそこにいるのかもしれないわ。香港に』って言ったの。

あなたを動揺させたんじゃないといいけれど、ってデリアは言った。でね、わたしも自分が考えていたことを話すと、デリアは笑ったわ。ふたりで笑ったの。たったひとりの子供が親を捨てて出て行ったなんて話をする老いた母親は悲しみに打ちひしがれていると思うでしょうけれど、違うの。たぶん年取った人たちってそんなふうじゃないのかも。すごく年を取った人たちはね。もう悲しみに打ちひしがれたりしないの。悲しむだけの価値のないことだって思うんだわ、きっと。

わたしがデリアのめんどうをみるだろうってあの人にはわかっていたけれど、どのくらい持ちこたえるかはわかっていなかったんじゃないかしら」と彼女は語った。「医者の手紙を見せたいところだけれど、捨てちゃったの。馬鹿なことをしたわ、でも、そのときは狼狽《うろた》えちゃってね。これから先の人生をどう生きていけばいいのかわからなかった。その医者の資格をちゃんと調べるべきだとか、死亡診断書のことを訊くとかなんとかすべきだなんて、考えなかったの。あとになってそんなことをいろいろ思いついた頃には、住所をなくしていたわ。アメリカ大使館に手紙を書くわけにもいかなかった、だってコターは、およそあんな人たちとは関わりを持ちたがらないでしょうからね。それに彼はカナダ国民でもなかったし。もしかしたら、別の名前を名乗ってたのかも。別人になりすますってこともあるでしょ。書類を偽造して。昔はそういうことを仄めかしていたわ。そんなところも彼の魅力だった、わたしにとってはね」

「芝居がかった振る舞いの一環って部分もあるんじゃないかな」とケントは言った。「そう思わない？」

ソンジェは答えた。「もちろん、思うわよ」

「保険は掛けてなかったの？」

「馬鹿なこと言わないで」

「保険を掛けていたら、保険会社が真実を突き止めてくれていたんだけどな」

「そうね、でも掛けてないもの」とソンジェは言った。「でね。やろうと思っていたことがあるの」

義母にはぜったいに言わなかったことだと彼女は語った。ひとりになったら、探しに行くつもりだったのだ、と。彼女はコターを見つけに、あるいは真実を見つけに行くつもりだったのだ。

「きっと突拍子もない幻想だと思っているんでしょ？」とソンジェは言った。

頭がおかしくなっている、不快な衝撃を覚えながらケントは思った。今回の旅行におけるどの訪問先でも、深い失望感を味わう瞬間があった。話している相手が、わざわざ捜し出した相手が、訪れた目的であるものを与えてくれないということを悟る瞬間が。アリゾナで訪れた旧友は、保護されたコミュニティーの高級な邸宅で暮らしているにもかかわらず、日常生活にひそむ危険に悩まされていた。旧友の妻は七十を越えていたが、自分や他の老女たちが皆で上演したミュージカル・ショーで、クロンダイクのダンスホールの女の子たちの扮装をした写真を見せたがった。そして大人になった自分の子供たちは自分たちの暮らしにかまけていた。これは当然のことで、彼にとっては何ら驚くことではない。驚いてしまったのは、こうした暮らしが、息子や娘の営む暮らしが、今や閉ざされたものに、いささかありきたりに思えることだった。彼にも予見できた、あるいはそうなると聞かされた子供たちの暮らしの変化さえもが——ノエルは二度目の夫のもとを今にも去ろうとしていた——さほど興味を惹かなかった。こんなことをデボラに打ち明けたりはしていない——自分自身に対してさえ認めてはいなかった——が、実際はそうだったのだ。そして今度はソンジェだ。とりたてて好意を持っていたわけではなく、どうかすると警戒していたものの、ちょっと不思議な人物として尊敬していたソンジェ——ソンジェは頭の奥のネジが緩んだおしゃべりな老女になってしまっていた。

そして彼がソンジェのもとを訪れたのには理由があったのだが、こうコターについてまくしたてられたのでは、それに少しも近づけてはいなかった。

「いや、正直なところ」と彼は言った。「あまり分別のあるやり方とは思えないけど、正直に言って」

「雲を摑むような探索」ソンジェは朗らかに言った。

「どっちみち彼はもう死んでるかもしれないって可能性もあるし」

「そのとおり」

「それに、彼の行った先はどこでもいいわけだし、どこに住んでいてもおかしくない。つまり、もし君の説が正しいとしたらね」

「そのとおり」

「となると、一縷の望みは、もしも彼があの時に本当に死んでいて君の説が間違っていたらってことかな、そして君にそれがわかって、どっちみち今と同じってことになる」

「あら、同じではないわ」

「ならここから動かずに手紙を書いたっていいんじゃないか」

そうは思わない、とソンジェは言った。こういうことについては、正規のルートじゃ駄目なのだ、と。

「街で知られるようにならなきゃいけないの」

ジャカルタの街で——彼女はそこから始めるつもりだった。ジャカルタのようなところでは、人々は閉じこもらない。街なかで暮らして、いろんなことが世間に知られている。店主が知っている、必ず誰かが誰かのことを知っていたりするのだ。彼女が質問すれば、彼女が来ているという噂が広まる。コタ一のような男がただいなくなってしまうなんてことはあり得ない。これだけ時間が経っても、なんらかの記憶が残っているだろう。何らかの情報が。金のかかる情報もあるだろうし、ぜんぶが真実でもないだろう。それでもなお。

金はどう都合するつもりなのだ、とケントは訊ねてみようかと思った。両親から何か遺産でももらっているのだろうか？　結婚したときに縁を切られたんじゃなかったっけ。たぶん、この家屋がかなりの金になるとでも思っているのだろう。あまり期待はできそうにないが、もしかすると彼女が正しいのかもしれない。

たとえそうでも、二ヶ月もすれば使い切ってしまうだろう。彼女が来ているという噂が広まる、確かに。

「ああいう街は変化が激しいよ」彼が言ったのはそれだけだった。

「通常のルートを無視するわけじゃないのよ」とソンジェは言った。「可能な相手をすべて追いかけるわ。大使館、埋葬記録、そういうものがあるならば医療記録。じつはね、もう手紙を書いたの。でも曖昧な返事ばかりでね。実際に相手と向き合わなくちゃならないの。現地にいなくちゃ。現地にね。ちょこちょこ顔を出して迷惑がられながら、相手の弱いところを突き止めて、必要ならテーブルの下で何かを渡す用意をしておくの。簡単にいくなんて幻想を抱いてるわけじゃないのよ。

たとえばね、むこうは恐ろしく暑いだろうと思ってるわ。いい場所だとは思えないもの――ジャカルタって。いたるところ沼地や低地だらけで。わたしだって馬鹿じゃない。注射とか、予防措置はぜんぶ受けるわ。ビタミン剤も持っていくし、それにジャカルタはオランダ人がつくったんだから、ジンには不自由しないはず。オランダ領東インド。それほど古い街じゃないのよね。一六〇〇年代のいつだったかに創設されたんじゃないかしら。ちょっと待って。ぜんぶ持ってるの――見せてあげるわ――持ってるのよ――」

ソンジェはここしばらく空になっていたグラスを置くと、さっと立ち上がり、二歩ほど進んだところでサイザル麻の破れ目に足を取られて前へよろめいたが、ドア枠に摑まって体を支え、倒れなかった。「この古いマットは捨てなくちゃ」と彼女は言って、せかせかと家のなかに入っていった。

開きにくい引き出しに手こずるのが聞こえ、それからたくさんの紙が落ちるような音がし、そのあいだずっとソンジェはケントに向かって話しかけていた、あの、こちらの注意をなんとか引きつけておこうと必死になっている人の、しゃにむに安心感を与えようとする口調で。彼女が何を言っているのかケントには聞き取れなかった、というか、聞き取ろうと努めてはいなかった。この機会を利用して錠剤を飲み込もうとしていたのだ——ここ半時間ほどやろうと思っていたことだった。飲み物を必要としない——彼のグラスも空だった——小さな錠剤だから、何をしているかソンジェに悟られることなく口に入れることはおそらく可能だったろう。だが、気恥かしさというか不合理な恐れというかそんなもののせいで、できなかったのだ。常に体調をデボラに把握されているのは構わないし、それにもちろん子供たちに知られているのは当然だったが、自分と同世代の人に明かすのは禁止、みたいな気持ちがあった。

薬はすんでのところで間に合った。気が遠くなるような感じが、好ましくない火照りが、崩壊の脅威が這い上がってきて、こめかみに汗の雫となって現れた。数分のあいだ、この感覚が前進していく気がしたが、静かに控え目な呼吸をし、手足を時折動かすことで、ケントはそれに抗いとおした。このあいだに、ソンジェは紙の束を持って再び姿を現していた——地図や図書館の本をコピーしたらしい紙。彼女が腰を下ろす際に、一部がその手からすべり落ちた。紙はサイザル麻の上に散らばった。

「あのね、オールド・バタヴィアと呼ばれているところは」と彼女は言った。「とっても幾何学的に広がっているの。まさにオランダ流ね。郊外にヴェルテヴレーデンっていうところがあって。

『じゅうぶん満ち足りている』って意味なのよ。だからね、あの人がそこで暮らしているのを見つけたりしたら、まるでジョークだと思わない？　古いポルトガルの教会がある。一六〇〇年代後半に建てられたのよ。もちろんイスラム教国なんだけど。東南アジア最大のモスクがある。クック船長が船を修理させるために立ち寄ったんだけど、造船所のことはとても褒めているわ。でも、沼地のどぶはおぞましいって。いまだにそうかもしれないわね。コターはあまり丈夫そうには見えなかったけれど、こちらが思うよりは体に気をつけていたの。マラリア感染の危険がある沼地をただふらふらうろついたり、街の露店で飲み物を買ったりはしないわ。そりゃあもちろん今はもう、もしあの人が向こうにいるんなら、完全に順応してるでしょうけど。どんなことを予想していればいいのかしらねえ。完全に現地の人になっちゃっている姿も浮かぶし、茶色い肌の小柄な女の人にかしずかれて快適に暮らしている姿も浮かぶし。プールサイドで果物を食べて。それとも貧しい人たちのために寄付を募って歩き回っているかもしれない」

じつを言えば、ケントが覚えていることがひとつだけあった。ビーチでのパーティーの夜、体を覆いかねるタオル一枚だけの姿でコターが近づいてきて、薬剤師であるケントが熱帯病についてどんなことを知っているか訊ねたのだ。

だが、それはべつにおかしいとは思えなかった。彼が行こうとしているところへ行く人なら誰でも同じようにしたかもしれない。

「君が考えているのはインドのことだよ」とケントはソンジェに言った。

彼の状態は今では安定していた。薬のおかげで体内の動きへの信頼性が多少戻ってきて、骨髄が流れ出していくような感覚は止んでいた。

「あの人が死んではいないと思う理由のひとつが何かわかる？」とソンジェが問いかけた。「わたしね、あの人の夢を見ないの。死んだ人は夢に出てくるのよ。義母の夢はいつも見ているわ」

「僕は夢は見ないな」とケントは答えた。

「誰でも夢は見るのよ」とソンジェは言った。「あなたはただ覚えていないだけ」

彼は首を振った。

キャスは死んでいない。彼女はオンタリオに住んでいる。ハリバートン地区、トロントからそれほど離れていないところだ。

「お母さんは僕がここに来てること知ってるの？」ケントはノエルにそう訊ねた。するとノエルは「うん、知ってると思うけど。もちろん」と答えたのだ。

だが、ドアがノックされることはなかった。回り道したいんじゃないかとデボラに問われると、彼は答えた。「予定どおりのルートで行こう。回り道したってしょうがないよ」

キャスは小さな湖の傍でひとりで暮らしている。長いあいだ生活を共にし、家もいっしょに建てた男は、死んでしまったのだ。だがキャスには友だちがいる、とノエルは言った。だいじょうぶだと。

会話のさいしょのほうでソンジェがキャスの名前を口にしたとき、この二人の女がまだ連絡を取り合っているのではないかという、心温まる、かつ剣呑な印象を彼は受けたのだ。だとしたら、知りたくないことを聞かされる危険性がある一方で、ソンジェがキャスに、彼の見栄えがなかなかだとか（そして、体重はあまり変わっていないし南西部地方で日焼けしているし、とまあ彼は思っていた）申し分のない結婚生活を送っているとか報告するかもしれないという愚かな期待もあった。

ノエルもそういった類のことを言っているかもしれないが、なんとなくソンジェの言葉のほうがノエルの言葉よりも値打ちがありそうだった。ケントはソンジェがまたキャスの話をするのを待っていた。

ところがソンジェはそうはしなかった。代わりにコターの話ばかりだった、それに愚かな考えや、そしてジャカルタのこと。

乱れは今や外で起きていた——ケントの体内ではなく、窓の外で。そこではこれまでずっと茂みを揺らしていた風が勢力を強めて激しく吹きつけていた。そしてそれは、そんな風を前にだらんと長い枝をなびかせるような茂みではなかった。枝は頑丈で、葉にはじゅうぶん重さがあるので、それぞれの低木は根っこから揺れるしかないのだ。太陽の光が油を塗ったような緑にきらめく。太陽がなおも輝き、風とともに雲がやってこないのだから、雨にはならないということだ。

「お代わりは?」とソンジェが訊ねた。「ジンのほうがいいかしら?」

いや結構。薬を飲んだら、飲めないのだ。

何もかもが急いていた。でなければ何もかもがおそろしくゆっくりしている。車に乗っているとき、ケントはデボラがつぎの町に着くのを待ちに待った。そしてそれから? 何も。だが時折、何もかもが話しかけてきたがっているように思える瞬間がやってくる。揺れる茂みも、脱色された光も。すべて一瞬のあいだに、慌ただしく。こちらは集中できないというのに。総括してみようと思った矢先に、遊園地の乗り物から眺めたようなスピード感のあるいかれた光景が目に入る。それで間違った考えを抱いてしまうのだ、確実に間違っている考えを。死んだ人間が生きているかもしれない、しかもジャカルタで、というような。

だが、その人が生きているとわかっていて、当人の家の戸口へ車を走らせることができるときには、みすみすチャンスを逃してしまう。

何がしょうがないというのだ？　かつて結婚していたことがあったなんて信じられない見知らぬ人間になってしまっている彼女を見ることが？　それとも、なぜか無関係になってしまってはいるが、彼女はなおも見知らぬ人間にはなり得ないのだとわかることが？

「いなくなってしまった」とケントは言った。「二人とも」

ソンジェは膝の上の紙の束を床へ滑り落とし、ほかのといっしょに散らばるに任せた。

「コターもキャスも」とケントは言った。

「ほとんど毎日こうなるの」とソンジェは言った。「この時期はほとんど毎日、夕方近くになるとこの風がね」

しゃべる彼女の顔の硬貨の形のしみが、鏡の信号のように光を反射した。

「あなたの奥さんがいなくなってずいぶんになるわね」と彼女は言った。「馬鹿みたいだけど、若い人はわたしにはどうでもいいように思えるの。地上から消え失せたってたいした問題じゃない、みたいにね」

「まったく逆だよ」とケントは言った。「君が話しているのは僕たちのことだ。僕たちのことなんだ」

薬のせいで彼の思考は長く伸びて紗のようになり、飛行機雲みたいに輝いている。ここにいて、風が砂丘の砂を吹き飛ばしているなかでソンジェがジャカルタの話をするのを聴いていようかということにつながる考えを、彼はたどっていく。
先へ進まなくても、家へ帰らなくてもいいんじゃないかということにつながる考えを。

コルテス島

Cortes Island

小さな花嫁さん。わたしは二十歳、背丈は五フィート七インチで、体重は一三五ポンドと一四〇ポンドのあいだ、でも一部の人は——チェスの上司の奥さん、彼の事務所の年上のほうの秘書、それに二階のミセス・ゴーリーは、わたしのことを小さな花嫁さんと呼んだ。うちの小さな花嫁さん、と呼ぶことも。チェスとわたしはそれを冗談の種にしていたが、彼は人前では甘ったるい愛おしそうな顔をしてみせた。わたしはといえば、唇を尖らせて微笑む——はにかんで、従順そうに。

わたしたちはバンクーバーで地下室に住んでいた。その家は、わたしがさいしょ思ったようにゴーリー夫妻のものではなく、ミセス・ゴーリーの息子のレイのものだった。彼はあれこれ修理しにやってきた。チェスとわたしがやっていたように、彼も地下室のドアから入ってきた。痩せた、胸幅の狭い男で、たぶん三十代だろう、いつも道具箱を持って作業帽をかぶっていた。猫背が定着してしまっているようだったが、ほとんどいつも前かがみになって、配管の仕事をしたり配線や大工仕事をしたりしているせいだったのかもしれない。顔は蠟のように青白く、よく咳をしていた。咳のひとつひとつが、こうして地下室に侵入しているのは必要に迫られてのことなのだと明らかにする、控え目な声明だった。そこにいるのを謝りはしなかったが、この家でいかにも家主らしく動き回ることはなかった。わたしが彼と話すのは、彼がドアをノックして、ちょっとのあいだ水が止まるとか電気が止まるとか知らせてくれるときだけだった。家賃は毎月ミセス・ゴーリーに現金で支払った。そっくり彼に渡していたのか入用の足しに一部をもらっていたものか、私は知らない。もらっていなかったとしたら、彼女とミスター・ゴーリーの収入は――彼女がそう言ったのだが――ミスター・ゴーリーの年金だけだった。彼女のではない。わたしはまだそんな歳じゃないから、と彼女は言っていた。

ミセス・ゴーリーはいつも階段の上からレイに、元気なの、とか、お茶でも飲まない、と声を掛けていた。レイは決まって、元気だよ、と答え、そんな暇ないんだ、と言うのだった。あんたは働きすぎよ、あたしもそうだけど、とミセス・ゴーリーは言う。自分で作った特別なデザート、ジャムやクッキーやジンジャーブレッド――いつもわたしに押し付けるのと同じようなもの――をレイに受け取らせようとする。レイは、食べたばかりだから、とか、家にたくさんあるから、とか言って断るのだった。わたしもいつも抗ったが、七回目か八回目には降参していた。甘い言葉を連ね、さもがっかりした顔をする彼女を前に断り続けるのは、なんともばつが悪かったのだ。断り続けられるレイを、わたしは素晴らしいと思った。「いらないよ、母さん」とさえ言わなかった。いらない、だけで。

するとと彼女は何か話題をみつけようとする。

「で、最近何かいい話とかはないの？」

べつに。さあ。レイは決して無礼でもなければ苛立った顔も見せなかったが、彼女に対して一歩も譲らなかった。健康状態は問題ない。風邪は治った。ミセス・コーニッシュとアイリーンも同じくいつも問題なしだった。

ミセス・コーニッシュというのは、イーストバンクーバーのどこかの、レイの住んでいる家の女主人だった。この家と同様、ミセス・コーニッシュの家まわりでもいつもレイがしなければならない仕事があった——それで、作業が済むやそそくさと立ち去らなければならない。レイはまた、ミセス・コーニッシュの娘のアイリーンの世話も手伝っていた。車椅子生活なのだ。アイリーンは脳性麻痺だった。「可哀想な子」アイリーンは順調だとレイが言うと、ミセス・ゴーリーはそう言った。彼女は決して面と向かっては、スタンレーパークへいっしょに散歩に行ったり夕方アイスクリームを買いに出かけたりして、レイが病に苦しむ少女のために時間を費やしていることを責めたりはしなかった（彼女がこんなことを知っているのは、ときどき電話でミセス・コーニッシュとおしゃべりするからだった）。だがわたしには「つい考えちゃうのよねえ、あの娘ったらさぞ見ものだろうってね。顔にアイスクリームをだらだら垂らしてさ。ついつい考えちゃうの。きっとみんな二人をポカンと見つめて楽しんでるんだろうって」

ミスター・ゴーリーを車椅子に乗せて外へ連れ出すと皆がこちらに目を向ける（ミスター・ゴーリーは卒中を起こしたのだ）、だが、それはまた違う、家の外では夫は動いたり声を出したりすることはないし、夫にはいつも見苦しくない格好をさせるようにしているし、と彼女は話した。しかるにアイリーンはといえば、体をゆらゆらさせてはガアガアガアガアガア言う。あの可哀想な子はどうしようもないのよ。

ミセス・コーニッシュには何か考えがあるのかもしれない、とミセス・ゴーリーは言った。あの人がいなくなったら、誰があの障碍のある娘の面倒を見ることになるのかしら？　今のところはないんだものねえ」

「健康な人はああいう子とは結婚できないって法律を作るべきなのに、ねえ」

上へコーヒーを飲みにこないかとミセス・ゴーリーに誘われても、わたしは決して行きたくなかった。わたしは地下室で、自分の暮らしに忙しかったのだ。彼女がやってきてうちのドアをノックすると、居留守を使うこともあった。だが、そのためには、階段のいちばん上で彼女がドアを開けるのが聞こえたとたん明かりを消してドアに鍵をかけ、それから彼女が指先でドアを叩いて甲高い声でわたしの名前を呼ぶあいだ、微動だにしないでいなければならない。それに、そのあと少なくとも一時間はうんと静かにして、トイレの水を流すのも控えなければならない。時間がないんです、やらなければならないことがあって、と断ると、彼女は笑って言う。「どんなことなの？」

「手紙を書いているんです」とわたしは答える。

「いつも手紙を書いているのねえ」と彼女は言う。「きっとホームシックなのね」

彼女の眉はピンクだった——彼女のピンクがかった赤毛の髪の変形だ。あの髪が自然の色だとは思えなかったが、眉を染めるなんてことがいったいどうやったらできるのだろう？　彼女の顔はほっそりして、紅が差されて快活で、歯は大きくて光っていた。親睦への、交流への彼女の欲求は、抵抗など意に介さなかった。列車で落ち合ってからチェスにこのアパートへ連れてこられたまさにさいしょの朝、彼女はクッキーの皿を持ち、あのオオカミのような笑みを浮かべてわたしたちのドアをノックしたのだ。わたしはまだ旅行用の帽子をかぶったままで、チェスはわたしのガードルを引っ張っていたところを邪魔された。クッキーはぱさぱさで硬く、わたしの花嫁という身分を祝うべく明るいピンクのアイシングで覆われていた。チェスは彼女に素っ気ない口のきき方をした。彼は半時間後には仕事に戻らなければならず、彼女を追い払うと、彼がやり始めたことを続ける時間はもうなかった。代わりに彼はクッキーをつぎつぎ食べながら、おがくずみたいな味だと文句を言った。

「おたくの旦那さんったら、ものすごく真面目なんだもの」と彼女はわたしに言ったものだ。「笑わないではいられないの、出かけたり帰ってきたりするときに見かけると、いつもあたしに向かってものすごく、ものすごく真面目くさった顔をするのよ。世界があんたの肩にかかってるわけじゃないんだから、気楽にやりなさいって言ってあげたくなるわ」

ときには本や書きかけの文章から引き剥がされて、彼女について二階へ行かざるを得ないこともあった。わたしたちは彼女のダイニングテーブルに座る。レースのテーブルクロスが掛けられ、八角形の鏡が陶器の白鳥を映し出していた。わたしたちは磁器のカップでコーヒーを飲み、お揃いの小皿に盛られたもの（またも例のクッキー、あるいはべとべとしたレーズンタルト、あるいはずっしりしたスコーン）を食べ、そして刺繍を施された小さなナプキンを口に当てて屑を拭った。わたしの正面にある飾り戸棚にはさまざまな種類の上等なグラスや、クリーム入れと砂糖壺のセット、普段使いにするには小さすぎるか精巧すぎる塩と胡椒の入れ物、それに一輪挿しや藁葺き小屋みたいな形のティーポット、ユリの形の蠟燭立てが並んでいた。月に一度、ミセス・ゴーリーは飾り戸棚を隈なく点検し、すべて洗う。彼女がそう言ったのだ。わたしの将来に、わたしが持つようになるはずだと彼女が思う家や将来に関することを彼女は話し、そして彼女が話せば話すほど、ますます自分の手足に鉄のような重みがのしかかってくるのをわたしは感じ、まだまだ午前中だというのにあくびを繰り返したくなり、這って逃げ出して隠れて眠ってしまいたくなった。だが口では、何もかも褒め称えた。飾り戸棚の中身、ミセス・ゴーリーの日常における家事の手順、彼女が毎朝身につけるちゃんとお揃いになった衣服。藤色とか珊瑚色系統のスカートとセーターに、それと調和する人絹のスカーフ。

「いつもいの一番にきちんと身支度するのよ、外へ働きに出るみたいにしてね、そして髪を整えてお化粧もするの」――わたしは一度ならずドレッシングガウン姿のところを彼女に捕まっていた――「そうしておいてから、洗濯や料理をしなきゃならないときにはエプロンを着ければいいんだから。そんなふうにすると気分がしゃきっとするわよ」

そして、誰かが立ち寄ったときのために、常に何か焼いておくこと（わたしの知る限り、彼女はわたし以外の客を迎えることはなかったし、わたしの場合、立ち寄ったとは言えないだろう）。それから、決してコーヒーをマグカップで供してはならない。

それほどきつい言い方だったわけではない。「あたしはいつも――」とか、「いつもしておきたいのが――」とか「このほうがいいと思うんだけど――」といった話し方だった。

「未開の土地で暮らしていたときでさえ、あたしはいつもしておきたかったの――」あくびしたいとか、喚きたいとかいうわたしの欲求はちょっとのあいだ鎮まる。未開の土地って、どこで暮らしていたんですか？　いつ？

「ああ、海岸のほうよ」と彼女は答えた。「あたしも花嫁だったの、むかしむかしね。何年もそこで暮らしたの。ユニオンベイでね。といっても、あそこはそこまで未開ってことはなかったけど。コルテス島よ」

それはどこなのかと訊ねると、彼女は「あら、ずっとむこうのほうよ」と答えた。

「きっと面白かったでしょうね」とわたしは言った。

「あら、面白かったたって」と彼女は答えた。「クマが面白いって言うのならね。クーガーが面白いって言うのならね。あたしはむしろちょっとした文明があるほうがいいけど」

食堂はオーク材の引き戸で居間と仕切られていた。引き戸はいつも少しだけ開けてあって、ミセス・ゴーリーがテーブルの端に座ったまま、居間の窓の前のリクライニングチェアに座っているミスター・ゴーリーを見守っていられるようになっていた。彼女は夫のことを「うちの車椅子生活の夫」と称していたが、実際は車椅子を使うのは彼女に散歩に連れ出されるときだけだった。夫妻はテレビを持っていなかった――テレビは、当時はまだまだ珍しかった。ミスター・ゴーリーは座って、通りや通りのむこうのキッツィラーノ公園やその先のバラード入江をじっと見つめていた。彼は片手に杖を持ち、もう片方の手で椅子の背に摑まったり壁を叩いたりしながらトイレへ行った。いったんなかに入ると、自分で用は足せたが、うんと時間がかかった。それにミセス・ゴーリーによると、ちょっとモップで拭き掃除しなければならないこともあった。

ふだんわたしに見えるのは、明るいグリーンのリクライニングチェアの上に伸ばされたミスター・ゴーリーのズボンを穿いた片脚だけだった。わたしがいるときに一度か二度、彼がこの脚を引きずってよろめきながらトイレへ行かなくてはならないことがあった。大柄な男だった――大きな頭、広い肩、ずっしりした骨組み。

彼の顔は見なかった。卒中とか病気によって体が不自由になった人というのは、わたしにとっては縁起の悪いもの、不快な注意喚起だった。わたしが避けずにいられなかったのは、役に立たない手足とかその他の、身体に刻印された忌まわしい運命を目にすることではなかった——彼らの人間らしい眼差しだった。

彼もわたしのことは見なかったと思う。この人が下から来ているのよ、とミセス・ゴーリーは声を掛けていたけれど。彼が発した喉を鳴らすような声、挨拶にしろ撥ねつけにしろ、あれが彼にできる精一杯のことだったのだろう。

わたしたちの住まいは二部屋半だった。家具付き貸間だったが、そういう貸間の常として家具は不十分で、しかも本来なら処分してしまうようなものだった。居間の床を覚えている、正方形や長方形の余りもののリノリウムが貼ってあった——ありとあらゆる色や模様が組み合わされ、金具でクレイジーキルトのように綴じつけられていた。それにキッチンのガスレンジ、これは二十五セント硬貨を入れるようになっていた。わたしたちのベッドはキッチンの壁の窪みに置いてあった——窪みにぴったりと収まっているので、足元からよじ登らなければならなかった。チェスは、これが後宮の少女たちがスルタンのベッドに入るやり方だと本で読んだことがあった。まずスルタンの足を拝み、そして這い上がりながら身体の他の部分に敬意を表していく。そこでわたしたちはときどきこのゲームをやった。

ベッドの足元は常にカーテンを引いておいて、窪みとキッチンを仕切るようになっていた。カーテンはじつのところ古いベッドカバーで、フリンジのついたつるつるした布の片面は黄色っぽいベージュにワイン色のバラと緑の葉の模様、もう片面のベッド側のほうはワインレッドと緑のストライプが入り、ベージュ色のなかに花と葉が幽霊のように浮かび出ていた。あのアパートで他の何よりも鮮明に記憶に残っているのがこのカーテンだ。そして無理もない。激しいセックスのあいだもそれを終えたあともあの布地は目の前にあり、結婚生活の好ましい要素――小さな花嫁さんだとか飾り戸棚に奇妙な具合に脅かされることとかいった思いがけない屈辱を辛抱する褒美――を思い出させてくれるものとなっていたのだ。

チェスもわたしも、婚外性交は忌まわしく許されないものだとされ、婚内性交はどうやら決して口に出されることなくさっさと忘れられてしまうような家庭で育っていた。わたしたちはそういう見方をする時代のちょうど最後のところに位置していたのだが、それには気づいていなかった。息子のスーツケースからコンドームを発見したチェスの母親は、父親のところへ行って泣いた（大学の軍事教練合宿で配られ――それは本当だった――すっかり忘れていたのだとチェスは説明したのだが、忘れていたというのは嘘だった）。だから、自分たちの住まいを、自分たちのベッドを持ち、そこで好きなことができるというのは、わたしたちには素晴らしいことに思えた。わたしたちはこういう取引をしたのだ。だが、年長者たち――両親やおじやおば――も同じ取引を、情欲ゆえにしたのかもしれないなどということは、わたしたちは考えもしなかった。彼らの熱望は主に家や土地や動力芝刈り機、家庭用フリーザーや擁壁に向けられているように思えた。それにもちろん、女についていえば赤ん坊に。そういったもろもろを、将来選ぶかもしれないし選ばないかもしれないとわたしたちは思っていた。そういったものの何にせよ、年齢や天候のように避けられないものだとは思っていなかった。

そして、こうして率直に考えてみると、確かにそうではなかった。わたしたちが選択せずして起こったことなど何もない。妊娠だってそうだ。わたしたちは思い切ってやってみたのだ、自分たちが本当に大人になったのか、本当にそんなことが起こるのか確かめようと。

わたしがカーテンの陰でやっていたもうひとつのことは、読書だった。わたしは数ブロック先のキッツィラーノ図書館で借りてきた本を読んだ。そして、貪った豊かさにくらくらしながら、本がもたらしてくれる信じられないような驚きにかき乱された状態から目を上げると、あのストライプが見える。そうして、登場人物やストーリーだけでなく、本の雰囲気までもが不可思議な花に結びつき、暗いワイン色の流れや鬱陶しい緑のなかを流れていくのだった。タイトルはすでによく知っていてわたしにとっては呪文のようだった重厚な本を読んだ――『いいなづけ』を読もうとさえしてみた――そしてそうしたものを読む合間に、オルダス・ハクスリーやヘンリー・グリーンの小説を読み、『燈台へ』や、『シェリの最後』や『心の死』を読んだ。そういった本を、好みの優劣などつけることなく子供時代の読書のように代わる代わるそれぞれの作品にのめり込んでは、次から次へと丸呑みした。なおもとてつもなく食欲の募る、苦悶に近いような暴食の段階にあったのだ。

だが、子供時代このかた、複雑な要因がひとつ加わっていた――どうやらわたしは読む人であると同時に書く人でもあらねばならないように思えたのだ。わたしは学校用のノートを買って書いてみようとした――実際に書いた。信頼できる書き出しで始まった何ページかが、やがて干上がってしまい、それを破りとり、厳しい罰としてぎゅっとねじってゴミ箱へ放り込まなければならなかった。これを何度も繰り返し、しまいにノートは表紙だけになってしまった。それからまたもう一冊ノートを買って、そっくり同じことをまた始めた。同じ周期で――興奮して落胆して、興奮して落胆して。まるで毎週密かに妊娠しては流産するようなものだ。

完全に秘密というわけでもなかった。わたしがうんと本を読んで、そして書こうとしていることを、チェスは知っていた。彼はやる気を削ぐようなことは一切しなかった。わたしはおそらく書けるようになる、と考えるのは突拍子もないことではないと彼は思っていたのだ。懸命な修練が必要だろうが、ブリッジやテニスのように習得は可能だと。この寛大な信念に対して、わたしは彼に感謝などしなかった。それはわたしの苦境の馬鹿馬鹿しさをいや増しただけのことだった。

チェスは食品卸売会社で働いていた。歴史の教師になろうと思っていたのだが、教職では妻を養って身を立てることはできないと父親に説得されたのだ。父親は息子をこの職に就かせる手助けはしたが、いったん働き始めたらなんの援助も期待しないでくれと言い渡した。チェスは期待などしなかった。結婚して初めてのこの冬のあいだ、彼は明るくなる前に家を出て、暗くなってから帰ってきた。仕事が自分の興味と一致するものであってほしいとか、自分がかつて高く評価していたような目的を持つものであってほしいとかいったことはいっさい求めずに。

芝刈り機とかフリーザーとか、わたしたちがなんの関心も持っていないと思っていた生活に向かって二人で進んでいく、という以外の目的などなしに。彼の服従ぶりについて考えてみたなら、わたしは驚嘆したかもしれない。彼の陽気な、雄々しいと言ってもいいような服従ぶりに。ところがわたしは、男というのはそうしたものだと思っていたのだ。

わたしも職探しに出かけた。雨があまりひどくなければ、ドラッグストアへ行って新聞を買い、コーヒーを飲みながら広告を読む。それからこぬか雨が降っていても外へ出て、ウェイトレスや女店員、工場労働者——タイプの技術や経験を特に必要としない仕事ならなんでも——募集の広告を出していたところを歩いて回った。雨が激しく降っていると、バスで移動した。節約のために歩いたりせず、いつもバスに乗ればいいのだとチェスは言った。わたしが金を節約しているあいだに、誰か他の女の子に仕事をとられてしまう可能性だってあるじゃないか、と彼は言った。

じつはそれこそわたしが期待していることのように思えた。そう聞いたってちっとも残念ではなかった。時折、目的地に着いて歩道に立ち、鏡があって薄色のカーペットを敷いた婦人服店を見つめたり、文書整理係を必要としている事務所から昼休みになった女の子たちが階段を軽やかに降りてくるのを見守ったりすることもあった。自分の髪や爪や磨り減ったベタ底の靴が不利になるだろうと思って、なかに入ってみることさえしなかった。それに、工場にも同じように気後れした――清涼飲料の瓶詰めやクリスマス飾りの組み立てをする工場の建物のなかで機械が動く音が聞こえ、納屋のような天井から裸電球がぶら下がっているのが見えた。わたしの爪やぺたんこ靴はそこでは問題ないかもしれないが、不器用さや機械音痴のおかげで、毒づかれたり、怒鳴られたりすることになるだろう（機械の騒音のなかではっきりと、怒鳴るように命令するのも聞こえた）。わたしは恥をかいて首になるだろう。レジの操作さえ覚えられるとは思えなかった。わたしはあるレストランの経営者が、なんとわたしのことを雇おうかと考えている様子だったときに、そう言ったのだ。「これを習得できると思いますか？」と彼は訊ね、思いません、とわたしは答えた。彼は、誰にせよそんなことを白状するのは聞いたことがないと言いたげな顔をした。でもわたしは本当のことを言ったのだ。わたしには自分が何か習得できるなどとは思えなかった、人前でさっと覚えるなんて無理だ。固まってしまうだろう。唯一わたしが容易く覚えられるといえば、三十年戦争の込み入った状況といったような事柄だけだった。

もちろん、実際のところわたしが働く必要はなかった。チェスは、最低限のレベルとはいえわたしを扶養してくれていた。彼がそうしているからといってわたしも実社会へ出て行く必要はない。男はそうしなければならないのだ。

図書館の仕事ならできるかもしれないと思い、募集広告は出ていなかったが、訊いてみた。女の人がわたしの名前をリストに入れてくれた。丁寧な応対だったが、見通しは明るそうではなかった。それから、レジを置くことなどなさそうに見えるところを選んで書店へ行ってみた。客が少なければ少ないほど、そして雑然としていればいるほど好都合だ。店主はデスクでタバコを吸っているか居眠りしていて、古本屋ならばしばしばネコのにおいがする。

「冬はそれほど忙しくないんでねえ」と彼らは言った。

春にまた来たらどうかと言った女の人もいた。

「といっても、その頃もふつうはそれほど忙しくないんですけどね」

バンクーバーの冬は、わたしがそれまでに経験したどの冬とも違っていた。雪はないし、寒風というものさえたいしたことはない。昼日中の中心街で、砂糖が焦げるようなにおいを嗅いだ——トロリーの電線と関係していたのではないだろうか。わたしはヘイスティングス通りを歩いた。他に女は歩いていなさそうな場所だ——酔っぱらいや、浮浪者や、貧しい老人や、すり足で歩く中国人ばかりで。誰もわたしにひどい言葉を投げかけたりはしなかった。倉庫の横や、男の人の姿さえないような雑草だらけの空き地の横を歩いた。あるいは、わたしたちのような倹《つま》しい暮らしを送る人々がひしめく、丈の高い木造の家々が建ち並ぶキッツィラーノを通り抜けて、化粧漆喰仕上げのバンガローと幹まで刈り込まれた木々の並ぶ小奇麗なダンバー地区へ。そして、もっと洒落た木々が見られる、芝生にカバノキが生えているようなケリスデールを抜けて。テューダー様式の梁、ジョージ王朝様式の均整美、白雪姫の世界のような模造の藁葺き屋根。あるいは本物の藁葺き屋根かもしれない。わたしに区別などつくものか。

人々が生活しているこういう場所のどこでも、午後四時頃になると明かりが点く。すると街灯も灯り、トロリーバスのライトも点き、そしてしばしば、西のほうの海の上で雲が割れて、沈む太陽の赤い筋も現れる——そして、わたしがぐるっとまわって家へ帰ることにしている公園では、冬の灌木の葉が、ほのかに赤みがかった黄昏の湿った空気のなかできらめいていた。買い物していた人々は家路につき、仕事している人々は家路につくことを思い、一日じゅう家にいた人々は外に出てちょっと散歩し、そうすると家がいっそう魅力的に思えるのだった。乳母車を押していたりぐずる幼児を連れていたりする女の人と出会ったが、あれほどすぐに自分も同じ立場になるとは思わなかった。犬を連れたお年寄りにも出会ったし、体の動きがゆっくりしていたり、車椅子に乗せられて連れ合いや介護人に押してもらっているお年寄りにも出会った。ミセス・ゴーリーがミスター・ゴーリーを押しているのにも行き会った。彼女は落ち着いた紫のウールのケープとベレーを身に着け（今では彼女の服の大半が手製であることをわたしは知っていた）、顔はバラ色に厚塗りしていた。ミスター・ゴーリーは平たい帽子をかぶり、厚手のマフラーを首に巻いていた。彼女がわたしに挨拶する声は甲高くてあるじ気取りで、彼からの挨拶はなかった。彼は散歩を楽しんでいるようには見えなかった。だが車椅子に乗せられていると、黙って従っているように見えてしまうものだ。怒っているように見えたり、ひどく意地悪く見える人もいるが。

「あのね、あたしたち、このまえあなたが公園にいるところを見かけたんだけど」とミセス・ゴーリーは言った。「あのときは仕事探しの帰りじゃなかったんでしょ？」

「はい」とわたしは嘘をついた。何事によらず、彼女には本能的に嘘をついてしまうのだ。

「ああ、ならいいの。だってね、言わせてもらうけど、もし職探しに出かけるなら、本当のところもうちょっとちゃんとした格好をすべきだもの。ねえ、わかってるでしょ」

はい、とわたしは答えた。

「近頃の一部の女の人たちが外出するときの服装、あたしには理解できないの。あたしはぜったいにぺたんこの靴を履いてお化粧もせずに外へ出たりしないわ、たとえ食料品店へ行くだけでもね。仕事をくださいって頼みに行くのなら、なおさらだわ」

彼女はわたしが嘘をついているのを承知していた。地下室のドアの内側で、わたしが彼女のノックに答えずに身を固くしているのを、彼女は承知していた。彼女がうちのゴミを調べて、わたしの長ったらしい大失敗作がのたくっている皺くちゃになった汚らしい数ページを見つけて読んでいたとしても、わたしは驚かなかっただろう。なぜ彼女はわたしに見切りをつけなかったのだろう？彼女にはできなかったのだ。わたしは彼女に提示された任務だった——たぶんわたしの変わっているところとか愚かしさとかはミスター・ゴーリーの障碍と同列であり、正せないものは我慢しなければならないのだ。

ある日、彼女はわたしが地下室で洗濯しているところへ下りてきた。彼女の絞り機付き洗濯機と洗濯桶を毎週火曜に使わせてもらっていたのだ。

「で、まだ仕事の見込みはないの？」と彼女は訊ね、わたしはとっさに、この先何か仕事があるかもしれないと図書館で言われたと答えてしまった。図書館へ仕事に行くふりをしてもいいんじゃないかとわたしは思った——毎日あそこの長テーブルに座って本を読んだり、なんならこれまでときどきしていたように、書いてみたっていい。もちろん、もしもミセス・ゴーリーが図書館へ来ればバレてしまうだろうが、ミスター・ゴーリーをあんな遠くまで、上り坂を押しては来られないだろう。あるいはもし彼女がチェスにわたしの仕事の話をしたりしたら——でも、そんな事態もまた起こるとは思えなかった。彼女は、チェスがひどく不機嫌に見えて、こんにちはと言うのさえ怖いことがあると言っていた。

「じゃあ、もしかしてそれまでのあいだ……」と彼女は言った。「ふっと思いついたんだけど、もしかしてそれまでのあいだ、午後にミスター・ゴーリーの相手をしてもらうっていうちょっとした仕事はどうかしら」

週に三日か四日、午後に、セントポール病院のギフトショップの手伝いを頼まれたのだと彼女は説明した。「お金を貰える仕事じゃないのよ、それなら、ちょっと訊いてみればってあなたをやってるわ」と彼女は言った。「単なるボランティアの仕事なの。でもね、家から出るのはあたしにとっていいことだってお医者様が言うの。『疲れきってしまいますよ』って言われたの。べつにお金は必要じゃないのよ。レイがとてもよくしてくれるし。でもちょっとしたボランティアの仕事をするのは、きっと——」彼女はすすぎ桶を覗き込み、チェスのワイシャツがわたしの花柄の寝巻きや薄いブルーのシーツといっしょに澄んだ水に浸かっているのを目にした。

「あらまあ」と彼女は言った。「白い物を色物といっしょにしたりしてないわよねえ?」

「薄い色のものだけです」とわたしは答えた。「色落ちしませんから」

「薄い色だって色物よ」と彼女は言った。「そんなふうにしてもワイシャツは白いって思うかもしれないけど、本来の白さにはならないのよ」

つぎのときにはちゃんと覚えておきます、とわたしは答えた。

「あなたはそういう流儀で旦那様の世話をするってわけね」彼女はそう言って、あのちょっと呆れたような笑い声をあげた。

「チェスは気にしませんから」とわたしは答えたが、この先何年も経つうちにこの答えがどんどん本当ではなくなっていき、わたしの日常生活の周辺部にある、付随的な、ほとんど冗談のように思えるこういった仕事が、どれも正面に、そして中心へと移動してくるのだとは気づいていなかった。


わたしはその仕事を引き受け、午後にミスター・ゴーリーと座っているようになった。グリーンのリクライニングチェアの横の小さなテーブルの上にハンドタオルが広げてあって——こぼれたものを吸い取るために——そこに錠剤の瓶と水薬と彼が時間を知るための小さな時計が置いてある。反対側のテーブルには読み物が重ねてあった。朝刊、前日の夕刊、当時はどれも大判でへなへなの雑誌だった『ライフ』と『ルック』と『マクリーンズ』。このテーブルの下の棚には、スクラップブックが重なっていた——子供が学校で使うようなもので、厚手の茶色っぽい紙で縁はガサガサだった。新聞記事や写真が何枚かはみ出している。これはミスター・ゴーリーが卒中を起こしてもう切り抜きができなくなるまで何年も続けていたスクラップブックだった。部屋には本棚があったが、これまた雑誌とスクラップブックが並んでいるだけで、ほかには棚半分ほどの中等学校の教科書があったが、たぶんレイのものだろう。

「あたしはいつも新聞を読んであげるの」とミセス・ゴーリーは言った。「能力を失っているわけじゃないのよ、でも新聞を両手で持ち上げていることができないし、目が疲れてしまうの」

それでわたしは、ミセス・ゴーリーが花模様の傘を差して軽やかな足取りでバス停へ行ってしまうと、ミスター・ゴーリーに読み聞かせをした。スポーツ欄を読み、地域のニュースに世界のニュース、さまざまな殺人や強盗や悪天候のニュースを読んだ。投書欄や、医師に助言してもらえる医療相談、アン・ランダースへの身の上相談とその回答も読んだ。どうやらスポーツ欄とアン・ランダースがいちばん彼の興味をかきたてるようだった。選手の名前を間違って発音したり専門用語をごっちゃにしたりして、わたしの読む内容が意味をなさなくなることがあり、すると彼は不満げに唸ってもう一度読ませた。わたしがスポーツ欄を読んでいるときには、彼はいつもぴりぴりして、しかめっ面で耳を傾けた。だがアン・ランダースを読んでいるときには、彼の表情はゆったりして、さも楽しんでいるような、とわたしには思える声をあげた——喉を鳴らして太い鼻息を漏らすような感じの。相談が特に女らしい、あるいは瑣末な関心事（ある女性は、義姉がいつも、ケーキ屋のペーパードイリーを敷いたままで供しながら、そのケーキを自分で焼いたようなふりをすると書いていた）に触れているとき、あるいは相談が——当時の注意深い書き方で——セックスに言及しているときに、彼はとりわけそういう声をあげた。

社説や、国連でロシア側がなんと言ってアメリカ側がなんと言ったかというようなだらだらと長ったらしいものを読んでいると、彼の瞼は垂れ下がってきて——というか、良いほうの目の瞼はほぼ完全に垂れ下がり、悪い方の、暗くなっている目の瞼はわずかに垂れ下がる——胸の動きがいっそうはっきりわかるようになり、わたしはちょっと読むのをやめて彼が眠ってしまったのかどうか確かめてみたりする。すると彼はまたべつの声をあげる――ぶっきらぼうに非難するような声を。わたしが彼に馴染み、彼もわたしに馴染んでくるにつれ、この声はあまり叱責とは感じられなくなり、保証のように思えてきた。そしてこれは、彼が寝てはいないということだけではなく、彼がその時点では死んでいないということを保証するものでもあった。

彼が目の前で死ぬかもしれないと思うと、はじめはひどく恐ろしかった。死なないとは限らないじゃないか、少なくとももう半分死んでいるように見えるのだから。悪いほうの彼の目は暗い水に沈んだ石のようで、口のそちらの側は閉まりきらずに、湿ったエナメルを透かして黒っぽい詰め物が光っているおぞましい自前の(当時の老人は大半が入れ歯だった)歯を覗かせていた。彼がこの世で生きているということは、いつ消し去られるやもしれない間違いであるかのようにわたしには思えた。とはいえ、さきほども述べたようにわたしは彼に馴染んでしまった。彼は大柄だった。大きくて堂々とした頭に、苦しげに上下する幅広の胸、無力な右手は、読み上げるわたしの視野に侵入しているズボンに包まれた長い腿に置かれている。彼は過去の遺物のようなもの、野蛮な時代の老いた戦士だった。エィリーク血斧王。クヌート王。

余の体力は急激に衰えておる、と海の王は臣下たちに述べた。
二度と再び余が征服者の如く海を渡ることはあるまい。

(チャールズ・マッケイ『海の王の葬送』)

彼はそんな雰囲気だった。半分壊れた大きな体で、家具をひっくり返しそうにしながら、そして壁を叩きながら、トイレへむかって容易ならざる歩みを進める。彼のにおい、悪臭というのではないのだが、石鹼とタルカムパウダーの子供っぽい清潔な香りと化してしまっているわけでもないあのにおい――タバコの滓（彼はもう吸っていなかったが）がくっついた厚手の衣類の、そして、きっと革のように硬く分厚くなっているのであろう、君主のごとく平然と排泄物にまみれ、動物の体温を持つ、衣服の奥の皮膚のにおい。実際に、わずかだがしつこく尿のにおいが漂っていて、女性のものなら嫌悪感を覚えたことだろうが、彼の場合は許せるというだけでなく、どことなく古来の特権を示しているように思えた。彼が入ったあとにトイレへ入ると、みすぼらしいが屈強な獣の巣のようだった。

チェスはわたしがミスター・ゴーリーのお守りをして時間を無駄にしていると言った。今では天気は良くなり、どんどん日が長くなっていた。商店は冬の無気力から目覚めて、ショーウィンドウが新しくなっていた。どこもこれまでよりは人を雇うことを考えてくれそうだ。となるとわたしも、今こそ本気で職探しに出かけるべきではないか。ミセス・ゴーリーが払ってくれるのは一時間たったの四十セントだった。

「だけど、あの人と約束したんだもの」とわたしは言った。

ある日彼は、彼女がバスから降りるのを見かけたと言った。オフィスの窓から姿が見えたのだ。そしてそこはセントポール病院にはとても近いとは言えなかった。

わたしは言った。「休憩時間だったのかもしれないわ」

チェスは答えた。「これまで彼女を昼日中に外で見かけたことなんかないんだぞ。まったく」

気候が良くなってきたので、車椅子で散歩に行きましょうかとミスター・ゴーリーに提案してみた。だが彼はその考えを拒絶し、そのときの彼の声に、車椅子で人前を連れ回されるのは——あるいはもしかするとわたしのような、雇われてそうしているのが明らかな人間に連れ出されるのは——彼にとって不快なことなのだとわたしは確信させられた。

散歩のことを訊ねようと新聞の読み上げを中断していたわたしが、ふたたび続けようとすると、彼は身振りとまたべつの声とで、聴くのに飽きたと告げた。わたしは新聞を下に置いた。彼は良いほうの手を、横のテーブルの下の棚に重なっているスクラップブックのほうへ振った。そしてさらに声を発した。わたしはこういった声を、うめき声とか、鼻を鳴らす音とか、咳払いとか、吠えるような声とか、つぶやきとしか表現できない。だがこの頃には、こういった声がほぼ言葉らしく聞こえるようになっていた。ちゃんと言葉のように聞こえたのだ。強圧的な発言や要求(「ごめんだ」「起こしてくれ」「時計を見せてくれ」「飲み物が欲しい」)に聞こえるだけでなく、さらに複雑な気持ちの表明にも聞こえた。「まったく、なんであの犬は黙らないんだ?」とか「たわ言ばかりだ」(これはわたしが新聞に出ていたスピーチとか社説を読んだあとで)。

今わたしの耳に聞こえたのは「ここに新聞に出ているのよりましな記事がないか見てみよう」だった。

わたしはスクラップブックの山を棚から引っ張り出して、彼の足元の床の上に置いて座り込んだ。表紙には黒いクレヨンでここ数年の日付が大きく記されている。一九五二をぱらぱらめくってみると、ジョージ六世の葬儀の記事の切り抜きがあった。その上にはクレヨンの文字が。「アルバート・フレデリック・ジョージ。一八九五年生まれ。一九五二年逝去」喪のヴェールを着けた三人のクイーンの写真。

つぎのページにはアラスカ・ハイウェイの記事があった。

「これは面白い記録ですね」とわたしは言った。「新しいのを作り始めるお手伝いをしましょうか？　切り抜いて貼り付けておきたいのを選んでくださったら、わたしがやりますよ」

彼の発した声は「面倒すぎる」あるいは「なんで今さら？」それどころか「馬鹿げた考えだ」と言っていた。彼はジョージ六世王を払い除け、ほかのスクラップブックの日付を見たがった。どれも彼が見たいものではなかった。彼は本棚のほうを身振りで示した。わたしはスクラップブックをもうひと山取り出してきた。彼がある特定の年のスクラップブックを探しているのだとわかったので、一冊ずつ掲げて表紙を見せた。時折、彼が却下したにもかかわらずページをめくってみた。バンクーバー島のクーガーの記事や、ブランコ曲芸師の死亡についての記事、雪崩に巻き込まれながらも生きていた子供の話もあった。戦争中の年月をわたしたちは遡った。三〇年代を、わたしが生まれた年を、そこからほぼ十年たって、やっと彼の要求は満たされた。そして指示が発せられた。

これを見てみろ。一九二三だ。

わたしはまずさいしょから見始めた。

「一月の降雪で村々はすっぽりと――」

いいいいいい。

それじゃない。さっさとしろ。ぐずぐずするな。

わたしはページをめくり始めた。

もっとゆっくり。慌てるな。もっとゆっくり。

何か読もうと手を止めたりせずに一ページずつめくっていくと、しまいに彼が望むページにたどり着いた。

そこだ。それを読んでくれ。

写真も見出しもなかった。クレヨンで書かれた文字は、「一九二三年四月十七日、バンクーバー・サン」

「コルテス島」とわたしは読んだ。「いいですか？」

読んでくれ。さあ。


コルテス島。日曜の早朝もしくは土曜の夜遅く、島の南端にあるアンソン・ジェームズ・ワイルドの家が全焼した。この家は他の住居や集落からはかなり離れており、そのため、島の住民の誰も炎に気づかなかった。日曜の早朝、デソレーション海峡へ向かう漁船が炎に目を留めたのだが、漁船の乗組員たちは誰かが藪を燃やしていると思ったということである。いまこの時の、森林が雨に湿っている状況では、野火はなんの危険ももたらさないとわかっていたので、漁船はそのまま目的地へ向かった。

ミスター・ワイルドはワイルドフルーツ果樹園の経営者で、島に住んでおよそ十五年になる。孤独を好み、以前は軍務に就いていたが、接触のある人に対しては情義に厚かった。かなりまえに結婚して、息子がひとりいる。氏は大西洋岸諸州の生まれであるとされている。

家は炎によって壊滅し、梁も落ちてしまった。ミスター・ワイルドの遺体は黒焦げになった残骸のなかで、確認が困難なほど焼け爛れて発見された。

灯油が入っていたと思われる真っ黒になった缶が焼け跡で発見されている。

ミスター・ワイルドの夫人は、そのまえの水曜日に夫の果樹園からコモックスへ運ばれるリンゴの荷を積み込む船に乗り込んで、当時家にはいなかった。夫人は同日戻るつもりだったのだが、船のエンジンの故障のため、丸三日と四晩のあいだ帰ることができなかった。日曜の朝、夫人は友人の船に乗せてもらって帰宅し、その友人とともに悲劇を発見したのである。

火災当時家にいなかったワイルド家の幼い息子のことが懸念された。可能な限り速やかに捜索が開始され、日曜の夕方、暗くなるまえに、家から一マイルも離れていない森のなかで子供が発見された。やぶのなかで数時間過ごしていたため、濡れて冷え切っていたが、それ以外は無傷だった。家を出たときにいくらか食べ物を持ち出したらしく、発見されたときにはパンを数切れ持っていた。

コートニーにおいて、ワイルド一家の家屋を焼失せしめ、ミスター・ワイルドの命を奪う結果となった火災の原因について審問が開かれる。

「この人たちをご存知だったんですか？」とわたしは訊いた。

いい、いい、ページをめくれ。

一九二三年八月四日。今年四月、コルテス島のアンソン・ジェームズ・ワイルドを死に至らしめた火災についてバンクーバー島、コートニーで開かれた審問において、死亡した男あるいは単数ないし複数の正体不明の人間による放火の疑いは立証され得ないと判定された。火災現場における空になった灯油缶の存在はじゅうぶんな証拠として認められなかった。コルテス島マンソンズランディングの店主ミスター・パーシー・ケンパーによると、ミスター・ワイルドは灯油を定期的に購入して使用していたということである。

死亡した男の七歳になる息子は、火災についてはなんの証拠も提供することができなかった。息子は数時間後に、自宅からさほど遠くない森のなかをうろついているところを捜索隊に発見された。質問に答えて、父親からパンとリンゴを渡されてマンソンズランディングまで歩いて行けと命じられたが道に迷ったのだと答えた。だが数週間後になると、これが本当かどうか覚えていない、それまで何度も通った道だったのに、どうして道に迷ったのかわからない、と語っている。ヴィクトリアのアンソニー・ヘルウェル医師は、少年を診察した結果、炎を見たとたん逃げ出したのかもしれない、たぶん食料をいくらか掴んで持ち出す暇があったのではないか、それを今ではまったく覚えていないのではないかと思える、と述べた。また一方で医師は、少年の話は正しく、その記憶は後日封じ込められてしまったのかもしれないとも語っている。これ以上問い質しても、少年はこの件について事実と自分の想像とを区別することがおそらくできなくなっているので無駄だ、と医師は述べた。

ミセス・ワイルドは火災当時、ユニオンベイのジェームズ・サンプソン・ゴーリーが所有する船でバンクーバー島へ出かけており、家にはいなかった。

ミスター・ワイルドの死は、火元不明の火災によるもので、災難による事故と判定された。

さあ、スクラップブックを閉じて。
それを片付けてくれ。ぜんぶ片付けてくれ。
違う。違う。そうじゃない。順番どおり片付けるんだ。年の順に。そのほうがいい。元通りにな。

あいつはまだ帰ってこないか？　窓の外を見てくれ。
よし。だが、すぐに帰ってくるぞ。
それでいい、あれをどう思う？
知ったこっちゃないがな。お前がどう思おうが知ったこっちゃない。
人生であんなことがあって、そしてこんなところに行き着くことがあるだなんて、考えたことあったか？　そうだ、あるんだよ。

このことを、わたしはチェスに話さなかった。ふだんなら、一日のできごとで彼が興味を持ったり面白がったりしそうなことはなんでも話していたのだが。彼は今やゴーリー夫妻に関することはなんでもはねつけるようになっていた。チェスが彼らを指して使う言葉があった。「グロテスク」という言葉だ。

公園のみすぼらしい小さな木々がいっせいに満開となった。花は明るいピンクで、人工着色のポップコーンみたいだった。

そしてわたしは、まともな仕事に就いて働き始めた。

キッツィラーノ図書館から電話がかかり、土曜の午後に数時間来てくれないかと言われたのだ。わたしはカウンターのむこう側に座って、皆の本に返却期限のスタンプを押すようになった。なかには同じく本を借りる仲間としての顔馴染みもいた。そして今やわたしは、図書館を代表して彼らに微笑みかけるのだ。「一週間後にまたお会いしましょう」とわたしは言うのだった。笑ってこう返す人もいた。「あら、もっとずっと早いわよ」わたしのような活字中毒だ。

この仕事なら自分にもできるのがわかった。レジはない——罰金を支払ってもらう際には、つり銭は引き出しから出す。それにわたしはほとんどの本についてどこの棚にあるのかすでに知っていた。カードの保管に際しては、アルファベットは知っていた。

もっと働いてくれと頼まれた。たちまち、一時的な常勤の仕事になった。常勤のひとりが流産していたのだ。彼女は二ヶ月休み、その期間の最後にまた妊娠し、仕事に戻らないほうがいいと医者から言われていた。そこでわたしが常勤に加わることとなり、自分自身の初めての妊娠がその半ばになるまで仕事を続けたのだった。いっしょに働く女たちは長いあいだ見知っていた人たちだった。メイヴィスにシャーリー、ミセス・カールソンとミセス・ヨースト。以前わたしが図書館に入ってきては何時間もうろついて——と彼女たちは言った——いたのを、皆覚えていた。そんなに注目されていなければよかったのに、とわたしは思った。あれほど頻繁に行かなければよかった、とわたしは思った。

なんと単純な喜びだったことだろう、自分の持ち場について、カウンターの後ろで利用者と向き合い、近寄ってくる人たちに対してきぱきと有能に、そして親切に振る舞うのは。やり方を心得ている人間、社会ではっきりした機能を果たしている人間と見なされるのは。こそこそしたりうろうろしたり夢を見たりするのをやめて図書館の女子職員になるのは。

もちろん、今では読書の時間は少なくなり、カウンターでの仕事で、本を一瞬手にして——わたしは本を物として手にしているのであり、自分がたちまち飲み干してしまわなければならない器としてではなかった——わたしはふと不安に襲われる、夢の中で、自分が間違った建物にいるのに気づいたり、試験の時間を忘れていて、それがはっきりしない異変あるいは生涯にわたる過ちのほんの始まりにすぎないと悟ったりするように。

だがこうした恐慌状態はすぐに消えた。

いっしょに仕事している女たちは、わたしが図書館で書きものをしている姿を何度も目にしたことを思い出した。

手紙を書いていたのだとわたしは説明した。

「あなたは手紙をノートに書くの？」

「そうよ」とわたしは答えた。「そのほうが安上がりだもの」

最後のノートは乱雑に詰め込まれたわたしのソックスや下着といっしょに引き出しのなかに隠されて、打ち捨てられていた。ノートは打ち捨てられており、それを見るとわたしの心は心許なさと恥ずかしさでいっぱいになった。処分するつもりだったのだが、しないままだった。

ミセス・ゴーリーはわたしがこの職を得たことを喜んではくれなかった。

「まだ職探ししてるなんて言わなかったじゃない」と彼女は言った。

もう長いこと図書館に名前を登録してあって、そのことは話しているとわたしは反論した。

「それはあたしのところで働くようになるまえのことでしょ」と彼女は言った。「で、こうなるとミスター・ゴーリーのことはどうなるの？」

「すみません」わたしは謝った。

「そういうのって、うちの主人にはあんまりよくないのよ、そうでしょ？」

彼女はピンクの眉を上げて、注文を間違えた肉屋や食料品屋に彼女が電話するときに耳にしたことのある尊大な口調で言った。

「それに、あたしはどうすればいいの?」と彼女は問いかけた。「あなたは困っているあたしを見捨てたってわけね? 他の人たちとの約束は、あたしとの約束よりはもうちょっとちゃんと守ってもらいたいもんだわねえ」

もちろんこれは馬鹿げていた。いつまで続けるとかそんなことは一切約束していなかったのだ。にもかかわらず、わたしは罪を犯したような落ち着かない気持ちを味わった、罪悪感そのものではないとしても。彼女に何か約束したわけではなかったが、彼女のノックに答えなかったことが何度もあったのはどうなのだ、気づかれずに家を出入りしようと、彼女のキッチンの窓の下を、頭を低くして通ったのはどうなのだ? 彼女が提供してくれる本物——間違いなく——に対して、実のないものながら甘ったるい見せかけの友情を維持し続けたことはどうなのだ?

「かえってよかったんだけどね、本当のところ」と彼女は言った。「信頼できない人にミスター・ゴーリーの世話をしてもらいたくはありませんから。ともかく、あなたの世話の仕方に完全に満足していたわけじゃありませんからね、それだけは言っておくわ」

彼女はすぐにべつのお守り役を見つけた——黒い髪をネットで包んだ小柄な蜘蛛女だった。彼女がしゃべるのをわたしは聞いたことがなかった。だが、ミセス・ゴーリーが彼女に話しかけるのは聞こえた。わたしに聞こえるよう、階段の上のドアが開け放してあったのだ。

「あの人ったら、主人のティーカップを洗いもしなかったのよ。主人にお茶さえ淹れてくれないことがしょっちゅうでねえ。あの人、なんの役にも立ってなかったんじゃないかしら。座って新聞を読むだけで」

最近ではわたしが家を出るときにはキッチンの窓がぱっと開かれて、頭上から彼女の声が響き渡る。うわべはミスター・ゴーリーに話しかけているふりをしていたが。

「ほら、あの人よ。出かけるんだわ。もうあたしたちに手を振ろうとさえしないんだから。他の誰も雇ってくれないときに仕事をさせてあげたのにねえ、それが手を振ろうともしない。まったくねえ」

わたしは手を振らなかった。ミスター・ゴーリーが座っている正面の窓のところを通らなければならなかったが、今手を振ったら、そちらのほうを見るだけでも、彼は自尊心を傷つけられるのではないかという気がしたのだ。あるいは腹を立てるのではないかと。わたしが何をしようが嘲りに見えるかもしれない。

半ブロック進むまでにわたしは二人のことを忘れてしまった。毎朝晴れていて、解放感と目的意識を抱いてわたしは歩いていた。そんなときには、ちょっとまえの過去がなんとなく恥ずかしいものにも思えた。窪みのカーテンの後ろでの長い時間、キッチンテーブルで何ページにもわたって失敗作を書き連ねた長い時間、暖房の効きすぎた部屋で老人と過ごした長い時間。毛足の長い敷物とフラシ天張りの家具、彼の服や身体のにおいと糊付けでごわごわになったスクラップブックのにおい、わたしが通り抜けなければならなかった大量の新聞記事。彼が保存しておいてわたしに読ませた不気味な話(あれが、わたしが本のなかで高く評価していた人間悲劇の範疇に入るのだとはとても思えなかった)。ああいったことをあれこれ思い返すのは、子供時代に病気をしたときのことを思い返すのと似ていた。樟脳油のにおいのする暖かい綿ネルのシーツのなかに喜んで閉じ込められていたあのとき、自分の身体の気怠さと熱っぽさによって閉じ込められ、二階のわたしの部屋の窓から、うまく読み解けない木々の枝のメッセージが見えていたあのときを。そういう場面は、惜しまれることなくむしろ自然に切り捨てられていた。そして今や、切り捨てられようとしているのは自分自身の一部――病んだ部分？――のように思えた。結婚によってもたらされた変化ではないかと思われるだろうが、しばらくのあいだ、そんなことはなかったのだ。わたしは元の自分――片意地で、女らしくなく、見境なく隠しだてしたがる――のままで冬眠しながら思いを巡らしていた。今やわたしは足取りも軽く、妻及び職業人へと変身できる幸運を認識していた。見栄えがよくて、労力を費やすときはじゅうぶん有能で。変人ではない。わたしはちゃんと通用するのだ。

ミセス・ゴーリーがうちの戸口へ枕カバーを持ってきた。歯を見せて、どうしようもないと言いたげな敵意を込めた笑みを浮かべながら、これはあなたのではないかと彼女は訊ねた。わたしはためらうことなく、うちのではないと答えた。うちにある二枚の枕カバーはわたしたちのベッドの上の二つの枕を包んでいた。

彼女はいかにも耐え忍んでいるといった口ぶりで、「でも、確かにあたしのじゃないんだけど」と言った。

わたしは「どうしてわかるんですか？」と訊ねた。

ゆっくりと、毒をにじませながら、彼女の笑みはいっそう自信ありげになった。

「こういう種類の布地を、ミスター・ゴーリーのベッドの上に置いたことはないの。あたしのベッドにもね」

「どうして置かないんですか？」

「なぜなら――これは――あまり――上質では――ないからよ」

そこでわたしは窪みのベッドの上の枕から枕カバーをはがして、彼女に差し出さなければならなかった。そしてなんと、わたしには一対のように見えたのに、そうではないことが判明した。一方は「上質」の布地で――そちらが彼女のだ――彼女が手にしていたほうはうちのものだった。

「気がついていなかっただなんて、信じられないところだわ」と彼女は言った。「あなたじゃなければね」

チェスはべつのアパートのことを耳にしていた。「続き部屋」ではなく本物のアパートだ――ちゃんとしたバスルームに寝室が二つ。チェスの職場の友人がそこを出るという。友人夫妻は一戸建てを買ったのだ。一番街とマクドナルド通りの角にある建物の一室だった。わたしは今までどおり歩いて仕事に行けるし、チェスも今と同じバスに乗ればいい。二人分の収入があれば、手は届いた。友人夫妻は家具をいくつか残していくつもりで、安く売ってもらえるということだった。彼らの新しい家には似合わないのだろうが、わたしたちにはどこに出しても恥ずかしくない立派な物に見えた。わたしたちは三階にあるその輝かしいアパートを、クリーム色に塗られた壁やオーク材の寄木細工の床、ゆったりしたキッチンの戸棚、タイル張りの浴室の床に惚れ惚れしながら歩き回った。マクドナルド公園の緑を見晴らす小さなバルコニーまであった。わたしたちは新たに互いに恋をした。わたしたちの新しい地位に恋をした。自分たちが、ほんの一時的な途中駅に過ぎなかった地下での暮らしから大人の暮らしに移ったことに。何年か経つうちに、地下の暮らしはわたしたちの会話のなかでジョークとして、耐久力テストとして語られることとなる。引越しするたびに――借家、初めての持ち家、二番目の持ち家、べつの街での初めての家――この進歩の陶酔感が生じ、わたしたちの絆を強めてくれることとなる。最後の、そして最高に素晴らしい家にたどり着くまで。わたしはその家に、災厄の兆候とほんの微かな逃走の予兆を感じながら足を踏み入れたのだった。

わたしたちはレイには通知したが、ミセス・ゴーリーには知らせなかった。そのために、彼女の敵意は新たなレベルに達した。じつのところ、彼女はちょっとおかしくなった。

「まったく、あの女ったら自分はうんとお利口さんだと思ってるのよね。二部屋をきれいにしておくことさえできないのに。床を掃いたって、埃を隅っこに押しやってるだけなんだから」

さいしょの箒を買ったとき、わたしはチリトリを買うのを忘れていて、しばらくのあいだそうしていたのだ。だが、わたしが外出しているあいだに自分が持っている鍵でわたしたちの部屋に入らない限り、そんなことはわからなかったはずだ。そして、彼女がそうしていたことが明らかになった。

「あの女は卑劣よ。初めて会ったときからなんて卑劣な女だろうと思ったわ。それに嘘つきだし。頭がおかしいのよ。あそこで座って手紙を書いてるんだって言ってるけど、同じことを何度も何度も繰り返して書いてるのよ——あれは手紙じゃないわ、同じことを繰り返し書いてるだけ。あの女、頭がおかしいのよ」

これで、彼女はうちのゴミ箱のなかの紙のしわを伸ばしているに違いないとわかった。わたしは同じ言葉で同じ物語を書き始めようとすることがよくあったのだ。彼女が言うように、何度も何度も繰り返して。

気候はうんと暖かくなっていて、わたしは上着なしで出勤していた。ぴったりしたセーターをスカートにたくしこんで、ベルトをいちばんきつい穴で締めて。

彼女は玄関を開けてわたしの背後から叫んだ。

「ふしだら女。あのふしだら女を見てよ、胸を突き出して、お尻を揺すってさ。自分のことマリリン・モンローだとでも思ってんの？」

そして「うちにはいてもらいたくないわね。早く出てってくれたらなによりだわ」

彼女はレイに電話して、わたしが彼女の寝具カバー類を盗もうとしていると告げた。通りのあちこちで彼女のあることないこと言いふらしていると愚痴った。ちゃんとわたしに聞こえるようにドアを開けておいて、大声で電話していたが、これは必要なかった、うちの電話と同じ回線だったから聴こうと思ったらいつでも聴けたのだ。わたしは決してそんなことはしなかったが——わたしは本能的に耳を塞いでいた——ある夜、帰宅していたチェスが電話を取ってこう言った。

「彼女の言うことになんか耳を貸さないでくれ、レイ、彼女はただの頭のおかしい婆さんだ。君のお母さんだってことはわかってるけどね、彼女は頭がおかしいと言わざるを得ないな」

レイはなんと答えたのか、そんなことを言われて怒らなかったのかとわたしは訊ねた。

「彼は『ああ、わかった』としか言わなかったよ」

ミセス・ゴーリーは電話を切り、階段の上から直接怒鳴った。「誰が頭がおかしいか教えてあげるわ。誰が頭のおかしい嘘つきで、あたしと主人のことで嘘っぱちを広めてるのか教えてあげる——」

チェスは言い返した。「あんたの言うことなんか聴くつもりはないよ。うちの妻に構わないでくれ」あとになって彼は訊ねた。「彼女とご主人のことって、どういう意味？」

わたしは答えた。「さあ」

「とにかく君のことを目の敵にしてるんだ」とチェスは言った。「君は若くて容姿端麗なのに、自分は年寄りババアだからね」

「気にしないほうがいいよ」と彼は言い、わたしを元気づけようと冗談っぽく付け加えた。

「どっちみち、バアさんなんてどうでもいいんだしさ」


わたしたちはいくつかのスーツケースだけ持ってタクシーで新しいアパートに引っ越した。わたしたちは歩道で、家に背を向けてタクシーを待った。そのときに最後の叫び声が聞こえるだろうと予期していたのだが、なんの物音もしなかった。

「もしもあの人が銃を手に入れていて、後ろから撃たれたらどうしよう？」とわたしは問いかけた。

「あのバアさんみたいなこと言うなよ」とチェスは答えた。

「ミスター・ゴーリーがあそこにいたら手を振りたいわ」

「そんなことしないほうがいい」


わたしはあの家を最後に一目見ることはしなかった。あの通りを、アービュタス通りの、あの公園と海に面している区画を歩くことは二度となかった。どんな様子だったかはっきりとは覚えていないが、いくつかのことは記憶に残っている――窪みのカーテン、飾り戸棚、ミスター・ゴーリーの緑のリクライニングチェア――鮮明に。

わたしたちは、同じように他人の家の安い貸間暮らしで結婚生活を始めた他の若夫婦と知り合いになった。ネズミやゴキブリ、胸の悪くなるようなトイレや頭のおかしい女主人のことを聞かされた。そしてこちらも、自分たちの頭のおかしい女主人の話をした。被害妄想。

それ以外は、わたしはミセス・ゴーリーのことを思い出さなかった。

だがミスター・ゴーリーは夢のなかに出てきた。夢のなかのわたしは、彼女と知り合うまえの彼を知っているようなのだ。彼は生き生きとしてたくましいが、若くはなく、あの居間で彼に読み聞かせをしていたときと変わらない状態に見えた。たぶん話せるのだろうが、その話は、わたしが解釈できるようになったあのさまざまな声のレベルなのだ——唐突かつ居丈高で、行動の、欠くことはできないながらも軽く見られている脚注だ。そして行動自体は爆発的だった、というのもこういう夢はエロティックなものだったからだ。わたしが若妻で、それから必要以上の遅延なしに若い母親——忙しく、貞節で、きちんきちんと満たされている——になったあいだずっと、攻撃や反応や可能性が現実の提供してくれる何物にもまさるような夢を時折見続けた。そしてその夢からはロマンスは消え失せていた。慎みもまた。わたしたちの——ミスター・ゴーリーとわたしの——ベッドは砂利だらけの浜辺とか、ざらざらした船の甲板とか、肌に食い込む油じみたロープの束だった。そこには醜悪さと呼べそうなものの気配があった。彼のツンとくるにおい、ゼリーのような目、犬歯。こういった異端の夢から驚きや恥ずかしささえ枯れ果てて目覚め、また眠りに落ちて、そして朝になると、否定するのに慣れてしまった記憶とともに目覚めるのだった。何年も何年も、そしてきっと死んだあとも長いあいだ、ミスター・ゴーリーはわたしの夜の生活のなかでこんな働きをしていた。わたしが彼を、わたしたちは死者をそんなふうに使い尽くしてしまうんじゃないかと思える具合に使い尽くしてしまうまで。とはいえ、決してこんなふうには思えなかった——わたしが責任を負っているとは、わたしが彼をそこへ招来しているとは。双方向に働いているように思えたのだ。彼もまたわたしをそこへ招来しているかのように、わたしの体験であるのと同じくらい彼の体験でもあるかのように。

そして、船や桟橋や岸辺の砂、空に伸びたりうずくまったりしながら水面に張り出している木々、周囲の島々やかすんではいるもののはっきりわかる山々の複雑な輪郭は、自然な無秩序のなかに、わたしが夢で見たり想像力で作り出したりできる何物にもまして突拍子もなく、それでいて当たり前に存在しているように思えた。自分がそこにいようといまいと存在し続ける、そして実際なおもそこにある場所のように。

だが、あの夫の遺体の上に崩れ落ちた焼け焦げた家の梁は決して目にしなかった。あれはもうずっとまえに起こったことで、そのあたりは一面森になってしまっていた。

セイヴ・ザ・リーパー

Save the Reaper

子供たちがやっているゲームは、イヴがソフィーとやっていたのとほとんど同じだった。ソフィーが小さな女の子だった頃、長い退屈な車中でやっていたものだ。当時はスパイ――今は異星人だ。ソフィーの子供たち、フィリップとデイジーは後部座席に座っていた。デイジーはやっと三歳で、何がどうなっているのかは理解できない。フィリップは七歳で主導権を握っていた。追跡すべき車を選んだのも彼で、その車には秘密の本部、インベーダーたちの隠れ家へ向かう、着いたばかりの宇宙旅行者たちが乗っているのだ。彼らへの指示は他の車に乗っているいかにもまっとうに見える人や、郵便受けの横に立っていたり、なんと畑でトラクターに乗ったりしている人からの合図によって告げられる。地球にはたくさんの異星人がすでに来ていて、変形《ヘンケイ》――これはフィリップの言葉だ――しているので、誰もが異星人かもしれないのだ。ガソリンスタンドの従業員や乳母車を押している女の人、その乳母車に乗っている赤ん坊。彼らが合図を送っているということだってあり得るのだ。

イヴとソフィーはこのゲームを、いつもじゅうぶんな交通量があって追跡を見破られない、往来の激しい幹線道路でやっていた（もっとも、一度夢中になってしまって、郊外の私設車道まで行き着いてしまったことがあったが）。今日イヴが辿っている田舎道では、それほど簡単ではなかった。イヴは問題を解決しようとして、なかには単なるおとりで、隠れ家へ向かったりせずに追跡者を道に迷わせてしまうのもあるから、追跡するのをべつの車に切り替えたほうがいいかもしれないと提案した。

「いや、そんなことない」とフィリップは言った。「あいつらがどうするかっていうと、一台の車から仲間を吸い取ってべつの車に移すんだ、誰かに尾けられてるといけないからね。あいつらはひとつの身体に入ってて、それから空中を通ってべつの車のべつの身体へシュッと入っちゃえるんだ。あいつらはひっきりなしにべつの人のなかへ入り込んでて、自分の身体のなかに何がいるのかみんな知らないんだよ」

「ほんと？」とイヴは問いかけた。「じゃあ、どの車か、どうやってわかるの？」

「ナンバープレートの信号だよ」とフィリップは言った。「あいつらが車のなかに作り出す電界で変化するんだ。それで宇宙にいる追跡者が後を尾けられるんだよ。ほんの簡単なことなんだけどね、教えるわけにはいかない」

「そりゃそうよね」とイヴは言った。「そのことを知ってる人はほとんどいないんでしょうねえ」

フィリップは答えた。「今のところオンタリオでは僕ひとりだね」

フィリップはシートベルトをしたままで可能な限り前のほうに座って、神経を張り詰めながら時折歯をカチカチいわせ、ちょっと口笛のような音を立ててイヴに注意した。

「ほらほら、ここは気をつけて」とフィリップは言った。「方向転換しなくちゃいけないみたいだよ。うん。うん。これがそうじゃないかな」

彼らは白のマツダを尾けていたのだが、今度はどうやら古ぼけたグリーンの、フォードのピックアップ・トラックを追跡することになるようだった。イヴは訊ねた。「確かなの？」

「確かだよ」

「やつらが空中を通って吸い込まれるのを感じたの？」

「やつらは時間差なしに移るんだよ」とフィリップは説明した。「僕は『吸い込まれる』って言ったりするけど、それはただ、人にわかってもらいやすいからだよ」

イヴがもともと考えていたのは、アイスクリームを売っている村の商店か遊び場に司令部があるということにしてしまおうというものだった。アイスクリームの美味しさ、あるいは滑り台とブランコの楽しさに誘惑されて、異星人は全員そこに子供の姿で集まっており、彼らのパワーは一時的に効力を失っているのだと明かせばいい。ある間違ったフレーバーのアイスクリームを選ばない限り、あるいは指定されたブランコをきっかり間違った回数だけ漕がない限り、やつらに誘拐される——あるいは身体のなかに入り込まれる——心配はない（なんらかの危険が残っていることにしておかないと、フィリップは面目を失ってがっかりするだろう）。だがフィリップが完全に主導権を握っているので、今や結果を操るのは難しかった。ピックアップ・トラックは舗装された郡道から砂利を敷いた脇道へ入った。それは老朽化したトラックで、荷台の覆いがなく、車体は錆で腐食していた——遠くまでは行かないだろう。十中八九、どこかの農場へ帰るのだ。目的地に着くまで、切り替えるべきほかの車両には出会わないかもしれない。

「これがそうだっていうのは確かなの？」イヴは訊ねた。「男の人がひとりだけじゃない。あいつらは決してひとりでは移動しないと思っていたけど」

「あの犬だよ」とフィリップは答えた。

トラックの屋根のない荷台部分に犬が一匹乗っていたのだ。どこにでも把握しておくべきことがあるのだと言いたげに一方の端から他方へと、行ったり来たり走っている。

「あの犬もそうなんだ」とフィリップは言った。


その朝ソフィーがトロント空港に着くイアンを出迎えに行ったとき、フィリップは自分たちの寝室でデイジーの注意を引きつけておいた。デイジーはあの慣れない家で問題なく落ち着いていた——この休暇のあいだ毎晩おねしょしているのを除いては——だが、母親がデイジーを置いて出かけるのはこれが初めてだった。そこでソフィーはフィリップに妹の注意をそらしておいてくれと頼み、彼は熱意をもってそれを実行したのだ（事態の新たな展開に喜んだ？）。ソフィーが本物のレンタカーを始動させて出て行く音をごまかそうと、フィリップは荒々しいエンジン音を立てて床の上で玩具の車を走らせた。まもなく彼はイヴにむかって叫んだ。「BMは行っちゃった？」

イヴはキッチンで朝食の残りを片付けながら自分を律しようとしていた。イヴは居間へ入っていった。そこには昨夜ソフィーと見ていた映画のビデオがあった。

『マディソン郡の橋』

「どういう意味、BMって？」デイジーが訊いた。

子供たちの部屋は居間につながっていた。この家は小さくて狭苦しく、夏の貸家用の安普請だった。イヴは休暇用に湖畔のコテージを確保しようと考えていた——ソフィーとフィリップのほぼ五年ぶりの来訪とデイジーの初めての来訪のために。ヒューロン湖岸のこのあたりを選んだのは、子供の頃、弟とともにいつも両親にここへ連れてきてもらっていたからだった。状況は変わっていた――コテージはどれも郊外住宅地の家々と同じくらいしっかりしたものとなり、家賃は法外だった。水泳可能なビーチの、岩だらけで人気のない北端から半マイル内陸に入ったところにあるこの家が、イヴに手の届く精一杯のところだったのだ。家はトウモロコシ畑の真ん中に建っていた。イヴは子供たちに、かつて父から聞いた話をしてやった――夜になるとトウモロコシが育つのが聞こえるというものだ。

　ソフィーは毎日、手洗いしたデイジーのシーツを物干し綱から取り込むときに、トウモロコシにつく虫を払い落とさなければならなかった。

「それは『排便《ボウエル・ムーヴメント》』って意味だよ」とフィリップは、いたずらっぽく挑むような顔をイヴに向けながら言った。

　イヴは戸口で立ち止まった。昨夜はソフィーと、雨のなかで夫のトラックに乗ったメリル・ストリープが、車で去っていく愛人を見送りながら激しい恋心に息を詰まらせてドアハンドルを押し下げる様を見守っていたのだ。それから二人は振り向きあって、互いの目が涙でいっぱいになっているのを見て首を振り、笑い出したのだった。

「それに、『ビッグ・ママ』って意味でもある」とフィリップが、なだめるような調子を強めて説明した。「パパはときどきママのことをそう呼んだ」

「なるほどね」とイヴは言った。「あなたの質問がそういうことだったのなら、さっきの質問に対する答えは、はい、よ」

フィリップはイアンのことを本当の父親だと思っているのだろうかとイヴは考えた。息子にどんなふうに話しているのか、ソフィーに訊いたことはなかった。もちろんそんなことを訊くつもりはない。フィリップの実の父親はアイルランド人の男の子で、神父になるのをやめようと決心して、これから何をすべきか決めようと北米をあちこち旅していた。イヴは彼のことをソフィーの顔見知り程度の友だちだと思っていた、ソフィーもそう思っている様子だったのだが、そのうち彼を誘惑したのだ(『彼ってものすごく内気だからうまくいくなんて夢にも思ってなかったわ』とソフィーは言った)。イヴはフィリップを見て初めて、あの男の子がどんな容貌だったかはっきりと思い描くことができた。そのときイヴには、あの男の子の姿がフィリップに忠実に再生されているのがわかった――輝く瞳の、物知りぶった、傷つきやすくて、冷笑的な、あら探しをしたがり、すぐに顔を赤らめる、引っ込み思案の、口論好きなアイルランドの若者。なんだかサミュエル・ベケットみたい、と彼女は言った。しわまでね。もちろん、赤ん坊が成長するにつれて、しわは消えていった。

ソフィーは当時、考古学専攻の正規の学生だった。娘が授業に出ているあいだ、イヴがフィリップの面倒を見た。イヴは女優だった――仕事さえもらえれば、今でもそうだ。当時でも仕事のない時期はあったし、日中にリハーサルがあるときは、フィリップをいっしょに連れていけばよかった。二年ほどのあいだ、皆でいっしょに――イヴとソフィーとフィリップ――トロントにあるイヴのアパートで暮らしていたのだ。フィリップを乳母車に――そしてもっとあとになるとバギーに――乗せて、クイーンとカレッジとスパディナとオシントンのあいだの通りをくまなく歩き回ったのはイヴで、こうした散歩の途中で、それまで知らなかった二区画にわたる木陰のある袋小路で、ほったらかしにされてはいるものの完璧な、小さな家を見つけることがあった。彼女はソフィーに見に行かせた。二人は不動産屋へ行って住宅ローンの話をし、どの部分を金を払って修理してもらうか、どの部分は自分たちでできるかを相談した。迷ったり空想したりするうちに、やがて家は他の人に売られてしまう、あるいはイヴが例によって金銭面でやたら慎重になってしまう、あるいは、ああいった魅力的な狭い脇道は、女子供にとって、イヴたちがずっと住んでいる明るくて醜悪でがさつで騒々しい通りと較べると半分も安全ではないと誰かに思い込まされてしまうのだった。

イアンは、あのアイルランドの男の子よりもさらにイヴの目につかない存在だった。彼は友だちだった。アパートへやってくるときは必ず何人かいっしょだった。それからカリフォルニアへ仕事をしに行ってしまった――都市地理学者だった――そしてソフィーの電話代の請求が急に増え、イヴはそのことで娘に話をしなければならず、それからアパートの雰囲気ががらっと変わった（イヴは請求書のことを口にすべきではなかったのだろうか?）。たちまち訪問が計画され、ソフィーはフィリップをいっしょに連れて行った。イヴは地方の劇場で夏の芝居をやっていたからだ。

それからまもなくカリフォルニアから知らせが入った。ソフィーとイアンが結婚するという。

「しばらくいっしょに暮らしてみるほうが利口なんじゃないの?」イヴが宿からの電話でそう訊ねると、ソフィーは答えた。「あら、駄目よ。彼って変わってるの。そういうのをよしとしないのよ」

「だけど、わたしは結婚式のために休むわけにはいかないわ」とイヴは言った。「公演は九月半ばまであるんだもの」

「構わないわよ」とソフィーは答えた。「結婚式っぽい結婚式ってわけじゃないから」

そしてこの夏まで、イヴは再び娘と顔を合わせることはなかったのだ。そもそもどちらの側も金がなかった。イヴは仕事があるときは縛られたし、仕事がないときは何にせよ余分な出費はできなかった。すぐにソフィーも仕事をするようになった——医院の受付係になったのだ。一度イヴが飛行機を予約しかけたとき、ソフィーが電話してきて、イアンの父親が亡くなった、彼は葬儀に列席するためにイギリスへ飛び、母親をいっしょに連れて戻ることになっていると告げた。

「でね、うちにはひと部屋しかないのよ」とソフィーは言った。

「とんでもないわ」とイヴは答えた。「一軒の家に二人の義母、ましてや部屋がひとつだなんて」

「あっちが帰ってからにしたら?」とソフィーは言った。

ところが、むこうの母親はデイジーが生まれたあとも居座っていて、一家が新しい家に引っ越してからも居座り、結局八ヶ月間滞在していた。その頃にはイアンは本を書き始めていて、家に客がいると執筆が進まなかった。どっちにしろなかなか進まなかった。勝手に押しかけてもいいとイヴが自信をもって思える時期は過ぎてしまった。ソフィーはデイジーの写真、そして庭や家の各部屋の写真を送って寄越した。

それから娘が訪ねてくると知らせてきた、フィリップとデイジーを連れて、この夏オンタリオへ帰省すると。三週間イヴと過ごし、そのあいだイアンはカリフォルニアでひとりで仕事をする。最後にイアンも妻子と合流し、皆でトロントからイギリスへ飛んで、彼の母親と一ヶ月過ごすというのだ。

「湖畔のコテージを確保しておくわ」とイヴは言った。「ああ、きっと楽しいわよ」

「そうね」とソフィーは答えた。「どうかしてるわよね、こんなに長いあいだ帰らなかったなんて」

まったくだ。それ相応に楽しいじゃないかとイヴは思っていた。デイジーがおねしょしても、ソフィーはあまり気にしたり驚いたりしないらしかった。フィリップは数日のあいだ、気難しい顔で打ち解けず、赤ん坊の頃を知っているのだとイヴが話しても冷たい反応で、浜辺に行く途中、湖岸の森を急いで通り抜けるときに襲ってくる蚊がいやだと駄々をこねた。トロントのサイエンス・センターへ連れていってほしいとも言った。でもやがて落ち着き、水が冷たいなどと文句も言わずに湖で泳ぎ、ひとりでさまざまなプロジェクトに勤しむようになった——死んだカメを家まで引きずって帰り、煮て肉をこそげ落とし、甲羅をとっておけるようにする、といったものだ。カメの胃袋には未消化のザリガニが入っていて、甲羅はいくつかにちぎれてしまったが、こうしたことにも彼はめげなかった。

一方イヴとソフィーは、午前中は家事、午後は浜辺で過ごして、夕食にはワイン、深夜は映画を観るという、のんびり快適な日課を作り上げていった。二人は半分本気で家のことをあれこれ考えるようになった。どうしたらいいかしら？　まず、模造木製パネルまがいの居間の壁紙をはがす。砂がめり込み、汚い水でこすられて茶色くなった馬鹿げた金色のフルール・ド・リス（アイリスの花を様式化した意匠）の模様のリノリウムをはがす。ソフィーはすっかり夢中になってしまい、流しの前のぼろぼろになったところをちょっとはがしてみて、間違いなく磨けそうな松材の床板を発見した。二人は研磨機のレンタル料について（つまり、もしもこの家が自分たちのものだとしたら）、ドアと木造部分、窓の鎧戸、キッチンのみすぼらしい合板の戸棚を改造した開架式の棚を何色にするかについて話し合った。ガス暖炉はどう？

そしてここに住むのは？　イヴだ。この家を冬のクラブハウスとして使っていたスノーモービラーたちが自分たちの持ち家を建てているところなので、家主は喜んで一年じゅう貸してくれるかもしれない。あるいはたぶん、うんと安く売ってくれるのではないか、なにしろこんな状態なのだから。今度の冬、イヴが希望している仕事をもらえたら、静養場所になるだろう。そしてもし仕事をもらえなかったら、アパートを又貸ししてここに住めばいいじゃないか？　家賃の差額があるし、十月から老齢年金も入ってくるし、イヴの出演したダイエット・サプリのコマーシャルの金もまだ入る。なんとかなる。

「それに、わたしたちが夏に来たら、家賃を援助してもいいわ」とソフィーは言った。

フィリップがこれを聞きつけた。彼は「毎夏？」と訊ねた。

「そうね、あなたは今じゃ湖が気に入ってるものねえ」とソフィーは答えた。「今じゃここが気に入ってるものね」

「それと、あの蚊だけど、あのね、毎年あれほどひどいわけじゃないのよ」とイヴは言った。「ふつうは初夏の頃だけなの。六月の、あなたたちがまだ来ていない頃よ。春はあたり一面水がいっぱいの沼だらけになって、そこで蚊が繁殖するの。それから沼は干上がって、もう繁殖しなくなる。でも今年は初めの頃雨がすごく多かったから、沼が干上がらなくて、それで蚊に二度目のチャンスがあったのね、だからあれはぜんぶ新しい世代なのよ」

イヴは孫息子が情報を尊重していて、祖母の意見や思い出話よりも好んで耳を傾けることに気づいていた。

ソフィーも思い出話は喜ばなかった。イヴと共に暮らした過去の話になるといつも――人生でもっとも幸せで、いちばん大変で、もっとも意味のある、調和のとれていた期間だったとイヴが思っているあのフィリップが生まれたあとの数ヶ月のことでさえ――ソフィーの顔は重々しい、何か隠すような、辛抱強く批判を差し控えるような表情を帯びるのだった。もっとまえの、ソフィー自身の子供時代はまったくの地雷原だと、イヴは、フィリップの学校のことを話していて気がついた。ソフィーはフィリップの学校をちょっと厳しすぎると思っていたが、イアンは問題ないと考えていた。

「ブラックバードとはずいぶん違うわねえ」とイヴが言うと、ソフィーはすぐさま悪意が感じられそうな口調で応じた。「ああ、ブラックバード。お笑い種もいいところよね。母さんったら、あそこにお金払ってただなんて。お金払ってたのよ」

　ブラックバードというのはソフィーが通っていた学年分類のないオルターナティヴ・スクールだった（名称は「世のはじめさながらに」（古いゲール語民謡をベースとした、エリナー・ファージョン作詞による賛美歌）から取られていた）。授業料はイヴに払える額ではなかったのだが、母親が女優で父親不詳の子供にはそこのほうが良いのではないかと考えたのだ。ソフィーが九歳か十歳のときに、保護者間の意見の不一致により、学校は解散してしまった。

「わたしはギリシャ神話を教わりながら、ギリシャがどこにあるか知らなかったのよ」とソフィーは言った。「それがいったいなんなのか知らなかったの。美術の時間は反核のポスターを作らされた」

　イヴは「あらいやだ、まさか」と言った。

「やらされたわ。それに文字どおりやいのやいのせっつかれたのよ——せっつかれたの——セックスのことを話せってね。言葉による性的虐待だわ。そんなもんにお金を払って」

「そこまでひどいなんて知らなかったんだもの」

「まあだけど」とソフィーは言った。「わたしは生き延びたわ」

「大事なのはそれよ」とイヴは震える声で言った。「生き延びるってこと」

ソフィーの父親はインド南部のケララ出身だった。イヴはバンクーバーからトロントへ向かう列車のなかで彼と出会い、ずっといっしょに過ごした。彼は奨学金給費研究員としてカナダで学んでいる若い医師だった。インドの自宅にはすでに妻と赤ん坊の娘がいた。

列車の旅は三日かかった。カルガリーでは三十分停車した。イヴと医師は走り回って、コンドームを売っているドラッグストアを探した。ひとつも見つからなかった。ウィニペグへ着いて丸一時間停車した頃にはもう手遅れだった。実際のところ——と彼との話を語るときにイヴは言うのだった——カルガリー市に入った頃には、おそらくもう手遅れだったのだ。

彼は普通客車で旅していた——奨学金は気前のいい額ではなかった。だがイヴは贅沢して個室をとっていた。ソフィーの存在という、彼女の、イヴの人生におけるもっとも大きな変化は、この贅沢——最後の最後に決めた——のおかげだ、個室の利便性とプライヴァシーのおかげなのだとイヴは言っていた。それと、カルガリー駅周辺でどうしたってコンドームを手に入れることができなかったという事実のおかげだ。

トロントで、イヴはケララ出身の愛人に、列車で知り合ったどんな人に対してでもするように手を振って別れを告げた。当時彼女が本気で関心を持っていて、人生における主要な問題となっていた男が出迎えにきていたからだ。その丸三日間の背景音楽は列車の振動だった——恋人たちの動きは、決して彼ら自身が考案したものだけではなく、たぶんそのせいで、罪のない、抵抗できないもののように思えたのではないか。二人の気分や会話も影響を受けていたに違いない。イヴの記憶では心地よく豊かなもので、決して厳粛なものでも必死なものでもなかった。列車の個室のあの狭さやでっぱりでは、厳粛になるのは難しかっただろう。

イヴはソフィーに彼のクリスチャンネームを教えた――聖人にちなんだトーマスだ。彼に会うまで、インド南部の古代のキリスト教徒のことなど、イヴは聞いたことがなかった。十代の一時、ソフィーはケララに興味を持っていた。図書館から本を借りて帰ったり、サリーを着てパーティーへ行ったりしていた。もっと大きくなったら父親を探すのだと言った。ファーストネームと専門――血液の病気――がわかっているだけで、ソフィーにはじゅうぶんに思えたのだ。イヴは娘にむかってインドの人口と、彼が母国で暮らしてさえいないかもしれないという可能性を力説した。イヴが口にする気になれなかったのは、ソフィーの存在は父親の人生において、非常に偶発的な、およそ考えられないようなものに違いないということだった。幸いなことに、ソフィーの思いは薄れていき、さまざまな目立つ民族衣装がごくありふれたものになってしまうや、ソフィーはサリーを着るのをやめた。そののち唯一ソフィーが父親のことを口にしたのはフィリップを身ごもっているときで、通りすがりの父親という一家の伝統を守ったのだと冗談を言った。

そんな冗談は今はなかった。ソフィーは威厳を備えた、女らしい、優雅で控え目な大人になっていた。一瞬――浜へ行こうと森を抜けていて、蚊の縄張りから速やかに抜け出そうとソフィーが腰を屈めてデイジーをさっと抱き上げるとき――我が娘の新たな、最近になって現れた美しさにイヴは驚嘆した。みっしりとして穏やかな、古典的な美しさで、努力や虚栄ではなく献身と本分を果たすことによって達成されたものだ。ソフィーは以前よりもインド人らしく見えるようになり、ミルクコーヒー色の肌はカリフォルニアの太陽で黒くなり、目の下にはいつも、軽い疲れを表すライラック色のくまができていた。

だがソフィーは相変わらず力強く泳ぐことができた。水泳はソフィーが関心を示した唯一のスポーツで、以前と変わらず巧みに、湖の中心を目指すようにして泳いだ。初日に泳いだソフィーは、「素晴らしかったわ。自分がすごく自由だって感じたの」と言った。イヴが子供たちを見てくれていたからそんなふうに感じたのだ、とは言わなかったが、それは言う必要のないことだとイヴにはわかっていた。「よかったわね」とイヴは答えた——じつのところ、はらはらしていたのだが。何度か頭のなかで、さあ向きを変えて、と念じたのだが、ソフィーはこの執拗なテレパシーによるメッセージを無視してそのまま泳ぎ続けたのだ。彼女の黒い頭は点となり、それからもっと小さな点となり、そして間断ない波のあいだで揺れ動く幻となった。イヴが恐れていたのは、そして考えることができなかったのは、泳ぐ力が尽きることではなく、戻ってきたいという気持ちがなくなることだった。この新しいソフィー、このしっかり人生に繋がっている大人の女なら、イヴがかつて知っていた女の子、リスクや愛やドラマをどっさり抱えていた若いソフィーよりも、実際のところ、戻ってくるということに、より無関心でいられるかもしれないじゃないか。

「あの映画をお店に返さなくちゃ」イヴはフィリップに言った。「浜へ行くまえに返したほうがいいかもしれない」

フィリップは答えた。「浜なんかもういやだ」

イヴは反論する気になれなかった。ソフィーが行ってしまい、プランがすっかり変わってしまい、娘や孫が帰ってしまう、みんなその日のうちに帰ってしまうとなると、イヴも、浜なんかもういやだった。それにこの家もいやだった――今やイヴの目に浮かぶのは明日のこの部屋の様子だけだった。クレヨンも玩具の車もデイジーの簡単なジグソーパズルの大きなピースも、何もかもまとめて持ち去られる。イヴが暗記してしまったお話の本もなくなる。窓の外に干されていたシーツも。まだあと十八日あるのだ、イヴひとりで、この家で。

「今日はどこかほかのところへ行かない？」とイヴは問いかけた。

フィリップが「ほかのところってどこ？」と訊ねた。

「それはお楽しみにしておきましょう」

その前日、イヴは食料をどっさり積み込んで村から帰ってきた。ソフィーのための新鮮なエビ――村の店というのはじつのところ昨今の洒落たスーパーで、ほとんどなんでも揃っていた――コーヒー、ワイン、フィリップはキャラウェイシードが嫌いなのでキャラウェイの入っていないライ麦パン、熟れたメロン、デイジーには種に気をつけてやらなければならないが、みんなの大好物のダークチェリー、モカファッジアイスクリーム、そしてもう一週間皆で暮らせるだけのさまざまな常備品。

ソフィーは子供たちの昼食を片付けていた。「あらまあ」とソフィーは叫んだ。「あらまあ、そんなにたくさん、どうしたらいいの？」

イアンが電話してきたのだとソフィーは説明した。イアンが電話を掛けてきて、明日飛行機でトロントへ来るという。本の執筆が思っていたよりも早く進んだのだ。彼は計画を変更した。三週間経つまで待たずに、明日ソフィーと子供たちを迎えにきて、家族をちょっとした旅行へ連れて行く。彼はケベックシティーへ行きたいと思っていた。一度も行ったことがなかったし、子供たちに、カナダのフランス語圏を見せておくべきだと考えたのだ。

「寂しくなったんだよ」とフィリップは言った。

ソフィーは笑って言った。「そうね。わたしたちがいなくて寂しくなったんだ」

十二日、とイヴは思った。三週間のうちの十二日が過ぎた。家は一ヶ月間借りなくてはならなかった。アパートは友人のデヴに使わせている。彼もまた失業中の俳優で、現実なのかそう思い込んでいるのか財政状態が危機的状況なので電話に出るときにはさまざまな声色を使っていた。彼女はデヴが好きだったが、アパートに戻って同居するわけにはいかなかった。

レンタカーでケベックまで行って、それからトロント空港へ直行し、そこで車を返すつもりだとソフィーは言った。イヴの同行については一言もなかった。レンタカーには余裕はない。だがイヴは自分の車で行ってもいいではないか？　フィリップを相棒としていっしょに乗せてもいいかもしれない。あるいはソフィーを。それほど寂しかったというなら、イアンが子供たちを乗せて、ソフィーを一休みさせてやればいい。イヴとソフィーがいっしょに乗ればいいのだ、以前夏にいつも、イヴが仕事をもらった、初めて行く町まで旅していたときのように。

馬鹿馬鹿しい。イヴの車は九年経っていて、長距離ドライヴのできる状態ではなかった。それにイアンが恋しがっているのはソフィーだ——ソフィーが上気した顔を背けたのを見ればわかった。それに、イヴは誘われていなかった。

「あら、それはよかったわ」とイヴは言った。「本がそんなにうまくいって」

「ほんと」とソフィーは答えた。イアンの本のことを話すときにはソフィーはいつも用心深く無関心な顔になり、何についての本なのかとイヴが訊ねると、ただ「都市地理学よ」と答えるだけだった。たぶんこれが学者の妻としての正しい態度なのだろう――イヴはこれまで学者の妻と知り合いになったことはなかった。

「ともかく、しばらくひとりでいられるじゃない」とソフィーは言った。「こんな大混乱のあとでね。自分が本気で田舎に住まいを確保したいのかどうか見極めがつくわ。隠れ家《リトリート》をね」

イヴは何かほかのことを話し始めなくてはならなかった、なんでもいい、ソフィーがなおも来夏また来ようと思っているのかどうか、哀れっぽく訊かないでいられるように。

「友だちがね、本物の修養会《リトリート》みたいなのに行ってたの」とイヴは言った。「彼、仏教徒でね。いや、たぶんヒンドゥー教徒だわ。本物のインド人じゃないのよ」（このインド人という言葉に、これまた踏み込むには及ばない話題だと言いたげな笑顔を、ソフィーは浮かべた）「ともかく、その修養会じゃ三ヶ月間しゃべっちゃいけないの。いつもまわりに他の人たちがいるんだけど、その人たちに話しかけちゃいけないの。それでね、彼が言うには、よく起こるのが、そして気をつけるように言われるのが、一切口をきいていない人と恋に落ちちゃうことなんだって。話すことはできないのに、特別な方法で意思の疎通ができているみたいに思えちゃうのね。もちろん、それは精神的な愛で、それについてどうこうはできないわ。そういったことについてはすごく厳格なの。というか、彼はそう言ってたわね」

ソフィーは言った。「へえ？　とうとう話すことができるようになったときには、どうなるの？」

「ものすごくがっかりなの。たいていはね、自分が意思疎通していると思っていた相手はぜんぜんこっちとは意思疎通していないの。たぶんその人たちは自分は誰かほかの人とそんなふうに意思疎通していると思っていたんでしょうねえ、で、その人たちは――」

ソフィーはほっとしたように笑った。「そんなもんよね」と彼女は言った。失望や気分を損ねた様子を見ないで済みそうなので喜んでいるのだ。

夫婦喧嘩でもしたのかもしれない、とイヴは思った。この訪問はそもそも戦術だったのかもしれない。夫に何か思い知らせるために、ソフィーは子供たちを連れ去ったのかもしれない。夫に何か思い知らせるためだけに、母親と過ごしたのだ。夫抜きの将来の休暇を計画したのも、そういうこともできるのだと自分自身に確かめるためだ。気晴らし。

そしてどうしても知りたいのは、誰が電話したのか？

「子供たちはここへ置いていけば？」とイヴは言った。「空港へ行くあいだだけ、ねえ？　それから戻ってきて、子供たちを乗せて出発すればいいんだから。ちょっとのあいだひとりでいられるし、それからイアンともちょっとだけ二人きりになれるわよ。空港でこの子たちを連れていたら、そりゃあ大変よ」

ソフィーは答えた。「そうしたくなっちゃうわね」

そして結局、ソフィーはそうしたのだった。

今やイヴは、フィリップと話ができるように自分はあのちょっとした変更を企んだのではなかろうかと思わずにはいられなかった。

（父さんがカリフォルニアから電話してきて、さぞびっくりしたでしょうねえ？

父さんは電話なんかしてこないよ。母さんが父さんに電話したんだ。

母さんが？　あら、知らなかったわ。母さん、なんて言ってたの？
母さんはね、『ここにいるのは耐えられない、もううんざり、出ていけるようになんとか手立てを考えましょうよ』って言ってた）

イヴはゲームの中断を示そうと、事務的な口調で言った。「ねえフィリップ、フィリップ、聞いてちょうだい。もうこのあたりでやめなくちゃ。あのトラックはどこかの農家ので、どこかの家に入っていくんだから、このまま追跡し続けることはできないわ」

「できるよ」とフィリップは言った。

「いいえ、できません。わたしたち、何をやっているんだろうと思われるわよ。むこうがかんかんになるかもしれない」

「僕たちのヘリコプターを呼び出して、そいつらを撃ってもらう」

「馬鹿なこと言わないで。これはただのゲームだってわかってるでしょ」

「撃ってもらうんだ」

「彼らが武器を持っているとは思えないけど」イヴはべつのやり方を試そうと、そう言ってみた。「エイリアンを殺す武器は開発されていないのよ」

フィリップは「そんなことないよ」と答え、何かロケットのことを説明し始めたが、イヴは耳を貸さなかった。

子供の頃、兄や両親と村に滞在していたとき、イヴはときどき母親と田舎へドライヴに出かけた。

一家には車がなかった――戦時中で、ここへは列車で来た。ホテルを経営していた女の人がイヴの母親と親しく、車で田舎へトウモロコシやラズベリーやトマトを買いに行くときに誘ってくれたのだ。時折車を停めて、商魂たくましい農婦の客間でお茶を飲み、売り物の古い皿や家具を眺めることもあった。イヴの父親はあとに残って、浜で他の男たちとチェッカーをするほうを好んだ。大きなコンクリートの正方形にチェッカー盤のマス目が描かれていて、上は屋根で保護されているが、壁はなく、そこでは雨のときでさえ、男たちが特大のチェッカーの駒を長い棒で、考え考え動かしていた。イヴの兄はそれを見ているか、でなければ監督なしで泳ぎにいった――年が上だったからだ。今ではみんななくなってしまった――コンクリートまでもがなくなっていた。あるいはその上に何かが建てられたものか。ベランダが砂の上に張り出したホテルもなくなり、村の名前を綴った花壇のある鉄道の駅も。線路も。代わりにそこには、まあまあの新しいスーパーとワイン専門店とレジャーウェアやカントリークラフトの店がいくつか入った、昔風を模したスタイルのショッピングモールができていた。

うんと幼くて、大きな蝶結びにしたリボンを頭のてっぺんにくっつけていた頃、イヴはこうした田舎への遠出が好きだった。小さなジャム・タルトや、上は固くて下のほうは柔らかい砂糖衣に覆われた、赤い汁のにじむマラスキーノチェリーが一粒のっかったケーキを食べたものだ。皿や、レースとサテンでできた針山や黄ばんで見える古い人形には触らせてもらえず、女たちの会話が避けがたい雲のように、一時的なちょっと重苦しい効果を及ぼしながら頭上を行き交った。だがイヴは、馬の背に乗っているんだ、とか、王室の馬車に乗っているんだとか想像しながら後部座席に乗るのを楽しんだ。もっとあとになると、イヴは行きたがらなくなった。母親の後をついてまわって、あの母親の娘だと知られるのがいやになったのだ。うちの娘のイヴです。あの声はイヴの耳に、どれほど保護者気取りに、なんと誤った所有権を振りかざしているように響いたことだろう（彼女は何年ものあいだ、ひどく誇張されたおよそ熟達していない演技の一部で、それを、あるいはそれを改変したものを定番として使うこととなった）。イヴは母親のめかしこむ習慣もひどく嫌った。田舎だというのに、大きな帽子と手袋を身に付け、花が疣みたいに浮き上がった透けるように薄いドレスを着ているのだ。一方でオックスフォードシューズ——ウオノメをいたわるために母親はこれを履いていた——が、恥ずかしくなるほど頑丈でみすぼらしく見えた。

「母親のいちばんいやだったところは？」というのは、家を離れたさいしょの数年、イヴが友だちとやったゲームだった。

「コルセット」とひとりの女の子が答え、べつの子が「濡れたエプロン」と答える。

ヘアネット。太った腕。聖書の引用。「ダニーボーイ」。

イヴはいつもこう答えた。「ウオノメ」

イヴは最近までこのゲームのことをすっかり忘れていた。今あれを思い起こすのは痛む歯に触るような感じだった。

前方では例のトラックが速度を落とし、合図も出さずに並木のある長い細道へ入った。イヴは「もうこれ以上追跡できないわ、フィリップ」と言って、そのまま走り続けた。だが細道を通り過ぎるときに、イヴは両脇の門柱に気づいた。雑に作られたミナレットといった、珍しい形状で、白塗りの小石と色ガラスの小片で飾られている。どちらも真っ直ぐではなく、アキノキリンソウとノラニンジンに半分隠れていて、そのせいでとても門柱とは思えず、派手なオペレッタの小道具が迷子になっているように見えた。それを目にしたとたん、イヴはほかのものを思い出した——さまざまなものが描かれた白塗りの外壁だ。絵は型にはまった、空想的な、子供っぽい風景だった。尖塔のある教会、塔のある城、四角くて不均衡な黄色い窓のある四角い家。三角形のクリスマスツリーとツリーの半分くらいある熱帯らしい色合いの鳥、ちっぽけな足と真っ赤な目をした太った馬、まるでリボンのような曲がりくねった青い川、家々の屋根の上では月とゆがんだ星々とむっちりしたヒマワリがうとうとしている。これらすべてが色ガラスの欠片をコンクリートあるいは漆喰にはめ込んで形作られていた。イヴがそれを目にしたのは、公共の場所ではなかった。田舎のほうのどこかで、母親といっしょだった。母親の姿は壁の前に立ちはだかっていた——母親は年老いた農夫としゃべっていた。もちろん、農夫は母親くらいの年齢でしかなかったのかもしれない、そしてイヴには年老いて見えたのかも。

母親とホテルの女性は、実際変わったものを見たくてそういった遠出をしていた。アンティークを見るだけではなかった。クマに似た形に刈り込まれた低木や矮性のリンゴ園を見に行ったりしていたのだ。

門柱のことは記憶になかったが、あんなものがあるのはあの場所にちがいないようにイヴには思えた。イヴは車をバックさせると、くるっと曲がって木々の下の狭い道へ入っていった。木々はずっしりした古いオウシュウアカマツで、どうも危険そうだった——枯れかけた枝が垂れ下がっているのが見え、もうすでに吹き飛ばされたか落下するかした枝が何本も、芝生のなかや道の両端の草むらに横たわっていた。車は車輪の跡のせいでがたがた揺れ、デイジーはこの動きが気に入ったらしかった。彼女は揺れに合わせて声を出し始めた。ガタン。ガタン。ガタン。

この日のことで、これはデイジーの記憶に残るかもしれない——残るのはこれだけかもしれない。アーチ状になった木々、とつぜんの暗がり、車の面白い動き。もしかすると窓をこするノラニンジンの白い花も。横にいるフィリップの気配——兄の不可解で真剣な高揚感、不自然に抑えられた子供っぽい声のぴりぴりした感じ。イヴのもっとずっと曖昧な気配——むき出しの、そばかすだらけで、日焼けして皺の寄った腕、灰色がかったブロンドの縮れた髪は、黒いヘアバンドで後ろに撫付けてある。ひょっとするとにおいも。もうタバコのにおいではないし、イヴがかつて多額の金を費やした、うるさく勧められて買ったクリームや化粧品のにおいでもない。老いた肌？　ニンニク？　ワイン？　マウスウォッシュ？　デイジーがこういうことを思い出すときにはイヴは死んでいるかもしれない。デイジーとフィリップは疎遠になっているかもしれない。イヴは自分の兄と三年間口をきいていなかった。兄から電話で「もっとうまくやっていけるだけの素養がないのなら、女優になんかなるべきじゃなかったんだ」と言われて以来。

前方に家がありそうな気配はまったくなかったが、木々の隙間から骨組みだけになった納屋が建っているのが見えた。壁はなくなり、梁は無事で、屋根は欠けていないが片側へ落ちていて、へんてこな帽子みたいだ。機械類がいくつか、古い車かトラックが、そのまわりの花の咲いた雑草の海のなかに散らばっているようだった。イヴには目をやる暇はあまりなかった——このガタガタ道で車を制御するのに手一杯だったのだ。あの緑のトラックは前方から消えていた——そんなに遠くへ行ってしまったはずはないのだが。すると、道がカーヴしているのが見えた。道がカーヴしていたのだ。車はマツの木陰から陽光のなかへ出た。先ほどと同じくノラニンジンの海の白い泡が広がり、同じように錆び付いたガラクタが散らばっている。一方に手入れされていない高い生垣があり、そしてその後ろに、ついに家があった。大きな家で、黄ばんだ灰色のレンガ造りの二階建て、屋階は木造で、屋根窓は汚れたフォームラバーで塞がれている。下側の窓のひとつは、内側を覆うアルミホイルで輝いていた。

イヴは間違った場所へ来てしまったのだ。この家には覚えがなかった。ここには、刈られた芝生の周囲に塀がない。雑草のあいだから若木が手当たり次第に生えている。

例のトラックが前方に停まっていた。そしてその先に開けた場所があるのが見えた。砂利が撒かれていて、そこなら車の向きを変えられる。だが、トラックの横をすり抜けられないので、そうできなかった。イヴも車を停めざるをえなかった。トラックに乗っていた男はわざとそこで停めて、イヴが自分の行動を説明しなければならなくなるよう仕向けたのだろうか。男は今や悠然とトラックから降りてきていた。イヴのほうは見ないまま、男は、行ったり来たりしながら怒りをみなぎらせて吠えている犬を放した。いったん地面に降り立つと、犬は相変わらず吠えながらも男のそばを離れなかった。男の顔は帽子で陰になっていて、イヴには表情が読めなかった。男はトラックの横に立ってイヴたちを見つめながら、近寄ろうか決めかねている。

イヴはシートベルトを外した。

「出ちゃだめだよ」とフィリップが言った。「車から降りないで。方向転換してよ。ここから出なくちゃ」

「できないのよ」とイヴは答えた。「だいじょうぶ。あの犬はきゃんきゃん吠えてるだけ、わたしを噛んだりしないわ」

「出ちゃだめだ」

イヴはあのゲームを、これほど手に負えなくなるままにしておくべきではなかったのだ。フィリップの年頃の子供は、のめり込みすぎてしまうことがある。「これはもうゲームじゃないのよ」とイヴは言った。「あの人はただの人間なの」

「わかってるよ」とフィリップは答えた。「でも、出ちゃだめだ」

「もうやめなさい」とイヴは言って、外に出てドアを閉めた。

「こんにちは」と彼女は声を掛けた。「すみません。間違えちゃったんです。ここが他の家だと思って」

男は「やあ」みたいなことを言った。

「じつは、べつのところを探していたんです」とイヴは説明した。「わたしが子供の頃に一度来た場所なんですが。ガラスの欠片でできた絵を貼り付けた塀があったんです。コンクリートの塀だったと思います、白塗りの。道路脇のあの門柱を見て、ここに違いないと思ってしまって。きっとわたしたちがあなたの後を追っていると思われたでしょうねえ。こんなこと言うの、馬鹿げてますが」

車のドアが開く音がした。フィリップが下りてきた。後ろにデイジーを連れている。祖母のそばにいたくて来たのだと思い、イヴは孫を迎えようと片腕を差し出した。だがフィリップはデイジーから離れるとイヴを迂回して男に話しかけた。つい先ほどの不安げな様子から脱したフィリップは、今やイヴより落ち着いて見えた。

「その犬、人なつこい?」フィリップは挑むような口調で訊ねた。

「こいつは嚙んだりしないよ」と男は答えた。「俺がここにいる限りだいじょうぶだ。騒ぐのは、こいつがほんのちっちゃな女の子だからだ。こいつはまだほんの子犬なんだ」

男は小柄で、イヴくらいの背丈だった。ジーンズに、よくあるペルーとかグアテマラ製のカラフルな柄のオープンベストを着ていた。無毛の、日に焼けた筋骨たくましい胸には金のチェーンやメダルが光っている。喋るとき、男は頭をそらし、その顔が身体より老けているのがイヴには見て取れた。前歯が何本か欠けていた。

「これ以上お邪魔はしませんから」とイヴは言った。「ねえフィリップ、たった今この人に話していたのよ、わたしが子供の頃に来た場所を探してこの道を走ってきたんです、そこには塀に色ガラスをはめ込んでできている絵があったんですってね。でもわたしが間違えちゃって、ここはその場所じゃなかったのよね」

「この犬の名前は?」とフィリップは訊ねた。

「トリクシー」と男は答え、自分の名前を聞いて、犬は飛び上がって男の腕にぶつかった。男は犬を叩き落とした。「絵のことはなにも知らんなあ。俺はここには住んでないんだ。ハロルドなら、あいつなら知ってるだろう」

「いいんです」とイヴは答え、デイジーを腰に抱き上げた。「トラックをちょっと前へ出してもらえないかしら、そうしたら方向転換できるんですが」

「絵のことはなにも知らん。だってなあ、家の正面側にあるんなら、俺は見たことないからなあ、なんせハロルドが、あいつが家の正面側は締め切っちまってるからな」

「いいえ、絵は外にあったんです」とイヴは言った。「どうでもいいんですよ。何年も何年もまえのことなんですから」

「うん。うん。うん」会話に身が入ってきた男は言った。「なかに入って、ハロルドから聞いたらいい。あんたハロルドを知ってるか？　あいつがここの持ち主なんだ。メアリのものなんだけどな、ハロルドはメアリをホームへ入れちまったから、今じゃあいつのものだ。あいつが悪いわけじゃない、メアリはあそこへ入れないわけにはいかなかったんだ」男はトラックのなかに手を突っ込んでビールを二ケース取り出した。「ちょっと町まで行ってこなくちゃならなかったんだ。ハロルドに町まで使いにやられてな。さあ。入ってくれ。ハロルドはあんたに会ったら喜ぶよ」

「ほら、トリクシー」フィリップは厳しい口調で命じた。

犬はきゃんきゃん吠えながらやってきて、皆のまわりで飛び跳ね、デイジーはびっくりしたのと嬉しいのとでキーキー声をあげ、そしてなんとなく皆で家のほうへと向かった。イヴはデイジーを抱き、フィリップとトリクシーはイヴの先へまわって、かつては階段だった土の出っ張りをよじ登っていった。すぐ後ろから来る男は、トラックのなかで飲んでいたに違いないビールのにおいを発散させていた。

「そこを開けて、なかに入れ」と男は言った。「どんどん通り抜けるんだ。ちょっと散らかってるが、かまわんだろう？　メアリがホームに入っちまって、まえみたいにきちんとしておくもんがいないんでなあ」

一行が通り抜けなければならなかったのは圧倒的な乱雑さだった――何年もかかって堆積される類のものだ。いちばん下の層には椅子やテーブルやソファやそれにたぶんストーブがひとつふたつ、その上に古い寝具や新聞や窓用ブラインドや枯れた鉢植えや材木の切れ端や空の瓶や壊れた照明器具やカーテンレールが積み重なっていて、天井まで届いている箇所もいくつかあり、外からの光をほとんど完全に遮断していた。かわりに、内側のドアの横に明かりが点っていた。

男はビールを持ち替えるとそのドアを開けて、ハロルドの名前を叫んだ。今いるのがどんな種類の部屋なのか、見分けるのは難しかった――扉の蝶番が外れた台所戸棚があり、棚には缶詰がいくつかあったが、むき出しのマットレスとくしゃくしゃの毛布がのった折りたたみベッドも二つあった。窓はどれも家具や垂らしたキルトでじつにうまく覆われていて、どこに人がいるのかわからず、古物商のにおい、詰まった流しのにおい、というか、たぶん詰まったトイレのにおいだ、それに料理と油脂とタバコと人間の汗と犬の排泄物と始末されていないゴミのにおいが漂っていた。

叫び声に答える者はいなかった。イヴは向きを換え――ポーチにはなかったのだがここには向きを換える余地があった――そして言った。「もうやめておいたほうが――」だがトリクシーが行く手を阻み、男はさっとイヴを避けてべつのドアを乱暴に叩いた。

「あいつはここだ」と男は言った――ドアは開いていたのだが、相変わらず声高に。「ほら、ここにハロルドがいるぞ」同時にトリクシーが突進し、すると別の男の声がした。「クソッタレ。その犬を追い出せ」

「ここにいる奥さんが、なんかの絵が見たいんだとさ」と小柄な男は言った。トリクシーは痛みにくんくん鳴いた――誰かに蹴られたのだ。イヴはその部屋へ入っていくしかなかった。

ここは食堂だった。どっしりした古いダイニングテーブルと、頑丈な椅子が何脚かあった。三人の男が座って、トランプをやっていた。四番目の男は犬を蹴飛ばすために立ち上がっていた。部屋の温度は三十度くらいだった。

「ドアを閉めてくれ、すきま風が入るから」テーブルの男たちのひとりが言った。

小柄な男はトリクシーをテーブルの下から引っ張り出して外側の部屋へ放り投げ、それからイヴと子供たちの背後でドアを閉めてしまった。

「畜生め。クソッタレ」立ち上がっていた男が言った。男の胸も両腕もびっしり刺青が施されていて、肌が紫か青っぽい色であるように見えた。男は片足を、痛くてたまらないみたいに振った。もしかしたらトリクシーを蹴飛ばしたときにテーブルの脚も蹴ったのかもしれない。

ドアに背を向けて座っているのは若い男で、尖った肩は幅が狭く、首はほっそりしていた。この男は少なくとも若いんじゃないかとイヴは思った、金色に染めたツンツンヘアで、両耳に金のイヤリングをしていたからだ。彼は振り向かなかった。その向かい側の男はイヴ自身くらいの歳で、頭は剃り上げ、灰色の顎ひげは整えられ、青い目は充血していた。彼はイヴに親切さはかけらもないながら、いささかの知性と理解力を示す眼差しを向け、そういう様子は刺青男とは異なっていた。こちらはといえば、イヴのことを、無視してやろうと決めたある種の幻覚でもあるかのように眺めていた。

テーブルの端の、主人かあるいは父親の席には、ドアを閉めるよう命じた男が座っていたが、目を上げようとはせず、あの命令以外は邪魔が入ったことになんの関心も示さなかった。彼は骨太の太った青白い男で、茶色い巻毛は汗ばんでいて、イヴに分かる限りでは真っ裸だった。刺青男とブロンドの男はジーンズを穿いていて、灰色の顎ひげの男はジーンズに、チェックのシャツのボタンを首まで留めてストリングタイを着けていた。テーブルの上には瓶やグラスが並んでいた。主人の席の男——彼がハロルドに違いない——と灰色の顎ひげの男はウィスキーを飲んでいた。他の二人はビールを飲んでいた。

「もしかして表側に絵があるのかもしれんってこの奥さんに話したんだけどな、お前が閉め切っちまってるから入れんしなあ」と小柄な男が言った。

ハロルドは答えた。「お前の口を閉めとけ」

イヴは、「本当にすみません」と言った。熱弁をふるうしか道はないように思えた。子供の頃、塀村のホテルに滞在していたところから初めて詳細に、母親といっしょにドライヴに行ったこと、塀の絵のこと、今日それを思い出したこと、門柱のこと、どうやら間違えたらしいこと、そして謝罪。イヴはまっすぐ灰色の顎ひげの男に語りかけた。耳を傾けてくれるのは、というか、彼女の言うことを理解できるのは、彼しかいないように思えたからだ。デイジーの重みと、それに全身を支配する緊張とで、イヴの腕と肩は痛んだ。にもかかわらず、イヴはあとでこれをどう説明しようかなどと考えていた——自分がピンターの劇の只中にいるのに気づいたようなものだったと話すだろう。あるいは、無反応で黙りこくった敵意に満ちた聴衆が出てくるさまざまな悪夢に似ていた、と。

イヴがそれ以上相手を惹きつけるようなことも弁解がましいことも思いつけなくなると、灰色顎ひげの男が口を開いた。彼は、「さあなあ。ハロルドに訊いてみることだな。おい。おい、ハロルド。ガラスの欠片でできてる絵のことを何か知ってるか？」

「奥さんが車に乗ってまわって絵を見てた頃には、俺はまだ生まれてもいなかったって、その人に言ってくれ」ハロルドは目を上げもせずにそう答えた。

「ついてないなあ、奥さん」と灰色顎ひげは言った。

刺青男が口笛を吹いた。「おい、お前」彼はフィリップに話しかけた。「おい、坊主。お前、ピアノは弾けるか？」

その部屋の、ハロルドの椅子の後ろにピアノがあった。スツールや長椅子はなく——ハロルドの身体がピアノとテーブルのあいだの空間のほとんどを占めていた——この家の表面という表面がそうであるように、皿とかオーバーといった不適切なものが上に重ねられていた。

「いいえ」とイヴは慌てて言った。「いいえ、弾けません」

「俺はその子に訊いてるんだ」と刺青男は言った。「お前、一曲弾けるか？」

灰色顎ひげが言った。「その子に構うな」

「一曲弾けるかって訊いてるだけじゃないか、それのどこが悪いんだ？」

「その子に構うな」

「あのう、誰かがあのトラックを動かしてくださらないと、わたしも動けないんです」とイヴは言った。

この部屋は精液のにおいがする、とイヴは思った。

フィリップは黙りこくったまま、イヴの脇にぎゅっと体を押し付けていた。

「ちょっと動かしてもらえたら——」とイヴは言いながら、後ろにあの小柄な男がいるだろうと思って振り向いた。彼がそこにいないのを見て取るや、彼女は動きを止めた。部屋にはあの男の姿は影も形もなかった。イヴの知らないうちにいつの間にか出て行ったのだ。彼がドアに鍵をかけていたらどうしよう？

イヴがノブに手をかけると、ノブは回り、ドアはちょっとした抵抗と向こう側での慌てた気配とともに開いた。あの小柄な男がすぐそこでしゃがみこんで、聞き耳を立てていた。

イヴは男に何も言わずに外へ出て、台所を通り抜けた。フィリップはこれ以上ないほど素直な男の子の態度で、祖母の横を小走りでついてきた。ポーチの狭い通路を通ってガラクタのなかを抜け、戸外に出ると、イヴは外気を吸い込んだ。長いあいだ本当の呼吸をしていなかったのだ。

「道路をずっと行って、ハロルドの従妹のところで訊いてみな」背後からあの小柄な男の声が響いた。「いい家に住んでるんだ。新しい家で、あの子はちゃんときれいにしてる。あそこなら絵でもなんでもあんたの見たいもんを見せてくれるぜ。歓迎してくれるよ。あんたたちを座らせて食べるもんを出してくれる、誰も腹ペコのままじゃ帰さない連中なんだ」

男は、ずっとドアの向こうでしゃがんでいたわけではなかったのだろう。彼はトラックを動かしていた。あるいは他の誰かが。トラックはきれいさっぱり消えていた。どこか見えないところにある車庫か駐車場へ移動されていた。

イヴは男を無視した。デイジーのシートベルトを締めてやった。フィリップは言われなくても自分で締めていた。トリクシーがどこかから現れて、物悲しそうな様子で車の周囲を歩き、タイヤをふんふん嗅いだ。

イヴは車に乗り込んでドアを閉め、汗ばんだ手でキーに触れた。車は動き始め、イヴは砂利の上へと進んだ——密生した、ベリーの木だとイヴの思った低木、ライラックの老木、そして雑草に囲まれた空き地だ。ところどころで茂みをぺちゃんこにして、古いタイヤや瓶や缶が堆積していた。家のなかにあれだけ残っていることを考えるとあの家から投げ捨てられたとは考え難かったが、どうやらそうらしかった。そして車を方向転換させているときに、茂みがぺちゃんこになっているおかげで塀の一部が覗いていて、塀にはまだ漆喰がちょっとこびりついているのがイヴの目に映った。

そこにガラス片が埋め込まれて輝いているのが見えるように思った。

速度を落として見たりはしなかった。フィリップが気づいていませんようにとイヴは願った――フィリップは止まってほしがるかもしれない。イヴは車を小道へ向け、家へ上る土の階段を通り過ぎた。あの小柄な男がそこに立って両腕を振り、トリクシーは尻尾を振りながら、おどおどした従順な様子をすっかりかなぐり捨てて、別れの吠え声を上げながら小道の途中まで車を追ってきた。追跡はほんの形だけのものだった。本当にそうしたかったら、犬は車に追いついていたことだろう。車輪の跡に遭遇したとたん、イヴは速度を落とさなくてはならなかったのだ。

イヴがうんとゆっくり車を走らせていたので、車の助手席側の丈の高い草むらから立ち上がった人影は、ドアを開けて――イヴはロックしようとは思わなかった――飛び乗ってくることができた、簡単なことだった。

それはテーブルに座っていたブロンドの男、イヴが顔を見ずじまいの男だった。

「怖がらないで。みんな怖がらないで。あんたたちに乗せてもらえないかなって思っただけなんだ、いい？」

それは男でも男の子でもなかった。女の子だった。今は汚れたアンダーシャツみたいなものを着ている女の子だ。

イヴは答えた。「いいわ」イヴはなんとか車が道からそれないように保つことができた。

「あの家であんたに頼むわけにはいかなかったからね」と女の子は言った。「バスルームへ行って、窓から抜け出して、そしてここまで走ってきたんだ。あいつらたぶん、あたしがいなくなったことにまだ気づいてもいないよ。あいつら酔っ払ってるんだ」女の子は自分にはあまりに大きすぎるアンダーシャツを鷲摑みにすると、においを嗅いだ。「臭いなあ」と彼女は言った。「このハロルドのシャツをひっつかんできたんだ、バスルームにあったんでね。臭い」

イヴは車輪の跡を、暗い小道を後にして、一般道路に出た。「やれやれ、あそこから出られてよかった」と女の子は言った。「自分がどういうことに首を突っ込もうとしてるのか、ぜんぜんわかってなかったんだ。どうやってあそこへ来たのかさえわかんないの、夜だったからね。あたしのいる場所じゃなかったんだ。あたしの言ってること、わかる？」

「確かにあの人たち、ずいぶん酔っ払ってるみたいだったわね」とイヴは言った。

「うん。あのさ。怖がらせちゃったんなら、ごめんね」

「いいのよ」

「飛び乗らなかったら、あたしのために止まってはくれないだろうと思ったんだ。止まってくれた？」

「さあ」とイヴは答えた。「あなたが女の子だってことがわかったら、止まってたんじゃないかと思うわ。さっきはあなたのことちゃんと見ていなかったの」

「うん。今はあたし、ぱっとしないからね。今はクソみたく見える。パーティーで騒ぐのが好きじゃないって言ってるんじゃないよ。パーティーで騒ぐのは好き。だけど、あっちでもパーティー、こっちでもパーティーじゃね、あたしの言ってること、わかる？」

女の子は座席で振り向くと、イヴをひたと見据えたので、イヴは一瞬道路から目を離して見返さないわけにはいかなかった。そしてわかったのは、この女の子が話しぶりでわかるよりかなりひどく酔っ払っているということだった。暗褐色の目はどんよりしているものの、やっとのことでまん丸に、大きく見開かれ、酔っぱらいの目に浮かぶあの、懇願しているようでいてよそよそしい表情が、なにがなんでも相手を騙してやるぞというような表情が現れている。肌はしみになっているところもあれば青白いところもあり、顔全体はバカ飲みしたせいでくしゃっとしている。彼女は生まれながらのブルネットで——金色のツンツンヘアは、根元がわざとらしく挑発的に黒かった——今の薄汚さを無視すれば、なんだってまたハロルドやハロルドの仲間と関わりあうようになったのだろうと思いたくなるほどには、可愛らしかった。暮らし方と昨今の流行のせいで本来の体重より十五ポンドか二十ポンド少なくなっているに違いない——だが、彼女は背が高くもなければそこまでボーイッシュでもなかった。本当なら抱きしめたくなるようなぽっちゃりした女の子になるところなのだ、愛らしいお団子ちゃんに。

「あんなふうにあんたたちをあそこへ連れてくるなんて、ハーブはどうかしてるよ」と彼女は言った。「頭のネジがゆるんでるんだ、ハーブはさ」

イヴは答えた。「そうだろうなと思ってた」

「あいつがあそこで何やってんのか知らないけど、きっとハロルドのために働いてるんじゃないかな。ハロルドは、あいつをあんまりいい扱いしてるようにも思えないんだけどね」

イヴは自分が同性に性的に惹かれるなどと思ったことはなかった。そしてこの汚れてくしゃくしゃの女の子が誰かの気持ちを惹きつけることなどありそうもないように思えた。だがおそらく女の子はそうとは思っていなかったのだろう——きっと自分が人を惹きつけるのに慣れっこになっていたに違いない。いずれにせよ、彼女は手をイヴのむき出しの腿に置き、ショートパンツのへムをちょっと越えたあたりまで滑らせた。酔っぱらってはいるものの、慣れた手つきだった。指を広げて、のっけから肉を鷲摑みにしたりしたらやりすぎだったことだろう。手馴れた、無意識に期待を込めた動き、けれども、本物の、強い、身悶えするような、親しみのこもった欲情は一切なく、手が腿まで届かずに車のシートを撫でていたということもじゅうぶんあり得たように、イヴには思えた。

「あたしは心配ないよ」と女の子は言い、その口調も彼女の手と同じく、自分とイヴとを親密さの新たな段階に置こうと奮闘していた。「あたしの言ってること、わかるでしょ？　あたしのこと、わかってくれるよね。ねえ？」

「もちろんよ」イヴは元気よく答え、すると手は引っ込んだ。あの陳腐な娼婦のサービスは終わったのだ。だが、役に立たなかったわけではなかった――まんざら。露骨で、おざなりではあったが、どこかの古いワイヤーをぴくぴく動かすにはじゅうぶんだった。

そして、そんなことが多少なりとも効果的であるという事実はイヴの心を不安でいっぱいにし、彼女の人生におけるこれまでのあらゆる乱暴で衝動的な、そしてまたあらゆる希望に満ちて真剣な、おおむね後悔はしていない情事に影を投げかけた。本物の燃え上がるような羞恥心、罪の意識ではない――ただの汚らしい影だ。こんなことでもっときれいな過去、もっと汚れのない経歴を切望しはじめたりしたら、とんだお笑い種だ。

だが、やっぱりお笑い種なのかもしれない、そしていつも、イヴは愛に焦がれていたのだ。

イヴは訊ねた。「どこへ行きたいの？」

女の子はぐいと体を後ろへ引き、道路のほうを向いた。彼女は問い返した。「どこ行くのさ？　ここらへんに住んでんの？」あの誘惑するようなちょっと不明瞭な口調は、意地の悪い居丈高なものへと変わっていた。きっとセックスのあともこんなふうに変わるのだろう。

「村を通っているバスがあるわ」とイヴは言った。「ガソリンスタンドのところで停るの。停留所の表示があったわ」

「うん、だけど、ひとつ問題があってね」と女の子は答えた。「金持ってないんだ。ほら、大慌てであそこから出てきたから、自分の金を取ってこなかったんだよ。だからさ、金持たずにバスに乗ったってしょうがないだろ?」

脅しを受け入れてはならない。お金がないなら、ヒッチハイクすればいいと言ってやるのだ。まさかジーンズに銃を入れてはいないだろう。銃を持っているかもしれないと思わせるような物言いをしようとしているだけだ。

だけど、ナイフなら?

女の子は初めて後部座席のほうを覗き込んだ。

「あんたたち、そこでだいじょうぶ?」と彼女は問いかけた。

返事はない。

「かわいい子たちだね」と彼女は言った。「人見知りすんの?」

セックスのことを考えるだなんて、イヴはなんと愚かだったのだろう、現実は、危険は、ほかのところにあるのに。

イヴのバッグは車の床の上、女の子の足先にあった。なかにどのくらいの金が入っているのかはわからなかった。六、七十ドル。せいぜいそんなものだ。切符の金を提供すると言えば、女の子は高額な行き先を告げるだろう。モントリオール。あるいはすくなくとも、トロント。「そこに入ってるだけ持って行きなさい」と言ったりすれば、女の子は降伏したと思うだろう。イヴの怯えを察して、さらにつけ入ろうとするかもしれない。彼女にできる最善の策は? 車を奪う? もしこの子がイヴと子供たちを道端に置き去りにしたら、たちまち警察に追われるだろう。どこかの茂みに死体にして置き去りにしたら、より遠くまで行けるかもしれない。あるいは、必要なあいだイヴと子供たちを連れて行ったら、イヴの脇腹か子供の喉にナイフを突きつけて。

　そんなことだって起こるのだ。だが、テレビや映画のなかでほどしょっちゅうではない。そんなことはそうしょっちゅうは起きない。

　イヴは田舎道に入ったが、そこはかなり交通量が多かった。だからといって、どうして気が楽になるのだ？　安全なんて幻想だ。昼日中の交通量の幹線道路を走っていたって、自分や子供たちを死に至らしめることもあるのだから。

　女の子が訊ねた。「この道、どこへ行くの？」

「幹線道路のほうへ行くのよ」

「そっちへ行こう」

「そっちへ向かっているところよ」とイヴは答えた。

「その幹線道路はどっちのほうへ行くの？」

「北ならオーウェンサウンドか、船に乗れるトバモリーまで。南なら——さあ。でも、べつの幹線道路と繋がっていて、サーニアへ行けるわ。でなきゃロンドンへ。それともデトロイトとかトロント、そのままどんどん行けばね」

　幹線道路に着くまでは、それ以上言葉は交わされなかった。イヴは幹線道路に入ってから言った。

「ここがそうよ」

「今はどっちへ行ってるの？」

「北へ向かってるわ」とイヴは答えた。

「じゃあ、そっちのほうに住んでんの？」

「村へ行くのよ。スタンドでガソリンを入れるの」

「ガソリンは入ってるじゃない」と女の子は言った。「半分以上入ってるよ」

馬鹿だった。イヴは食料品店と言うべきだった。

女の子は隣で、心を決めたことを示す長い呻きを発した。もしかしたら断念を示していたのかもしれない。

「あのさ」と女の子は言った。「あのさ。ヒッチハイクするなら、ここで降りたほうがいいかも。ここならいちばん楽に車が拾えるからね」

イヴは砂利の上に車を寄せた。安堵感が恥ずかしさのようなものへと変わった。この子が金をぜんぜん持たずに逃げ出したというのはたぶん本当なのだろう、一銭も持っていないというのは。酔っ払って、よれよれで、一銭もなしで道路端にいるというのは、どんな感じなのだろう？

「どっちの方へ向かってるって言ったっけ？」

「北よ」イヴはもう一度教えた。

「サーニアはどっちだって言った？」

「南。道路を横切れば、車はどれも南へ向かってるわ。車に気をつけてね」

「うん」と女の子は答えた。その声はすでによそよそしかった。新しいチャンスをあれこれ考えているのだ。半分車から降りながら、彼女は言った。「またね」それから後部座席に向かって「あんたたち、またね。いい子にしてな」

「待って」とイヴは言った。身を乗り出してバッグのなかの財布を探り当て、二十ドル札を取り出した。イヴは車を降りて、女の子が待っているほうへ回った。「ほら」とイヴは声をかけた。「役に立つでしょ」

「うん。ありがと」女の子はそう言って、目は道路に向けたまま札をポケットに突っ込んだ。

「あのねえ」とイヴは言った。「もしかして困ったときのために、うちの場所を教えておくわ。村から二マイルほど北へ行ったところで、村はここから北へ半マイルほどなの。北よ。こっち。今はわたしの家族がいるけれど、夕方にはいなくなるわ、もし気がねならね。郵便箱にはフォードって名前が書いてある。わたしの名前じゃないの、どうしてそんな名前が書いてあるのかわからないんだけど。野原の真ん中に一軒だけ建ってるの。玄関の一方の側に普通の窓がひとつあって、もう一方にヘンテコな小さな窓があるわ。そこがバスルームになっているのよ」

「うん」と女の子は言った。

「ちょっと思ったものだから、もしも車に乗せてもらえなくて――」

「わかった」と女の子は言った。「うん」

また車を走らせ始めると、フィリップが言った。「うへぇ。あの人、ゲロみたいなにおいだった」

もうちょっと進んだところで、フィリップは言った。「あの人、方角が知りたければ太陽を見ればいいってことさえ知らなかったね。馬鹿だよね。そうでしょ？」

「そうかもしれないわねえ」とイヴは答えた。

「うへぇ。あんな馬鹿な人初めて見たよ」

村を抜けるときに、停まってアイスクリームを食べたいとフィリップはせがんだ。イヴは駄目だと答えた。

「うんとたくさんの人がアイスクリームを食べに来てるから、車を停める場所を見つけるのが大変なの」とイヴは説明した。「アイスクリームはおうちにどっさりあるわ」

「『おうち』って言ったら駄目だよ」とフィリップは言った。「僕たちあそこに泊まってるだけなんだから。『あの家』って言わなきゃ」

幹線道路の東側の畑では巨大な干し草の筒が端を太陽のほうに向けていて、きっちり巻かれたそれらはまるで楯かゴングか金属製のアステカの顔のように見えた。その向こうには、淡く落ち着いた金色の尻尾というか羽毛の並ぶ畑があった。

「あれはオオムギっていうのよ、あの金色の、上に尻尾がついているのはね」イヴはフィリップに言った。

フィリップは「知ってるよ」と答えた。

「あの尻尾は顎ひげって呼ばれることもあるの」イヴは暗唱を始めた。「『だが刈り手らが、早朝にムギを刈り、顎ひげの伸びたオオムギのうちに――』」（アルフレッド・テニソン『シャロットの姫』）

デイジーが訊ねた。「『オオモギ』ってどういうこと？」

フィリップが「オオ－ムギだよ」と答えた。

「『刈り手らのみが、朝早くムギを刈り』」とイヴは口にした。「『刈り手らのほかは、朝早くムギを刈り――』「ほかは《セイヴ》」というのがいちばん響きがよかった。

刈り手らのほかは《セイヴ・ザ・リーパーズ》。

ソフィーとイアンは道端の屋台でトウモロコシを買ってきていた。夕食用だ。計画は変更されていた——朝まで出発しないことになったのだ。それに二人はジンを一瓶とトニックとライムも買っていた。イアンは飲み物を作り、イヴとソフィーは座ってコーンの皮を剝いた。イヴは言った。

「二ダースだなんて。どうかしてるわ」

「まあ見ててちょうだい」とソフィーは答えた。「イアンはトウモロコシが大好物なの」

イアンはお辞儀してイヴに飲み物を差し出し、味見してみたイヴは、「最高に美味しいわ」と言った。

イアンはイヴの記憶にある姿というか、思い描いていた姿とはあまり似ていなかった。彼は背の高いゲルマン人風の面白みのない男ではなかった。ほっそりした金髪の男で、中背、身が軽くて気さくだった。ソフィーは会話も行動もすべてが、ここにやってきて以来の印象よりも自信ありげなところが少なくなり、ためらいがちになっていた。だが、いっそう幸せそうでもあった。

イヴは自分の物語を語った。浜のチェッカー盤から始めて、なくなってしまったホテルのこと、田舎へのドライヴのことを。母親の、都会のレディー然とした服装、透けるような生地のドレスとお揃いのスリップの話は含まれていたが、若かったイヴの嫌悪感は抜きだった。それから、皆で見に行ったもののこと——矮性種の果樹園や、棚に並んだ古い人形、色ガラスでできている素晴らしい絵。

「ちょっと似てたかしらね、ほらシャガールに?」とイヴは言った。

イアンが答えた。「はい。僕たち都市地理学者でさえ、シャガールは知ってます」

イヴは「あーら、ごめんなさい」と応じ、二人とも笑った。

さて今度は、門柱と、急に蘇った記憶と、暗い小道に廃墟になった納屋に錆びた機械類、ゴミ屋敷の話だ。

「家の持ち主はそこで友だちとトランプをしていたの」とイヴは話した。「彼は絵については何も知らなくてね。知らないんだか、関心がないんだか。それになんと言ったって、わたしがそこへ行ったのは六十年近く前になるのよ——考えてもみて」

ソフィーが言った。「あらあ、母さん。残念だったわねえ」イアンとイヴが申し分なく仲良くやっているのを見て、ソフィーは安堵で輝いていた。

「そもそもそこが正しい場所だったっていうのは確かなの？」とソフィーは訊ねた。

「もしかしたら違うかも」とイヴは答えた。「違うかもしれないわ」

茂みの向こうに見えた壁の一部のことは言うつもりはなかった。わざわざ言う必要ないじゃないか、ほかにもたくさん、口にしないほうがいいと思えることがあるのに？　まずはあの、フィリップにやらせて刺激しすぎてしまったゲームのこと。それにハロルドと仲間たちに関するほぼすべてのこと。車に飛び乗ってきたあの女の子に関するすべての、ひとつ残らずすべてのこと。

品位と楽観性を漂わせている人というのがいる、その人がいるとどんな環境も浄化されてしまうように思える人が。そしてそういう人にはとてもあれこれ話せないのだ、それはあまりに破壊的なことだから。イアンもそういう人だとイヴには感じられた、目下のところ彼は愛想がいいが。そしてソフィーは、彼を見つけた自分の幸運に感謝しているように思えた。そういった種類の保護を求めるのは、かつては年配者だったが、今ではますます若い人たちになってきているようで、イヴのような人間は、あいだにいる自分がどれほどお手上げ状態か表に出さないよう努めなければならない。見苦しくのたうちまわってでもいるように、とんでもない間違いのように見られがちな自分の人生全体を。

あの家はひどいにおいがしたとか、家の主人とその友だちは皆酔っ払ってむさくるしく見えたというのは構わないが、ハロルドは裸だったとは言えないし、彼女自身が怖気づいていたというのはぜったい駄目だ。それに、何に対して怖気づいていたかもぜったいに言えない。

フィリップはトウモロコシの皮を集めて外へ持って行って畑の端に捨てる役目だった。ときおりデイジーが自分もいくつか拾っては、持って出て家のまわりに撒いた。フィリップはイヴの話に何も付け加えたりせず、話したいという気もなさそうだった。だが、いったんあの話が語られて、イアンが(この地元のエピソードを自分の専門の学問につなげようとしたがって)以前の村や田舎の生活のパターンの崩壊について、アグリビジネスと呼ばれるものの広がりについて何か知らないかとイヴに訊ねていると、大人たちの足元でかがみこんだり這い回ったりする仕事から、フィリップはつと目を上げたのだ。彼はイヴを見つめた。平板な表情、一瞬の、共犯者の無表情、埋もれた微笑み、それは認めてもらいたそうにする暇もなく消えてしまった。

これはどういうことなのだろう? ただ単にこの子が、内緒で記憶しておくという密やかな作業を始めたというだけのことだ。どれをどう保存しておくか、未知の将来においてそういうことが自分にとってどんな意味を持つようになるのか、自分ひとりで決めながら。

あの女の子がイヴを探し求めてやってきても、みんなまだここにいるだろう。そしてイヴの慎重さは無駄だったことになる。

あの女の子は来ないだろう。幹線道路の端に十分も立たないうちに、もっとずっと良いものを提供されていることだろう。たぶんもっと危険だろうが、もっと面白い、おそらくはもっと利益になるようなものを提供されているだろう。

あの女の子は来ないだろう。同じ年格好の、家のない、冷酷なろくでなしと出くわさない限り(あたしたちが寝泊りできる場所があるよ、あのバアさんを始末しちゃえばね)。

今夜は違うが、明日の夜になったら、イヴはがらんとした、周囲の板壁が紙のようなこの家で横になって、結果から解き放たれ、今はもう成長を止めているのかもしれないが日没後には相変わらず生気に満ちた物音を立てる、どこまでも続く丈の高いトウモロコシのカサカサいう音だけを頭に響かせながら、なんとか自分を明るく輝かせようとしていることだろう。

子供たちは渡さない

The Children Stay

三十年まえのこと、ある一家がバンクーバーアイランドの東岸でいっしょに休暇を過ごしていた。若い父親と母親と幼い二人の娘、それに年輩の夫婦、夫の両親だ。

なんと完璧な天気。毎朝、毎朝こんな調子なのだ。まずは清々しい陽光が高い枝のあいだから降り注ぎ、ジョージア海峡の静かな水面を覆う霧を焼き尽くす。潮が引くと、湿ってはいるものの、乾く直前のコンクリートのように歩きやすい、何もない広大な砂浜がひろがる。実際には、潮が引く距離は短くなっていて、砂のパヴィリオンは毎朝縮んでいるのだが、それでもまだじゅうぶん広々として見える。潮の干満の変化は祖父にとっては大いに興味あることだが、他の皆にとってはそれほどでもない。

若い母親であるポーリーンは、浜はあまり好きではなく、コテージの裏を走る道路のほうが好きだ。その道を一マイルかそこら北へ行くと海へ流れ込む小さな川の土手に突き当たる。

潮の干満がなかったら、これが海だということを忘れないでいるのは難しいだろう。水面の向こうには本土の山々が見える。北アメリカ大陸の西壁にあたる山脈だ。今や霧のなかからくっきりと現れたその尾根や山頂が、そこここで木々のあいだから、道路で娘の乳母車を押すポーリーンの目に映るのだが、その山々にも祖父は興味がある。それにその息子の、ポーリーンの夫であるブライアンも。二人は絶えずどれが何なのか判定しようとする。その輪郭のどれが大陸の山々で、どれが岸の正面に位置する島々の、驚くほど高い隆起なのだろうか？　連なりはひどく複雑で、日中の光の変化によって距離感が変わる部分もあるので、選別は難しい。

だが地図がある。コテージと浜の中間に、ガラスで覆われて設置されている。そこに立って地図を見て、それから目の前の景色を見て、また地図に視線を戻していると、しまいに区別がつくようになる。祖父とブライアンはこれを毎日やっては、たいてい口論となる——地図がすぐそこにあるのだから、意見の不一致が起こる余地はあまりなさそうなものなのだが。ブライアンは地図を正確ではないと見なすことにしてしまう。だが彼の父親は、この場所のいかなる点についても批判の言葉を受け付けようとしない、休暇を過ごすのにここを選んだのは父親なのだ。地図は、宿泊場所や天候と同じく、完璧なのである。

ブライアンの母親は地図を見ようとはしない。頭がごちゃごちゃになると言うのだ。男たちは笑い、母親の頭がごちゃごちゃになるのは仕方のないことだと受け入れる。これは彼女が女だからだと彼女の夫は思っている。これは彼女が自分の母親だからだと、ブライアンは思っている。彼女の関心事は常に、誰かがもう腹を空かせてやしないか、喉を渇かせているんじゃないか、とか、孫たちが日よけ帽をかぶっているだろうか、肌を保護するローションをすり込んでいるだろうか、といったことなのだ。それに、ケイトリンの腕の、蚊に刺されたようには見えない奇妙な虫刺されは何なのだろう？　彼女は夫にだらんとしたコットンの帽子をかぶらせていて、ブライアンもかぶるべきだと思っている——子供の頃、オカナガンへ行ったあの夏、息子が日に当たってひどく気分が悪くなったことを当人に思い出させる。ブライアンは母親に「やめろよ、母さん」と言うこともある。その口調はだいたいにおいて愛情のこもったものなのだが、父親は息子に、近頃じゃ母親にそういう口のきき方をしても構わないと思っているのか、と問いただすかもしれない。

「母さんは気にしてないよ」とブライアンは答える。

「どうしてわかるんだ?」と父親は訊ねる。

「もう、頼むから」と母親は言う。


ポーリーンは毎朝目が覚めるやベッドから抜け出す、ブライアンの、眠たげに探り求めてくる長い腕や足から抜け出すのだ。彼女を目覚めさせるのは、子供部屋にいる赤ん坊マーラがその朝さいしょに発するきいきい声やつぶやきだ。ついでマーラ——今では十六ヶ月になり、赤ちゃん期を終えようとしている——が体を起こして柵に摑まって立つときの、ベビーベッドの軋む音。穏やかに愛想よくおしゃべりを続けるマーラをポーリーンは抱き上げ——五歳近くになるケイトリンはそばのベッドでもぞもぞするが目は覚まさない——そしてそのまま床の上でおむつを換えるためにキッチンへ連れて行く。それからマーラにビスケットとりんごジュースの瓶を持たせてベビーカーに乗せ、一方ポーリーンはサンドレスを着てサンダルを履き、バスルームへ行って髪を梳かす——これすべて、なるべく静かに手早く。二人はコテージを出る。ほかの数軒のコテージを通り過ぎ、まだ大半は明け方の深い影に沈んでいる、モミとヒマラヤスギのトンネルを抜ける舗装していないでこぼこ道を目指す。

祖父もまた早起きで、彼のコテージのポーチから二人を眺めていて、ポーリーンにもその姿が目に入る。だが手を振ればいいだけだ。彼とポーリーンは互いにあまり話題がない（ブライアンがいつまでもだらだらふざけていたり、祖母が遠慮がちにではあるがしつこく何か騒ぎ立てている最中に、二人が親近感を抱くことはあるのだが、他の者たちの面目を失わせることになる冷え冷えした気分が表情に出てしまうといけないので、互いに顔を見合わせないようにしようという認識がある）。

この休暇中、ポーリーンはなんとかひとりになれる時間を確保している――マーラといっしょでも、ひとりでいるのとほとんど同じことだ。早朝の散歩、おむつを洗濯して干す昼近くの時間帯。午後にももう一時間かそこら、マーラが昼寝しているあいだひとりになることができた。ところが、ブライアンが浜に日除けを作ってしまい、毎日ベビーサークルを運んでいくので、マーラはそこで昼寝できるようになり、ポーリーンは席を外す必要がなくなってしまった。いつもこっそり抜け出していたら、両親が気を悪くするかもしれないとブライアンは言うのだ。とはいえ彼は、この九月に地元ヴィクトリアで出演予定の芝居のセリフを練習する時間が彼女には絶対必要だということには同意している。

ポーリーンは女優ではない。これはアマチュア芝居なのだが、ポーリーンはアマチュア女優でさえない。オーディションを受けたりしたのではなく、たまたまその芝居をすでに読んでいたのだ。ジャン・アヌイの『ユリディス』だ。もっとも、ポーリーンはあらゆるものを読んでいるのだが。

彼女は六月に、バーベキューで出会った男からこの芝居に出てみないかと誘われた。バーベキューに集っていた人々は大半が教師とその妻や夫だった――ブライアンが教えている中等学校の校長の家で催されたのだ。フランス語を教えている女性は寡婦だった——彼女は、夏のあいだ母親である自分のもとにいて、中心街のホテルの夜間フロント係をして働くという成人した息子を連れてきていた。彼女は皆に、息子はワシントン州西部の大学で教える仕事が決まっていて、秋にはそちらへ行くのだと触れ回っていた。

ジェフリー・トゥームというのが息子の名前だった。「Bはなし（墓《トゥーム》と同じ発音なので）」と彼は、このジョークは気が抜けていて嫌になるといわんばかりの口調で説明した。母親とは別の姓だった。母親は二度夫に先立たれていたからで、彼はさいしょの夫の息子だった。仕事については、彼は「続けられる保証はないんです、一年契約なんで」と話した。

何を教えるんですか？

「えーんげきー」彼は嘲るようにその言葉を引き伸ばして答えた。

現在の仕事についても同様に軽蔑するように話した。

「かなりひどいところで」と彼は言った。「たぶんお聞きになってるんじゃないですか——まえの冬にそこで娼婦が殺されたんですよ。それに、チェックインして薬物過剰摂取で死んだり、自殺したりするお決まりの駄目人間もいますしね」

こういう話しぶりをどう判断すればいいのかよくわからず、皆彼から離れていった。ポーリーン以外は。

「芝居を上演しようかと思ってるんだ」と彼は言った。「出てみない？」『ユリディス』という芝居を聞いたことがあるかと彼は訊ねた。

ポーリーンが「アヌイの？」と問い返すと、彼はお世辞抜きで驚いた。すぐさま彼は、うまくいくかどうかわからないのだと語った。「このノエル・カワードの土地で、なにか違ったものがやれたら面白いかもしれないと思ってね」

ヴィクトリアでノエル・カワードの芝居が上演されたのがいつだったのかポーリーンには覚えがなかったものの、いくつかあったはずだと思った。「わたしたち、去年の冬に大学で『マルフィ公爵夫人』を観たわ。それに小劇場で『リサウンディング・ティンクル』(N・F・シンプソン作)をやっていたけれど、それは観なかったの」

「へえ。あの」彼は赤くなった。ポーリーンは彼のことを自分より年上だと、すくなくともブライアン(三十だが、その年齢の振る舞い方ではないとよく言われる)と同い年くらいだろうと思っていたのだが、彼が決してちゃんと目を合わせようとはしないで、こうしたぶっきらぼうでそっけない口調で話し始めたとたん、本人がそう見せようとしているより若いのではないかと気づいた。今や顔を赤らめたことで、そうに違いないと彼女は確信した。

じつのところ、彼はポーリーンよりひとつ年下だった。二十五だ。

ユリディスにはなれないとポーリーンは言った。演技はできないと。ところが何を話しているのかとやってきたブライアンが、すぐさま、やってみなくちゃいけないと言ったのだ。

「彼女はただ、尻を蹴ってもらうのを必要としているだけなんだ」とブライアンはジェフリーに言った。「小さなラバみたいなもんでね、始めさせるのが大変なんだよ。いや、冗談抜きで、彼女、あまりに控えめすぎるんだ、僕はいつもそう言ってるんだけどさ。彼女、すごく頭が切れるんだよ。実際、僕よりずっと頭が切れるんだ」

それを聞いて、ジェフリーはまっすぐポーリーンの目を見つめた——無作法な、探るような眼差しで——そして今回赤くなったのは彼女のほうだった。

彼はすぐさまポーリーンを自分のユリディスに決めたが、それは彼女の容姿ゆえだった。といっても、彼女が美人だからというのではなかった。「僕はぜったいあの役にきれいな女の子を持ってきたりしない」と彼は言った。「どんな役であれ、きれいな女の子を舞台に上げたことはこれまでないんじゃないかな。それだとあんまりだからね。注意をそらすことになってしまう」

じゃあ、彼女の容姿云々はどういうこと？　ポーリーンの髪なのだと彼は説明した、長くて黒っぽくてちょっともじゃもじゃしている（当時の流行ではなかった）、それに青白い肌（「この夏は日に当たらないようにしてね」）、そして何よりも彼女の眉。

「わたしは好きだと思ったことないんだけど」とポーリーンは、それほど本気ではない口調で言った。彼女の眉は水平で、黒くて、ふさふさしていた。顔で圧倒的な存在感を誇っていた。彼女の髪と同様、流行のスタイルではなかった。だがもし彼女が本当にいやなら、抜いているはずではないか？

ジェフリーは彼女の言うことを聞いていなかったようだ。「その眉のおかげで君は不機嫌に見える、それが不穏な感じなんだ」と彼は言った。「それに、君の顎はちょっとがっしりしていて、なんとなくギリシャ風だし。クローズアップで撮れる映画だとなおさらいいんだけどね。ユリディスを型通りの演出でやるなら、この世のものとは思えない女の子になるんだろうけど。僕はこの世のものとは思えないなんていうのはいやなんだ」

道路でマーラを押して歩きながら、ポーリーンはちゃんとセリフの練習をした。最後の語りに彼女は手こずっていた。ベビーカーをガタガタ押しながら、ひとりで繰り返した。「『あなたったら、ひどい、あのね、あなたはあの天使たちのようにひどいわ。誰もが前へ進むと思っているのね、あなたのように勇ましく輝かしく——ああ、わたしを見ないで、お願いだからねえあなた、わたしを見ないで——たぶんわたしはあなたが望んでいたような人間ではないのよ、でも、わたしはここにいる、そしてわたしの体は温かくて、情が深くて、あなたを愛しているの。わたしにできるありったけの幸せをあなたにあげるわ。わたしを見ないで。見ないで。わたしを生かして』彼女は何かを抜かしてしまった。『たぶんわたしはあなたが望んでいたような人間ではないのよ、でもあなたはここにわたしがいるのを感じているわ、そうじゃない？　わたしの体は温かくて、情が深くて——』」

この芝居は美しいと思うと、彼女はジェフリーに話したのだった。

彼は、「ほんと？」と言った。彼女の言葉は彼を喜ばせもしなければ驚かせもしなかった——彼はその言葉をありきたりだ、余計だ、と感じたらしかった。彼なら決して芝居をそんなふうに表現しないだろう。彼はむしろ乗り越えるべきハードルとして語った。そしてまた、さまざまな敵に投げつける挑戦として。『マルフィ公爵夫人』を上演した大学の鼻クソ野郎ども——彼はそう呼んだ——に対して。それに小劇場の、一般社会の阿呆ども——彼はそう呼んだ——に対して。彼は自分を、そういった連中の軽蔑や反発をものともせず、自分の芝居——彼はそれを自分の芝居と呼んだ——を上演して、連中に全力でぶつかろうとしているアウトサイダーと見なしていた。はじめポーリーンは、きっとこういうことはぜんぶ彼の空想で、そういった人たちは彼のことなど何も知らない可能性が高いと思っていた。それから、偶然だった可能性もあるがそうではなかったのかもしれないようなことが起こった。芝居が上演されることになっていた教会のホールが、修理が必要となって使えなくなった。宣伝用ポスターの印刷代が思いがけず値上げされた。ポーリーンは自分もそういうことを彼のような見方で見ていることに気づいた。彼といっしょに長く過ごすなら、彼のような見方にならざるを得ないのだ――異議を唱えるのは危険だし、消耗させられた。

「くそったれどもめ」ジェフリーは歯を食いしばるようにして言ったが、満足感も混じっていた。

「僕は驚かないね」

稽古はフィスガード通りの古い建物の二階で行われた。皆が集まれるのは日曜の午後だけだったが、平日にも断片的な稽古が行われた。ムッシュー・アンリを演じる退職した水先案内人はどの稽古にも参加できたので、全員のセリフを癪に障るくらい熟知していた。だが美容師――ギルバート&サリヴァンのオペラしか出た経験がなかったのだが、今やユリディスの母親を演じることになっていた――は、日曜以外だと長く店を空けることはできなかった。彼女の愛人役のバスの運転手も毎日の仕事があり、オルフェ役のウエイター(一同のなかで彼だけは本物の俳優になりたいと思っていた)も同様だった。ポーリーンは頼りにならない高校生ベビーシッターに頼らざるを得ないこともあり――夏のさいしょの六週間、ブライアンは夏期講習の授業で忙しかったのだ――ジェフリー自身も毎晩八時にはホテルの職場に着いていなくてはならなかった。だが日曜の午後は皆が集まった。世間の人々がテティス湖で泳いだり、ビーコン・ヒル公園に群がって木々の下を散策したり、カモに餌をやったり、町から車で遠出して太平洋の浜辺へ出かけたりしているあいだ、ジェフリーとその仲間たちはフィスガード通りの天井の高い埃っぽい部屋で汗水垂らしていた。窓はどこかの簡素で威厳のある教会のように上部が丸くなっていて、暑いので、何か見つけられるもの――かつて階下で営まれていた帽子店の一九二〇年代の台帳とか、どうやら置き去りにされたらしく、今では一方の壁際に積まれている絵の作者が額縁を作った木の残りとか――をつっかいにして開けてあった。ガラスは埃まみれだが、外では陽光が、歩道や砂利を敷いた空っぽの駐車場や低いスタッコ壁の建物に反射して、いかにも日曜日らしく輝いていた。こうした中心街の通りを歩く人影はほとんどなかった。ところどころにあるちっぽけな珈琲店かハエの糞だらけのコンビニ以外、開いている店はなかった。

休憩のときにソフトドリンクやコーヒーを買いに行くのはポーリーンだった。芝居や稽古の進み具合についていちばん何も言わないのはポーリーンだった――まえもって読んでいたのは彼女だけだったにもかかわらず――彼女だけが、どんな芝居もしたことがなかったからだ。だから自分が使いをかって出るのが妥当なように彼女には思えたのだ。人気のない通りをちょっと歩くのは楽しかった――自分が都会の人間に、有意義な夢の眩い光のなかで生きる、孤独で超然とした人間になったかのように感じた。家にいるブライアンを思うこともあった。庭仕事をしながら、子供たちに気を配っている。それともことによると子供たちをダラスロードへ――彼女は約束を思い出した――池までボートに乗せに連れて行ったのかもしれない。あの生活は、稽古部屋で進行していること――何時間もの努力、集中、鋭いやり取り、流れる汗と緊張感――と比べるとみすぼらしく退屈に思えた。コーヒーの味さえもが、その焼けつくような苦味や、ほぼ全員が、冷却器に入っているもっとフレッシュな味わいでたぶんもっと健康的な清涼飲料よりもこちらを選んだという事実が、ポーリーンには得心のいくことのように思えた。それに彼女は店のウィンドウの眺めが好きだった。ここは港の近くにあるようなお洒落な通りではなかった――靴や自転車の修理をする店、リンネル製品や布地の安売り店、あまりに長くウィンドウに陳列されているので、新品なのに中古に見える服や家具の店。いくつかのウィンドウでは、古いセロファンのような、しわの寄ったもろそうな金色のビニールシートがガラスの内側に広げられて、商品を太陽から守っていた。こういった商売はすべて、今日一日置き去りにされているだけなのだが、洞窟壁画や砂にうもれた遺跡と同じくらいの時を経ているかのように見えた。

二週間の休暇に出かけなければならないと告げたとき、ジェフリーは愕然とした表情になった。休暇などというものがポーリーンの生活に入り込んでくるとは想像もしなかったとでも言いたげに。それから彼は、これもまた予測しておいてもよかった打撃であるかのような、険しい、そしてちょっと皮肉っぽい顔になった。日曜日に来られないのはたった一回だけ——二週間のまんなかの日曜——だとポーリーンは説明した。彼女は島へはブライアンと車で月曜日に行き、日曜の朝に戻るつもりだったからだ。稽古の時間には間に合うように戻るとポーリーンは約束した。内心では、どうやってそうすればいいのだろうと考えていた——荷造りして出発するには、いつだって思っていたよりもずっと時間がかかる。朝のバスでひとりで帰ってくることは可能だろうかと彼女は考えた。そこまで頼むのは無理かもしれない。ポーリーンはその考えを口に出さなかった。

彼が考えているのが芝居のことだけなのか、ポーリーンは訊けなかった。彼女が稽古を欠席するというだけで、あんな不穏な形相になったのだろうかということは。そのときには、それだけだという可能性が高かった。稽古で彼女に話しかけるとき、何かほかの気持ちで話しかけていると匂わせるようなところは彼には一切なかった。彼の彼女に対する扱いが唯一違う点は、彼女には、彼女の演技には、他の出演者に対するほど期待していないということだったかもしれない。そしてそれは誰にとっても納得できることだったろう。彼女ただひとりが、その容姿によっていきなり選ばれたのだ——ほかの皆は、町のあちこちのカフェや書店に掲示された貼り紙で彼が公示したオーディションにやってきた。彼女に対しては、彼はほかの出演者たちには望まない動きのなさというか、ぎこちなさを望んでいるように思われた。もしかすると、芝居の後半では彼女はすでに死んだ人間ということになっているせいかもしれない。

とはいえ、皆知っている、ほかの出演者は皆、ジェフリーのぶっきらぼうで無愛想でおよそ礼儀にかなっていない態度にもかかわらず、何が起こっているのか知っていると、ポーリーンは思っていた。ひとり残らず散り散りに家へ帰ってしまったあと、彼が部屋を横切って階段のドアの差し錠を掛けるのを、皆知っているのだ（さいしょ、ポーリーンはほかの皆といっしょに帰るふりをし、車にまで乗り込んでその区画を一回りしたのだが、その後、そんなごまかしは侮辱に思えるようになった。彼女とジェフリーにとってというだけではなく、一時的なものではあるが強い芝居の魔力のもとで皆が固く結ばれているのだから決して裏切ったりしないと確信がもてる、ほかの出演者たちに対しても）。

ジェフリーは部屋を横切ってドアの差し錠をかける。毎回、彼がなさねばならない新しい決断のようにこうする。それがすむまで、ポーリーンは彼の顔を見ようとはしない。錠が押し込まれる音、金属と金属がぶつかる不穏な、というか宿命的な音に、彼女は降伏の衝撃を局部的に感じる。だが、彼女は動かない、彼が午後の骨折りの物語をそっくり顔から洗い流して、事務的な表情を、習慣となっている失望の表情を消し去って、彼女がいつも意外に思う活き活きとしたエネルギーに置き換えて戻ってくるのを待つのだ。

「ふむ。そのあんたの芝居はどういうものなのか話してくれよ」とブライアンの父親は言った。

「舞台で服を脱いじまうようなやつなのか？」

「もう、この人をからかうのはおよしなさい」とブライアンの母親が言った。

ブライアンとポーリーンは子供たちをベッドに寝かせて、両親のコテージまで夜の一杯のためにやってきたのだ。背後では、バンクーバーアイランドの森の後ろに日が沈んでいたが、前方の山々は今やすべて鮮明で、くっきりと空に浮き上がり、ピンクの光に輝いている。内陸の高い山のいくつかは、ピンク色の夏の雪を頂いていた。

「誰も服は脱がないよ、父さん」ブライアンはよく響く教室向けの声で言った。「なぜかわかる？さいしょから服なんか着てないからだよ。それが最新のスタイルなんだ。つぎは素っ裸の『ハムレット』を上演する。素っ裸の『ロミオとジュリエット』もね。あのさ、あのバルコニーのシーンで、ロミオが格子をよじ登ってバラの木のところで身動きできなくなるところなんか――」

「ブライアンったら」と彼の母親が言った。

「オルフェとユリディスの物語では、ユリディスは死んでしまっているんです」とポーリーンは説明した。「そしてオルフェは彼女を連れ戻そうと冥界へ行く。彼の願いは聞き入れられるけれど、彼女を振り返らないと約束したら、という条件つき。彼女を振り返ってはならないの。彼女は彼の後ろを歩いていくんだけど――」

「十二歩」とブライアン。「正確にはね」

「ギリシャの物語なんだけど、現代に設定されているんです」とポーリーンは続けた。「ともかくもこの脚本では。おおよそのところ現代に。オルフェはミュージシャンで、父親と旅をして回っていて――二人ともミュージシャンなんです――そしてユリディスは女優なの。フランスの話なんです」

「英語になっているのか？」とブライアンの父親が訊ねた。

「いや」とブライアンが答えた。「でも心配いらないよ、フランス語じゃないから。トランシルバニア語で書かれたんだ」

「なんであれ、わけがわからなくなっちゃう」とブライアンの母親が当惑したように笑いながら言った。「わからなくなるのよ、ブライアンがいると」

「英語ですよ」とポーリーンは告げた。

「で、あんたは、なんて名前だっけ？」

ポーリーンは答えた。「わたしはユリディスです」

「彼はあんたをちゃんと連れ戻すんだね？」

「いいえ」とポーリーンは言った。「彼はわたしを振り向いて、それでわたしは死んだままでいなくちゃならないんです」

「あら、悲しい結末なのね」とブライアンの母親が言った。

「あんたは素晴らしい美人なのか？」ブライアンの父親は疑わしげに問いかけた。「彼は振り返らずにはいられないのか？」

「そうじゃないんです」とポーリーンは答えた。だがこのとき、義父は何かを成し遂げた、本人が意図していたことをやってのけたとポーリーンは感じた。それは、嫁とどんな会話を交わすときでも義父がほとんど常に意図しているのと同じ事柄だった。そしてそれは、義父が彼女に求め、彼女がいやいやながらも辛抱強く行う説明の枠組みを打ち破って、一見無頓着なひと蹴りで瓦礫の山にしてしまうことだった。彼女にとって義父はこういう点で長らく危険な存在で、今夜が特別にそうだというわけではなかった。

しかしブライアンはそれをわかっていなかった。ブライアンはなおもどうやって彼女に助け舟を出したらいいだろうかと考えていた。

「ポーリーンは素晴らしい美人だよ」とブライアンは言った。

「そのとおりだわ」と彼の母親も言った。

「たぶん、美容院にでも行けばな」と彼の父親は言った。だがポーリーンのロングヘアについて義父はうんと以前から異議を唱えているので、一家のジョークになってしまっていた。ポーリーンでさえ笑った。彼女は、「ベランダの屋根を修理してもらうまではそんな余裕ないんです」と言った。するとブライアンはけたたましく笑った。妻がすべてをジョークとして受け取ってくれたのでほっとしたのだ。彼はいつもポーリーンにそうするように言っていた。

「親父を逆にからかってやればいいんだ」と彼は言った。「親父を操縦するには、それしかない」

「うん、まったく、お前がまともな家を買ってればなあ」と彼の父親は言った。だがポーリーンの髪と同様、これまたお馴染みの不満の種だったので、誰もなんとも思わなかった。ブライアンとポーリーンは、古い屋敷が程度の悪いアパートに流用されているヴィクトリアのとある通りの、ろくな修理をしていない立派な家を買ったのだ。家も、通りも、むさ苦しいギャリー・オークの老木も、家に地下室がないことも、すべてがブライアンの父親には強い不快感を抱かせた。ブライアンはいつも父の言うことに同意し、さらに先へ行かせようとした。もし、上から下まで黒い非常階段が交差している隣家を父親が指差して、隣人はどんな人たちなのだと訊ねると、ブライアンはこう答える。「本当に貧しい人たちだよ、父さん。ヤク中なんだ」そして、暖房はどうなっているのか父親が知りたがると、彼はこう答えた。「石炭炉だよ。最近じゃほとんど残っていないから、石炭はすごく安く手に入るんだ。もちろん汚いし、ちょっと臭いけどね」だから、彼の父親が今、まともな家のことを口にしたのは、ある種の友好のメッセージなのかもしれなかった。というか、そう受け取れそうだった。

ブライアンはひとり息子だった。彼は数学の教師だった。彼の父親は土木技師で、建設請負会社の共同所有者だった。息子が技師で自分の会社へ入ってくれたりしていたら、と願っていたのだとしても、一切口に出したことはなかった。ポーリーンはブライアンに、息子夫婦の家や嫁の髪や嫁が読む本に難癖をつけるのはこのもっと大きな失望のカモフラージュなのかもしれないとは思わないのか、と訊ねたことがあるが、ブライアンは、「いや。うちの家族は、文句を言いたいことにだけ文句を言うんだ。僕たちはわかりにくくはないんですよ、奥さん」と答えた。

教師というのはいちばん名誉ある職業のはずなのに、受けるに値する半分の称賛も得ていない、ブライアンはよくまあ毎日毎日やっていられるものだ、などと義母が言うのを聞くと、ポーリーンはやはり疑問を感じた。そして義父は、「そのとおりだ」とか「俺ならぜったいあんなことはやりたくないな、それは確かだ。どれだけ金をもらったっていやだね」などと言ったりするのだ。

「心配ないよ、父さん」とブライアンは応じるのだった。「金はたいしてくれないから」

ブライアンはその日常生活においてジェフリーよりずっと芝居がかった人間だった。彼はジョークやおふざけを次から次へと繰り出し、母親や父親のいるところで彼が常に演じているとポーリーンが思っている役割を拡大して、クラスを支配していた。彼は愚か者を演じ、見せかけの屈辱から立ち直ってみせ、罵り合った。彼は良い動機を持ついじめっ子だった——しつこく陽気で不滅のいじめっ子だった。

「君んちの子は確かにうちで成功しているね」と校長はポーリーンに言った。「彼はただ生き延びただけじゃない、それ自体たいしたことだがね。彼は成功したんだ」

君んちの子。

ブライアンは自分の生徒のことを能なしと呼んだ。その口調には愛情がこもり、運命だと言いたげだった。自分の父親は実利主義者の王様だ、純然たる生まれながらの野蛮人だと言った。そして母親は意気地なしで、気立てがよくて古くさいと。だがそんなふうに軽視しながら、彼らなしではいられなかった。彼は生徒たちをキャンプ旅行に連れて行った。それにこの合同休暇なしの夏を想像できなかった。彼は毎年、ポーリーンが同行を拒むのではないかとひどく恐れた。あるいは、いっしょに行くことに同意はしても、妻がつらい思いをするのではないか、義父の言ったことで感情を害するのではないか、義母と長時間いっしょに過ごさなくてはならないことに文句を言うのではないか、何をするにも自分たちだけではできないので不機嫌になるんじゃないかと。妻は終日自分たちのコテージで、肌を焼くふりをしながら読書することにしてしまうかもしれない。

そういうことすべてが、以前の休暇では起こった。だが今年は、彼女は肩の力が抜けていた。彼は妻にそれがわかると言い、そして感謝していると告げた。

「大変なのはわかっているよ」と彼は言った。「僕はそんなことないけどさ。二人は僕の両親だし、あの二人の言うことをまともに受け取らないのに慣れてるから」

ポーリーンは、物事をあまりにまともに受け取ったがために両親が離婚してしまったような一家の出だった。彼女の母親はもう亡くなっていた。父親及び年の離れた姉二人とは、温かいけれど距離をおいた関係を結んでいた。共通性がまったくないのだとポーリーンは言っていた。そんなことが理由になるなんてブライアンには理解できないのはわかっていた。今年は状況がとてもうまくいっているのを見て夫がどれほどほっとしているか、ポーリーンには見て取れた。夫がこの取り決めを破らないでいるのは怠惰か臆病のせいだと彼女は思っていたのだが、今では、もっとずっと前向きなことなのだとわかっていた。自分の妻と両親と子供たちをこんなふうに結び付けておくことが彼には必要なのだ。両親がいる自分の人生にポーリーンを取り込み、両親には彼女をある程度評価してもらう——もっとも、彼の父親による評価は常に不明瞭なひねくれたもので、母親による評価はあまりに気前よく簡単に出てくるのでたいして意味はなかったが——必要があったのだ。そしてまた、夫はポーリーンを、夫は子供たちを、自分自身の子供時代に結びつけたがっていた——こうした休暇を、好天に恵まれたり恵まれなかったり、車の故障や運転記録、ボートに乗る不安、蜂に刺されたこと、モノポリーマラソンなどということがあった、自分が子供だった頃の休暇に、聞かされるのは死ぬほど退屈だと彼が母親に言うもろもろのことに繋げたがっていた。この夏の写真を撮って、母親のアルバムに、話に出るとさもいやそうな声をあげてみせるほかの写真の続きとして貼り付けたがっていた。

二人で話ができるのは、夜遅くベッドに入ったときだけだった。とはいえ二人はちゃんとその機会に、家で普段しているよりももっと話をした。家ではブライアンはあまりに疲れ果てていて、すぐさま眠ってしまうことが多かった。それに、普段の日の光のもとでは、夫のジョークのせいで話をするのが難しいことが多かった。夫の目（彼の髪や肌の色合いはポーリーン自身とよく似ていた――黒っぽい髪に青白い肌にグレイの目、だが、彼女の目は曇っていたが、彼の目は明るくて、石の上の透き通った水のようだった）がジョークで輝くのがわかるのだ。夫の口元がひきつれるのがわかるのだ、語呂合わせを摑まえよう、あるいは韻を踏んでやろう――会話を馬鹿げたものにしてしまえるならなんでも――とこちらの言葉を漁りながら。背が高くて、しっかり接合されていない感じのする、いまだにティーンエイジャーのように痩せこけた夫の身体全体が、漫画さながらにぴくぴくする。結婚するまえ、ポーリーンにはグレイシーという名前の友だちがいた。やや無愛想な女の子で、男を手玉に取るようなところがあった。ブライアンは彼女のことを、気持ちを引き立ててもらうことを必要としている女の子だと思い、普段よりもいっそう努力した。するとグレイシーはポーリーンに、「よくまああのノンストップ・ショーが我慢できるわねえ」と言った。

「あれは本当のブライアンじゃないの」とポーリーンは答えた。「二人だけになると、違うのよ」だが思い返すと、あれはどれだけ真実だったのだろうかと疑問に思う。結婚しようと心を決めるとそうなるように、自分の選択を弁護しようとあんなふうに答えただけだったのだろうか？

そんなわけで、暗闇での会話には夫の顔が見えないということが影響を及ぼしていた。それと、妻には自分の顔が見えないと夫にもわかっているということが。

ところが、窓の向こうに見慣れない暗闇と静けさが広がっていてさえ、彼はちょっとからかった。ジェフリーのことをムッシュー・ル・ディレクターと呼ばずにはいられず、そうすることであの芝居を、というかあれがフランスの戯曲だという事実を、ちょっと滑稽なものにしてしまった。あるいはもしかすると、槍玉に挙げずにいられなかったのはジェフリー自身、あの芝居に対するジェフリーの真剣さだったのかもしれない。

ポーリーンは気にしなかった。ジェフリーの名前を口にするのは、彼女にとって大きな喜びであり、救いだった。

ポーリーンはジェフリーの名前をほとんど口にしなかった。その喜びを避けた。代わりにほかの皆について話した。美容師や水先案内人やウエイターや以前にラジオ劇に出たことがあると主張する老人。彼はオルフェの父親役を演じるのだが、ジェフリーをいちばん悩ませていた。演技について、おそろしく頑固な自分なりの意見を持っていたからだ。

中年の興行主ムッシュー・デュラックを演じるのは二十四歳の旅行代理店社員だった。そしておそらくユリディス自身と同じくらいの年頃である彼女の元の恋人マティアス役は、靴店の経営者で、既婚で数人の子持ちだった。

なぜムッシュー・ル・ディレクターがこの二つの配役を反対にしなかったのか、ブライアンは知りたがった。

「それが彼のやり方なの」とポーリーンは答えた。「彼がわたしたちのなかに見ているものは、彼にしか見えないの」

たとえば、と彼女は説明した。ウエイターは不器用なオルフェだ。

「彼、たったの十九なのよ、とっても恥ずかしがりで、ジェフリーは彼に対しては根気がいるの。自分のお祖母さんを抱こうとしているみたいな演技じゃいけないって注意するの。どんなふうにしたらいいか彼に教えなくちゃならないの。もうちょっと長いあいだ彼女の体に腕を回しておいて、彼女のここをちょっと撫でるんだ。どんなふうになるんだか、わたしにはわからないけれど――わたしはとにかく、ジェフリーを信頼するしかないのよね、彼には自分が何をやっているのかわかってるんだ、と思うしか」

「『彼女のここをちょっと撫でるんだ』？」とブライアン。「僕も行って、稽古に目を光らせておいたほうがいいのかも」

ジェフリーの言葉を引用し始めると、ポーリーンは子宮のなか、あるいは胃の底でぐらつくものを感じた。動揺は妙な具合に上へのぼっていって声帯にぶつかった。彼女はいかにも真似しているように唸ってみせて（ジェフリーは決してわざとらしく唸ったり怒鳴り散らしたり喚いたりすることはなかったのだが）、この声の震えを隠さなくてはならなかった。

「だけど、彼にはとっても純真なところがあるの」と彼女は急いで言った。「べたべた触りたがるほうじゃなくて。不器用なの」そして彼女はウエイターではなく、芝居のなかのオルフェのことを話し始めた。オルフェには、愛もしくは現実に関して問題がある。オルフェは何事も完璧でなければ我慢できない。彼は普通の生活を離れた愛を望んでいる。彼は完璧なユリディスを望んでいるのだ。

「ユリディスはもっと現実的なの。彼女はマティアスともムッシュー・デュラックとも浮気している。彼女は自分の母親と母親の愛人といっしょにいたの。人間がどういうものか、彼女にはわかってるのね。でも彼女はオルフェを愛しているのよ。ある意味で、彼が彼女を愛しているよりも。彼女のほうがもっと彼を愛しているのは、彼女があんなまぬけじゃないからよ。彼女は彼を人間らしく愛しているの」

「だけど彼女はそういうほかの男たちとも寝てるんだろ」とブライアンは言った。

「あのね、ミスター・デュラックとは仕方がなかったの、手を引くことができなかった。本意ではなかったのよ、でもたぶん、やがては楽しむようになったんでしょうけど。だってね、ある時期からあとは、彼女、楽しまないではいられなかったのよ」

だからオルフェは有責なのだと、ポーリーンはきっぱり言った。オルフェはわざとユリディスを見るのだ、完璧ではない彼女を殺して、縁を切るために。彼のせいで彼女は再度死ななくてはならないのだ。

ブライアンは仰向けになって目を大きく見開き（彼の口調で彼女にはそれがわかった）、問いかけた。「だけど、彼も死ぬんじゃないの？」

「そうよ。彼は死ぬことを選ぶの」

「それなら、二人はいっしょだろ？」

「そうよ。ロミオとジュリエットみたいにね。オルフェはついにユリディスといっしょになったのです。ムッシュー・アンリはそう言うの。それがこのお芝居の最後のセリフなのよ。それで終わるの」ポーリーンは横向きになり、頬をブライアンの肩に当てた――何か始めるためではなく、つぎに言うことを強調しようとして。「ある意味では素晴らしい戯曲よ、だけどべつの意味ではすごく馬鹿げてる。それに本当に『ロミオとジュリエット』みたいってわけじゃないし、めぐり合わせとか周囲の事情が悪いせいじゃないんだもの。わざとそうしたの。二人で生き続ける必要がないようにね。生き続けて、結婚して、子供を持って、古い家を買って修理して、そして――」

「そして浮気する」とブライアンは言った。「結局のところ、連中はフランス人だからね」

それから彼は続けた。「うちの両親みたいになる」

ポーリーンは笑った。「ご両親が浮気する？　目に浮かぶわ」

「ああ、確かに」とブライアンは言った。「僕が言ったのはうちの両親の人生ってことだよ」

「理屈からいえば、自分の両親みたいにならないために自殺するっていうのはわかるな」とブライアンは言った。「誰もそんなことしないとは思うけどね」

「誰もが選択肢を持ってるのよ」ポーリーンは夢見るように言った。「彼女の母親も彼の父親もどちらも見方によれば見下げ果てた人間だけど、オルフェとユリディスは彼らのようになる必要はないの。二人は堕落してないわ。彼女があの男たちと寝たからといって、彼女が堕落しているということにはならない。彼女はそのとき恋してはいなかったんだもの。オルフェに会ってはいなかった。してきたことすべてが彼女にこびりついている、そしてそれは汚らわしい、と彼が彼女に言うところがあるの。彼女が彼についたいろんな嘘。ほかの男たち。そういうのがぜんぶ、永遠に彼女にこびりついているんだって。するともちろん、ムッシュー・アンリがそれに調子を合わせるの。彼はオルフェに、お前も似たりよったりになる、そのうちいつかオルフェがユリディスと通りを歩いていたら、追い払おうとしている犬を連れた男みたいに見えることだろう、って言うの」

ポーリーンが驚いたことに、ブライアンは笑った。

「違うの」と彼女は言った。「バカバカしいのはそこなのよ。そういうことは避けられないわけじゃない。避けられないものじゃぜんぜんないの」

二人は思索を続け、気持ちよく議論し続けた。常にはないことだったが、二人にとってまんざら馴染みがないわけでもなかった。結婚生活のなかでこれまでにもたまにやってきた——夜半まで、神や死への怖れ、子供をどう教育すべきか、金は大事か否かといったことを話すことがあったのだ。しまいに二人とももうくたびれてわけがわからないと認め、友愛に満ちた姿勢に体を落ち着けると眠りに落ちた。

やっと雨が降った。ブライアンと両親は車でキャンベル・リヴァーへ、食料品とジンを仕入れに、それにナナイモからのドライヴで発生した問題を調べてもらうべくブライアンの父親の車を修理屋へ持って行くために、出かけていた。これはほんのちょっとした問題だったが、新車の保証が今なら効くので、ブライアンの父親はできるだけ早く調べてもらいたがった。父親の車を修理屋へ置いてこなければならない場合に備えて、ブライアンも自分の車でいっしょに行く必要があった。ポーリーンは、マーラの昼寝があるから家にいなければならないと言った。

ポーリーンはケイトリンを説き伏せて、いっしょに横にならせた——うんと小さくかけるなら、ベッドへオルゴールを持って入ってもいいと許可したのだ。それからポーリーンはキッチンテーブルに台本を広げ、コーヒーを飲みながら、オルフェがついに、それぞれの孤独のなかに自身の血と酸素を封じ込めて、このままべつべつの皮のなかに、べつべつの外皮のなかにいるのは耐えられない、と言い、ユリディスが彼におだまりなさい、と命じる場面を練習した。

「しゃべらないで。考えないで。ただ手をさまよわせておきなさい、思いどおり好きにさせておいてやりなさい」

あなたの手はわたしの幸せ、とユリディスは言う。それを受け入れて。あなたの幸せを受け入れて。

もちろん彼はできないと答える。

ケイトリンはたびたび何時かと大声で訊ねた。彼女はオルゴールの音量を上げた。ポーリーンは慌てて寝室のドアのところへ飛んで行き、下げなさい、マーラを起こしちゃ駄目、と小声で叱った。

「またさっきみたいに鳴らしたら、取り上げるわよ。わかった？」

だがマーラはすでにベビーベッドのなかでごそごそしていて、それから数分間、妹を完全に目覚めさせようと目論むケイトリンの、低い励ますような話し声が響いてきた。それに音楽も、急に大きくなったかと思うとまた小さくなった。するとマーラが立ち上がろうとしてベビーベッドの柵をがたがた揺する音が、哺乳瓶を床へ投げる音がして、そして鳥が鳴くような声が聞こえ、それは母親が来てくれるまでどんどん心細げになるのだった。

「あたしが起こしたんじゃないわ」とケイトリンが言った。「ひとりでに起きちゃったのよ。もう雨降ってないよ。浜へ行こうよ」

ケイトリンの言うとおりだった。雨は降っていなかった。ポーリーンはマーラのおむつを替え、水着を着てお砂場バケツを見つけてきなさいとケイトリンに言った。彼女は自分も水着を着て、浜にいるあいだにほかの家族が帰ってくるといけないので、その上にショートパンツを穿いた（「お父さんはね、女が水着のままでコテージから外へ出ちゃったりするのが好きじゃないの」ブライアンの母親からそう聞かされたのだ。「お父さんもわたしも、きっと昔人間なのね」）。彼女はいっしょに持っていこうと台本を取り上げ、それからまた置いた。台本に夢中になりすぎて、子供たちからちょっと長く目を離してしまうといったことになるのが怖かったのだ。

ふと浮かんだジェフリーについての思いは、思いなどではぜんぜんなかった——むしろ身体の変化に近かった。こういうことは、浜に座っているとき（茂みの半日陰にいるよう努め、ジェフリーに命じられたとおり青白さを保つようにしながら）や、おむつを絞っているときや、ブライアンといっしょに夫の両親を訪ねているときにも起こることがあった。モノポリーやスクラブルやトランプをやっている最中にも。しゃべったり、聴いたり、働いたり、子供たちを監視したりし続ける一方で、秘密の生活の記憶が光り輝く爆発のように彼女をかき乱す。すると温かいものがずっしり根を下ろし、隙間という隙間に安心感が満ちる。だがそれは続かない、この慰めは漏れ出てしまい、彼女は思いがけない授かり物が消え失せて、そんな幸運には二度と出会えないとわかっている欲深い人間のような気持ちになるのだった。強い思慕の念が彼女を締め付け、日にちを数える苦行へと駆り立てる。ときには日数を細分化して、さらに正確に、何時間過ぎたのか計算してみることさえあった。

何か口実をこしらえてキャンベル・リヴァーへ行ってみようかとも考えた。そうすれば公衆電話ボックスから彼に電話できる。コテージには電話がなかった——唯一の公衆電話はロッジのロビーにあった。だが彼女はジェフリーの働いているホテルの番号を知らなかった。それに、夕方キャンベル・リヴァーへ出かけることはできない。日中家にいるところへ電話をかけたら、母親のフランス語教師が出るかもしれない。母親は、夏はめったに家から外に出ないのだと彼は言っていた。たった一度だけ、母親はフェリーで一日バンクーバーへ出かけた。ジェフリーはポーリーンに来ないかと電話してきた。ブライアンは授業があって、ケイトリンはプレイグループに行っていた。

ポーリーンは答えた。「駄目よ。マーラがいるもの」

ジェフリーは言った。「誰？　ああ。ごめん」それから、「いっしょに連れてくれば？」

駄目だと彼女は答えた。

「どうして？　なにか遊ばせるものを持ってくれば？」

駄目、とポーリーンは答えた。「行けないわ」と彼女は言った。「とにかく行けないの」そんな罪深い遠出に乳児を乗っけたバギーを押していくのはあまりに危険なように彼女には思えた。洗剤も高い棚に上げられていないし、錠剤や咳止めシロップやタバコやボタンといった物が手の届かないところに安全にしまわれているわけではないような家へ。それにたとえ中毒や窒息を免れたとしても、マーラは時限爆弾を抱え込むことになるのではないか——知らない家の記憶、自分はなぜか無視され、閉ざされたドアの向こうからは物音が。

「ちょっとね、君を」とジェフリーは言った。「ちょっとね、君を僕のベッドに寝かせたいって思ってさ」

彼女はまた、弱々しく、「駄目よ」と言った。

彼のこの言葉を、彼女は繰り返し思い出した。君を僕のベッドに寝かせたい。彼の声音には半分冗談のような強引さとともに、決意や現実性も感じられた。あたかも、「僕のベッド」には何かもっと意味が込められているかのように、彼の言うベッドには、もっと大きな、さほど物質的ではない重要性があるかのように。

あんなふうに断ったのは大失敗だったのだろうか？　誰もがポーリーンの実生活と呼ぶであろうものに、彼女がどれほど束縛されているか思い出させてしまった？

浜にはほとんど誰もいなかった——皆今日は雨だと決め込んでしまっていた。砂はケイトリンがお城を作ったり水路を掘ったりするには重くなりすぎていた——どのみちケイトリンはこういうことを父親としかやらなかった、父親は心底興味を持ってくれるが、ポーリーンはそうではないのを察していたからだ。ケイトリンはつまらなそうに水際をちょっとうろついた。たぶん、ほかの子供たちがいなくて寂しかったのだろう、名前を知らない即席の友だちや、ときどき石を投げたり水を蹴散らしたりする敵や、金切り声をあげたり、水しぶきをあげたり、笑い転げたりすることが恋しかったのだろう。ケイトリンよりちょっと大きな男の子が、どうやらたったひとりで、浜からかなり離れた水のなかに膝まで浸かって立っていた。この二人がいっしょに遊んでくれたら申し分なさそうなのだが。浜での遊びがすっかり戻ってくるかもしれない。今ケイトリンが、男の子のほうへ水しぶきをあげながらちょこちょこ水のなかに駆け込んでいこうとしているのか、男の子がケイトリンのことを関心を持って見つめているのかそれとも見下しているのか、ポーリーンには判断できなかった。

マーラには友だちは必要ではなかった、すくなくとも今のところは。マーラはよろよろと水のほうへ行き、足が水に触れるのを感じるや気が変わって立ち止まり、あたりを見回してポーリーンを見つけた。「ポー。ポー」とマーラは、母親を見つけたのが嬉しくて言った。「ポー」というのは「ポーリーン」のことで、「母さん」とか「ママ」の代わりだった。見回したせいでバランスを失い——マーラは半分砂の上、半分水のなかに座り込み、驚きの叫びをあげたがそれは声明に代わり、それから、両手に体重をかけることを含む断固とした不格好な動きによって、ぐらつきながらも勝ち誇ったように立ち上がった。歩き出して半年になるのだが、砂の上ではまだ難しいのだ。マーラは今度はポーリーンのほうへ、自分の言葉でもっともらしく、思いつくまましゃべりながら戻ってきた。

「お砂よ」とポーリーンは塊を持ち上げながら言った。「ほら。マーラ。お砂」

マーラは母親の言葉を訂正し、べつの言葉で呼んだ――それは「どしん」というように聞こえた。分厚いおむつで膨らんだビニールのパンツとタオル地の遊び着のせいでお尻が丸々としていて、それにぽっちゃりした頬や肩と流し目の尊大な表情が合わさって、マーラはいたずらっぽいおばさんのように見えた。

ポーリーンは誰かに名前を呼ばれていることに気づいた。二度三度と呼ばれていたのだが、聞きなれない声だったので、自分が呼ばれているとわからなかったのだ。ポーリーンは立ち上がって手を振った。それはロッジの売店で働いている女の人だった。バルコニーから身を乗り出して、叫んでいる。「ミセス・キーティング。ミセス・キーティング？　お電話ですよ、ミセス・キーティング」

ポーリーンはマーラを腰に抱き上げると、ケイトリンを呼んだ。彼女とあの小さな男の子は今やお互いを意識していた――二人とも海底から石を拾い上げては水のなかに投げ込んでいる。さいしょケイトリンにはポーリーンの声が聞こえなかった、というか、聞こえないふりをした。

「お店よ」ポーリーンは叫んだ。「ケイトリン。お店」ケイトリンがついてくると確信できると――効果があったのは「お店」という、アイスクリームやキャンディーやタバコやソーダ水などを売っているロッジの小さな売店のことを思い出させる言葉だった――ポーリーンは砂浜を横切り始め、砂やシラタマノキの茂みの上手の木の階段を上っていった。途中で立ち止まると「マーラ、あなたは重すぎるわ」と言って、乳児をもう一方の側に抱き直した。ケイトリンは小枝で手すりを叩いた。

「ファッジアイスキャンデー買ってくれる？　お母さん？　買ってくれる？」

「そうねえ」

「お願い、ファッジアイスキャンデー買ってくれる？」

「待って」

公衆電話はロビーの反対側の掲示板の横、食堂のドアの真向かいにあった。雨のため、そこではビンゴゲームが開催されていた。

「あの男の人、まだ切らずに待っててくれてるといいんだけど」売店で働く女の人は大声でそう言った。彼女はもうカウンターの奥へ入っていて、姿は見えなかった。

相変わらずマーラを抱いたまま、ポーリーンはぶら下がっていた受話器を取って息をはずませながら、「もしもし？」と言った。きっとブライアンの声がして、キャンベル・リヴァーでちょっと遅くなってと言われるか、ドラッグストアで買ってくるよう頼まれていたのはなんだったっけと訊かれるとかするのだろうと、彼女は思っていた。頼んだのはひとつだけ――カラミンローション――だったので、夫はメモしなかったのだ。

「ポーリーン」とジェフリーの声がした。「僕だよ」

マーラが降りたがってポーリーンの脇腹でごそごそ身をよじった。ケイトリンがロビーへやってきて、濡れた砂だらけの足あとを残しながら売店へ入っていった。ポーリーンは「ちょっと待って、ちょっと待って」と言った。マーラを滑らせて下ろすと、階段に続くドアを急いで閉める。この場所の名前をジェフリーに教えた覚えはなかった。どこにあるのか大雑把には告げたが。売店の女の人がケイトリンに、親が横についている子供に使うよりもきつい口調で話しかけているのが聞こえた。「蛇口の下で足を洗ってくるのを忘れたの？」

「ここへ来てるんだ」とジェフリーが言った。「君がいないとうまくやっていけなくてさ。ぜんぜん駄目なんだ」

マーラは食堂に向かって突進していた。まるで、ビンゴゲームの「Nの――」という男のコールの声に直接呼び寄せられているかのように。

「ここって。どこ？」ポーリーンは訊ねた。

電話の横の掲示板の貼り紙を彼女は読んだ。

「大人の付き添いのない十四歳以下の方はボートやカヌーには乗れません」

「フィッシングダービー」

「セント・バーソロミュー教会、手作り品バザー」

「あなたの人生はあなたの手のなかに。手相占い及びカード占い。お手頃価格でよく当たる。クレアにお電話を」

「モーテルだ。キャンベル・リヴァーの」

目を開けるまえに、自分がどこにいるかポーリーンにはわかっていた。彼女を驚かせるものは何もなかった。眠りはしたが、それほどぐっすりとではなかったので何も忘れてはいなかった。

彼女は子供たちとロッジの駐車場でブライアンを待っていて、キーを貸してくれと頼んだのだ。夫の両親の前で、キャンベル・リヴァーで買ってこなくてはならない物がほかにあるのだと夫に言ったのだ。いったいなんだい？　と夫は訊ねた。それに、金は持ってるの？

「ちょっとした物よ」と彼女は答えた。そうすれば夫は、タンポンとか避妊具とか、口にしたくない物だと思ってくれるだろうと。「だいじょうぶ」

「わかった、だけどガソリンを入れなきゃならないよ」と彼は言った。

あとになって、ポーリーンは夫と電話で話さなければならなかった。そうしなければならないと、ジェフリーに言われたのだ。

「僕が話しても聴こうとしないだろうからね。きっと僕が君を誘拐したみたいに思われるよ。真に受けてもらえないよ」

だが、その日のさまざまな出来事のなかでもいちばん不思議だったのは、ブライアンが彼女の話をなんとすぐさま真に受けたらしいことだった。ロッジのロビーの、ちょっとまえにポーリーンが佇んでいたところに立って――ビンゴゲームはもう終わっていたが、人が傍を通るのが彼女の耳に聞こえた、食堂で夕食を済ませて出て行く人たちだ――夫は言った。「ああ。ああ。ああ。わかった」と、急いで抑えなければならなかったのであろう、だが運命だと諦めようとしているかのような、必要とするよりもずっと先を見通しているかのような声で言った。

あたかも妻にどういうことが起こりうるか、自分はずっと、ずっと知っていたのだとでも言わんばかりに。

「わかった」と彼は言った。「車はどうする？」

彼はほかにも何か言った、何か無茶なことを。そして電話を切った。それで彼女はキャンベル・リヴァーのガソリン給油ポンプ脇の電話ボックスを出た。

「早かったね」とジェフリーが言った。「君が思っていたより簡単だったじゃないか」

ポーリーンは答えた。「さあねえ」

「彼、無意識のうちにわかっていたのかも。わかるものなんだ」

ポーリーンは首を振って、もう何も言わないでくれと示し、ジェフリーは「ごめん」と謝った。

二人は触れ合うこともなく話もせずに通りを歩いて行った。


モーテルの部屋には電話がなかったので、二人は電話ボックスを探しに外に出なければならなかった。こうして早朝にゆったりと見回してみて――彼女がこの部屋へ来てから初めて、本当にゆったりと自由に――ここにはたいして何もないことをポーリーンは見てとった。安物のドレッサー、ヘッドボードのないベッド、肘掛のない布張り椅子がひとつ、窓には薄板が一枚壊れたベネチアン・ブラインドと、網を模しているらしい、ヘリを縫う必要がなく下は切りっぱなしのオレンジ色のビニールのカーテンがかかっていた。音の大きなエアコンがある――ジェフリーは夜はエアコンを切り、窓は開かなかったので、ドアを、チェーンを掛けて開けておいた。そのドアは今は閉められていた。ジェフリーが夜中に起きて閉めたに違いない。

これが彼女の持っているすべてだった。ブライアンが横になって寝ている、あるいは寝ていないあのコテージとの絆は絶たれた。そしてまたブライアンとの生活の、二人の望む暮らしぶりの表れであったあの家との絆も。彼女はもう家具は一切持っていないのだ。洗濯機や乾燥機やオーク材のテーブルや塗り直した衣装箪笥やフェルメールの絵に出てくるものを模したシャンデリアといった大きな所有物全てとの繋がりを断ち切ってしまったのだ。そして同様に、とりわけ彼女の所有物と言える品々――彼女が蒐集していた型押しガラスのタンブラーやもちろん本物ではないが美しい礼拝用の敷物――との繋がりも。そういった物との繋がりは特に。自分の本までも失ってしまったのかもしれない。自分の服までも。スカートにブラウスにサンダル、キャンベル・リヴァーへ来るのに着てきたこれだけが今や所有物のすべてなのだ。何にせよ自分の所有権を主張しに戻ったりするつもりはなかった。もしブライアンが連絡してきて、いろいろな物をどうしようか訊ねたら、好きにしてくれと言うつもりだった――もしそうしたいなら、ぜんぶゴミ袋に突っ込んでゴミ捨て場に持っていってちょうだい、と(じつのところ、たぶんトランクに荷造りして送ってくれるんじゃないかと彼女は思っていて、じっさい夫はそうしてくれたのだった、冬のコートやブーツだけでなく、結婚式に着けて以来一度も使っていないコルセットといった物まで几帳面に全部詰め、いちばん上には生来のものにせよ打算的なものにせよ自分の寛容さの最後の声明さながらに礼拝用敷物をかけて)。

自分はもう二度と、どんな部屋で暮らすかということもどんな服を身につけるかということも気にしないだろうと彼女は思った。自分が誰か、どういう人間なのか他人に示すためのそういった助けを求めることはないだろう、と。自分自身に示すことさえ必要ないのだ。彼女がやってのけたことでじゅうぶん、それがすべてなのだから。

彼女がやっているのは、これまで彼女が耳にしたり本で読んだりしたことだ。アンナ・カレーニナがやったこと、ボヴァリー夫人がやりたかったことだ。ブライアンの学校の教師が学校の事務員とやったことだ。彼は彼女と駆け落ちした。その行為はそう称された。駆け落ち。いっしょに出て行く。その件は非難がましく、面白おかしく、羨むように語られた。それは一歩踏み込んだ不倫だった。駆け落ちする人間は、ほぼ確実にすでに性的関係を持っている、その一歩を踏み出すほど必死に、あるいは勇敢になるまえに、かなりのあいだ不倫を重ねている。ごくまれに、自分たちの愛は性行為を伴わず、厳密に純粋なものだと主張するカップルがいるかもしれないが、そんなカップルは――たとえ誰かがその言葉を信じたとしても――非常に真面目で高尚だというだけでなく、ほとんどあきれるほど無謀だと、イチかバチかすべてを捨てて貧しい危険な国へ働きにいくような人間とほぼ同類だと思われるのではないか。

他の者たち、密通者たちは、無責任で、未熟で、利己的で、薄情だとさえ見なされる。そしてまた幸運だと。停車した車のなかや草むらや互いの汚された婚姻の床や、たいていはこんなモーテルで彼らが行うセックスは、間違いなく素晴らしいものに決まっているからだ。素晴らしくなかったら、すべてを犠牲にしてまであれほど互いを求めることはないだろうし、ふたりの未来はそれまでのものよりずっと良い、質の違うものなのだとあんなふうに信じることはできないだろう。

質が違う。それこそ今ポーリーンが信じていることに違いない――人生や結婚や人と人との結びつきにはこうした大きな違いがあるのだということを。ほかの人たちにはない何か必然的なもの、運命的なものを持っている人間がいるのだということを。もちろん、一年まえだって同じことを言っていたことだろう。人はそんなことを言う、そう信じているように思える、そして、自分たちの事例はすべて初めての、特別な種類のものなのだと信じているように。そんなことはないし、そういう連中は自分が何をしゃべっているのかわかっていないのだと誰にでも見てとれるというのに。ポーリーンにしたって、自分が何をしゃべっているのかわかっていなかっただろう。

部屋のなかは暑すぎた。ジェフリーの体は温かすぎた。眠っていてさえ、その体からは信念と喧嘩腰な雰囲気が発散されているように思えた。彼の胴はブライアンより分厚かった。腰周りがぽっちゃりしている。骨にもっと肉がついているが、それほどたるんでいるという手触りではなかった。全体的にあまり見栄えは良くない――たいていの人はそう言うに違いないと彼女は思った。それにあまり気難しくない。ブライアンはベッドのなかでなんのにおいもしなかった。ジェフリーの肌は、彼といるといつも、焼かれたような、ちょっと油っぽいというかナッツのようなにおいがした。彼は昨夜体を洗わなかった――といっても、彼女だって洗わなかった。時間がなかったのだ。彼はそもそも歯ブラシを持ってきたのだろうか？　彼女は持っていなかった。だが、泊まることになるとは、彼女は知らなかったのだ。

ここでジェフリーに会ったとき、彼女はまだ内心、家に帰ったときのために見事な嘘をでっちあげなくては、と思っていた。そして彼女は――二人は――急いでことを行わなくてはならなかった。二人は離れてはならないと心を決めた、ポーリーンにはいっしょにワシントン州へ来てもらう、ヴィクトリアでは二人にとって事態があまりに厄介なことになるだろうから、芝居は中止しなければならない、とジェフリーに言われたとき、ポーリーンは相手の顔を、地震が起こった瞬間に誰かの顔を見るようなぽかんとした表情で見つめたのだった。彼女はすぐさま、どうしてそれが不可能かさまざまな理由を並べようとした。なおも彼にそう言うつもりでいたのだ。ところが、その瞬間に彼女の人生のとも綱がほどけていった。戻るのは、頭から袋をかぶって結わえておくようなものだ。

彼女が言ったのは「本当に？」という一言だった。

彼は「本当だ」と答えた。誠実な口調で「決して君を離さないよ」と言った。

彼が言うようなこととは思えなかった。それから、彼はあの戯曲を引用しているのだ——たぶん皮肉を込めて——と気がついた。それは駅の軽食堂で二人がさいしょに出会う短い時間のあいだに、オルフェがユリディスに言う言葉だった。

こうして彼女の人生は前のめりになってゆく。彼女はあの駆け落ち者のひとりになる。衝撃的かつ不可解にもすべてをなげうってしまう女に。愛ゆえに、と事態を見守る人たちは皮肉っぽく言うだろう。セックスゆえに、という意味で。セックスというものがなければ、こんなことは一切起こらないだろうから。

とはいえ、そこにどれほど大きな違いがあるというのだ？　いろいろ聞かされるにもかかわらず、それはたいして変化に富んだ行為ではない。肌、動き、接触、成果。ポーリーンは成果を得るのが難しい女ではなかった。ブライアンは成果を得ていた。たぶん、やたら不器用だったり道徳的に最低だったりしない限り、誰でも得られるのだろう。

ところが本当のところ、何ひとつ同じではないのだ。ブライアンの場合は——彼女が自分勝手な好意を捧げてきた、彼女が結婚という共犯関係のなかでともに暮らしてきたブライアンとの場合はとりわけ——こんなふうに服をはぎ取ることや、どうしようもなく高ぶること、得ようと努力する必要なしに、息を吸ったり死んだりするのと同じくただ受け入れればいいだけのこんな感覚は、決してあり得ない。肌がジェフリーに、ジェフリーの動きに寄り添って、のしかかってくる重みのなかにはジェフリーの心臓があり、それに彼の習慣や考えや独特の癖や、彼の野心や孤独（これは、よくは知らないが主に彼の若さと関係していそうだ）があるときにだけそれが訪れるのだと、彼女は信じている。

よくは知らないが。彼女の知らないことはたくさんある。彼がどんな食べ物が好きか、どんな音楽を聴くのが好きか、彼の人生で母親がどんな役割を演じているのか（きっと不可解な、でも重要な役割だ、ブライアンの両親のような）彼女はほとんど何も知らない。ひとつだけ間違いないと思えること——彼がどんな好みや禁忌を持っていようが、それらはすべてはっきりしていることだろう。

彼女はジェフリーの手の下から、そして漂白剤のきついにおいがする上掛けシーツの下からそっと抜け出して、ベッドカバーの落ちている床に滑り降り、その緑がかった黄色のシェニール織りの布でさっと体を包む。彼が目を開けて後ろ姿を見られ、尻のたるみに気づかれるのはいやだったからだ。以前にも彼に裸を見せたことはあったが、たいていはもっと見逃してもらいやすい場面でだった。

彼女は口を漱ぎ、体を洗う。石鹸は薄いチョコレート二枚分くらいの大きさで、石のように固い。酷使した両脚のあいだが腫れて臭っている。排尿には努力を要し、しかもどうやら便秘しているようだ。昨夜、ハンバーガーを食べに行ったとき、彼女は結局食べられなかった。たぶんこういったことを、またすべてできるようになるのだろう。こういったことが、彼女の人生における本来の重要性を取り戻すようになるのだろう。今のところは、どうもあまり注意を向けることができないようだ。

バッグにはいくらか金がある。出かけて、歯ブラシと練り歯磨きとデオドラントとシャンプーを買ってこなければ。それに膣用ゼリーも。昨夜は、さいしょの二回はコンドームを使ったが、三回目は使わなかった。

自分の腕時計は持ってこなかったし、ジェフリーは身につけていない。部屋にはもちろん時計はない。たぶん早朝だろう――暑いが、光の具合はまだ早い時間に見える。店はたぶん開いていないだろうが、コーヒーを飲めるところがあるはずだ。

ジェフリーが寝返りを打った。きっと彼女のせいで一瞬だけ目を覚ましてしまったのだろう。彼と寝室を持つのだ。キッチンを、住所を。彼は仕事に出かける。彼女はコインランドリーへ行く。彼女も仕事に出かけるかもしれない。売り子、給仕、家庭教師。彼女はフランス語とラテン語ができる――アメリカの高校ではフランス語とラテン語を教えているのだろうか？　アメリカ人じゃなくても職に就けるのだろうか？　ジェフリーはアメリカ人ではない。

鍵は彼のところに置いておく。帰ってきたら彼を起こして入れてもらわなければ。メモを書く筆記具も紙もない。

まだ早い。このモーテルは幹線道路に面していて、町の北端の、橋の横にある。まだ車は通っていない。ハヒロハコヤナギの並木の下を足を引きずってかなり歩くと、初めて車が轟音をたてて橋を渡ってくる――橋を通る車が夜遅くまで、しょっちゅう二人のベッドを揺らしていたのに。

今や何かがやってくる。トラックだ。だがトラックだけではない――大きな、寒々とした現実が彼女に向かってくる。そしてそれは、降って湧いたようにやってきたわけではない――彼女が目を覚まして以来、いやそれどころか一晩じゅう、意地悪く彼女を突っつきながら待ち構えていたのだ。

ケイトリンとマーラ。

昨夜の電話で、あんなにも感情を込めない、抑制された、ほとんど愛想がいいといっていいほどの口調――あたかも、衝撃を受けることなく、異議申し立ても哀願もしない自分を誇るかのように

——でしゃべったあと、ブライアンはプツンと弾けたのだ。軽蔑と憤怒のこもった声音で、誰が聞いていようが構うかとばかりに、彼は訊ねた。「それで——あの子らはどうするんだ？」

ポーリーンの耳元で受話器が震え始めた。

彼女は答えた。「話し合いましょう——」だが彼は彼女の言うことなど聞いていないらしかった。「子供たちは」と彼はさっきと同じ、復讐に燃えて震える声で言った。「あの子ら」という言葉が「子供たち」に変わったのは、彼女には板で殴られたように思えた——重くて改まった、正義の脅しだ。

「子供たちは渡さない」とブライアンは言った。「ポーリーン。わかったか？」

「いいえ」とポーリーンは答えた。「ええ。あなたのいうことはわかったけれど——」

「結構。わかったんだな。覚えておけ。子供たちは渡さない」

それが彼にできるすべてだった。彼女がしているのがどういうことか、何を終らせようとしているのか妻に見せつけ、そしてもし妻がそうするのなら罰するために。誰も彼を責めはしないだろう。小細工があるかもしれない、駆け引きがあるかもしれない、彼女が恥を忍ばなければならないのは間違いない、だがこのことは、食道のなかの丸くて冷たい石のように、砲弾のようにそこにある。そしてそれは、彼女がすっかり思い直さない限りずっとそこにそのままあるのだ。子供たちは渡さない。

彼らの車——彼女とブライアンの——は、まだモーテルの駐車場に停まっていた。ブライアンは今日ここへ車を取りに来るために、父親か母親に頼んで乗せてきてもらわなければならないだろう。キーは彼女のバッグに入っていた。スペアのキーがある——彼はきっとそれを持ってくるだろう。

彼女は車のドアを開錠してシートの上にキーを投げ入れ、内側からドアをロックして閉めた。

これで戻れなくなった。車に乗って家まで走らせ、自分はどうかしていたのだと言うことはできなくなった。もしそんなふうにしたら、夫は許してくれるだろうが、乗り越えることはできないだろうし、彼女にしたってそうだろう。でも二人はそのまま、皆がやっているようにやっていくだろう。

彼女は駐車場を出た。歩道を、町へと歩いた。

昨日は腰にマーラの重みがあった。床にはケイトリンの足跡が見えていた。ポー、ポー。

子供たちのところへ帰るのにキーは必要ない、車は必要ない。幹線道路で車に乗せてもらえばいい。折れるのだ、折れるのだ、とにかくなんとしてもあの子たちのところへ戻るのだ、そうしないでいられるわけがないじゃないか？

頭から袋をかぶる。

流動的な選択、幻想の選択は、地面に注がれると即座に固まる。それは紛れもない形状となっている。

これは鋭い痛みだ。慢性的なものになる。慢性的というのは永続的なものになるということだが、たぶん絶えずというわけではないのかもしれない。そして、その痛みのせいでは死なないということでもあるのかもしれない。痛みから解放されることはないだろう、でもそのせいで死んだりはしない。絶えず痛みを感じるわけではないが、何日も痛みなしで過ごすこともないだろう。そして痛みを鈍らせる、あるいは払いのけるコツを身につけるのだ。こんな痛みを背負い込んでまで得たものを結局は台無しにしてしまうことのないように。彼のせいではない。彼は相変わらず無垢というか、粗野で、この世にそんな永続性のある痛みが存在するのを知らない。自分に言い聞かせてごらん、どっちみち失うんじゃないかと。子供たちは大きくなる。母親には、この密やかでいささか滑稽な孤独感が常に待ち受けている。子供たちは、今度は忘れてしまう、なんらかの形で母親と縁を切ってしまう。あるいは、こちらがどう対処すればいいのかわからなくなるまでまつわりつく、ブライアンがやっているように。

それでもやはり、なんという痛みだろう。抱え込んで、慣れていって、しまいにそれは彼女の嘆くただの過去になり、可能性のある現在ではなくなるのだ。

彼女の子供たちは成長した。子供たちは彼女を憎んではいない。出て行ったこと、離れて暮らしていることに対して。彼女を許しもしない。もしかしたら、どのみち彼女を許していなかったのかもしれないが、それはなにか違う理由だったのではないか。

ケイトリンはロッジでのあの夏のことをちょっと覚えている。マーラは何も覚えていない。ある日ケイトリンはポーリーンにあの場所のことを、「あのおじいちゃんとおばあちゃんが泊まっていたところ」と話す。

「母さんが出て行ったときにわたしたちがいたところ」と彼女は言う。「母さんがオルフェと出て行ったってことは、わたしたち、あとになって知ったんだけどね」

ポーリーンは「オルフェじゃないわ」と答える。

「オルフェじゃなかったの？　父さんはいつもそう言ってたよ。『そして、お前たちの母さんはオルフェと駆け落ちしたんだ』って言ってた」

「じゃあ、父さんは冗談を言っていたのよ」とポーリーンは言う。

「わたしはずっとオルフェだと思ってた。なら、べつの誰かだったのね」

「あのお芝居と関係のあったべつの人よ。わたしがしばらくいっしょに暮らしたのはね」

「オルフェじゃないんだ」

「違うわ。彼なもんですか」

腐るほど金持ち

Rich As Stink

一九七四年夏のある夕方、ゲートに近づいていく飛行機のなかで、カリンは手を下へ伸ばしてバックパックからいくつかのものを取り出した。黒いベレーは片方の目に斜めにかかるようにかぶり、赤い口紅は窓を鏡がわりに——トロントは暗くなっていた——くちびるに塗り、長い黒のシガレットホルダーはここぞというときに歯で挟めるよう手に持った。ベレーとシガレットホルダーは継母が仮装パーティーへ着ていったイルマ・ラ・ドゥース（映画『あなただけ今晩は』の娼婦）の衣装からくすねてきたもので、口紅は自分で買ったのだ。

とても大人の娼婦に見せかけることはできないとわかってはいた。でも去年の夏の終わりに飛行機に乗り込んだ十歳の女の子にも見えないだろう。

人ごみのなかに彼女を振り返る人は誰もいなかった、シガレットホルダーを口に咥え、不機嫌な表情で流し目をくれてさえ。誰もがひどく気をもんだり、取り乱したり、喜んだり、当惑したりしている。仮装しているように見える人がたくさんいた。きらびやかなローブをまとい刺繍した小さな帽子をかぶって衣擦れの音を立てて歩く黒人の男たちや、ショールをかぶった頭を垂れてスーツケースに座っている老女たち。ヒッピーたちは皆ビーズやボロ着をまとっており、彼女はちょっとの間、黒い帽子をかぶって頬に小さな巻き毛を垂らした堅苦しい表情の男たちに囲まれていた。

乗客を迎えに来た人々はここまで入ってきてはいけないことになっているのだが、彼らは自動ドアをすり抜けて、ともかく入ってきてしまうのだ。ターンテーブルの向こう側の人ごみのなかに、カリンは母ローズマリーの姿を見つけたが、むこうはまだ娘に気づいていなかった。ローズマリーは金とオレンジの月のついたダークブルーの長いドレスを着て、真っ黒に染めたばかりの髪を頭のてっぺんに、ぐらぐらする鳥の巣みたいに盛り上げている。カリンの記憶にあるよりも老けて、それにちょっと寂しげに見えた。カリンの視線は母親を通り過ぎ――デリクを探していた。デリクは人ごみのなかでも見つけやすい、背が高くて、額が光っていて、波打つ淡い色の髪が肩まであるからだ。それに輝くしっかりした眼差しに、皮肉っぽい口元、じっと動かないでいられるということもあって。ローズマリーとは違う。こちらは今やぼうっとした、がっかりした様子で、体をびくっとさせたり、背伸びしたり、あちこち見つめたりしていた。

デリクはローズマリーの背後に立ってはいなかったし、近くのどこにもいなかった。トイレへ行ったのでもない限り、そこにはいなかった。

カリンはシガレットホルダーを口から抜き、ベレーを後ろにずらせた。デリクがいないなら、こんなジョークは意味ない。ローズマリー相手にこんな悪ふざけをしても混乱を招くだけだ――ローズマリーはすでにじゅうぶん混乱しているように、ひどく寂しげに見えるというのに。

「あなたったら、口紅なんかつけて」ローズマリーは眩しいような表情で目を潤ませながら言った。

彼女は翼のような袖とココアバターのにおいでカリンを包みこんだ。「あなたの父親が口紅を許可したなんて言わないでよね」

「お母さんをかつぐつもりだったの」とカリンは言った。「デリクはどこ?」

「ここには来てないわ」とローズマリーは答えた。

カリンはコンベアに自分のスーツケースがあるのを見つけた。彼女は人の体のあいだをひょいひょいすり抜けていって、スーツケースを引きずり下ろした。ローズマリーは運ぶのを手伝おうとしたが、カリンは「だいじょうぶ。だいじょうぶ」と断った。二人は人ごみをかきわけて出口へ行き、なかへ押し入るだけのずぶとさも我慢強さも持ち合わせない人たちが外で待っている横を通り過ぎた。暑い夜気のなかへ出て、駐車場へと向かうまで、二人はしゃべらなかった。それからカリンが訊ねた。「どうしたの――母さんたち二人、またいつもの喧嘩《スコール》やったの?」

ローズマリーとデリクは自分たちの喧嘩のことを「スコール」と呼んでいて、それはデリクの本のための共同作業の難しさのせいにされていた。

ローズマリーはおそろしく落ち着き払って言った。「わたしたちはもう会っていないの。いっしょに仕事していないの」

「ほんと?」とカリンは問い返した。「つまり別れたってこと?」

「わたしたちみたいな人間が別れられるものならね」とローズマリーは答えた。

車のライトの列はなおも都市に通じるすべての道路に流れ込んでいて、また同時に流れ出てもいた。おおきくカーヴした跨線橋でも、その下の流れでも。ローズマリーの車にはエアコンがついておらず――つけられないわけではなく、そんなものをよしとしないからだ――窓は開けておかなければならないので、ガソリンくさい空気といっしょに車の騒音が川のようにどっと流れ込んできた。ローズマリーはトロント周辺で車を運転するのが大嫌いだった。週に一度仕事先の出版業者と会いにこの都市へ来るときにはバスを利用していたし、ほかの場合はいつもデリクに運転してもらっていた。カリンはずっと黙ったままで、一方車は空港道路を出て401号を東へ進み、母親の、神経を集中したびくびくものの運転で八十マイルかそこいら走ってから、ローズマリーが暮らす場所のすぐ近くまで通じている二級幹線道路に入った。

「じゃあ、デリクは行っちゃったの？」とカリンは訊ねた。それから「旅に出たの？」と。

「わたしの知る限りじゃ、違うわ」とローズマリーは答えた。「まあでも、わたしが知るわけないんだけど」

「アンは？　まだあそこにいるの？」

「たぶんね」とローズマリーは答えた。「彼女はどこへも行かないわ」

「デリクは自分の物をぜんぶ持ってったの？」

デリクはローズマリーのトレーラーに、彼が取り組んでいる原稿の束に厳密には必要でない物まで持ち込んでいた。本はもちろん――参照しなければならない本だけでなく、仕事の合間の休憩中、ローズマリーのベッドに横になったりして読む本や雑誌まで。鑑賞用のレコード。服、また未開墾地へハイキングに行こうと思い立ったときに履くブーツ、胃の病気や頭痛用の錠剤、見晴らし台を作るための道具や材木まで。浴室には彼のひげ剃り用具が置いてあったし、歯ブラシと敏感な歯茎用の特別な練り歯磨きも。彼のコーヒー・グラインダーはキッチンの調理台の上に置いてあった

(アンが買ったもっと新式の高級なものは、今なお彼の自宅である家のキッチンの調理台に置いてあった)。

「ぜんぶなくなったわ」とローズマリーは言った。この幹線道路沿いのさいしょの町の端にある、まだ開いていたドーナツ屋の駐車場に彼女は車を入れた。

「コーヒーがないと生きていけない」とローズマリーは言った。

いつもはこういう場所で停ると、カリンはデリクと車にいた。彼はあんなコーヒーは飲もうとしない。「君のお母さんはひどい子供時代を送ったおかげでこういう店の依存症なんだ」とデリクは言う。彼が言いたいのはローズマリーはこんな店へ連れてこられていたということではなく、こういう店へ入るのを禁じられていたということだ、揚げ物や甘い物をすべて禁じられていたのと同じく。そして野菜とかネトネトのお粥とかいった物ばかり食べさせられていたのだ。彼女の両親が貧しかったからではなく——両親は裕福だった——時代に先んじた自然食狂信者だったから。デリクとローズマリーとの付き合いはまだほんの短期間だった——たとえば、カリンの父親テッドとの付き合いの長さと比べると——だがデリクは、ローズマリーの子供時代について、彼女自身は話す際に省略する、毎週の浣腸の儀式といった子供時代の詳細を暴露するようなことについて、テッドよりもずっとためらいがなかった。

学校のあるとき、テッドとグレイスとともに暮らしているときは、焦げた砂糖と油脂、タバコの煙と胸のむかつくコーヒーのおぞましいにおいが漂うこんなところにカリンが来るなんて、ぜったいに、ぜったいにありえないことだった。だが、クリーム(『クレーム』と書いてある)やジェリーの入った、バタースコッチやチョコレートをまぶしたドーナツや、クルーラーやエクレア、ダッチー（レーズン入りの四角いドーナツ）やなかに様々なものを詰めたクロワッサン、巨大なクッキーといった品揃えの上を、ローズマリーの目は嬉しそうにさまよった。こういった物をなんであれ拒む理由は、たぶん太る心配を除いては、彼女には見いだせず、こういった食べ物を皆が皆食べたくてたまらないわけではないということが信じられないのだ。

　カウンター――掲示によると、二十分以上座っていてはいけないらしい――には、ボリュームのあるカーリーヘアにしたひどく太った女が二人と、そのあいだにほっそりして少年みたいな容姿なのにしわくちゃの男が座っていて、早口でしゃべっているその男は女二人にジョークを聞かせているらしかった。女たちが首を振って笑い、ローズマリーがアーモンドクロワッサンを選び出しているなか、彼はカリンに淫らでいわくありげなウィンクをしてみせた。それでカリンは自分がまだ口紅をつけたままであることに気づいた。「誘惑には勝てないさ、なあ？」彼はローズマリーにそう言い、ローズマリーはこれを田舎らしい親しみと受け取って笑った。

「とても無理ね」と彼女は言った。「あなたはほんとにいいの？」とカリンに訊ねる。「ひとつもいらない？」

「ちっちゃな嬢ちゃんがスタイルを気にするのかい？」しわくちゃの男は問いかけた。

　この町から北へ行くとほとんど車は通っていなかった。空気はひんやりしてきて、沼地のにおいがした。カエルの鳴き声があまりに大きくて、車の音に負けずに聞こえてくる場所もあった。この二車線の幹線道路は、黒々とした常緑樹の木立や小さなセイヨウネズの点在する黒っぽい野原、森林に戻りかけている農場などを縫うように走っている。やがてカーヴのところで、ヘッドライトがまずさいしょのごちゃ混ぜになった岩石を照らし出す、ピンクやグレイに光るものもあれば、乾いた血のような赤に光るものもあった。すぐさまこの光景はどんどん頻繁に現れるようになり、石がごちゃ混ぜに集まっているのではなく、岩が、まるで手で重ねたかのように厚い、あるいは薄い層になっているところもあって、こちらは灰色や緑がかった白だった。石灰岩だ、とカリンは思い出した。ここでは石灰岩の岩盤が先カンブリア盾状地の岩と交互になっている。デリクがそういうことを教えてくれたのだ。こんなに岩が好きなのだから地質学者になればよかった、とデリクは言った。だが彼は採掘会社のために金儲けするのは好きになれなかったろう。それに歴史にも惹かれていた——妙な組み合わせだ。歴史は屋内派向きだし、地質学は野外派向きだ、自分をジョークの種にしているのだと彼女に告げるしかつめらしさで、彼は語った。

カリンが今拭い去りたいと思っているのは——飛び去っていく夜気とともに車の窓から流れ出してくれればいいのに、と彼女は願った——自分の気難しさと高慢さだった。アーモンドクロワッサン、ローズマリーが人目を忍ぶようにして飲んでいた質の悪いコーヒー、カウンターの男、ローズマリーの若向きのヒッピーみたいなドレスやくしゃくしゃの広がった髪の毛に対してまで感じる気持ちだ。そしてまた、デリクを失ったという彼女自身の思い、満たされない空隙が、可能性の減少があるという気持ちも拭い去りたかった。カリンはきっぱりと言った。「よかった、彼が行っちゃってよかった」

ローズマリーは「ほんとうに?」と訊ねた。

「お母さんだってそのほうがいいでしょ」とカリンは答えた。

「そうね」とローズマリー。「わたしは自尊心を取り戻しかけてるわ。あのね、取り戻し始めてやっと、自分がどれほど自尊心を失っていて、どれほど失ったことを悔いているか、気がつくものなのよ。あなたと二人でうんと楽しい夏を過ごしたいわ。ちょっとした旅行にだって、出かけてもいいし。でこぼこ道じゃなかったら運転もだいじょうぶ。デリクがあなたを連れて行った未開墾地へまたハイキングに行ってもいいし。わたしもやってみたいの」

カリンは「うん」と答えたが、デリクなしで迷子にならずにいられるとはとても思えなかった。カリンの思いはじつはハイキングではなく、去年の夏のとある情景にあった。ローズマリーがベッドの上でキルトにくるまって泣きながら、キルトや枕をぎゅっと摑んで口へ押し込み、激しい懊悩に任せて嚙み締め、デリクは二人が作業していたテーブルに座って、原稿の一ページを読んでいる。

「なんとかお母さんをなだめられない？」と彼は言った。

カリンは「お母さんはあなたに来て欲しいのよ」と答えた。

「ああなると、僕には無理だ」とデリクは言った。彼は目を通し終えたページを置くと、べつのを取り上げた。その合間に、長らく苦しんできた人の険しい表情でカリンを見上げた。彼はげっそり老けて疲れ果てているように見えた。「僕には耐えられないんだ。ごめん」と彼は言った。

そこでカリンは寝室へ行って、ローズマリーの背中を撫で、するとローズマリーもごめんね、と言った。

「デリクは何してる？」とローズマリーは訊ねた。

「キッチンで座ってる」カリンは答えた。「読んでいる」と言いたくはなかった。

「なんて言ってた？」

「わたしに、行ってお母さんと話してきてくれって」

「ああ、カリン。恥ずかしいわ」

　どうしてそんな喧嘩になったの？　気持ちを落ち着けて涙を拭うと、ローズマリーはいつも、原因は仕事だ、仕事のことで意見が食い違ったのだと答えた。「じゃあ、彼の本の仕事を辞めちゃえばいいじゃない」とカリンは言った。「ほかにもいろいろやることがあるんだから」ローズマリーは原稿の編集をやっていた——それでデリクと知り合ったのだ。彼女が仕事していた出版社へ彼が著作を委ねていたというのではなく——彼はまだそうしてはいなかった——彼女が彼の友人と知り合いで、その友人が「君の手助けをしてくれそうな女性を知ってるよ」と言ったのだ。そしてまもなくローズマリーは、この仕事をするにあたって彼の近くにいられるよう、この田舎の、彼の自宅からさほど離れていないトレーラーに移り住んだ。さいしょ彼女はトロントのアパートをそのままにしていたのだが、やがて手放した。トレーラーで過ごす時間がどんどん長くなったからだ。今でもほかの仕事をしてはいるが、あまり多くはなく、週に一度の平日を、朝六時に出てトロントへ行って夜十一時過ぎに帰宅してなんとかやりくりしていた。

「その本は何に関するものなんだ？」テッドはカリンに訊ねた。

　カリンは「なんていうか、探検家のラ・サールとインディアンについての本」と答えた。

「その男は歴史家なのか？　大学で教えてる人？」

　カリンは知らなかった。デリクはいろいろなことをやっていた——写真家をやっていたこともあった。鉱山で働いていたこともあって、それは測量技師としてだった。だが、彼の教職経験に関しては、高校で教えていたのだろうとカリンは思っていた。アンは彼の仕事のことを「制度の外側でやっている」と話していた。

テッド自身は大学で教えていた。経済学者だった。

もちろんカリンはテッドやグレイスには、どうやら本についての意見の不一致によってもたらされるらしい懊悩のことは話さなかった。ローズマリーは自分を責めていた。気持ちが張り詰めるせいだと彼女は言った。更年期のせいだと言うこともあった。母がデリクに「許してちょうだい」と言うとデリクが「謝ることなんか何もないさ」と、冷ややかな満足感をたたえた口調で返事するのをカリンは耳にしたことがあった。

これを聞いたローズマリーは部屋を出て行った。また泣き出すのは聞こえなかったが、二人はそれを待ち続けた。デリクはカリンの目をじっと覗き込んだ——彼は苦悩と困惑をたたえた滑稽な表情をしてみせた。

で、僕は今度は何をしたわけ？

「あの人、すごく傷つきやすいの」とカリンは言った。その声は恥ずかしさでいっぱいだった。これはローズマリーの振る舞いのせいだったのだろうか？　それともデリクが今回はかなり行き過ぎてしまったある種の満足感、軽蔑の気持ちを感じる側に、彼女——カリン——をも加えているように思えたせいだろうか？　そして、カリンがそれを誇りに思わずにはいられなかったせいだろうか。

カリンはそのまま出て行ってしまうこともあった。道路を歩いてアンのところへ行くのだが、アンはいつも彼女を喜んで迎えてくれるように思えた。アンは決してカリンにどうしたの、とは訊かないのだが、カリンが「あの二人、馬鹿みたいな喧嘩してるの」とか——あとになって、二人が特別な言葉を考え出してからは——「またあのスコールやってるの」と言っても、決して驚いたり不愉快に思ったりはしないように見えた。「デリクは要求が厳しいからねえ」とか「そうねえ、二人でなんとか解決するんじゃないかしら」と彼女は言ったりする。だがカリンがさらに話を進めようとして、「ローズマリーは泣いてるの」などと言うと、アンは「話題にしないほうがいいこともあるんじゃないかしら、ねえ？」と返すのだ。

だが彼女が喜んで耳を傾ける事柄もあった、遠慮がちな微笑みを浮かべながらのこともあったが。アンは愛らしい顔の均整のとれた女性で、前髪を額でまっすぐに切りそろえたライトグレイの髪を肩に垂らしていた。話しながらしょっちゅう瞬きをし、相手と目をしっかり合わせなかった（これは神経のせいだとローズマリーは言った）。それに彼女の唇——アンの唇——はひどく薄くて、口を必ず閉じた、あの何か隠しているような微笑みを浮かべると、ほとんど消えてしまう。

「ローズマリーがどんなふうにテッドと出会ったか知ってる？」とカリンは話した。「雨のなかのバス停でね、ローズマリーは口紅を塗ってたの」それからカリンは話を戻して、ローズマリーがバス停で口紅を塗らなくちゃならなかったのは、両親に内緒でつけていたからだ——口紅は、映画やハイヒールやダンスや砂糖やコーヒーと同様、両親の宗教では禁止されていて、言うまでもなくアルコールやタバコもだった——と説明しなければならない。ローズマリーは大学へ入って一年目で、宗教に凝り固まった変人に見られるのは嫌だと思っていた。テッドは大学の授業助手だった。

「だけどね、二人はお互いが誰だか、もう知ってたの」とカリンは話して、二人は同じ通りに住んでいたのだと説明した。テッドは金持ちの家々のなかでもいちばん大きな家の門番小屋に住んでいて、父親は運転手兼庭師で、母親は家政婦で、ローズマリーは通りの向かい側のもっと普通の金持ちの家の一軒に住んでいた（もっとも、彼女の両親がその家で営んでいた暮らしはぜんぜん普通の金持ちらしいものではなく、両親はなんの娯楽もせず、決してパーティーに出たり旅行に行ったりすることはなく、製氷会社が廃業するまでは、なぜか冷蔵庫ではなく氷を入れて冷やすアイスボックスを使っていた)。

テッドは百ドルで買った車を持っていて、ローズマリーを気の毒に思い、雨のなかで車に乗せたのだ。

この話をしながらカリンは、両親が手馴れた様子で、笑ったり互いの言葉を遮ったりしてこの話をするときのことを思い出していた。テッドはいつも車の値段と型と年式(スチュードベイカー、一九四七年式)を口にし、ローズマリーは、助手席側のドアが開かなくて、テッドは降りて彼女を運転席側から乗せなくてはならなかったのだと話す。それからテッドは、すぐさま彼女を生まれて初めての映画に——その午後に——連れて行ったことと、その映画の題名が『お熱いのがお好き』だったこと、そして顔じゅう口紅だらけになって真昼間に外へ出てきたことを話す。ほかの女の子たちが口紅をどう処置していたのであろうと、拭き取っていたのであろうと白粉を振りかけていたのであろうとなんであろうと、ローズマリーはそれを習得していなかったのだ。「彼女はものすごく情熱的だった」とテッドはいつも言っていた。

それから二人は結婚した。二人はとある牧師の家へ行った。牧師の息子がテッドの友だちだった。二人の両親は二人が何をしようとしているのか知らなかった。そして式の直後にローズマリーは生理が始まってしまい、テッドの妻帯者としての初めての務めは生理用ナプキンをひと箱買ってくることだった。

「ねえカリン、あなたがあたしにこんなこと話しているのを、お母さんは知ってるのかしら?」

「お母さんは気にしないってば。そしてね、お母さんのお母さんは、どうなったのか知ると、二人が結婚したことでものすごく気分が悪くなって、寝込んじゃったの。もしも娘が不信心者と結婚するつもりだって母さんの両親が知ってたら、母さんをトロントにある教会の学校に閉じ込めちゃってたでしょうね」

「不信心者？」とアンは問い返した。「本当に？　なんてこと」

もしかするとアンは、そんなに大変な思いをしたあげく、結婚が続かなかったとはなんてことだろうと言いたかったのかもしれない。

カリンは座席にうずくまっていた。頭がローズマリーの肩にぶつかった。

「じゃまになる？」カリンは訊ねた。

「そんなことないわ」とローズマリーは答えた。

カリンは、「ほんとに寝ちゃうつもりはないの。谷に入ったときには起きていたいから」と言った。

ローズマリーは歌いだした。

「起きなさい、起きなさい、ダーリン・コリー――」

彼女はレコードのピート・シーガーを真似したゆったりした深みのある声で歌った。そしてカリンがつぎに気がつくと、車は停まっていた。トレーラーへと通じる轍のついた短い道を上って、外の木立の下にいたのだ。ドアの上の明かりが点いていた。でもなかにデリクはいない。デリクの持ち物はひとつもない。カリンは動きたくなかった。彼女はもぞもぞし、不機嫌さに心地よく浸りながら抗議した。ローズマリー以外の誰かがいたらできないことだ。

「降りなさい、降りなさい」ローズマリーは言った。「すぐにベッドに寝かせてあげるから、さあ」彼女はそう言って、引っ張りながら笑った。「あなたを抱いていけると思ってるの?」カリンを引きずり出して、ドアに向かってよろよろ歩かせながら、彼女は言った。「星を見てごらん。星を見てごらん。素晴らしいわよ」カリンはずっと頭を下げたままぶつくさ言った。

「ベッド、ベッド」とローズマリー。二人はなかに入った。デリクのかすかなにおい――マリファナ、コーヒー豆、材木。それに閉め切ってあったトレーラーの、カーペットや料理のにおい。カリンは服をすっかり着たまま自分の狭いベッドにどさっと横になり、ローズマリーは娘の去年のパジャマを当人に放り投げた。「服を脱ぎなさい、そうしないと目が覚めたときにひどい気分になるわよ」と彼女は言った。「朝になったらあなたのスーツケースを持って入りましょう」

カリンは、人生で要求され得る最大級のもののような気がする努力を払って上体を起こして座り、服をなんとか脱ぎ、それからパジャマを着込んだ。ローズマリーは飛び回って窓を開けていた。カリンが最後に聞いた母親の言葉は「あの口紅――あの口紅はどういうつもりだったの?」というものので、最後に感じたのは、洗面タオルによる母親らしい、容赦ない顔への攻撃だった。彼女はタオルの味わいを吐き出し、こんなふうに子供っぽくしていられることを、そして身体の下のひんやりしたベッドの表面を、そして眠くてたまらない気持ちをおおいに楽しんだ。

それは土曜の夜のことだった。土曜の深夜から日曜にまたがって。月曜の朝、カリンが「道のむこうのアンのところまで行ってきてもいい?」と訊ねると、ローズマリーは「もちろん、いいわよ」と答えた。

二人は日曜は遅くまで寝ていて、一日じゅうトレーラーから出なかった。ローズマリーは雨が降っていたのでがっかりした。「昨日の夜は星が出ていたのに、わたしたちが帰ってきたときには星が出ていたのに」と彼女は言った。「あなたの夏の初日が雨だなんて」だいじょうぶ、すごくだらけた気分だからどっちみち出かけたくないもの、とカリンは母親に言い聞かせなくてはならなかった。ローズマリーはカフェオレを淹れて、メロンを切ったが、あまり熟れていなかった（アンなら気が付いただろうが、ローズマリーは気付かなかった）。それから午後四時に二人はベーコンとワッフルといちごとまがい物のホイップクリームというご馳走をこしらえた。六時頃には太陽が姿を現したが、二人はまだパジャマ姿だった。その日は台無しだった。「すくなくともわたしたち、テレビは見なかったわ」とローズマリーは言った。「そのことでは喜べるわね」

「今まではね」とカリンは言って、テレビをつけた。

二人はローズマリーが戸棚から引っ張り出した古雑誌の山の真ん中に座っていた。ローズマリーが越してきたときにトレーラーにあったもので、ついに捨てることにしたのだと彼女は言った——とっておく価値のあるものがないかどうか選り分けた上で。選別はたいして進んでいなかった、ローズマリーは声を出して読みあげるべきものを見つけてばかりいるのだ。カリンはさいしょ退屈だったのだが、風変わりで面白い広告や似合っていないヘアスタイルのこの古い時代に、だんだん引き込まれていた。

カリンは電話の上に畳んだ毛布が置いてあるのに気がついた。「電話をどうやって切っておくか知らないの？」と彼女は訊いた。

ローズマリーは、「切ってしまいたいわけじゃないの。鳴るのが聞こえても出ないでいたいの。

無視できるようにしたいのよ。あんまり大きな音で鳴らないようにしたいだけ」

だが電話は一日じゅう鳴らなかった。

月曜の朝、毛布は相変わらず電話の上に乗っかっていて、雑誌は戸棚に戻されていた。結局ローズマリーは捨てる決心がつかなかったのだ。空は曇っていたが、雨は降っていなかった。二人が起きたのはまた遅かった。深夜二時まで映画を見ていたからだ。

ローズマリーはキッチンテーブルにタイプ原稿を何枚か広げた。デリクの原稿ではない――あの分厚い束は消えていた。「デリクの本ってほんとに面白かったの？」カリンは訊ねた。

それまであの本のことをローズマリーと話そうと思ったことはなかった。あの原稿はいつもテーブルの上にのっかっているもつれた有刺鉄線の大きな束のようなもので、デリクとローズマリーはそのもつれを解こうと努力していた。

「あのね、彼は書き直し続けていたの」とローズマリーは答えた。「面白かったけれど、めちゃくちゃだった。さいしょ彼が興味を持っていたのはラ・サールだったんだけど、それからポンティアック（北米インディアン、オタワ族の族長、諸部族を統合して五大湖地方の英国人勢力に抵抗した）に移って、すごくたくさんのことを盛り込みたがって、決して満足しなかったの」

「じゃあ、あの本と縁が切れて嬉しいんだね」とカリンは言った。

「ものすごく嬉しい。とにかく果てしないややこしさだったから」

「だけど、デリクがいなくて寂しくない？」

「あの友情は使い尽くしちゃった」ローズマリーは原稿の上にかがみこんで印をつけながら、上の空で返事した。

「アンのことはどうなの？」

「あの友情も、あれも使い尽くしちゃったんじゃないかしら。じつはね、考えてたんだけど」彼女はペンを置いた。「ここを出ようかって考えていたの。でも、あなたを待ってなくちゃと思ってね。あなたが帰ってきたら何もかも変わっちゃってたって具合には、したくなかったの。だけど、ここにいたのはデリクの本のためだったでしょ。というか、デリクのためよね。わかるでしょ」

カリンは「デリクとアンよね」と答えた。

「デリクとアン。そうよ。そして今ではその理由はなくなった」

そのとき、カリンが「道のむこうのアンのとこまで行ってきてもいい？」と訊ねたのだ。するとローズマリーは「もちろん、いいわよ。わたしたち、いそいで決める必要はないもの。ただ、そういうことも考えてみたっていうだけだから」と答えたのだった。

カリンは砂利を敷いた道を歩きながら、何が違うのだろうと考えた。谷についての彼女の思い出には決して登場しなかった雲はべつとして。すると気がついた。野原で草を食べている牛がぜんぜんいないのだ。そのせいで草が伸びていて、セイヨウネズの茂みが広がり、小川の水面がもう見えなかった。

谷は細長く、アンとデリクの白い家が突き当りにあった。谷底は牧草地で、去年はこざっぱりと平坦で、そのなかを小さな川が蛇行しながら清らかに流れていた（アンはその土地をブラックアンガス牛を飼っている男に貸していた）。樹木の生い茂った尾根が両側に急勾配で隆起していて、家の背後の向こう端で閉じていた。ローズマリーが借りているトレーラーはそもそもはアンの両親のために設置されたもので、冬に谷が雪で埋め尽くされるとそこへ移っていた。当時は郡区道路の角に建っていた商店に近いところで暮らしたかったからだ。今そこには、かつてのガソリンタンクの穴が二つ空いたコンクリートの土台と、窓に旗の掛かった古いバスしかなく、バスには数人のヒッピーが住んでいた。ヒッピーたちは土台に座り込んでいることもあり、ローズマリーが車で通りかかると真面目くさった顔で大げさに手を振った。

彼らは木立のなかでマリファナを栽培しているとデリクは言っていた。でもあの連中から買う気はない、安全性が信頼できないから、と。

ローズマリーはデリクといっしょに吸うのは断った。

「あなたの傍にいると気持ちがすごくざわつくの」とローズマリーは言った。「マリファナはよくないと思うの」

「好きにするさ」とデリクは答えた。「気持ちが楽になるかもしれないのに」

アンも吸わなかった。馬鹿みたいな気分になるから、と彼女は言った。彼女は何も吸ったことはなかった。どうやって吸い込むかさえ知らなかった。

デリクがカリンに一度だけ吸わせてくれたのを、彼女たちは知らなかった。カリンもどうやって吸い込むか知らず、デリクに教えてもらわなければならなかった。カリンは一生懸命やりすぎた。深く吸い込みすぎて、吐き気をこらえなければならなかった。二人は外の納屋にいた。そこにはデリクが尾根で集めてきたさまざまな石の標本が置いてあった。デリクはカリンを落ち着かせようと、石を見つめるようにと言った。

「とにかく見てろ」と彼は言った。「しげしげと見るんだ。色合いを眺めろ。一生懸命になりすぎるんじゃないぞ。ただじっと見てるんだ」

だが結局カリンを落ち着かせてくれたのは、ダンボール箱の文字だった。二年前にトロントからここへデリクと戻ってきたときにアンが物を詰めてきたダンボール箱が積み重ねてあった。箱のひとつの側面に玩具の戦艦のシルエットが描かれ、DREADNOUGHT《こわいものしらず》（ドレッドノート型戦艦）という文字が記されていた。さいしょの部分——DREAD——は赤い文字だった。その文字がネオンサインのようにチカチカし、言葉の意味以上のものに繋がる命令をカリンに発した。カリンはそれをバラバラにし、なかにある言葉を見つけなければならない。

「何を笑ってるんだ？」とデリクに訊かれて、カリンは何をやっているのか説明した。言葉は奇跡のように転がり出てきた。

Read. Red. Dead. Dare. Era. Ear. Are. Add. Adder.「Adder」がいちばんだ。ぜんぶの文字を使っている。

「すごい」とデリクは言った。「すごいよ、カリン。Dread the Red Adder（赤いクサリヘビを恐れよ）」

母親やアンにこんなことは一切話してはいけないなどとデリクに言われる必要はなかった。その夜娘にキスしたローズマリーは、娘の髪をふんふん嗅いで笑いながら言った。「いやだ、あのにおいがどこにでも漂っているのねえ、デリクったら本当にやたらマリファナを吸ってばかりなんだから」

このときのローズマリーは楽しそうだった。二人はデリクとアンの家へ出かけて、閉鎖型のサンルームで夕食を共にしてきたのだ。「いっしょに来てよ、カリン、ムースを型から出すのを手伝ってもらえないかしら」とアンは言った。カリンはアンについていったが、戻ってきた——ミントソースを取りにきたふりをして。

ローズマリーとデリクはテーブルに身を乗り出して、キスするような顔をしてふざけ合っていた。二人はカリンが目に入っていなかった。

その同じ夜だったかもしれない、立ち去りながら、ローズマリーが裏口の外に置かれた二脚の椅子を見て笑ったのは。二脚の古い暗赤色の、クッション付きの金属パイプ椅子だった。椅子は西を、日没の最後の名残のほうを向いていた。

「その古い椅子」とアンは言った。「みっともないのはわかってるわ。うちの両親のだったの」

「座り心地だって、たいしてよくないのにさ」とデリクも言った。

「ちがう、ちがう」とローズマリーは言った。「その椅子は美しいわ、その椅子はあなたたちよ。わたし、それが大好き。その二脚の椅子にはデリクとアンって書いてあるわ。デリクとアン。デリクとアンが一日の仕事の終わりに日没を眺めているの」

「エンドウ豆の蔓のあいだから、椅子たちに見えればね」とデリクは言った。

そのつぎにアンのために野菜を摘みに出たとき、カリンは二脚の椅子がなくなっていることに気づいた。椅子がどうなったのか、カリンはアンに訊ねなかった。

アンのキッチンは家の土台部分にあり、ほんのちょっと地下になっていた。四段降りなければならない。カリンは降りて、網戸に顔をくっつけた。キッチンは暗く、高いところにある窓の外には植物が生い茂っていた――カリンは明かりが点いていないときにここへ来たことがなかった。だが今は点いていなかったし、さいしょは部屋には誰もいないとカリンは思った。すると、誰かがテーブルに座っているのが見え、それはアンだったが、頭の格好が違っていた。アンはドアに背中を向けていた。

アンは髪を切っていた。短く切ってふわっと膨らませてあって、どこでも見かける灰色の髪のおばさん頭だった。そしてアンは何かしていた――両肘が動いていた。薄暗いなかで作業をしているのだが、何をやっているのかカリンには見えなかった。

カリンは、アンの頭の後ろをじっと見つめるという手を使って振り向かせようとしてみた。だが効果はなかった。指先を軽く網戸に走らせてみた。しまいに、声を上げた。

「ウーーーウー」

アンは立ち上がって振り向いたが、ひどく気の進まない様子だったので、カリンはたちまち、誰が来ているのかアンはずっと知っていたのかもしれないという馬鹿げた疑いを抱いた――じつはカリンが来るのを見ていて、そんなふうに身構えた様子でいたのかもしれない、と。

「わたしよ、わたしよ。いなくなっていたあなたの子供よ」とカリンは言った。

「あらほんと」とアンは答え、ドアの掛金を外した。アンはカリンを出迎えて抱きしめはしなかった――といっても、彼女もデリクもそんなことはぜったいしなかったのだが。

アンは太っていた――あるいは髪が短くなったのでそう見えた――そして顔には虫に刺されたかのような赤いブツブツができていた。目はひりひりしているように見えた。

「目が痛むの？」とカリンは訊いた。「だから暗いなかで仕事していたの？」

アンは答えた。「あら、気がつかなかったわ。電気が点いていないのに気がつかなかった。ちょっと銀製品を洗浄していたんだけど、ちゃんと見えていると思っていたの」それからアンは努めて明るく振舞おうとしてのことらしかったが、カリンがもっとずっと小さな子供であるかのような口ぶりになった。「銀製品の洗浄ってとってもつまんない仕事だから、きっとあたし、ぼうっとしてたのね。あなたが助けにきてくれて、ほんとによかったわ」

当座の戦術として、カリンはこのもっとずっと小さな子供になった。テーブルのそばの椅子に手足を伸ばしてだらんと座ると、乱暴な口調で訊ねた。「で——デリクのおっちゃんはどこよ？」このアンの奇妙な振る舞いは、デリクがアンもローズマリーも二人ともほったらかして、尾根のむこうへまた例の調査旅行に出かけて帰ってきていないということなのかもしれないと、カリンは考えていた。それとも彼が病気だとか。でなければ鬱状態だとか。アンはまえに「都会の暮らしをやめてからデリクは以前の半分も鬱にならなくなったわ」と言ったことがある。カリンは「鬱になる」というのは正しい言葉なのだろうかと思ったのだった。カリンにはデリクは批判的に思えたし、うんざりしているように見えることもあった。それが鬱になるってことなんだろうか？

「きっとどこかそのへんにいると思うけど」とアンは答えた。

「デリクとローズマリーは完全に喧嘩別れしちゃったのよ、知ってた？」

「ああ、そうね、カリン。知ってるわよ」

「残念だと思う？」

アンは言った。「これはね、銀を洗浄する新しいやり方なの。見せてあげるわ。フォークでもスプーンでもなんでも持ってきて、このボウルのなかの液に浸けて、ちょっとだけおいておくの、それから取り出してゆすぎ用の水に浸けてから水気を拭き取るのよ。ね？　あんなにせっせとこすったり磨いたりしていたときと同じくらい光ってるでしょ。そう思うんだけど。同じくらい光ってると思うわ。新しいゆすぎ用の水を持ってくるわね」

カリンはフォークを浸した。「昨日はね、ローズマリーと二人で一日じゅう好きなことをして過ごしたの。服に着替えることさえしなかったんだよ。ワッフルを作って、古い雑誌の記事を読んだの。古い『レディーズ・ホーム・ジャーナル』を」

「あれはうちの母のだったのよ」アンはちょっと固い口調で言った。

「彼女は美人です」とカリンは言った。「彼女は婚約しています。彼女はポンズを使っています」

アンはにっこりし――ほっとしたのだ――そして言った。「覚えてるわ」

「この結婚を救うことはできるでしょうか？」とカリンは低い不吉な口調で言った。それからおもねるようなめそめそした声音に変えた。

「問題はわたしの夫が本当に卑劣だということで、どうしたらいいのかわからないんです。たとえば、夫はわたしたちの子供をみんな食べてしまいました。べつにわたしが夫に美味しい食事を食べさせていないわけでもないんですよ、ちゃんと食べさせてるんですから。わたしは一日じゅう熱いレンジの上であくせくと夫に美味しいディナーをこしらえているのに、夫ときたら、家に帰るとまずさいしょにやるのが、赤ん坊の片脚を引きちぎって――」

「もうやめて」そう言ったアンは、もはや微笑んではいなかった。「やめてちょうだい、カリン」

「だけどわたし、本当に知りたいの」とカリンは、控えめながら頑固な声で応じた。「この結婚を救うことはできるでしょうか？」

去年はずっと、自分がいちばん居たい場所のことを考えると、カリンの頭に浮かぶのはこのキッチンだった。明かりが点いていてさえ隅は薄暗いままの大きな部屋。窓をかすめる緑の葉の形。そこここに置いてある、厳密に言ってキッチンにふさわしいわけではないいろいろな物。足踏み式のミシンと大きな張りぐるみの肘掛け椅子、椅子の海老茶色の覆いは肘掛けの表面が妙な具合に擦り切れて灰色がかった緑になっている。大きな滝の絵はずっと昔、アンの母親がまだ結婚したばかりで時間があったときに描いたもので、それから二度とそんな時間はなかった。

(「僕たちみんなにとって幸いだったな」とデリクは言った)

庭で車の音がし、もしかしてローズマリー？　とカリンは考えた。ひとり残されて、ローズマリーが鬱になったのだろうか。人恋しくて、カリンを追いかけてきた？

キッチンの階段を下りてくるブーツの音で、デリクだとわかった。

カリンは叫んだ。「オドロキ、オドロキ。ほら、来たよ！」

部屋に入ってきたデリクは「やあ、カリン」と言ったが、歓迎の気配はなかった。彼は袋を二つテーブルに置いた。アンは愛想よく「ちゃんと合ったフィルムが手に入った？」と訊ねた。

「ああ」とデリクは答えた。「この汚らしいのはなんだい？」

「銀製品の洗浄剤よ」とアンは言った。カリンには、まるで謝るように「この人、町までフィルムを買いに行ってたの。石の写真を撮るためのね」と説明した。

カリンは水気を拭き取っていたナイフの上に身をかがめた。もしも泣いてしまったら最悪だ（去年の夏ならありえなかっただろう）。アンがデリクの買ってきた何かべつのもの——食料品——について訊ね、カリンはそろそろと目を上げると、レンジの正面を見据えた。もう作られていないタイプのレンジだとアンから聞かされていた。薪と電気を組み合わせたレンジで、保温用オーヴンの扉には帆船が刻印されている。船の上には「クリッパー・ストーヴズ」の文字があった。

それもまた、カリンは覚えていた。

「カリンに手伝ってもらったらどうかしら」とアンは言った。「石を並べる手伝いをしてもらえるわ」

ちょっと間があき、そのあいだに夫婦は顔を見合わせたのかもしれない。それからデリクが言った。「よし、カリン。いっしょに来て写真を撮るのを手伝ってくれ」


石の多くはただ納屋の床に置いてあるだけだった——まだ選別したりラベルを貼ったりしないままで。棚の上に置かれているものもあり、こちらはひとつひとつ並べられて、種類を記したカードが添えられていた。しばらくのあいだデリクは黙ったままこれらを動かし、それからカメラをいじっていちばんいいアングルと適切な光を捉えようとした。写真を撮り始めると、彼はカリンに簡単な指示を与えて、石の位置を変えさせたり、傾けさせたりし、そして床からほかの石を拾わせて、ラベルのないものまで撮ろうとした。カリンには彼が自分の手助けを本当に必要としている——あるいは望んでいる——とはとても思えなかった。彼は何度かそう言おうと——あるいはカリンに何かほかの重要かつ愉快ではないことを告げようと——するかのように息を吸い込んだが、そうしては「ちょっと右へ寄せてくれ」とか「反対側をこっちへ向けてくれ」としか言わなかった。

昨年の夏じゅう、カリンはデリクの探索に連れて行ってもらおうと駄々っ子のようにうるさくせがんだり、真面目に頼んだりして、しまいにデリクはついてきてもいいと言った。彼はそれを極力きついものに、試練にした。虫除けをスプレーしたのだが、虫が攻撃してきて髪に潜り込んだり襟首や袖口の下へ潜り込むのを完全に防ぐことはできなかった。ブーツの足跡にたちまち水が溜まる沼地をビシャビシャ音をたてながら進み、それからベリーの茎や野バラの茂みや足をひっかけそうになる強靱な蔓に覆われた急な斜面を登らなければならなかった。それに、むき出しの岩の傾いた滑らかな露頭もよじ登った。離れ離れになってもお互いの位置がわかるよう、そしてまた、二人がやってくるのがどのクマにも聞こえて近づいてこないよう、首からベルを掛けた。

大きく盛り上がったクマの糞にも出くわした、真新しそうでツヤツヤしていて、半分消化されていないリンゴの芯が見えた。

デリクはカリンにこの地方にはいたるところに鉱山があるのだと教えていた。知られているほとんどあらゆる鉱物があるのだが、たいていは採算が取れるほどの量ではないのだと彼は説明した。彼はそういった打ち捨てられてほとんど忘れられているさまざまな鉱山を訪れては、見本を掘り出したり、ただ地面から拾い上げたりしていた。「あの人を初めて家に連れてきたとき、尾根の上に姿が消えたと思ったら、鉱床を見つけていたの」とアンは言った。「そのとき、たぶんこの人はわたしと結婚するな、と思ったのよ」

鉱山にはがっかりさせられた。ぜったいにそんなことを口にするつもりはなかったが。カリンは暗闇でキラキラ輝く岩の微かな光に照らされたアリババの洞窟のようなものを期待していたのだ。代わりにデリクが見せてくれたのは、入口の狭い通路、ほとんど岩の割れ目そのままで、今では、かくも馬鹿げた場所に根を下ろして曲がって生えているポプラに遮られていた。どこよりも可能性があるとデリクが言ったべつの入口は、丘の斜面のただの穴で、腐った角材が地面に横たわったり、まだ屋根の一部を支えたりしていて、レンガが土やガレキの侵入を多少なりとも食い止めていた。デリクは鉱石を運ぶカートを走らせていたレールの微かな痕跡を指差した。雲母のかけらが散らばっていて、カリンはそれをいくつか拾い集めた。それらは少なくとも美しく、本物の宝物のように見えた。滑らかで黒っぽいガラスの薄片のようで、光にかざすと銀色になるのだ。持って帰るのは一枚だけにして、他人には見せずに自分だけの記念品にしておくようにとデリクは命じた。「秘密だぞ」と彼は言った。「ここのことが噂になると困るんだ」

カリンは「神に誓ったほうがいい？」と訊ねた。

彼は「とにかく覚えておいてくれ」と答えた。それから彼は、お城を見たいかと訊ねた。

これまたがっかりの、冗談だった。デリクは彼女を、たぶん鉱物の保管所だったのだろうと彼の言うコンクリート壁で囲まれた廃墟へ連れて行ったのだ。彼はカリンに丈の高い木立のなかを走る空間を見せた。若木がびっしり生えているその場所には線路が走っていたのだ。二年ばかりまえにここで数人のヒッピーが道に迷い、出てきたときに城があったと報告した、というのが冗談の由来だった。デリクは、目の前にあるものや正しい情報によって見当がつくはずのものを見ずにそういう間違いをする人間が、大嫌いだった。

カリンは崩れかけている壁の上を歩き回ったが、デリクは足元に気をつけろとも、首を折らないように注意しろとも言わなかった。

帰路で激しい雷雨に遭い、二人は密生したヒマラヤスギの木立で雨宿りしなければならなかった。カリンはじっとしていられなかった——自分が怖がっているのか気持ちが高ぶっているのかわからない。高ぶっているのだと判断したカリンは、この避難所にまで差し込んでくる輝く光のなかで両腕を上げて叫びながら飛び上がり、ぐるぐる円を描いて走った。静かにしなさいとデリクは言った。座って、ぴかっと光るたびに十五まで数えて、雷が鳴らないかどうか確かめてみろ、と。

だがカリンには、デリクが自分の様子を喜んでいるように思えた。彼は、カリンが怖がっているとは思っていなかった。

積極的に喜ばせたくてたまらなくなる人、というのが確かにいるものだ。デリクもそういう人間だった。そういう人を相手にしくじると、心のなかで永遠に軽蔑すべき人間のカテゴリーに入れられてしまう。稲妻を怖がる、クマの糞を見て怖がる、あの廃墟を城の廃墟だと思いたがる——雲母、黄鉄鉱、石英、銀、長石の異なる特性を見分け損なってさえ——そんなことのどれをやらかしても、デリクは、カリンには見切りをつけようと思うだろう。それぞれ違う形でローズマリーとアンに見切りをつけたように。カリンとそうして外にいるときの彼はいっそう本来の彼らしく、すべてに対して真剣に注目するという敬意を払っていた。彼がカリンといっしょで、彼女たちのどちらともいっしょでないときには。


「今日ここで、暗くて悲観的な空気に気がついたかい？」デリクが訊ねた。

カリンは内側にロウソクを立てた氷のように見える石英を両手で撫でた。「それってローズマリーのせい？」と彼女は問い返した。

「違う」とデリクは答えた。「重大なことなんだ。アンがこの土地のことで打診されてね。ストコの悪徳業者がやってきて、日本の会社がここを買いたがってるって彼女に言った。連中は雲母を欲しがってるんだ。車のセラミック・エンジン・ブロックを作るために。彼女は考えている。彼女が望むなら、売ることはできる。ここは彼女のものだからな」

カリンは「なんだってアンがそんなこと望むのよ？　ここを売るだなんて？」と問い返した。

「金さ」とデリクは答えた。「金のことを考えてごらん」

「ローズマリーの払う家賃ではじゅうぶんじゃないの？」

「あれがどれだけもつ？　牧草地は今年は貸せない、地面が水っぽすぎてね。家は金をかけなきゃ倒壊する。僕は一冊の本に四年も取り組んでいて、書きあがってさえいない。僕たちは金がなくなりかけてるんだ。不動産屋が彼女になんて言ったか知ってるか？『ここはもうひとつのサドバリー（カナダ有数の鉱山）になる可能性がありますよ』だとさ。冗談で言ったんじゃないんだぞ」

カリンにはなぜその男が冗談を言わなくちゃならないのかわからなかった。サドバリーなんてまるで知らなかった。「わたしがお金持ちなら買えるのに」とカリンは言った。「そうしたら、アンと今のままで暮らせるのにね」

「そのうち君は金持ちになる」とデリクは当然のことのように言った。「だけどすぐにってわけじゃない」彼はカメラをケースにしまっていた。「お母さんとうまく付き合っていくんだな」と彼は言った。「彼女は腐るほど金持ちなんだから」

カリンは顔が熱くなるのを感じた。その言葉の衝撃を感じた。それまで聞いたことのない言い方だった。腐るほど金持ち。それはひどく忌まわしい響きだった。

「よし——これをいつ現像してもらえるか確かめに、町へ行ってくるよ」彼はカリンについてくるかとは訊かなかったし、どっちにしろカリンには返事ができなかっただろう。彼女の目はどうしようもないほど涙でいっぱいだった。彼の言葉に打ちのめされ、目が見えなくなっていた。

カリンはバスルームへ行きたくて、母屋へ向かった。

キッチンからは良いにおいが漂っていた——じっくり調理されている肉のにおいだ。

たったひとつしかないバスルームは二階だった。カリンには、アンが二階の、自分の部屋で動き回っているのが聞こえた。カリンは声もかけなかったし、覗き込みもしなかった。だが、また階下へ戻ろうとすると、アンに呼び止められた。

アンは化粧していたので、それほどブツブツだらけには見えなかった。

ベッドの上にも床の上にも服が山になっていた。

「あれこれ整理しようと思って」とアンは言った。「これは、持っているのを忘れていた服よ。ある程度はさっぱり処分しちゃわなくちゃ」

ということは、アンは本気で引っ越そうと思っているのだ。引っ越すまえにものを処分しようとしているのだ。引っ越しの準備をするとき、ローズマリーはカリンが学校に行っているあいだにトランクを詰めてしまった。なかに入れるものを選んでいるところを、カリンは見ていなかった。あとになって出てきたのを見ただけだ。トロントのアパートで、そして今度はトレーラーで。クッションー個、ロウソク立てが一対、大皿一枚——見慣れたものだが、永遠に場違いな。カリンとしては、何も持ってこなかったほうがよかった。

「ほら、そのスーツケース」とアンが言った。「そこの、洋服ダンスのいちばん上にあるでしょ? 椅子にのぼって、あたしが受け止められるように端っこから傾けてもらえる? やってみたんだけどめまいがしちゃって。傾けてくれるだけでいいの、そうすればあたしが受け止めるから」

カリンは椅子に上ってスーツケースを押し、洋服ダンスの端でぐらぐらさせて、アンがそれを受け止めた。アンは息をはずませながらカリンに礼を言って、それをベッドの上にどすんと下ろした。

「鍵はあるの、鍵はここにあるのよ」とアンは言った。

錠前は滑らかに動かず、留め金をこじ開けるのは大変だった。カリンも手伝った。蓋が後ろへ倒れると、ぐしゃぐしゃの布地の山から防虫剤のにおいが立ち上った。ローズマリーが好んで買い物をするリサイクル店で、カリンにはお馴染みのにおいだった。

「これって、アンのお母さんの昔のやつ？」とカリンは訊ねた。

「カリンったら！　これはあたしのウエディングドレスよ」アンは半分笑いながら答えた。「それは包んであるただの古いシーツ」アンは灰色がかった布をはぎ取って、折り畳んだレースとタフタを取り出した。カリンはベッドの上にそれを置く場所を空けた。するとアンはうんと注意しながら表に返し始めた。タフタは木の葉のようにかさかさ音を立てた。

「あたしのヴェールも」アンはタフタにくっついていた包装フィルムをはがした。「あら、もっと大事に扱っておけばよかった」

スカートには細くて長い裂け目が一本できていて、まるでカミソリの刃で切られたように見えた。

「掛けておけばよかった」とアンは言った。「あのクリーニング屋でくれる袋に入れておけばよかったわ。タフタはすごく弱いの。その裂けているところは折り目だったのよ。それもわかっていたのに。タフタはぜったい、ぜったい畳んじゃいけないの」

アンは今度は布地を一枚一枚引きはがし始めた。小声でぶつぶつ自分を励ましながらすこしずつはがしていって、しまいに全体を振ってドレスの形にすることができた。ヴェールは床にふわっと置かれていた。カリンはそれを拾い上げた。

「ネットだ」とカリンは言った。デリクの声を頭から締め出しておくためにしゃべっていた。

「チュール」とアンが言った。「ちゅ・う・る。レースとチュールよ。もっと大事にしておかなかった自分が情けないわ。ここまでもったのが不思議ね。そもそも、もってるっていうのが不思議だわ」

「チュール」とカリンは繰り返した。「チュールって聞いたことなかった。タフタも聞いたことないんじゃないかな」

「よく使われていたのよ」とアンは言った。「昔はね」

「これを着てる写真はあるの？　結婚式の写真、持ってる？」

「父さんと母さんは一枚持ってたわ、でもあの写真、どうなっちゃったのかしら。デリクは結婚式の写真を大事にするタイプじゃないし。結婚式でさえ苦手だったもの。あたしったら、よくまあ式を挙げられたものよね。ストコの教会で挙げたのよ、そういえば。それに三人の女友だちをよんで、ドロシー・スミスとミュリエル・リフトンとドーン・チャリレイ。ドロシーはオルガンを弾いて、ドーンはわたしの花嫁付添人、そしてミュリエルが歌ったの」

カリンは「花嫁付添人のドレスは何色だったの？」と訊いた。

「アップルグリーンよ。シフォンを縫い付けたレースのドレス。いや、逆だわ。レースの付いたシフォン」

アンはこういったことをぜんぶ、ドレスの縫い目を調べながらいささか確信はなさそうな口調でしゃべった。

「その歌った人は何を歌ったの？」

「ミュリエルよ。『全き愛』。全き愛たまう神よ、おおまえに結ばれし――だけど、これって本当は賛美歌なのよ。神の愛かなんかのことを言ってるの。誰が選んだのかしらねえ」

カリンはタフタに触れた。ひんやり乾いた感触だった。

ない。

「着てみてよ」とカリンは言った。

「あたしが？」とアンは問い返した。「ウエストが二十四インチの人用にできてるのよ。デリクは町へ行ったの？ フィルム持って？」

カリンがそうだと答えるのを、彼女は聴いていなかった。もちろん車の音が聞こえていたに違いない。

「写真による記録がいるとあの人は思ってるの」とアンは言った。「どうしてこんなに急ぐのかしら。それからあの人はぜんぶ箱に詰めてラベルを貼るつもりなの。もう二度と目にすることがないと思ってるらしいわ。ここが売れたみたいな言い方した？」

「まだだけどね」とカリンは答えた。

「そう。まだだけどね。だけどあたしは、必要に迫られない限り売らないつもりだった。そうならない限り、売るつもりはないわ。そうなるだろうとは思うけどね。とにかく何かが必要になることってあるのよ。それをぜんぶ悲劇とか個人的な罰みたいなものにする必要はないわ」

「着てみていい？」とカリンは訊いた。

アンはカリンを検分した。「うんと気をつけてね」と彼女は言った。

カリンは靴とショートパンツを脱ぎ、ブラウスも脱いだ。アンはドレスをカリンの頭からかぶせて、一瞬白い雲のなかに閉じ込めた。レースの袖は、端の尖ったところがカリンの手の甲を覆うまでそっと手を通さなくてはならなかった。レースのせいで、カリンの手はまだ日焼けしていないのに茶色く見えた。ウエストの横のホックをぜんぶ留めていって、それからさらに首の後ろのホックがある。カリンの喉にレースのバンドをぎゅっと巻きつける。ドレスの下はパンティーだけなので、レースが触れると肌がチクチクした。そこここに触れるレースは、カリンが馴染んでいる何にもまして意図を持っているかのようだった。彼女は乳首にレースが当たる感触に身を縮めたが、幸いなことにそこの部分はアンの胸に合わせて突き出していたのでぶかぶかだった。カリンの胸はまだほとんど平らだったが、ときどき、乳首が腫れぼったく敏感になって、ほころびかけているかのように感じられることがあった。

タフタを両脚のあいだから引っ張り出して釣鐘型のスカートを整える。それからスカートの上に幾重にも輪になったレースを重ねる。

「あなた、思ったより背が高いわ」とアンは言った。「ちょっとたくしあげれば、着たままで歩き回れるわよ」

アンはドレッサーからヘアブラシを取ると、レースで覆われた肩に垂れるカリンの髪を梳かし始めた。

「ナッツブラウンの髪ね」と彼女は言った。「本に出てきたのを覚えてるわ、昔は、女の子たちは髪がナッツブラウンだって描写されてたの。それでね、実際にナッツを使って染めてたのよ。うちの母は女の子たちがクルミを煮て染料を作って、それで髪を染めてたって言ってたわ。もちろん、手にしみがつくとすっかりばれちゃうんだけど。あのしみはなかなか取れないの」

「じっとしてて」とアンは言って、滑らかになった髪にヴェールを振るって被せ、それからカリンの前に立ってピンで留めた。「ヘッドドレスは影も形もないの」とアンは言った。「きっと何かほかのことに使っちゃったか、誰か結婚式で着ける人にあげちゃったのね。思い出せないわ。どっちにしろ、今じゃ馬鹿みたいに見えるしね。スコットランド女王メアリのだったのよ」

アンはあたりを見回すと、シルクフラワー――リンゴの花の一枝――をドレッサーのリンゴの花瓶から抜いた。この新しい考えのおかげで、アンはピンを抜いてやり直すこととなった。リンゴの枝を曲げてヘッドドレスにしたのだ。枝は硬かったがしまいには曲がり、アンはそれを満足のいくようにピンで留めつけた。アンは脇へ退くと、カリンをそっと鏡の前に押し出した。

カリンは言った。「わあ。これ、結婚するときに着たいから、もらえない？」

本気ではなかった。自分が結婚するなんて、考えてみたこともなかった。これほどいろいろやってくれたアンを喜ばせようと思って言ったことだった。それに、鏡を覗き込んだときの気恥かしさを隠すためもあった。

「その頃にはまたうんと流行が変わってるわ」とアンは答えた。「これは今でさえ流行りじゃないのよ」

カリンは鏡から目をそらし、もっと心の準備を整えてからまた覗き込んだ。聖人が見えた。輝く髪、淡い色の花、頬に垂れるレースの朧な影、お話の本に出てくるような姿、己に対してあまりにひたむきすぎて、どこか宿命的なもの、それに馬鹿げたところを感じさせる類の美だ。その顔をかち割ってやろうとカリンはしかめっ面をしたが、効果はなかった――まるで今や花嫁こそが、鏡のなかに生まれた少女こそが主導権を握っているかのようだった。

「今のあなたを見たら、デリクはなんて言うかしら」とアンは言った。「そもそも、あたしのウエディングドレスだったってことがわかるかしらねえ？」アンの瞼はいつもの気弱で悩ましげな様子でぱちぱち上下していた。アンは花とピンを取り除こうと間近に立った。腕の下からは石鹸のにおいがし、指先からはニンニクのにおいがした。

「きっとこう言うよ、その馬鹿げた服はなんだ？」とカリンはデリクの傲慢な口調を真似し、アンはヴェールを取り去った。

谷を車が下りてくる音が聞こえた。「噂をすれば影ね」とアンが言った。大慌てでホックを外しはじめたアンの指先は震えてぎくしゃくしていた。ドレスをカリンの頭から脱がせようとしたとき、何かが引っかかった。

「畜生」とアンが言った。

「そのまま引っ張って」とカリンは布地のなかから言った。「引っ張ってくれたら、あたしもやってみるから。ほらここだ」

ドレスから抜け出したカリンは、アンの顔が苦悩のように見える表情で歪んでいるのを目にした。

「デリクのことは冗談だからね」とカリンは言った。

だがたぶんアンの表情はドレスに対する懸念や気遣いにすぎなかったのだろう。

「何言ってるの？」とアンは問い返した。「ああ。よして。あんなことどうでもいいわ」

カリンはキッチンから聞こえてくる二人の声を聞き取ろうと階段にじっと立っていた。アンは先に階段を駆け下りていたのだ。

デリクの声がした。「うまくできそう？　君が作ってるやつはさ？」

「うまくできるといいんだけど」とアンは答えた。「オッソブッコよ」

デリクの声音は変化していた。もう怒ってはいなかった。彼は和解したがっていた。アンの声はほっとした様子で、息せき切って彼のこの新しい気分に調子を合わせようとしていた。

「お客が来てもいいくらいたっぷりある？」と彼は訊いた。

「どんなお客さん？」

「ローズマリーだけだよ。足りるといいんだけどな、もう誘っちゃったんだ」

「ローズマリーとカリンね」アンは穏やかに答えた。「じゅうぶんあるわよ。だけど、ワインがぜんぜんないわ」

「今はある」とデリク。「買ってきたよ」

それからデリクがアンに、なにやら呟くというか囁いた。きっとアンのすぐ傍に立って、彼女の髪とか耳に向かってしゃべっているのだ。彼女に報いようと、からかったり懇願したり安心させたり約束したりをぜんぶ一時にやっているらしかった。このなかから言葉——自分に理解できて決して忘れられなくなるような——が浮上してくるのが怖くて、カリンはどたどたと階段を下りてキッチンに入り、叫んだ。「そのローズマリーって誰？　ローズマリーって聞こえたんだけど？」

「そんなふうにこっそり忍び寄るんじゃないよ、お嬢ちゃん」とデリクは言った。「君が来るのが聞こえるように、ちょっと物音を立てなさい」

「『ローズマリー』って聞こえたんだけど？」

「君のお母さんの名前だ」とデリクは答えた。「本当だよ、君のお母さんの名前だ」

あのピリピリした不機嫌は消えていた。彼は去年の夏はちょこちょこそうだったように、やる気満々で意気軒昂だった。

アンはワインを見て言った。「いいワインね、デリク、それなら申し分ないわ。さてと。ねえカリン、手伝ってちょうだい。ポーチの長いテーブルに支度しましょう。青いお皿と銀器を使って

――洗浄したばかりでよかったじゃない。キャンドルを二種類置きましょうよ。丈の高い黄色いのは真ん中で、ねえカリン、その周りに小さな白いので円を作るの」

「デイジーみたい」とカリンは言った。

「ほんとね」とアン。「お祝いのディナーよ。だってあなたが夏を過ごしに帰ってきたんですもん」

「僕は何をしたらいい？」とデリクが訊ねた。

「そうねえ。ああそうだ――サラダ用に外で何か摘んできて。レタスとヒメスイバ、それと、小川にクレソンは出てる？」

「あるよ」とデリクは答えた。「いくらか見かけた」

「それも摘んできて」

デリクは彼女の肩に片手を滑らせた。「なにもかも申し分ないね」と彼は言った。


ほとんど支度ができると、デリクはレコードをかけた。彼がローズマリーのところへ持っていったレコードの一枚で、きっとまたここへ持って帰ってきたのだろう。『リュートのための古代舞曲とアリア』というタイトルで、カヴァーにはおそろしくほっそりした古風な女性たちの一群が印刷されており、皆ハイウエストのドレスを着て両耳の前に小さな巻き毛を垂らし、輪になって踊っていた。この曲を聞くとデリクはよく堂々とした滑稽なダンスを始め、カリンとローズマリーもそれに加わった。カリンはデリクのダンスについていけたが、ローズマリーは駄目だった。ローズマリーは一生懸命になりすぎて動きがちょっと遅れるし、無意識なものでしかない動きを真似しようとするのだ。

カリンは今やダンスを始めた、アンがサラダの野菜をちぎり、デリクがワインを開けているキッチンテーブルの周りで。「リュートのための古代舞曲とアリア」カリンは有頂天で歌った。「うちのお母さんが夕食にやってくる、うちのお母さんが夕食にやってくる」

「カリンのお母さんは夕食にやってくるさ」とデリクが言った。彼は片手を上げた。「静かに、静かに。あれは彼女の車の音じゃないかな?」

「あらやだ。あたし、せめて顔くらい洗わなくちゃ」とアンが言った。彼女は野菜を置くと、慌てて廊下へ出て階段を上がっていった。

デリクはレコードを止めにいった。彼は針をさいしょに戻した。また演奏が始まると、彼はローズマリーを出迎えに外へ出ていった——いつもはやらないことだ。カリンは自分も外へ駆け出すつもりだった。だがデリクがそうすると、行かないことにした。代わりにアンを追って階段を上がった。でもすっかり上までではない。踊り場に、誰もそこで立ち止まったり外を見たりはしない小さな窓があった。レースのカーテンが掛かっているので、こちらの姿を見られることはなさそうだ。

カリンは素早かったので、デリクが芝生を横切って垣根の隙間を通り抜けるのが見えた。待ちきれなさそうな、大股の、人目をはばかる歩調だ。身をかがめて車のドアを開けるのに、仰々しく開けてローズマリーに手を貸して降ろすのに間に合うだろう。彼がそんなことをするのをカリンは見たことがなかったが、今はそれをやる気でいるのがカリンにはわかっていた。

アンはまだ浴室だ——シャワーの音がカリンの耳に響いていた。数分間は邪魔されずに観察していられる。

そして今度は、車のドアが閉まるのが聞こえた。だが二人の声は聞こえない。家のなかに音楽が流れていては無理だった。しかも二人は生垣の隙間から見える位置まで来ていない。まだだ。まだまだ。まだまだ。

父のテッドと別れてから、ローズマリーが一度戻ってきたことがあった。家にではない——家には来ないことになっていた。テッドはカリンをレストランに行かせ、そこにローズマリーがいたのだ。二人はそのレストランでいっしょにランチを食べた。カリンはシャーリーテンプルとフライドポテトを頼んだ。ローズマリーはトロントに行くつもりなのだと娘に話した。そこの出版社で仕事があるのだと。カリンは出版社がなんなのか知らなかった。

ほら、やってきた。ぎゅっと体をくっつけ合って生垣の隙間を抜けてくる。本当なら一列にならなければいけないのに。ローズマリーは薄くて柔らかいラズベリー色のコットン地でできたハーレムパンツを穿いている。両脚が影のように透けて見える。上はもっと重みのあるコットンで、刺繍と、縫い付けられた小さい鏡で覆われている。彼女は盛り上げた髪を気にしているらしい——両手を上げて、愛らしくそわそわと、もうちょっと房や巻き毛をほつれさせて顔のまわりにふわふわ垂らそうとしている(『リュートのための古代舞曲とアリア』のカヴァーのご婦人たちが巻き毛を耳の上から垂らしているみたいに)。爪はパンツと同じ色に塗られている。

デリクはローズマリーの身体のどこにも触れていないが、今にもそうしそうに見える。

「へええ、だけど、そこに住むの?」レストランでカリンはそう訊ねた。

背の高いデリクは自分が今にも飛び込もうとしている巣であるかのように、ローズマリーのワイルドで素敵な髪のすぐ近くまで身を屈めている。彼はひどくひたむきだ。彼女に触ろうが触るまいが、彼女に話しかけようがかけまいが。彼は彼女を、慎重に注意を払いながら引き寄せている。だが彼自身が引き寄せられ、楽しみたがっている。カリンにはあの楽しい浮ついた気持ちが識別できる、いや、まだ眠くない、いや、まだ起きてる……と言っているときのあの。

ローズマリーは目下のところどうしたらいいかわからないでいるが、まだ何もする必要はないと思っている。ほら、彼女がバラ色の籠のなかでくるくる回っているのを見てごらん。綿菓子でできたローズマリーの籠。ローズマリーがぺちゃくちゃ喋って楽しそうにしているのを見てごらん。

腐るほど金持ち、と彼は言った。

アンがバスルームから出てくる。灰色の髪は湿って黒っぽく、頭にぺたんと撫でつけられて、シャワーを浴びた顔は火照っている。

「カリン。ここで何してるの？」

「見てるの」

「何を見てるの？」

「お熱いカップル」

「まったく、カリンったら」アンはそう言って、階段を下りていく。

そしてすぐに玄関から（今日は特別だ）嬉しそうな叫びが聞こえ、そして廊下から「この素晴らしいにおいは何？」（ローズマリー）。「アンが古い骨を何本か煮てるだけだよ」（デリク）。

「それにそこの——きれいだわ」とローズマリーは言い、社交の渦は居間へ入ってくる。居間のドアの横の水差しにアンが活けた緑の葉とミノボロと早咲きのオレンジリリーのことを言っているのだ。

「アンが草を放り込んだだけだ」とデリクが答え、そしてアンは「あのね、ちょっとすてきなんじゃないかと思ったの」と言い、ローズマリーはまた「きれいだわ」と繰り返す。


ランチのあと、ローズマリーはカリンにプレゼントを買いたいのだと言った。誕生日でもなければクリスマスでもないけれど——ただ、すてきなプレゼントを。

二人はデパートへ行った。カリンが何か見ようと歩調を緩めるたびに、ローズマリーはすぐさま大喜びでいそいそとそれを買おうとした。襟と袖口に毛皮のついたベルベットのコートを、アンティーク調の彩色された揺り木馬を、実物の四分の一ほどあるように見えるピンクのフラシ天のゾウを、買うところだった。この悲惨なぶらぶら歩きを終わらせるために、カリンは安い飾り物を選んだ——鏡の上でポーズを取るバレリーナの人形だ。バレリーナは回らなかったし、音楽も鳴らなかった——その選択の納得のいく説明になるものは何もなかった。ローズマリーにもそれがわかるはずと思いたいところだ。そんな選択が何を語っているのかわかっていて当然なのに——カリンを幸せにすることはできない、償いは不可能だ、許しなど問題外だ、ということを。ところがローズマリーにはそれがわかっていなかった。というか、わかろうとしなかった。彼女は「うん。いいじゃない。とっても優雅ね。あなたのドレッサーの上に置けばきっと素敵よ。うん、ほんと」と言った。

カリンはそのバレリーナを引き出しのなかにしまい込んだ。グレイスに見つかると、学校の友だちからもらったもので、好みじゃないと言ってその子の気持ちを傷つけたくなかったのだと説明した。

グレイスはその頃、あまり子供というものに慣れていなかった、でなければ、そんな話はおかしいんじゃないかと思っていたかもしれない。

「なるほどね」と彼女は言った。「病院のバザーに出すわ――あそこでそのお友だちの目に触れるってことはまずないでしょうし。どっちみち、そんなのきっと何百って作られているしね」

階下では、角氷が音を立てた。デリクが飲み物のなかに入れたのだ。アンが言った。「カリンはどこかそのへんにいるわ、きっとすぐに顔を出すわよ」

カリンはそうっとそうっと残りの階段を上って、アンの部屋へ入った。ベッドの上には服が重なっていて、ウエディングドレスはまたシーツに包まれてそのいちばん上に乗っていた。カリンはショートパンツとブラウスと靴を脱ぐと、このドレスを身につけるという困難な作業を必死で始めた。頭からかぶる代わりに、カサカサいうスカートとレースの胴着を身をよじって下から穿いて持ち上げた。レースに爪を引っ掛けないように気をつけながら、袖に腕を通す。爪は概ねうんと短くて問題にはならなかったが、それでも気をつけた。レースの尖った先端を手の甲を覆うよう引っ張る。それからウエストのホックをぜんぶ留めていった。いちばん難しかったのは首の後ろのホックを留めることだった。カリンは首を曲げて肩を丸め、後ろのホックに手を届かせやすくした。そうまでしても、大失敗をやらかしてしまった――片腕の下のレースがちょっと破れたのだ。カリンはぎょっとし、一瞬手を止めてしまいさえした。だが、今更断念できないところまで来ているように思え、残りのホックをつつがなく留め終えた。ドレスを脱いだら、あの破れ目は繕っておけばいい。それとも嘘をついて、ドレスを着るまえからあったと言い張るとか。どっちにしろ、アンは気がつかないかもしれない。

今度はヴェールだ。ヴェールはうんと気をつけなければならない。どこが破れたって目立つ。カリンはヴェールをよく振るって、アンがやったとおりにリンゴの花の枝で留め付けようとした。でも枝がうまく曲がらないし、滑りやすいピンで留めることもできない。リボンかサッシュですっぽり結わえ付けたほうがいいのではないかとカリンは考えた。何か見つからないかとアンのクローゼットへ行ってみた。すると男性用のネクタイ掛けがあって、ネクタイが掛かっていた。デリクのネクタイだ、ネクタイなんか着けているところは見たことがなかったのだが。

カリンはストライプのネクタイを外すと、それを額に巻いて頭の後ろで結わえ、ヴェールをしっかり押さえた。これを鏡の前でやったのだが、出来上がってみると、ジプシーのような印象になっているのがわかった、いかにも滑稽な感じだ。アイディアが浮かび、おかげで骨折りながらあのホックをぜんぶ外す羽目になった。それからアンのベッドの衣類をぎゅっと丸めてドレスの前に詰める。アンの胸に合わせて形作られてだらんと垂れていたレースの部分を、いっぱいに、はちきれんばかりにした。このほうがいい、皆を笑わせるほうがいい。こうしてしまうとホックをぜんぶ留めることはできないが、滑稽な布のおっぱいがずり落ちないようにしておける程度には留められた。首のバンドも留めた。終わると汗まみれになっていた。

アンは口紅も付けないし目の化粧もしないが、ドレッサーの上には意外にもかちかちになったほほ紅の容器があった。カリンはそれを唾でのばすと、両頬に丸く塗りたくった。

階段の下は玄関から通じる廊下になっていて、この廊下の横のドアがサンポーチへ通じ、べつのドア（同じ側）が居間へ通じている。ポーチから直接、突き当りのドアを通って居間へ入ることもできる。この家はおかしな設計になっている、というか、ぜんぜん設計なんかされていないの、とアンは言っていた。思いつくままに改造されたり増築されたりしてきたのだ。長細いガラス張りのポーチは日がぜんぜん当たらなかった。家の東側にあり、つねに、この木の特性に従って手に負えないままあっという間に育ってしまった一群のポプラの若木の陰になっていたからだ。アンが子供の頃、ポーチは主にリンゴの貯蔵場として使われていた。アンと妹は三つのドアを通り抜ける回り道が大好きではあったが。そして今では彼女はこの部屋を、夏のあいだ夕食を供する場所として気に入っていた。テーブルを伸ばすと、椅子と内側の壁とのあいだにはほとんど通るゆとりがなくなる。だが、皆を窓に向き合うほうの側と両端に座らせると——テーブルは今夜もそういう具合にセッティングされていた——細い人なら通り抜ける余地があったし、カリンならぜったい大丈夫だった。

カリンは裸足で階下へやってきた。居間からは姿は見えない。それに居間へはいつものドアから入るのではなく、ポーチへ入ってテーブルの横を通り抜け、それから皆の前へ、まさかカリンが現れるとは誰も思っていないポーチから姿を現す、というかぱっと飛び込むことにしたのだ。

ポーチはすでに薄暗かった。アンは丈の高い二本の黄色いキャンドルに火を灯していたが、その周りに円形に並んだ小さな白いキャンドルは灯していなかった。黄色いキャンドルはレモンの香りがして、たぶんアンはその香りで部屋のむっとするにおいを追い散らそうと思ったのだろう。それにアンはテーブルの一方の端の窓も開けていた。この上なく静かな夜でも、ポプラの木立からはいつもそよ風が吹いてくるのだ。

カリンは両手でスカートを押さえながら、テーブルの横をすり抜けた。歩くにはスカートをちょっとたくしあげなければならない。それにタフタの衣擦れの音を立てたくはなかった。戸口に姿を見せたところで、「花嫁来たれり」（婚礼の合唱）を歌い始めるつもりだった。

花嫁来たれり
麗しくも太り肉《じし》
あのよろめく様を見よ
右へ左へと——

そよ風とともに一陣の突風がどっとカリンに吹き付け、ヴェールを引っ張った。だが頭にしっかり留めてあるので、カリンはヴェールをさらわれる心配はしなかった。

向きを変えて居間へ入っていくと、ヴェール全体が持ち上がり、キャンドルの炎をかすめた。居間にいた一同がカリンを見ると同時に、彼女に迫る炎が目に飛び込んだ。カリン自身はといえば、レースのにおいを嗅いだと思ったらそれがもろくも消え失せたのだった——ディナー用に煮込まれている髄入りの骨のにおいに混ざった奇妙なツンとくる悪臭。それから、途方もない熱気と悲鳴がほとばしった、荒々しく、暗闇のなかへと。

ローズマリーがさいしょに駆け寄り、カリンの頭をクッションでばんばん叩いた。アンは廊下の壺へと走り、ユリや草もろとも水を、燃えている自分のヴェールと髪の上にぶちまけた。デリクはスツールやテーブルや飲み物をなぎ倒しながら床の敷物を剝ぎ取り、カリンをぎゅっと包みこんで最後の炎を根絶やしにした。びしょ濡れになった髪のなかでまだくすぶっているレースもあったが、ローズマリーが指先を焦がしながら取り去った。

カリンの両肩と背中の上部と首の片側の皮膚は焼け爛れていた。デリクのネクタイがヴェールを顔からちょっと後ろに押しやっていたので、目立つ痕跡は残らずに済んだ。だが、髪がまた伸びて、カリンがそれを前へ梳《くしけず》ってみても、首の損傷を完全に隠すことはできなかった。

カリンは皮膚の移植手術を何度か受け、その後見た目は改善された。大学に入る頃には、水着を着られるようになっていた。

ベルヴィル病院の病室で初めて目を開けたとき、カリンの目にはあらゆる色のデイジーが映った。白いデイジー、黄色とピンクと紫のデイジー、窓枠の上にまで。

「きれいでしょ?」とアンが言った。「ずっと送ってくれているの。どんどん送ってくれるのよ。さいしょのもまだ元気なの、というか、すくなくともまだまだ捨てるほどじゃないわ。旅の行く先々で、その都度また送ってくれるの。今頃はケープブレトンにいるはずよ」

カリンは「農場は売ったの?」と訊ねた。

ローズマリーが「カリン」と言った。

カリンは目を閉じて、また開けてみた。

「アンだと思ったの?」とローズマリーは問いかけた。「アンとデリクは旅行に出たの。あなたに話しかけていたのはわたしよ。アンは確かに農場を売ったわ、というか、売るつもり。あなたったら、おかしなことを考えるのねえ」

「二人は新婚旅行なのね」とカリンは言った。これは引っ掛けだった——あれが本当にアンだったのなら、彼女を呼び戻すための——アンに、たしなめるような口調で「もう、カリンったら」と言わせるための。

「あのウエディングドレスのせいで、そんなこと考えちゃうのね」とローズマリーが言った。「あの二人はほんとはね、つぎに住みたいところを探しに旅行しているの」

ということは、あれは本当にローズマリーだったのだ。そしてアンは旅行中。アンはデリクと旅行中。

「まあ二度目の新婚旅行ってところでしょうね」とローズマリーは言った。「三度目の新婚旅行に行く人って聞かないわよねえ? それとか、十八番目の新婚旅行なんてね?」

結構なことだ、皆正しい場所にいる。こんなふうにしたのはあたかも自分であるかのように、カリンには感じられた。精根涸らす努力を通じて。自分は満足を感じるべきなのだと彼女は思った。実際に満足は感じていた。だが、なんとなくすべてが取るに足らないことのような気がした。あたかもアンとデリクが、そしてたぶんローズマリーまでもが、あまりに厚みがあって厄介なのでとてもよじ登って出ることはできない生垣の向こうにいるかのような。

「だけどわたしはここにいるわ」とローズマリーは言った。「ずっとここにいたのよ。でもあなたに触らせてもらえないの」

彼女はこの最後の事柄を、胸が張り裂けそうなことだと言わんばかりに話した。

彼女は今でもときどきこのことを口にする。

「何より記憶に残っているのは、あなたに触らせてもらえなくて、あなたがわかってくれているのかしらと思ったことだわ」

カリンは、だいじょうぶ、と答える。わかってたよ。あえて口に出さないのは、当時、ローズマリーの嘆きを馬鹿げていると思ったことだ。大陸の向こうに手が届かないと愚痴っているようなものだった。それこそカリンが、自分がなったと感じていたものだったのだから――何か広大で微光を放って充足しているもの、痛みに波立つ部分もあるが、それ以外はずっと遠くまで単調に平らになっている。この端から離れたところにいるのがローズマリーで、カリンはいつでも好きなときに彼女を騒々しい黒い点々の集まりに縮小してしまえた。そして彼女自身――カリン――は、こんなふうに手足を伸ばしながらも、また同時に自分の領土の真ん中に、ビーズの玉かてんとう虫のようにきっちりと収縮してしまうことができたのだ。

もちろん、彼女はそこから出てきた。カリンに戻った。肌以外はそっくり元のままだと誰もが思った。彼女がどんなふうに変わったか、独立して、きちんと、自分でうまくやっていくのがどれほどカリンにとって自然に思えるか、誰も知らなかった。自分がどれほど自立しているかを思うとき、彼女がときに感じる真面目な勝利感を知る者は、誰もいなかった。

変化が起こるまえ

Before the Change

親愛なるRへ。父といっしょにケネディーとニクソンの公開討論を見ました。あなたがここへ来たあとで、父はテレビを買ったの。小さな画面の、室内アンテナ付きのものです。食堂のサイドボードの前に置いてあるので、上等の銀器やテーブルリネンを誰かが取り出したいと思っても、今や取り出すのは容易ではありません。本当に座り心地のいい椅子なんてひとつもないのに、なぜ食堂に？　それはね、あの人たちが居間ってものがあることをここしばらく思い出していないから。あるいはミセス・バリーが夕食のときにテレビを見たがるせいね。

　この部屋を覚えているかしら？　テレビ以外何も変わっていません。両脇には、ベージュの地にワイン色の葉っぱの模様のずっしりしたカーテン、そのあいだを覆うレースのカーテン。馬を引く円卓の騎士サー・ガラハッドの絵と、赤い鹿で虐殺を表したグレンコー（スコットランドの村、一六九二年に起こった虐殺はスコットランドとイングランドの関係悪化の原因となった）の絵。父の診療所から何年もまえに持ってきたまま行き場がなくて、壁に押し付けもせずに置きっぱなしになっている古い書類戸棚。そして、粘土の鉢やブリキ缶に植わった植物が茂りもしなければ枯れもせずに同じ配列で、というか同じように見える配列で並んでいる、閉じられた母のミシン（父が母のことを口にするのは、「お前のお母さんのミシン」と言うときだけ）。

というわけで、今は家に帰っています。いつまで、という質問は誰も持ち出しません。とにかく本や論文や服をぜんぶミニに積み込んで、オタワからここまで一日で走ってきました。父には電話で、論文を書き終えて（実際は投げ出しちゃったんだけど、父にはわざわざそんなことは話さなかった）一休みしたくなったと言ってあったの。

「一休みだと？」父は、そんなことはじめて聞いたみたいな口調で訊き返したわ。「ほほう。神経病みじゃないってことか」

なんですって？ わたしは問い返しました。

「神経衰弱だよ」父は警告するような高笑いを上げました。パニック発作や急性不安や抑鬱症や挫折のことを父はいまだにそう呼ぶの。きっと患者さんに、元気を出しなさい、とか言ってるんでしょう。

ひどいわよね。父はきっと、鎮静剤を持たせて、あっさりした親切な言葉を一言二言かけて送り出すんだわ。父は、よその人の欠点はわたしのよりも簡単に許せるの。

ここに着いたとき、特に大歓迎はされなかったけれど、周章狼狽もなかったわ。父はミニの周りを歩いて、自分が目にしたものについてブツクサ言い、タイヤをつつきました。

「ここまで来られたのは驚きだな」と父は言いました。

父にキスしようかって考えたのよ——愛情の高まりというよりは虚勢ね、今じゃわたしこうするの、みたいな感じ。でも、靴で砂利を踏みしめる頃には、そんなことできないってわかってた。私道と勝手口の中間あたりにミセスBが立っていました。それでそっちへ行って、代わりに彼女に抱きついて、しなびた小さな顔を囲む、中国風のボブカットにしたへんてこな黒髪に鼻をすりつけたの。カーディガンの古びたにおいとエプロンの漂白剤が鼻にむっときて、爪楊枝みたいな骨格が感じられたわ。彼女の背丈は、わたしの鎖骨まで届かないくらいなの。

どぎまぎしながらわたしは言いました。「いいお天気ね、最高のドライヴ日和だったわ」実際そうだった。ずっとそうだったのよ。木々はまだ紅葉とまではいかなくて、縁が錆色になっているだけで、切り株の並んだ畑は金色で。なのになぜ、この大地の恵みが、父の前では、そして父の領分では（忘れないでね、ミセス・バリーの前でもあり、彼女の領分でもあるってこと）色褪せてしまうの？　なぜわたしのその言葉が——というか、わたしがそれをおざなりにではなく心底から言ったという事実が——ミセスBを抱きしめたのと同じようなことに思えてくるわけ？　一方は傲慢な態度に、もう一方はこれみよがしで大げさな物言いに。

討論が終わると、父は立ち上がってテレビを消しました。父はコマーシャルは見ようとしないの、ミセスBがそこにいて、前歯の抜けた可愛い子とか、あのナントカっていうのを追いかけるニワトリ（彼女、「ダチョウ」とは言わないのよね、それとも覚えられないのか）が見たいって頼めばべつだけど。そうすれば、彼女が楽しむものはなんであれ許可されます、踊るコーンフレークスでさえね、そして父は「まあなんだな、それなりに気が利いてる」とか言ったりするの。これはわたしに対する一種の警告なのでしょう。

ケネディーとニクソンについてどう思った？

「ああ、ただの二人のアメリカ人だな」

わたしはもうちょっと会話を進展させようとしました。

「どういう意味？」

父はね、本人が話す必要ないと思っていることについて話してもらおうとしたり、する必要のない議論に応じてもらおうとすると、上唇の片側を持ち上げて、タバコのヤニで染まった大きな歯を二本覗かせるの。

「ただの二人のアメリカ人だ」まるでその言葉をわたしに聞かせるのは初めてだったみたいに、父は言いました。

そんなわけでわたしたちは、話はしないけれどシーンとしているわけでもない状態で座っています、覚えているでしょうけど、なにしろ父の呼吸はぜいぜいうるさいものでね。父の呼気は石ころだらけの小道を引きずられていって、ギイギイきしむ門を通り抜けるの。それからピイピイゴボゴボのなかに入り込んで、まるで胸の中に人間のものではない装置を封じ込めているみたい。プラスチックのパイプに色のついた泡。気にしたりしちゃいけないの。わたしもすぐに慣れるわ。だけど、それが部屋のなかで大きな空間を占めている。ご本人はどうしたってね、みっしりと突き出たお腹に長い脚にあの顔つき。あの顔つきはどういうこと？　まるで、記憶に残っていることと今後予期されること両方の気に食わないことリストを持っていて、こちらが悪かったと自覚していることだけじゃなく、こちらの思いもよらないようなことでまで、いかに父の忍耐力が試されているか知らしめてやろうじゃないか、みたいな感じなの。あんな顔つきになろうと努力する父親やお祖父さんはたくさんいると思うわ——父と違って自分の家の外ではなんの権威も持っていないような人たちでさえね——でも、父って人はまさしく、いつも変わらずちゃんとそういう顔をしてるの。

Rへ。ここではやることがいっぱいで――よく言う――意気消沈している暇はありません。待合室の壁は何世代にもわたって患者さんたちが椅子の背をもたせかけていたために、いたるところ傷がついています。テーブルの上の『リーダーズダイジェスト』はぼろぼろ。患者さんのカルテは診察台の下のダンボール箱のなか、ゴミ箱――柳細工――はネズミに齧られたみたいに上端がすっかりめちゃめちゃです。そして家のなかも同じなの。一階の洗面台には茶色い髪の毛みたいなヒビが入っているし、トイレにはうろたえてしまうような赤錆色のしみがあるし。でもまあ、あなたもきっと気がついていたでしょうけど。馬鹿げているけれど、わたしがいちばん気がかりに思えるのは、いろんなクーポンや広告チラシなの。引出しのなかにも入っているし、受け皿の下にもくっついているし、そのままちらばっていたりもするんだけど、広告にあるセールとか値引きは、何週間も、何ヶ月も、何年もまえのなの。

投げ出してしまっているとか、やろうとしていないとかいうんじゃない。でも何もかもがややこしくて。洗濯は外に出しています、賢明だと思うわ、相変わらずミセスBにやらせておくよりは。だけど、父はいつ戻ってくるか覚えていられないし、白衣が足りているかといったおそるべきゴタゴタがあります。それにミセスBはなんと、洗濯屋がごまかしている、わざわざネームタグを剝ぎ取ってはそれを粗悪品に縫い付けていると思い込んでるの。それで配達員と口喧嘩しては、うちにはわざと最後に来るって言うんだけど、たぶんそれは本当だわ。

それから、軒をきれいにしなくちゃならなくて、ミセスBの甥が掃除に来るはずだったんだけど、ぎっくり腰になっちゃって、その息子が来るんですって。ところが息子はたくさんの仕事を引き継がなくちゃならなくて遅れているんだとかなんとかで。

父はこの甥の息子のことを甥の名前で呼びます。誰にでもこれをやるのよ。町のお店とか商売のことを、まえの持ち主や、それどころかそのまたまえの持ち主の名前で呼ぶの。これは単なる記憶違いなんてものじゃない、一種の傲慢さね。自分は、そういうことをきちんと把握しておく必要などない立場にいると思ってるんだわ。変化を認める必要などない。あるいは個々人を認める必要など。

待合室の壁に塗るのは何色のペンキがいいか父に訊いたの。ライトグリーンにする、それともライトイエロー？　誰が塗るんだ？　父は問い返しました。

「わたしよ」

「お前がペンキ屋だったとは知らなかったな」

「これまで自分が住むところには自分でペンキを塗ってきたわ」

「そうなのかもしれん。だが俺は見たことないからな。お前がペンキ塗りをしているあいだ、患者はどうするつもりだ？」

「日曜日にやるわ」

「そんなことを耳にしたら、気に食わない人間もいるだろうな」

「冗談でしょ？　この現代で？」

「お前が思ってる現代とまったく同じってわけじゃないかもしれんぞ。ここらあたりではな」

それでわたしは、夜やってもいいわよ、と言いました。でも父は、翌日はにおいで胃がむかつく人がうんと出るだろうって。結局わたしがさせてもらえたのは、『リーダーズダイジェスト』を処分して『マクリーンズ』と『シャトレーヌ』と『タイム』と『サタデーナイト』を並べておくことだけ。すると父がね、文句が出ているって言い出したの。『リーダーズダイジェスト』に出ていた覚えのあるジョークを探す楽しみがなくなったって。それに、現代作家は好きじゃない人もいるって。ピエール・バートンみたいな作家はね。

「お生憎さまね」わたしはそう答えながら、自分の声が震えているのが信じられなかった。

それから食堂の書類戸棚にとりかかりました。おそらく、とっくの昔に死んでしまった患者さんのカルテがぎっしり詰まっているのだろうから、それをぜんぶ捨てたら、ダンボール箱のカルテを入れて、戸棚ごとそっくり本来あるべき診療所に戻せると思ったの。

わたしが何をやっているのか見たミセスBは、父を連れてきました。わたしには一言もなしでね。父は、「誰がそのなかを引っかきまわしていいって言った？　わしは言っとらんぞ」と言いました。

R へ。あなたがここに来たとき、ミセスBは家族とクリスマスを過ごすために休みをとっていました（彼女には半生に思えるほど長いあいだ肺気腫を患っている夫がいて、子供はいないけれど姪だの甥だの親類縁者がわんさといます）。あなたは彼女を見ていないと思うわ。でも彼女はあなたを見ていたの。昨日、彼女に訊かれました。「あの、あんたが婚約してるはずだったミスター・ナントカはどこなんですか？」もちろん彼女はわたしが指輪をしていないのに気づいていたのよ。

「トロントじゃないかしら」とわたしは答えました。

「このまえのクリスマスは姪のとこにいたんですがね、あんたとあの人が給水塔の横を歩いているのをあたしたち見かけて、そしたら姪が言ったですよ、『あの二人、いったいどこへ行くんだろう？』って」これは彼女のしゃべりかたそのままで、すでにわたしにはごく普通に聞こえています、書いてみるとそうじゃないけれど。わたしたちが不適切な行為をするためにどこかへ行くところだったって仄めかしたかったんでしょうけど、あの日はものすごく冷え込んでいたのよ、覚えているかしら、それにわたしたちは家にいたくなくてただ歩いているだけだった。違うわ。喧嘩を続けるために外にいたのよ、あんなに長いあいだ封じ込めておかざるを得なかった喧嘩をね。

ミセスBは、わたしが学校へ行くために家を出たのと同じ頃に父のところで働き始めたの。そのまえは、わたしが懐いていた若い女の子が何人か来ていたんだけど、結婚するとか、軍需工場で働くとかで辞めていった。わたしが九歳か十歳で、学校友だちの家に遊びに行ったりしていたときに、父に言ったことがある。「どうしてうちじゃメイドといっしょに食事しなくちゃならないの？　よその人たちのところじゃ、メイドはいっしょに食事しないわよ」

父は答えました。「ミセス・バリーのことはミセス・バリーと呼びなさい。あの人といっしょに食事するのがいやなら薪小屋へ行って食事するんだな」

それからは、彼女にまつわりついて話させようとしてみました。話そうとしないことが多かった。でも彼女が口を開くと、報われました。学校で彼女の物まねをしてうんと楽しんだわ。

（わたし）あなたの髪って真っ黒ね、ミセス・バリー。

（ミセスB）うちの家族は全員が真っ黒な髪なんです。皆真っ黒な髪で、金輪際白髪にはならない。母方の血筋でね。お棺に入っても真っ黒なままですよ。うちの爺ちゃんが死んだとき、地面が凍ってる冬じゅうずっと墓地のその場所に置いといて、春が来ると地面に埋めようってことになったっけが、誰かが「爺ちゃんがどんな具合に冬を越したか見てみよう」って言い出してね。そいで蓋を開けてもらったら、爺ちゃんはしゃんとしてて、顔は黒ずんでもないし、頬もこけてもなんともなってないし、髪は真っ黒でね。真っ黒。

わたしは彼女があげるちょっとした笑い声まで真似できたの、ちょっとした笑い声っていうか、吠え声っていうか、何かが可笑しいってことを表しているんじゃなく、一種の句読点ね。

あなたに会った頃には、そんなことをする自分に嫌気がさしていた。

ミセスBから髪の毛についてあれこれ聞かされたあとで、ある日二階の浴室から出てきた彼女と出くわしました。彼女は慌てて電話に出ようとしていました。わたしは電話に出ちゃいけないことになっていたの。彼女の髪はタオルで巻かれていて、顔の横に黒っぽいしずくが滴り落ちていた。黒っぽい紫色の滴りで、わたしは彼女が血を流しているんだと思ったの。

彼女の血なんだから変わってるはずで、彼女の本性と思えるときもある悪意に満ちた黒であってもおかしくない、みたいに。

「頭から血が出てる」とわたしが言うと、彼女は「ちょっと、どきなさい」って叫んで、横をすり抜けて電話へ駆けつけたわ。わたしがそのまま浴室に入ると、洗面台には紫の筋がついていて、棚には髪染めがあったの。このことについては一言の説明もなく、彼女はずっと、母方の一族はお棺に入っても髪が黒いし自分もそうなるだろうと言い続けていました。

当時、父は私の顔を見ると妙な振る舞いをしていました。わたしのいる部屋を通り過ぎながら、まるでわたしがそこにいるのが見えていないみたいに言うの、

「ヘンリー・キングのいちばん悪い癖は
糸の切れっ端をくちゃくちゃ嚙むことでした——」
（ヒレア・ベロック『子供のための教訓詩集』より）

そしてときには芝居がかった唸るような声でわたしに言う。

「やあ、嬢ちゃん。キャンディーをおひとついかがかな？」

わたしも、甘ったるいちっちゃな女の子っぽい口調で返事するようになりました。「はあい、ください な」

「だああけど」と、あを派手に引き伸ばして。「だああけど。あげないよ、だあああめ」

そして。

「『ソロモン・グランディは月曜日生まれ——』」父はわたしに指を突きつけて先を続けさせます。

「『火曜日に洗礼を受けて——』」

「『水曜日に結婚して——』」

「『木曜日に病気になって——』」

「『金曜日に病気が重くなって——』」

「『土曜日に死んじゃって——』」

「『日曜日に埋められて——』」

それから二人いっしょに轟くような声で「『そしてそれでソロモン・グランディの一生はおしま

い!』」

導入もなければ、この詩句はここで終わりという説明もなし。わたしは冗談で父のことをソロモン・グランディと呼んでみました。四回目か五回目に、「もうたくさんだ。それは俺の名前じゃない。俺はお前の父親だ」と父は言いました。

そのあと、わたしたちはもう詩の暗唱をやらなかったんじゃないかしら。

キャンパスで初めてあなたに会ったとき、あなたはひとりで、わたしもひとりで、あなたはまるで、わたしのことを覚えてはいるけれどそれを認めるかどうか決めかねている、みたいな顔をしていたわ。あなたはわたしたちの正規の先生が病気のときの代講で授業をしたばかりで、論理実証主義の講義をしたのよね。神学校からこういう講義をしにくるというのも妙な話だね、とあなたは冗談を言った。

あなたが挨拶するのをためらっているみたいだったから、わたしのほうから声を掛けたわ。「フランスのまえの王様はハゲである」

それはあなたがわたしたちに提示した例でした。意味をなさない発言の例、だって主語は存在しないんですものね。でもあなたはわたしに心底ぎょっとした、不安そうな顔を向けて、それをすぐに職業的な笑顔で隠した。あなたはわたしのことをどう思ったのかしら?

生意気なヤツ。

Rへ。わたしのお腹はまだちょっと膨らんでいます。そこにはなんの跡もないけれど、両手で寄せることができる。それ以外はなんともなく、体重は普通に戻ったか、ちょっと減ったくらい。でも老けて見えるんじゃないかしら。二十四よりは上に見えると思います。髪はまだもっさり長いまま、実際のところめちゃくちゃです。これは、わたしが髪を切るのを断固嫌がっていたあなたの思い出のためかしら？　どうなのかなあ。

　ともかく、運動のために、町のあちこちをかなり散歩するようになりました。昔はね、夏はいつも自分の好きなところへ出かけていたの。この土地にありそうなルールとか町の人たちの階級の違いとか、ぜんぜんわかっていなかった。町の学校へ行ったことがなかったせいかもしれないし、うちの家が長い道をずっといった、町の外にあるせいかもしれません。ちゃんと町に属しているわけではないから。競馬場の横の馬小屋へも行ったわ。男の人たちは馬主か雇われている調教師で、来ているほかの子たちは男の子。わたしは誰も名前を知らなかったけれど、向こうは皆わたしの名前を知っていた。男の子たちは、言ってみればわたしのことを我慢しなければならなかったのね、わたしが誰の娘かを考えて。飼葉を置いたり馬の後ろのほうを掃除したりさせてもらった。冒険に思えたわ。わたしは父のお古のゴルフハットとだぶだぶのショートパンツという格好。みんなで屋根に上がって、ほかの子たちは取っ組み合って相手を突き落とそうとしたけれど、わたしのことはほうっておいてくれたの。ときどき大人たちに、とっとと失せろって怒鳴られました。わたしには、「お父さんはあんたがここにいるのを知ってんのかい？」って。そのうち男の子たちがお互いをからかい始めて、からかわれていたひとりがゲロを吐くみたいな声を出したから、わたしをネタにしているんだってわかった。それで行くのをやめました。『西部の娘』（プッチーニ作のオペラ）になるという考えは捨てたの。桟橋に行って湖に浮かぶ船を眺めました。でも、甲板員になろうと夢見るところまではいかなかったと思うわ。それに、わたしを女の子じゃないと思わせることもできなかった。ひとりの男が身を乗り出して、わたしに向かって叫びました。

「おおい。もうあそこに毛が生えてんのか？」

危うく「なんて言ったんですか？」って訊き返すところだったわ。怖いとか侮辱されたとか感じるよりも、当惑しちゃったの。責任ある仕事に就いている大人の男の人がわたしの脚のあいだにまばらにむずむず生えかけたものに興味を持つ、なんてことにね。その男の人の声音がはっきりそうだと示していたように、わざわざそんなものに嫌悪感を抱く、なんてことに。

馬小屋は取り壊されていました。港へ降りる道はそれほど急じゃありません。新しい穀物倉庫ができています。それに、どこの郊外住宅地であってもいいような郊外住宅地、みんなそういうのがお気に入りなのよね。今では誰も歩かない。みんな車です。郊外住宅地には歩道がなく、昔の裏通り沿いの歩道は使われていなくて、亀裂が入ったり、霜で持ち上がったり、土や草の下に消えてしまったりしています。うちの道路に沿った松並木の下の、舗装していない長い小道は、今では松葉のふきだまりやはぐれ者の若木や野生のラズベリーの茎に埋もれています。何十年ものあいだ、みんなあの道を歩いて医者に診てもらいにきたのよ。幹線道路沿いの特別に延長された短い歩道（ほかに延長された歩道は、墓地へ通じるものだけ）伝いに町から外へ出て、それから道路のあっち側に二本の列になっている松のあいだを行くの。十九世紀の終わりからずっと、この家には医者が住んでいるからよ。

あらゆる種類の騒々しくて薄汚い患者さん、子供たちや母親たちやお年寄りたちが、午後じゅうずっと、そしてもっと静かな患者さんは夕方ひとりでやってきます。わたしはいつも、ライラックの茂みに囲まれた梨の木のところに座って、患者さんたちをスパイしていた、小さな女の子ってスパイするのが好きなのよ。あの茂みは今ではすっかりなくなっています、ミセスBの甥の息子が動力芝刈り機に乗ったときに動きやすいよう、一掃されました。当時ご婦人たちは医者の診察を受けにいくときはおめかししていて、そんなご婦人方をスパイしていたの。戦後すぐの服装を覚えているわ。長いたっぷりしたスカートに幅広のベルトにふんわりしたブラウスに、ときには短い白手袋、当時は夏も手袋を着けていて、しかも教会へ行くときだけじゃなかった。帽子も同じく教会へ行くときだけじゃなかった。顔を縁取るパステル色の麦わら帽。軽やかな夏の縁飾りのついたドレス、小さなケープみたいな肩のフリル、ウエストに巻かれたリボンのようなサッシュ。ケープみたいなフリルがそよ風に浮き上がると、ご婦人はクロッシェ編みの手袋をはめた手で顔からフリルを払いのける。この仕草はわたしにとって、手の届かない女らしい愛らしさの象徴みたいなものだった。完璧なビロードの口元をかすめる蜘蛛の巣のような布の一片。母親がいないということが、あんな気持ちと関係していたのかもしれません。だけど、あのご婦人たちのように見える母親を持っている人なんて、ひとりも知らなかったわ。わたしはあの茂みの下にしゃがんで斑点のついた黄色いナシを食べながら、崇拝していたの。

ある先生に『パトリック・スペンス』とか『二羽のカラス』とかいった古いバラードを読まされて、わたしたちの学校ではバラード作りが大流行しました。

われ廊下をゆかん
良き友に会わんがため
われ厠へゆかん

ションベンをせんがため

バラードって本当のところ、意味なんか考えるより先に韻のなかへと転がり込んでしまう。そこでわたしも、柔らかいナシで口をいっぱいにしながら作りました。

長い長い小道を歩むひとりのレディー
町をあとに
家を、そして父の怒りをあとに
そのさだめは

スズメバチがあんまりうるさくなってくると、わたしは家に入りました。ミセス・バリーはキッチンでタバコを吸いながらラジオを聴いています、父に呼ばれるまでね。彼女は、最後の患者が帰ってきちんと片付くまでいました。診察室から甲高い悲鳴が聞こえてくると、彼女も甲高い笑い声をあげて、「さあさあどうぞ、喚いとくれ」なんて言ってたわ。自分が見かけた女の人たちの服とか容姿をわざわざ彼女に説明するなんてことはぜったいしなかった。美人だとか身なりがいいからといって彼女が他人を褒めることはないってわかっていたから。外国語みたいな、知る必要もないようなことを知ってるって理由で褒めたりしないのと同じようにね。トランプが上手な人を彼女は褒めたわ、それに編み物上手も——せいぜいでそれくらい。大抵の人は、彼女にとっては用がないの。父もそう言ったわ。自分には用がないって。わたしは訊ねたくなった、もしも用があるとしたら、それはどんな用なの？　でも、どちらも教えてくれないのはわかっていました。代わりに、あんまり利口ぶるなって言われたでしょうね。

おっさんフレデリック・ハイドに出くわした
地べたにすわってどんちゃん騒ぎ
右に左に思いっきり、おっさん彼を揺すぶった
それから急所を殴りつけた

この手紙をぜんぶあなたに送ろうと決めたなら、どこへ送ればいいかしら？　封筒にあの住所をきちんと書くことを考えると、身がすくんでしまいます。あの同じ場所で、わたしなしで同じように暮らし続けているあなたを想像するのは、あまりに辛すぎます。そして、あそこにいないあなた、どこかほかのわたしの知らない所にいるあなたを思い描くのは、なお辛い。

Rへ、ロビンへ、わたしったらいったい、どうして知らなかったんだと思う？　ずっと目の前にあった事実なのに。ここの学校へ行っていれば、きっと知っていたわよね。友だちがいれば。中等学校の女の子たちの誰かから、年上の女の子たちの誰かから、必ず教えられていたでしょうに。
それにしたって、休暇のときにはたっぷり時間があったのよ。あんなに自分のことにばかりかまけて、町をうろついてバラードを作ったりしていなければ、わかっていたはずだわ。今こうして考えてみると、あの夕方の患者さんたち、あのご婦人たちのなかに、列車で来る人がいるのは知って

いました。わたしはあの人たちやあのきれいな服を夕方の列車と結びつけていたの。そして深夜の列車もあったから、あの人たちはきっとそれに乗って帰ったのね。もちろん、道路の突き当りであの人たちを降ろしていた車がいたという可能性も同じくあるわ。

そしてわたしは聞かされていたのよ――父じゃなくてミセスBからだったと思う――あの人たちはヴィタミン注射をうってもらいに父のところへ来てるんだって。そうなのよね、女の人が声をあげるのが聞こえてくるたびに、今注射されているんだなと思っていたの。そして、あんなに垢抜けてしゃきっとした人たちが注射針を辛抱できないことにちょっと驚いていたの。

今でさえ、何週間もかかった挙句よ。そのあいだにわたしはこの家のやり方に慣れて、ペンキ用の刷毛を手にとろうなんて夢にも思わないし、ミセスBにお伺いを立てずに（彼女はどっちにしろ心を決められないんだけれど）引き出しを整理したり古い食料品のレシートを捨てたりするのをためらうようになりました。きちんと淹れたコーヒーをあの人たちに受け入れさせる（あの二人はインスタントのほうが好きなの、いつも同じ味だからって）ことさえあきらめてしまった。

父がわたしのお皿の横に小切手を置きました。今日の、日曜日の昼食のときに。ミセス・バリーは日曜にはここへ来ません。わたしが用意した、肉のスライスとパンとトマトとピクルスとチーズという火を使わないお昼を、父が教会から帰ってきたら食べます。父はけっしていっしょに教会へ行こうと誘うことはないの――たぶん、そんなことをしたら父が聞きたくもない意見を述べる機会をわたしに与えるだけだと思っているんじゃないかしら。

小切手は五千ドルでした。

「それはお前のだ」と父は言いました。「これでお前にもちょっとした資金ができる。銀行に貯金してもいいし、好きなように投資してもいい。金利を確かめてごらん。俺は最近のは知らんからな。もちろん家を買うのもいいだろう。よく言うように、すべては時期が到来すれば、というやつだ」

賄賂？　と思ったわ。ちょっとした事業を始めたり、旅行に行ったりするためのお金？　わたしのささやかな家の頭金にするお金、あるいは、大学に戻って、父の言う金にならない学位をもっと取るための資金。

わたしを追い払うための五千ドル。

わたしはお礼を言って、じつのところ話の接ぎ穂として、財産管理はどうしているのかと訊ねました。どうでもいいだろう、と父は答えました。

「助言してもらいたければビリー・スナイダーに訊くんだな」それから父は、ビリー・スナイダーがもう会計の仕事をやっていないことを思い出しました。退職したことをね。

「あそこには妙な名前の新しい男が来とる」と父は言いました。「イプシランティみたいな名前だが、イプシランティじゃないんだ」

「イプシランティはミシガン州にある町よ」とわたしは言いました。

「ミシガン州にある町だが、ミシガン州の町になるまえにはある男の名前だった」と父は説明してくれました。その名前は、一八〇〇年代初頭にトルコ人を相手に戦ったギリシャの指導者の名前らしいわ。

わたしは「あら。バイロンの戦争で」って言ったの。

「バイロンの戦争？」父は問い返しました。「何を根拠にそんな呼び方するんだ？　バイロンはどの戦争でも戦っとらんぞ。バイロンは発疹チフスで死んだんだ。それがどうだ、死んでるのに、たいした英雄だとか、ギリシャのために死んだとか」この勘違いの、バイロンをちやほやもてはやす風潮の責任はわたしにもあると言わんばかりの喧嘩腰で、父は言いました。でもそれから気を静めて、オスマン帝国に対する戦争の成り行きをわたしに話してくれた、というか、自分自身のために思い起こしました。父がポート（宮殿の門と関連して名付けられ、オスマン宮廷の意）のことを口にしたので、わたしは、よくわからないんだけど、それって実際の門のことなの、コンスタンチノープルのことなの、それともスルタンの宮廷のこと？ と訊きたくなりました。でも、口を挟まないのがいつもいちばん。父がこんなふうに話し出すときって、宣戦布告なしの地下戦争における小休止、またはちょっとした息抜きって感じなの。窓のほうを向いて座っていたから、レースのカーテン越しに地面のあちこちに山になっている黄褐色の木の葉が豊かな陽の光を惜しみなく浴びているのが見えました（今夜の風の音からすると、この先長いあいだ、もうあんな日は望めないかもしれません）。そして子供の頃、質問したりたまたまそうなったりで、こんな具合に父に熱弁をふるわせることができたときにいつも感じたほっとした気持ちが、密かな喜びが蘇りました。

たとえば、地震。火山性の分水嶺で起こるんだけど、最大のもののひとつは一八一一年、大陸の真ん中のミズーリ州ニュー・マドリッド（『ニュー・マドリッド』って発音ですからね、念のため）で起こったの。わたしはこれを父に教えてもらったのよ。地溝。表面にはなんの兆候もない不安定性。石灰岩の洞窟、地面の下の水、じゅうぶんな時間が経つと瓦礫と化してしまう山々。

それに数字。一度父に数字のことを訊いたの、そうしたら父は答えたわ。ああ、あれはアラビア数字って言うんだよな、どんな馬鹿でもそれは知ってる。だがなあ、ギリシャ人だっていい仕組みを作り上げられたはずだ、って父は続けたわ。ギリシャ人にだってできたはずなんだが、ギリシャ人にはゼロの概念がなかったんだ。

ゼロの概念。わたしはそれを棚に包みを置いておくみたいに頭のなかにしまいこんだわ、いつか開ける日のために。

ミセスBがいっしょだと、もちろん、こんなことを父から引き出せる望みは一切ありませんでした。

どうでもいいだろう、と父は言います。飯を食え、ってね。

まるでわたしのする質問にはすべて隠れた動機があるとでも言わんばかりに。そして確かにそうだったんだと思う。わたしはなんとか会話を仕切ろうとしていたの。それにミセスBをのけ者にするのは礼儀に適っていなかった。だからね、従うべきなのは、支配力を持つべきなのは、地震の原因に対する、数字の歴史に対する彼女の態度（無関心というだけではなく、軽蔑に満ちた態度）だったの。


というわけで、またミセスBに戻ったわね。現在のミセスBに。

昨夜は十時頃に帰ってきました。歴史協会の会合に出ていたの、というか、少なくとも歴史協会を組織しようとするための会合にね。五人出席していたけれど、そのうち二人は杖をついて歩いていた。キッチンのドアを開けたら、ミセスBが裏の廊下——診療所からトイレと家の表側に繋がっている廊下——との出入り口のところにいました。彼女は覆いをした洗面器を両手で持っていた。トイレへ行くところだった彼女は、わたしが入ってきたキッチンをそのまま通り抜ければよかったのよ。わたしは彼女のことなんか、ほとんど気に留めなかったと思う。ところが彼女は途中で足を止めて、すこしわたしのほうを向いて、立ちすくんだの。うろたえたように顔をしかめて。

おやおや。見つかっちまった。

それから彼女はそそくさとトイレへ向かいました。

これはお芝居だったのよ。驚いたのも、うろたえたのも、そそくさと行っちゃったのも。わたしが気がつかないではいられないような具合に洗面器を突き出したのでさえね。ぜんぶわざとだった。

診療所から、患者に話しかける父の重々しい声が響いてきました。どっちみち診療所の明かりが点いているのは見ていたの、患者さんの車が外に停まっているのもね。もう誰も歩く必要はないのよ。


わたしはコートを脱いで二階へ行きました。わたしが気にしていたのは、とにかくミセスBの思いどおりにはさせまいということだけだったようです。質問なんかなし、気づいた衝撃もなし。ミセスB、その洗面器に入っているのはなんなの、ああ、あなたはパパといったい何をやってたの？なんてなし（父のことをパパなんて呼んだことはないんだけど）。わたしはすぐにせかせかと、まだ開けていなかった本の箱のなかを探り始めました。アナ・ジェイムソンの日記を見つけようと思って。会合に出席していたもうひとりの七十歳以下の人に、貸すと約束していたの。その人は写真家で、アッパー・カナダの歴史をちょっと知っているのよ。歴史の先生になりたかったのに、吃音があって、なれなかった。コーヒーを飲みに行くという思い切ったことをする代わりに歩道に立って三十分しゃべっていたあいだに、彼からこの話を聞かされました。おやすみなさいを言うときになって、ほんとうはわたしをコーヒーに誘いたかったと彼は言ったわ。でも、家に帰って奥さんと交代しなくてはならなかった、赤ちゃんが疝痛なんですって。

箱のなかの本をぜんぶ出して探しました。過ぎ去った時代の名残を眺めているみたいだった。患者さんが帰って、父がミセスBを家へ送ってから二階へ上がってきて浴室を使ってベッドに入るまで、本に目を通していました。そこここを読んでいるうちに意識が朦朧となって、床の上で寝てしまうところだった。


で、今日の昼食のとき、父は最後に言いました。「どっちにしろ、トルコ人のことなんてどうでもいいじゃないか？　大昔の歴史だ」

そしてわたしは言わずにいられなかった。「ここで何をやっているのか、わかってるつもりよ」

父は頭をぐっと上げて、鼻を鳴らしました。本当にそうしたのよ、年取った馬みたいに。

「わかってるだと？　何をわかってるつもりなんだ？」

わたしは、「お父さんを責めるつもりはないわ。わたしは反対じゃないもの」と答えました。

「そうなのか？」

「わたしは中絶支持よ」とわたしは言いました。「合法であるべきだと思う」

「この家では二度とその言葉は使わないでくれ」と父は言いました。

「どうしていけないの？」

「この家で使っていい言葉を決めるのは俺だからだ」

「わたしの言っていることをわかってないのね」

「お前の口は締りがなさすぎるってことはわかっとる。口に締りがなさすぎるし、じゅうぶんな分別もない。教育ばかり受けすぎて、当たりまえのことがよくわかっとらんのだ」

わたしはそれでも黙りませんでした。「きっとみんな知ってるわよ」
「きっと知ってるってか？　知ってるのとぎゃあぎゃあ騒ぎ立てるのとは違うぞ。それをしっかり頭に叩き込んでおくんだな」

そのあと、その日はずっと父と口をききませんでした。夕食にはいつもどおりローストを作って、二人で黙ったまま食べました。これは父にはぜんぜん難しいことじゃなかったみたい。今までのところは、わたしにとっても同じです。だって何もかもがあまりに馬鹿げていて言語道断に思えるし、それにわたしは腹が立っているしね。でも、永遠にこのままでいたくはないし、謝ることだってできるわ（そう聞いてもあなたは驚かないかもしれないわね）。どう考えても、そろそろここから出て行く潮時です。

昨夜の若い男性は、ゆったりした気分になると吃音はほぼなくなるって言いました。こうしてあなたとおしゃべりしているときのように、って。おそらくある程度までは、彼がわたしに恋するように仕向けられそう。単なる気晴らしのためにそうできるわ。ここにいたらそんな暮らしになってしまいそうです。

Rへ。出発はしていません。ミニがそんな状態じゃないの。オーバーホールしてもらいに持って行きました。それに天候が変わってしまって、風が秋の大暴れで、湖の水を掬い上げたり、浜を打ち叩いたりしています。それはミセス・バリーを彼女の自宅の上がり段で捕まえ――風が彼女を捕まえたのよ――横倒しにして肘を砕きました。砕けたのは左肘で、仕事は右腕でできるって彼女は言ったんだけど、父は、複雑骨折だから一ヶ月休んでくれって言い渡したの。出発を延期してもらえないだろうかって父に頼まれたわ。それって父の言葉なのよ――「出発を延期」。わたしがどこへ行くつもりなのかは訊かないの。父はただ車のことを知っているだけ。

どこへ行くつもりなのか、わたしにもわからない。

いいわ、とわたしは答えました、わたしで役に立つ限りはここにいるからって。そういうわけで、わたしたちはちゃんと話をする間柄になりました。じつのところ、なかなか快適です。わたしは、家のなかでミセスBがしそうなことだけするようにしています。もう改革を試みたりはしません、修理の話はしません（軒はちゃんとしてもらいました――ミセスBの身内がやってきたときには、びっくりするとともに感謝したわ）。わたしはオーヴンの扉をミセスBがやっていたように、重い医学書を数冊スツールの上に置いたのを押し当てて閉めています。肉と野菜を彼女がやっていたように料理し、アボカドや瓶入りのアーティチョークの芯やニンニク球は、今ではこういうものもぜんぶスーパーで買えるんだけれど、家に持ち込もうなんて決して考えません。コーヒーは瓶に入っている粉で作ります。慣れることができるかどうか自分でも飲んでみたけれど、もちろん大丈夫でした。毎日最後に診療所を掃除して、洗濯物に気を配ります。洗濯屋の男はわたしを気に入ってくれています、わたしは何もいちゃもんをつけたりしませんからね。

電話に出ることも許されているけれど、もし相手が父と話したいという女の人で、詳しいことを言おうとしない場合は、番号を訊いて、先生が折り返しお電話します、と告げることになっているの。だからわたしはそのとおりにするんだけど、相手の女の人がそのまま切ってしまうこともあります。父にそう話すと、父は「たぶんまた掛けてくるさ」って言うの。

そういう患者さん――父の言う特別患者――はあまり多くはありません。そうねえ――月にひとりくらいかしら。普通父が診ているのは、咽頭炎や腸のけいれんや耳の腫れなどです。動悸、腎臓結石、胸焼け。

Rへ。今夜、父がわたしの部屋のドアをノックしました。きちんと閉まっていたわけじゃないのに、ノックしたの。わたしは本を読んでいました。診療所で手伝ってくれないかと、父は――もちろん哀願ではないけれど、そこそこの気遣いは滲ませて、とは言えるわね――頼みました。

ミセスBがいなくなってから初めての特別患者。

何をすればいいのかとわたしは訊ねました。

「まあだいたいのところは、動かないようにさせておくことかな」と父は答えました。「患者は若いし、まだ慣れとらんからな。お前の手もしっかり洗っておいてくれ、階下のトイレにある瓶に入った石鹸を使いなさい」

患者は診察台に寝ていて、腰から下にはシーツが掛けてありました。上半身は服をすっかり着たままで、襟にレース飾りのついた白いブラウスに、ダークブルーのカーディガンのボタンをきちんと留めていました。服は彼女の尖った鎖骨やほとんど平らな胸をゆったりと包んでいました。髪は黒で、ぎゅっと後ろにひっつめて編んで、頭の上にピンで留めてあったわ。この堅苦しい飾り気のないスタイルのせいで首が長く見えて、白い顔の威厳のある骨組みが強調され、離れたところからだと四十五歳の女と言っても通りそうだった。近づくと、とても若いのがわかるの、おそらく二十歳くらいかしら。彼女のプリーツスカートはドアの後ろに掛けてありました。白いパンティーの縁が見えていたわ、慎み深くスカートの下に掛けておいたのね。

　診察室は寒くなかったのに彼女はひどく震えていました。

「さあ、マデライン」と父は呼びかけました。「まず、膝を上げてもらうからね」

　父はこの人を知っているのかしら、とわたしは思いました。それとも、ただ名前を訊いて、相手の言った名前を口にしているだけなのかしら？

「だいじょうぶだからね」と父は言いました。「だいじょうぶ。だいじょうぶ」父は足乗せ台を出して、彼女の足をそこへ乗せました。むき出しの脚は日焼けなんかしたことがないように見えたわ。まだローファーを履いたままだった。

　この新しい姿勢を取らされて、彼女の膝は震えが激しすぎてぶつかり合うほどだった。

「もうちょっとじっとしていてもらわないと」と父は言いました。「だってねえ、ほら、君がちゃんとしていてくれないと、私も自分の仕事ができないんだよ。毛布を掛けてあげようか？」

　父はわたしに命じました。「毛布をもってきてあげてくれ。そこのいちばん下の棚にあるから」

　わたしはマデラインの上半身に毛布を掛けました。彼女はわたしを見なかった。歯がカチカチいってたわ。彼女はぎゅっと嚙み締めるように口を引き結びました。

「さて、ちょっとこっちの方へ下がってくれないか」と父は指示しました。それからわたしに。

「この人の膝を押さえていてくれ。開いてな。ゆったりと押さえるんだ」

　わたしは女の子の膝の山になった部分に手を置いて、できるだけ優しく開かせました。父の呼吸音が、忙しなげでわけのわからない言葉のように部屋に響いていました。マデラインの両膝がびくんと閉じようとするので、うんとしっかり押さえていなくちゃならなかった。

「あのおばあさんはどこ?」と彼女は訊きました。

わたしは「家にいます。転んだの。わたしが代わりです」と答えたわ。

ということは、彼女はまえにも来たことがあったのね。

「あの人は荒っぽかったわ」と彼女は言いました。

彼女の声は淡々としていて、ほとんど唸っているみたいで、身体の動揺ぶりから予期してしまいそうなほどには神経が高ぶった感じではなかった。

「わたしはあれほど荒っぽくないといいけれど」とわたしは言いました。

彼女は返事をしなかった。父は編み針みたいな細い棒を手に取りました。

「さて。これからが大変なところだ」と父は言いました。父の喋り方は砕けていて、わたしがこれまで父の口から聞いたことがないほど優しい感じだったんじゃないかしら。「そして君が体を固くすればするほどやりにくくなっちまう。だからとにかく——楽にして。ほら。楽にして。いい子だ。いい子だ」

何か彼女の気持ちを楽にするような、気を紛らわせるようなことを言おうとあれこれ考えました。父がこれから何をしようとしているのかが見えたの。横のテーブルに広げた白い布の上に棒が順番に並べてあった。どれも同じ長さだけど、だんだん太くなるの。これを使っていくのよ、つぎつぎと、子宮頸部を広げていくの。女の子の膝のこちら側の、シートの障壁の陰にいるわたしの位置からは、これらの器具を使った実際の詳細な進み具合は見えませんでした。でも感じられたの、彼女の体から伝わってくる痛みの波によってね。痛みは不安の痙攣を押さえつけてしまって、じつのところ彼女はまえよりも静かになった。

どこのご出身？　どこの学校だったんですか？　お仕事はしてるんですか？（結婚指輪には気がついていたけれど、きっと、みんな結婚指輪をしているんでしょうね）お仕事は気に入っている？　きょうだいはいらっしゃるの？

そんな質問、たとえ痛みに襲われていなくたって、答えたいわけがないじゃない？

彼女は歯を噛み締めたまま息を吸い込み、天井に向けた目を大きく見開きました。

「つらいわね」とわたしは言いました。「つらいわね」

「もう一息だ」と父が言いました。「いい子だ。おとなしい、いい子だ。あともうちょっとだからな」

わたしは訊ねました。「わたし、この部屋のペンキを塗るつもりだったの、でもいつまでたっても取り掛かれなくて。もしあなたが塗るなら、何色にします？」

「はあ」とマデラインは言いました。「はあ」突然びくっとしたように息を吐き出して。「はあ。はあ」

「黄色」とわたしは言いました。「明るい黄色を考えていたんです。それとも明るい緑？」

いちばん太い棒になったときには、マデラインは反らした頭を平らなクッションにぐっと押し付け、長い首を伸ばし、口も広げて、唇が歯の上にぎゅっと伸びていました。

「好きな映画のことを考えて。どの映画が好き？」

看護婦さんがわたしにそう言ったの、信じられないくらい果てしなく続く痛みの高原に達して、この痛みから解放されることはないんだ、今度ばかりは無理だと思わされたときに。もはやこの世に映画なんて存在するわけがないじゃないの？　だのに同じことをマデラインに言っていて、するとマデラインは、止まった時計と同じくらい役に立たない人間もいるんだって思っている人の、そっけないぼうっとした表情でちらっとわたしに目を向けました。

わたしは思い切って片手を彼女の膝から離して彼女の手に触れました。驚いたことに、彼女はすぐさま猛烈な勢いでそれを引っ摑むや、ぎゅっと握り締めたの。結局、多少の役には立ちました。

「しゃべって、何か——」彼女は歯を食いしばったまま言いました。「ああ。しょう」

あんしょう。

「ようし」と父が言いました。「さあ、そろそろだぞ」

何を暗唱しろと言うの？　ヒッコリー・ディッコリー・ドック（英語のわらべ歌の一つ）？

ぱっと頭に浮かんだのは、あなたがよく口にしていた「さまようイーンガスの歌」（ウィリアム・バトラー・イェイツの詩）でした。

「『はしばみの林に出かけた／頭が火照っていたゆえに——』」

そこから先がどうだったのか覚えていなかった。思い出せなかった。するとなんと、最後の一節がそっくり頭に浮かんだの。

さまよううちに老いさらばえたが
窪地や丘を経巡りながら
君が行方を突き止めん
君がかんばせに口づけし、その手を取らん——

父の前で詩を暗唱しているわたしを想像してみて。

彼女がどう思ったのかはわかりません。彼女は目を閉じていました。

わたしは、自分が死ぬんじゃないかと不安になるだろうと思っていたの。母があんなふうに、出産で死んでいるから。でも、いったんあの痛みの高原に達してしまうと、死ぬことも生きることもどちらも意味ない、好きな映画と同じようなものだってわかった。極限まで引き伸ばされながら、巨大な卵、というか赤ん坊とはまるで違う燃え上がる惑星のように感じられるものを動かすために何かするなんてまったく無理だと確信したの。永遠に続きそうな時間と場所のなかにそれははまり込んでいて、わたしもはまりこんでいた――抜け出せるわけなんかなかったし、わたしの抵抗はとっくに無力化していたわ。

「さあ、手伝ってくれ」と父が言いました。「こっちへ来て手伝ってくれ。洗面器を取って」

わたしはミセス・バリーが持っているのを見たのと同じ洗面器を掲げていました。父が女の子の子宮を使い勝手の良さそうな台所道具（台所道具だったと言ってるわけじゃなくて、なんだかちょっとありふれたもののように見えたってことよ）で掻き出しているあいだ、持っていました。

ほっそりした若い女の子であっても下半身のあの部分はね、あんなふうに充血していると、大きくて肉付きがいいように見えるの。出産のあとの日々、産科の病棟では女たちがなんの注意も払わず、挑戦的といっていいような態度で、ズキズキする切開部や裂傷をさらけ出して横になっている、黒糸で縫われた傷口や惨めな有様の大陰唇や大きなだらんとした臀部をさらけ出してね。あれは見ものだったわ。

今や子宮からはワインゼリーがびちゃっと出てきました、そして血が、そしてそのどこかに胎児が。シリアルの箱に入っている安っぽい玩具とかポプコーンのなかのおまけみたいに。爪の切りくず同様取るに足りない小さなプラスチックの人形。わたしは目を向けませんでした。頭を上げて、温かい血のにおいから顔を背けていました。

「浴室へ」と父は言いました。「そこに覆いがあるから」父が言ったのは何本もの汚れた棒の横に置いてある畳んだ布でした。「トイレに流すの？」と訊きたくはなかったので、父が言ったのはそういうことだと受け取ることにしました。わたしは洗面器を持って、廊下伝いに一階のトイレへ行き、中身を空けて二回流し、洗面器をゆすいで、持って帰りました。この頃には父は女の子に布を当てながら指示を与えていました。父はこういうことは上手いの——手際よくやります。でも父の顔は重苦しく疲れ果てていて、げっそりこけて見えた。父は自分が倒れてしまった場合に備えて、施術のあいだずっとわたしをここに置いておきたかったのではないかと、ふと思ったわ。ミセスBは、すくなくとも以前は、最後まで台所で待っていたようだった。もしかすると、今はずっと父の傍についているのかもしれません。

もし父が倒れていたら、わたしはどうしていたかしら。

父はマデラインの脚を撫でて、寝ているようにと命じました。

「数分間は起き上がっちゃいけないよ」と父は言いました。「車は頼んでいるの？」

「あの人はずっと外にいるはずです」と彼女は、弱々しいけれど恨みのこもった声で答えました。

「どこへも行ってないはずなんだけど」

父は白衣を脱ぐと、待合室の窓の方へ行きました。

「本当だ」と父は言いました。「あそこにいる」父は何やら複雑な呻きをもらすと、「洗濯物入れはどこだったかな?」と訊き、施術していた明るい部屋にあるのを思い出して、戻って白衣を放り込むと、わたしに言いました。「これを片付けてもらえるとありがたいんだが」片付けるというのは、消毒と全体の拭き掃除のことなの。

やっておきますとわたしは答えました。

「よし」と父は言いました。「これで、おやすみを言わせてもらうよ。君が帰れるようになったら、うちの娘が見送るから」父がわたしの名前ではなく「うちの娘」と言ったのを聞いて、ちょっとびっくりしたわ。もちろん、父がそんなふうに言うのはまえにも聞いていたけれど。たとえば、わたしを紹介しなければならないときなんかに。それでもやっぱり、びっくりした。

マデラインは、父が部屋から出て行ったとたん、両足を診察台から下ろしました。するとよろめいたので、わたしは助けようと駆け寄ったの。「だいじょうぶ、だいじょうぶ、台から降りるのがちょっと早すぎただけ。あたし、スカートはどこへ置いたっけ? こんな格好で立っていたくはないわ」と彼女は言いました。

わたしがスカートとパンティーをドアの後ろから外して持ってくると、彼女はひどくふらつきながらも助けを借りずに身につけました。

「ちょっと休んだらどうですか。ご主人は待っていてくださいますよ」とわたしは言いました。

「うちの主人はケノラの近くの森林地帯で働いているわ」と彼女は答えました。「あたしも来週は向こうへ行くのよ。あたしが泊まれる場所を主人が用意してくれているの」

「さてと。コートをどっかに置いたんだけど」と彼女は言いました。

わたしの好きな映画は——あなたは知っているはずだけど、もし看護婦に訊かれたとき、思い出すことができていたとしたら——『野いちご』よ。わたしたちがいつもああいったスウェーデンや日本やインドやイタリアの映画を見に行っていたあのかび臭い小さな映画館を思い出すわ、それから、最近あそこが方針転換して、『キャリー・オン』（イギリスの喜劇映画シリーズ）とか、名前は思い出せないけど「底抜けコンビ」（歌手ディーン・マーチンと喜劇俳優ジェリー・ルイスの二人組によるコメディ・チーム）のものとかを上映するようになったのも思い出します。未来の牧師たちに哲学を教えていたあなたの好きな映画は、きっと『第七の封印』よね、違う？　あれは日本映画だったと思うけれど、何の話だったか忘れちゃった。ともかく、わたしたちはいつも映画館から歩いて帰りながら、あの二マイルほどのあいだ、人間愛とか身勝手さとか神とか信仰とか絶望とかについて、熱く語り合ったわね。わたしの下宿屋へ着くと、黙らなければならない。わたしの部屋まで、そおっと階段を上がらなくちゃならなかった。

ああ、入ってくるときあなたは、感謝するかのように、そして不思議がるかのように声を上げたわね。

もしもわたしたちの喧嘩がすでにあんなに深刻になっていなければ、去年のクリスマスあなたをここへ連れてくることに、わたしはひどく神経質になっていたでしょう。あなたを守ろうとするあまり、父に会わせられなかっただろうと思うわ。

「ロビンだと？　それが男の名前なのか？」

あなたは、はいそうです、それが僕の名前ですって答えた。

父は、そんな名前これまで聞いたことがない、みたいな顔をしてみせた。

でもね、実際のところ、あなたたち二人はとってもウマが合っていた。七世紀における異なる階級の修道士間の大きな衝突について、二人で議論していたわよねえ？　修道士たちの口論の原因はどんなふうに頭を剃るべきかってことだったって。

巻き毛頭の豆の支柱、父はあなたのことをそう呼んだ。父の口から出た場合、これはほとんど称賛なのよ。

結局あなたとは結婚しないことにしたって電話で父に話したら、「おいおい。お前はべつのを捕まえられるとでも思っとるのか？」って言われたわ。もし父の言い方に異議を唱えていたら、もちろん父は冗談だよって答えたでしょうね。確かに冗談よね。わたしはべつのを捕まえられていないけど、そうするのに最良の状態ってわけでもなかったし。

ミセスBは復帰しました。本当は一ヶ月のはずだったのに、三週間足らずで戻ってきたの。でも、まえほどの時間は働けない。服を着たり、自宅の家事をするのにうんと時間がかかるから、午前十時前後より早くここへ来ることは（甥か甥の妻に送ってもらって）めったにありません。

「あんたのお父さん、病人みたいに見えるじゃないの」彼女がわたしにさいしょに言った言葉はこれでした。彼女の言うとおりだと思います。

「ちょっと休みをとったほうがいいかもしれないわねえ」とわたしは答えました。

「先生に面倒を掛ける人が多すぎるからね」と彼女は言いました。

ミニは修理屋から戻ってきて、わたしの銀行口座にはお金がある。あとは出発するだけ。でもね、馬鹿みたいなことを考えてしまう。もしまた特別患者が来たら？　って。ミセスBがどうやって父を手伝える？　彼女の左手はまだ力の要ることは一切できないし、右手だけであの洗面器を持ってはいられない。

Rへ。今日。今日は、初めての大雪の翌日となりました。一夜のうちにどっと降り積もって、朝になったら空は青く晴れ渡っていました。風はなく、荒唐無稽なくらいの明るさでした。わたしは松並木の下へ早朝の散歩に出ました。隙間から雪がまっすぐに落ちてきて、クリスマスツリーの飾りかダイヤモンドみたいにキラキラしていた。幹線道路はもう除雪されていて、うちの道路も、父が車で病院へ行けるようになっていた。それにわたしだって、いつでも好きなときに車で出ていけるように。

いつもの朝と同じように、町へ行く車、町から来る車が通りすぎて行きました。

家に入るまえに、ミニのエンジンがかかるかどうか確かめてみようと思いついた。ちゃんとかかったわ。助手席に包みがありました。チョコレートの二ポンド箱、あなたがドラッグストアで買うようなやつよ。どうしてそこにあるのかわかりませんでした――もしかして歴史協会の若い男の人からのプレゼントかしら、と思ったわ。馬鹿げた考えだけど。でも、ほかに誰が？

裏口の外で足を踏み鳴らして長靴の雪を落とし、箒を外に出しておくこと、と自分に言い聞かせました。キッチンはこの日の炸裂するような光でいっぱいでした。

父がなんて言うかはわかってる、と思ったわ。

「外で自然を観賞してきたのか？」

父はコートを着て帽子をかぶったままテーブルについていました。いつもはこの時間には、病院で患者さんを診察しに出かけてしまっているの。

父は「もう道路の除雪は済んでいたか？　うちの道のほうはどうだ？」と訊きました。どちらも除雪されてきれいになっている、とわたしは答えました。うちの道の除雪が済んでいるのは、窓から外を見ればわかっていたでしょうにね。わたしはやかんを火にかけて、出かけるまえにもう一杯コーヒーはどう、と父に訊ねました。

「うん、もらおう」と父は答えました。「除雪が済んで出かけられるんならな」

「なんて日でしょうね」とわたしは言いました。

「シャベルを持って自分で雪かきしなくていいんなら、べつに構わんさ」

わたしはインスタントコーヒーを二杯淹れ、テーブルに置きました。窓と注ぎ込む光のほうを向いて腰を下ろしたの。父はテーブルの端に座って、光が背中にあたるように椅子を動かしていた。父の顔に浮かぶ表情は見えなかったけれど、父の呼吸音がいつもどおりわたしの相手をしてくれました。

わたしは父に自分のことを話し始めたの。ぜんぜんそんなつもりはなかったのに。出て行くことについて話すつもりだったのよ。口を開けたらつぎつぎ勝手に出てき始めて、わたしはそれを、狼狽と満足を同じくらい感じながら聞くことになった。酔っ払っているときに自分の口がしゃべってることを聞いているみたいな感じでね。

「お父さんには知らせなかったけど、わたし赤ちゃんを産んだの」とわたしは話しました。「七月十七日に産んだの。オタワで。なんて皮肉なんだろうってずっと思ってたのよ」

赤ん坊はすぐさま養子に出された、わたしは男の子だったのか女の子だったのかも知らないと話したわ。聞かせないでって自分で頼んでおいたこと、見ないですむように頼んでおいたことも。「わたし、ジョージーのところにいたの」とわたしは説明しました。「わたしが友だちのジョージーのことを話していたの、覚えてるでしょ。彼女、今はイギリスなんだけど、あの頃は実家にたったひとりでいたの。両親が南アフリカへ転勤になってね。もっけの幸いだったわ」

赤ん坊の父親が誰なのかということも父に話したわ。父が怪訝に思うといけないから、あなたがだって言ったの。そして、あなたとわたしはもう婚約していた、それもちゃんと正式に婚約していたんだから、結婚すればいいだけだとわたしは考えたんだってね。

でもあなたの考えは違った。わたしたちは医者を見つけなくちゃならないってあなたは言った。わたしに中絶手術を施してくれる医者を。

この家ではその言葉は口にしちゃいけないってことを、父はわたしに思い出させようとはしませんでした。

このまま結婚することはできない、数を数えられる人間なら誰でもわたしが結婚式のまえに妊娠していたってわかるだろうから、とあなたに言われたんだって父に話したの。わたしがはっきりと妊娠していない状態にならない限り、わたしたちは結婚できない。

でないと、あなたは神学大学での職を失ってしまうかもしれない。

あなたは委員会の前に立たされ、道徳的に不適格だと判断されることにもなりかねない。若い聖職者たちを教えるという仕事には道徳的に不適格だと。人格に問題があると判断される可能性がある。それにたとえそうならなかったとしても、職を失うことはなく、譴責を受けるだけだとしても、あるいは譴責を受けることとさえないとしても、この先昇進は見込めないだろう。あなたの記録には汚点がついてしまう。たとえ誰からも何か言われたりしなくとも、あなたは弱みを握られていることになり、あなたはそれに耐えられないだろう。新しい学生が入ってきたら、上級生からあなたのことを聞かされる。あなたに関する冗談が広まるだろう。同僚たちはあなたを見下すチャンスを摑める。あるいは理解を示してくれるかもしれないが、それも同じくらい悪い。あなたは密かに、あるいはそれほど密かにではなく軽蔑される男となり、負け犬となってしまう。

ぜったいそんなことないわ、とわたしは言った。

いや、そうなるとも。人の心に潜む卑劣さをみくびっちゃいけない。それに君にとっても、悲惨だよ。奥さんたちの支配力は強い、年輩の教授連の奥さんたちの。ぜったい君に忘れさせてはくれない。親切にしてくれるときでさえ——親切にしてくれているときには、とりわけね。

だけど、二人で荷物をまとめてどこかよそへ行けばいいわ、とわたしは言った。誰もわたしたちのことを知らないところへ。

知られてしまうよ。必ず誰かがみんなに教えてしまうんだ。

それに、またいちばん下から始めなくてはならないのも肩身が狭い。今より安い給料で、惨めな給料で働き始めなければならない、それにその場合赤ん坊だっているのに、どうやりくりすればいいんだ?

わたしはこんな主張にびっくりした、わたしが愛した人の考え方と合致するとは思えなかった。わたしたちが読んできた本、わたしたちが観てきた映画、わたしたちが話し合ってきた事柄——あれはあなたにとってなんの意味もなかったのかとわたしは訊いた。あなたは、そんなことはないけれど、これが生きていくってことなんだと答えた。あなたは、他人から笑われていると思うのが我慢ならない、教授の奥さん連の前では屈服してしまうような人なのかってわたしは訊ねた。

あなたは、そんなことはない、ぜんぜんそんなことはないって答えた。

わたしがダイヤモンドの指輪を放り投げたら、停まっていた車の下へ転がっていった。二人で言い争いながら、わたしの下宿屋の近くの通りを歩いた。今みたいに冬だった。一月か二月。でも喧嘩はそれからあとも長引いた。わたしはそういう処置を受けたという噂のある友だちがいる友だちから、中絶に関する情報を手に入れることになっていた。わたしは折れた。そうするって言った。あなたは問い合わせるリスクさえ冒さなかった。ところがわたしは嘘をついた。医者は引っ越したと。それから嘘をついたことを認めた。わたしにはできない、そう言ったわ。

でもあれは赤ちゃんのためだったのかしら？　違う。あの口論において、自分が正しいと信じていたからよ。

軽蔑したの。慌てて停まっている車の下に潜り込もうとしているあなたを見て、あなたのオーヴァーの裾がお尻のまわりでひらひらしているのを見て、軽蔑したの。あなたは指輪を見つけようと雪のなかを這い回って、見つけたときには本当にほっとしているようだった。そして、わたしもほっとしているはずで、その場で仲直りできるだろうと、わたしを抱きしめて、笑ってすませようとしていた。あなたは生涯、称賛に値することなんて何もできない人だってわたしは言った。

偽善者、とわたしは言った。洟垂れの泣き虫。哲学教師。

それで終わりだったわけじゃない。わたしたち、ちゃんと仲直りしたんだもの。でもお互いを許すことはなかった。手段を講じることもしなかった。そして手遅れになってしまって、それぞれが正しい道を歩むことにあまりに傾注しすぎたんだとわかって、そしてわたしたちは別れることにして、おかげでほっとした。そう、あのときは間違いなく、わたしたち双方にとってほっとすることだったし、一種の勝利でもあった。

「だからね、皮肉じゃない？」とわたしは父に問いかけました。「考えてみたら、ねえ？」

外でミセス・バリーが長靴を踏み鳴らしているのが聞こえました、だから、これは急いで言ったの。父はずっと身を固くして座っていて、困惑のせいだろうとわたしは思っていた、それとも深い嫌悪感か。

ミセス・バリーがドアを開けて言いました。「外に箒を出しておかなきゃ――」それから叫んだ。「そこに座って何やってんの？　どうかしてんじゃないの？　その人が死んでるのがわからないの？」

父は死んではいなかった。実際いつもどおり騒々しく呼吸していて、もしかするといつも以上に騒々しかったかもしれない。彼女が見てとって、わたしだって、自分のことを話しているあいだ父の顔を見るのを避けていなければ、たとえ逆光であっても気がついていたはずだったのは、父が発作を起こして目が見えなくなり、体が麻痺しているということでした。父はちょっと前かがみになって座って、腹のみっしりしたカーヴがテーブルに押し付けられていました。わたしたちは父を椅子から動かそうとしてみたけれど、揺すぶって、なんとか、威厳ある頭が不承不承テーブルに乗っかるようにさせられただけでした。帽子はかぶったままだった。そして父のコーヒーカップは、見えない片目から数インチのところに置かれたままでした。まだ半分しか飲んでいなかったわ。

どうすることもできないわね、とわたしは言いました。父は重すぎるもの。わたしは電話のところへ行って、病院に電話し、ほかのお医者のひとりに車で来てもらうことにした。この町にはまだ救急車がないの。ミセスBはわたしの言うことには取り合わず、父の服をひっぱったり、ボタンを外したり、オーヴァーをぐいぐい引き剝がそうとしたりし続け、呻き声をあげたりブツブツ言ったりしながら大奮闘。わたしはドアを開けたまま、道まで駆け出したわ。駆け戻ると、箒をとってきて、外の、ドアの横に立てかけました。ミセスBのところへ行って彼女の腕に手を置いて「無理よ――」みたいなことを言ったら、猫が唾を吐きかけるときみたいな顔で睨まれた。

お医者が来ました。彼と二人で父を車まで引きずっていって、後部座席に乗せました。わたしも父が転がり落ちないよう押さえておこうと横に乗りました。父の呼吸音はこれまでにないほど威圧的になり、わたしたちのやることなすこと批判しているようだった。でも実際には今では父を摑んでいられたの、小突きまわして、必要なら父の体を思うようにできた、そしてこれはひどく奇妙に思えました。

ミセスBはよそのお医者を見たとたん、後ずさりしておとなしくなった。父が車に運び込まれるのを確かめにわたしたちについて家の外へ出てくることさえしませんでした。

今日の午後、父は亡くなりました。五時頃に。関係者全員にとって非常に幸運だった、と言われました。

ミセス・バリーが入ってきたちょうどそのとき、わたしの頭は言いたいことでいっぱいでした。わたしは父に言おうとしていたの、もしも法律が変わったら？　って。もうすぐ法律が変わるかもしれないじゃないの、と言おうとしていたの。変わらないかもしれないけれど、でも変わるかもしれない。そうなったら父は廃業ね。というか、仕事の一部は廃業。それって、父にとって大変なことになったのかしら？

わたしは父からどんな返事を期待できたのかな？

仕事のことなんて、いい、お前の知ったこっちゃない。

それとも、それでも暮らしは立てられる、とか。

違うの、ってわたしは言う。お金のことじゃない。危険性のことを言いたかったの。秘密を守ること。影響力のことを。

法律が変わる、人のすることが変わる、人そのものが変わる？

それとも、父は何か他の危険なことを、何か他の人生の難題を、何か他の秘密裏に行うべき、問題のある人助けの道を見つけたかしら？

そして、もしあの法律が変わり得るのならば、他のことだって変わり得るわ。わたしは今あなたのことを考えているの、あなたが妊娠した女と結婚することを恥じたりしないということだってあり得るのじゃないかとね。それがべつに不名誉ではなくなる。あと数年したら、ほんの数年したら、祝うべきことになるかもしれないじゃない。妊娠した花嫁が花冠をかぶって祭壇へ導かれる、神学大学の礼拝堂においてさえも。

でももしそうなったとしても、おそらく何か他に恥じたり恐れたりすることが出てくるでしょうね、またべつの避けるべき不品行が出てくるんだわ。

じゃあわたしは？　わたしは常に優越感を求めずにはいられない？　倫理的なものを、高みにいることを、正しい人間であることを。おかげでわたしは自分が失ったものを誇示することができるんだわ。

人を変える。そうできたらいいのにってわたしたちはみんな言う。法律を変える、人を変える。それでもわたしたちは、すべてが――物語全体が――外側から影響を受けるのはいやなのよね。わたしたちは自分たちの人間性が、自分たち皆の人間性が、そんなふうに形作られてしまうのはいやなの。

わたしが言っている「わたしたち」って誰のこと？


Rへ。父の弁護士が「極めて異例です」と言っています。これは彼にとってはとても強い、じゅうぶんな言葉らしいわ。

父の銀行口座には父の葬儀の費用に足りるだけのお金があります。俗に言う、父を埋葬するのにじゅうぶんなだけの（弁護士が言ったんじゃありません――弁護士はこんな言い方はしません）。でもそれ以上はないの。父の貸金庫には株券はまったくありません。投資の記録もありません。何もない。病院への遺産贈与はないし、父の教会へもないし、中等学校への奨学金設立のための遺贈もありません。なによりもショックなのは、ミセス・バリーに一銭も遺されていないこと。家と中身はわたしのものです。そしてあるのはそれだけ。わたしにはあの五千ドルがあるけれど。

弁護士は困惑しているようです、気の毒なくらい困惑していて、この事態を気にしています。おそらくわたしが彼の不正を疑うんじゃないかと思っているのね。彼の名を傷つけようとするんじゃないかと。わたしの（父の）家に金庫が、多額の現金をそっくり隠せる場所があるかどうか、彼は知りたがっています。ないって言ってるんだけど。彼はわたしに――さいしょは彼が何を言っているのかわからなかったくらい、控えめで遠まわしな言い方で――父には自分の稼ぎを秘密にしておきたい理由があったのかもしれない、と仄めかそうとしました。したがって、多額の現金がどこかに隠してある可能性があるのではないか、と。

お金のことはさほど気にしていないんです、とわたしは彼に言う。なんてこと言うんですか。彼はわたしを正視しかねています。

「お家へ帰ってよくよく見てみてください」と彼は言います。「疑う余地のなさそうなところも無視してはいけません。クッキーの缶に入っているかもしれないんですから。ベッドの下の箱とかね。人間というのは、驚くような場所を選ぶこともあるんです。この上なく分別も知性もあるような人たちでさえ」

「枕カバーのなかということも」わたしがドアから出るときに、彼はまだそう言っているの。

電話を掛けてきた女性が、医者と話したいと言います。

「すみません。亡くなったんです」

「ドクター・ストローンですよ。ここでいいんですよね？」

「はい、ですが、すみません、ドクターは亡くなりました」

「そちらに誰か――ドクターにはもしかして、わたしの話を聞いてもらえるパートナーはいないんですか？　そちらには他に誰かいないんですか？」

「いえ。パートナーはおりません」

「どこか他に電話できるところを教えてもらえませんか？　ほかにお医者はいないかしら、あのほら――」

「いいえ。お教えできるところはありません。わたしはどなたも知りません」

「なんのことを言ってるのか、きっとあなたにはわかってるんでしょ。とっても重要なことなの。うんと特殊な事情があって――」

「申し訳ありません」

「お金のことは問題ないんです」

「それはそうでしょう」

「お願いだから、誰かいないか考えてみて。あとから誰か思いついたら、電話してもらえないかしら？　わたしの電話番号をお伝えしておきますから」

「そんなことなさらないほうがいいですよ」

「構わないの。あなたを信頼するわ。どっちにしろ、わたし自身のためじゃないんです。みんなきっとそう言うんでしょうけれどね、でも、ほんとうに違うんです。娘のためなんですが、とても悪い状態なんです。娘は精神的に、とても悪い状態なんです」

「申し訳ありません」

「この番号を教えてもらうためにどんな思いをしたかご存知だったら、きっとわたしを助けようとしてくださるわ」

「すみません」

「お願い」

「申し訳ありません」

マデラインが父の最後の特別患者でした。葬儀で彼女を見かけました。ケノラへは行かなかったのね。それとも戻ってきたのか。さいしょは彼女だとわかりませんでした、つばの広い、羽根が水平についた黒い帽子をかぶっていたので。きっと借りたんでしょうね——目の上に垂れてくる羽根に慣れていないようでした。教会ホールのレセプションで列に並んでいるときに彼女から声を掛けられたわ。わたしは彼女に、皆に言うのとまったく同じ言葉を返しました。

「ご参列くださってありがとうございます」

そして、彼女からなんて妙なことを言われたんだろうと気がついたの。

「あなたは甘党だろうって思ったもんで」

「ことによると、父はいつも治療代を取っていたわけじゃないのかもしれません」とわたしは弁護士に言いました。「もしかしたら、ときには無料で診察していたのかも。慈善行為としてやる人だっているでしょう」

弁護士は今ではわたしに慣れてきています。「もしかしたらね」と彼は言います。

「それともひょっとして実際に慈善を行っていたのかも」とわたし。「なんの記録もつけずに慈善活動を支援していたとか」

弁護士はちょっとの間わたしと目を合わせます。

「慈善活動ね」と彼は言います。

「じつはね、地下室の床はまだ掘り返していないんです」とわたしは言い、彼はこの不真面目な態度にたじろぎながらも微笑みます。

ミセス・バリーは辞表を提出していません。ただ現れないの。特に彼女にやってもらうことはなかったんだけれど。葬儀は教会だったし、レセプションも教会ホールだったし。彼女は葬儀に参列しませんでした。彼女の家族は誰も来なかった。ものすごくたくさんの人が来ていたから、誰かから「バリーの一族は誰も見なかったけど、見かけた？」と訊かれなかったら気がつかないところでした。

その後何日かして彼女に電話したら、彼女は「ひどい風邪を引き込んじまったんで、教会へは行かなかったんです」って言いました。

わたしは、そのことで電話したんじゃないと言いました。わたしはじゅうぶんやっていけるけれど、あなたはどうするつもりなんだろうかと思ったんだ、って話したの。

「ああ、あたしにはもうそこへ戻る必要はなんもないですよ」

記念として、この家から何か持って行ってもらいたい、とわたしは言いました。この頃にはお金のことは知っていたから、遺憾に思っているということを彼女に伝えたかったの。でも、どう言えばいいのかわかりませんでした。

彼女は「そこに置きっぱなしにしてあるものがあるんでね。行けるときに行きますよ」と答えました。

彼女は翌朝やってきました。彼女が取りに来る必要があったのは、モップとバケツとデッキブラシと洗濯物入れでした。こんな品々を取り戻したがるなんて、信じられなかったわ。それにそんなものをセンチメンタルな理由で欲しがるというのも信じられないけれど、たぶんそうだったんでしょうね。彼女が何年間も使っていた品々だったの——彼女が、目が覚めているあいだは自宅で過ごすより長い時間を過ごしていたこの家で何年ものあいだずっと。

「他に何かないの？」わたしは訊ねました。「記念に？」

彼女は下唇を嚙みながらキッチンを見回しました。笑みを押し殺していたのかもしれません。

「ここにはあたしの使えそうなもんは何もないみたいだね」と彼女は答えました。

わたしは彼女に渡す小切手を用意していました。金額を書き入れたらいいだけにしてね。五千ドルのうちどれだけを彼女に分けたらいいか、決めかねていた。千？　なんて考えていた。今やそれでは恥ずかしく思えました。二倍にすべきだと思ったの。

引き出しに隠しておいた小切手を取り出しました。ペンも見つけました。四千ドルにしたわ。

「これを受け取ってちょうだい」とわたしは言いました。「いろいろと本当にありがとう」

彼女は小切手を取り上げてちらと見て、ポケットにつっこみました。もしかしたら金額が幾らか読み取れなかったんじゃないかと思った。すると、黒ずんだ紅潮に気づいたの、狼狽の潮に、感謝の言葉がすんなり出てこないでいることに。

彼女は良いほうの片腕で、持ち帰るものをなんとかぜんぶ抱え上げました。わたしは彼女のためにドアを開けました。彼女にもっと何か言ってもらいたくて、もうちょっとで、ごめんなさいね、それだけで、なんて言うところだった。

代わりにこう言いました。「その時、まだよくならないの？」

「よくなることはないですよ」と彼女は答えた。彼女は、まるでまたわたしにキスされたら困るとでもいうようにひょいと首をすくめたわ。「じゃあ、まあ、どうも、さようなら」と彼女は言いました。

彼女が車のほうへ行くのをわたしは見守った。甥の奥さんがここまで乗せてきたんだろうと思っていたの。

でも、それは甥の奥さんが運転していたいつもの車ではなかった。彼女、新しい雇い主を見つけたのかもしれない、という思いが頭を過ぎりました。片腕が具合悪かろうとなんだろうと。新しい、金持ちの雇い主。それで彼女の慌ただしげな、つんけんした決まり悪そうな様子の説明がつくじゃない。

出てきて荷物運びを手伝ったのは、やっぱり甥の妻でした。手を振ったんだけど、彼女はモップとバケツを積み込むのに大わらわでした。

「素敵な車ねえ」わたしは声を掛けました。二人の女が喜んでくれそうなお世辞だと思ったの。どこのメーカーの車かはわからなかったけれど、ピカピカ新しくて大きくて華やかだった。銀色がかった藤色で。

甥の妻が叫び返しました。「そうでしょ」そしてミセス・バリーは、返答がわりに首をすくめました。

室内にいる服装で震えながら、謝罪と当惑の気持ちからそうしないではいられなくて、そこに立って車が見えなくなるまで手を振りました。

そのあとは、どうも落ち着かなくて何もできなかった。コーヒーを淹れてキッチンに座り込んだわ。マデラインのチョコレートを引き出しから取り出して、二つほど食べた、でも、本当のところ、わたしはその人工着色のオレンジと黄色の中身を気に入るほどの甘党じゃなかったんだけれど。彼女にお礼を言えばよかったと後悔したわ。もうどうしようもない——彼女の姓さえ知らないんだから。

スキーに出かけることにしました。うちの敷地の裏に、あなたに話したと思うけれど、砂利採取場があるの。冬に裏道が除雪されなかった頃、野原を横切って赤ん坊を取り上げたり、虫垂を摘出したりしに行かなければならないことがあったような時代に父が使っていた、古い木のスキーを履きました。十字になったストラップで足を留めるだけなのよ。

スキーを履いて砂利採取場へ行きました。スロープは長年のあいだに草のクッションで覆われて、今はその上雪にも覆われているの。犬の足跡や鳥の足跡、野ネズミが走ってつけた微かな円があったけれど、人間のものはなかったわ。上がっては下り、上がっては下り、さいしょは控え目な角度を選んでいたんだけれど、そのうち急な坂になっていった。ときどき転んでも、たっぷりした新雪の上だから気楽なもの。そして、転んだ一瞬とつぎに立ち上がる一瞬とのあいだに、自分が何かを知っていることに気がついたの。

お金がどこへ行ったのか、わたしは知っていました。

ひょっとしたら慈善行為。

素敵な車。

おまけに、五千ドルのうちの四千ドル。

そのとき以来、わたしは浮き浮きしています。

お金が橋から、あるいは高いところから宙へばらまかれるのを眺めた気分なの。お金、希望、ラブレター——そういったものすべて、宙に放り投げたら変化して落ちてこないとも限らない、すっかり軽く、背景事情なんかなくなって落ちてこないとも限らない。

とても想像できないのは、父が脅迫に屈していたということです。ましてやあまり信用もできないし賢くもないような人の。しかも、町全体が父の味方、というかすくなくとも口を噤んでいてやろうと思っているらしいのに。

でもね、壮大なるへそ曲がり的意思表示なら想像がつくの。もしかしたら要求の先手を打つため、あるいはただ単に、自分にはどうでもいいことだと示すため。弁護士の衝撃を、そして、父が死んだ今となって、娘がいっそう躍起となって父という人間を理解しようとするのを楽しみにしながら。いや。父はそんなこと考えないんじゃないかしら。父の思いがそこまで自分にわかっていたとは思えません。わたしがそう思いたいほどには。

考えたくないのは、愛のためになされたという可能性です。

でも、愛のためなら。除外してはいけないわよね。

砂利採取場から這い上がると、野原に出たとたん風が吹き付けました。風は、犬の足跡や野ネズミのつけた細い輪になった跡や、父のスキーによってつけられるのはこれが最後となりそうなスキー痕の上に雪を吹き付けていました。

親愛なるR、ロビン——あなたへの最後の言葉はなんにしましょう？

さようなら、幸運を祈ります。

あなたに愛を送ります。

（もし人が本当にそうするとしたら——愛を捨ててしまうために郵便で送るとしたら？　送るのは何になるかしら？　七面鳥の卵の黄身みたいなのがなかに入っているチョコレートをひと箱。眼窩が空洞になっている泥人形。腐臭よりは微かに花の香りが優るバラをどっさり。誰も開けたがらないような血まみれの新聞に包まれた包み）

お体に気をつけて。

覚えておいてね——現在のフランス王はハゲである。

母の夢

My Mother's Dream

夜のあいだに——というか、彼女が眠っているあいだに——たくさんの雪が降った。

母は、大邸宅や昔風の公共建築で見られるような大きなアーチ型の窓から外を見た。芝生も灌木も生垣も花壇も木々もすべて、風に均されたり乱されたりすることなく、うずたかく積もった雪にこんもり覆われているのを見下ろした。陽光のなかと違って、雪の白さで目が痛くなることはなかった。その白さは、夜明け直前の澄み渡った空の下での雪の白さだった。すべてが静まり返っていた。星が消えてしまっていることを除けば、「ああベツレヘムよ」さながらだった。

だが、なにかがおかしかった。この情景には誤りがあった。木々も灌木も草も皆、びっしり夏の葉をつけていた。その下に見えている、降雪から遮られていた部分の草は、みずみずしい緑だった。豊かな夏の一夜のあいだに雪が積もっていたのだ。説明のつかない、思いがけない季節の変化だった。しかも、皆いなくなっていた——もっとも「皆」が誰なのか彼女には思い浮かばなかった——そして母ひとりが、やや改まった雰囲気の木々や庭園に囲まれたその丈の高い広大な家にいたのだ。

何が起こったのであれ、すぐに教えてもらえるだろうと彼女は考えた。ところが誰も来なかった。

電話も鳴らない。庭の門の掛金が上がることもなかった。車の音も一切聞こえない、それに彼女は通りが——あるいは、もしここが田舎なのだとしたら、道が——どっちの方角なのかさえ知らなかった。空気が重苦しく澱んでいるこの家から外に出なければならない。

外に出ると、母は思い出した。赤ん坊をどこかにおいてきてしまったことを思い出した。雪が降るまえのことだ。雪が降るずいぶんまえのことだ。この記憶、この確信は、母に戦慄とともに襲いかかった。まるで夢から覚めたかのようだった。夢のなかで夢から覚め、自分の責任と過ちに気がついたのだ。母は赤ん坊を一晩置き去りにしてしまった、母はそのことを忘れてしまっていた。飽きた人形のようにどこかへぽんと置いてきてしまったのだ。おまけにひょっとしたら、母がそんなことをしでかしたのは昨晩のことではなく、一週間、それとも一ヶ月まえのことだったのかもしれない。ひとつの季節がすっかり、それともいくつもの季節が過ぎるあいだ、母は赤ん坊を置き去りにしていたのだ。母は他のことで余念がなかった。ここから旅行に出ていて帰ったところだったということさえあり得るかもしれない、自分が何のところへ戻っていくのかも忘れ果てて。

母は生垣や葉の大きな植物の下を見て歩いた。赤ん坊はきっとしなびてしまっているだろうと覚悟した。死んで、茶色くしなびて、頭は木の実みたいになって、そしてそのちっちゃな閉ざされた顔には、苦悩ではなく死に別れる悲しみの表情が、昔ながらの我慢強い悲嘆が浮かんでいることだろう。非難は、母親に対する非難はない——助けを、あるいは運命をじっと待っていた我慢強さと無力感をたたえた表情だけで。

母の胸にこみあげた悲しみは、赤ん坊がその唯一の希望である母を待っているとも知らないまま待っていて、一方母自身は赤ん坊のことをすっかり忘れ果てていたという悲しみだった。こんなに小さくて生まれたばかりで、雪から顔を背けることさえできない赤ん坊が。母は悲しみのあまり息をするのもやっとだった。胸のなかに他のものを入れる余地がまったくなかったのだろう。自分が何をしてしまったかという自覚以外のものを入れる余地がなかったのだ。

だから、ベビーベッドで寝ている自分の赤ん坊を見つけたときには、なんとほっとしたことだろう。うつ伏せになって、顔を横に向けて、肌はユキノハナのように青白く甘やかで、頭の綿毛は曙のように赤みがかっている。母自身の髪と同じ赤毛が、どこもなんともない紛れもない自分の赤ん坊の頭に。自分が許されたとわかった喜び。

雪も葉の茂った庭も奇妙な家もすべてなくなっていた。唯一残った白いものはベビーベッドの毛布だ。軽い白の毛糸の、赤ん坊の背中のなかほどでくしゃくしゃになった赤ん坊用毛布。熱気の、本物の夏の熱気のなか、赤ん坊はおむつをしてシーツを濡らさないためのビニールのパンツを穿いているだけだった。ビニールのパンツはチョウチョの柄だった。

母はきっとまだ、雪や、ふつう雪には付き物の寒さのことを考えていたのだろう、毛布を引っ張り上げて、赤ん坊の裸の背中と肩を、赤い綿毛の生えた頭を覆った。

現実世界でこれが起こっているのは早朝だ。一九四五年七月の世界。どの朝にしろ、その日さいしょの授乳を要求するはずの時刻に、赤ん坊は眠り続けている。母親は、立ち上がって目を開いているにもかかわらず、頭のなかではまだぐっすり眠っていて、これを訝しくは思わない。赤ん坊と母親は長い戦いで疲れ果て、母親は目下のところそれさえ忘れている。どこかの回路が遮断されているのだ。この上なく揺るぎない静けさが母親の脳にも彼女の赤ん坊の脳にも居座っている。母親は――私の母は――陽の光が刻一刻と明るさを増すのが飲み込めない。自分がそこに立っているあいだにも太陽が上っていくのがわかっていない。前日の記憶がまったくない、というか、真夜中に何が起こったのか覚えがないということに気づいて、彼女は驚く。彼女は毛布を赤ん坊の頭まで引っ張り上げる、満足して穏やかに眠っている輪郭の上に。彼女はそっと自室へ戻ると、ベッドに倒れ込んで、そしてたちまちまた前後不覚となる。

こういうことが起こっている家は夢のなかの家とはまったく違う。中二階の白い木造の家で、狭苦しいが見苦しくはなく、歩道から数フィートのところまで張り出したポーチと、食堂には生垣で囲った小さな庭が見える出窓がある。家は、ヒューロン湖近郊のかつては人口の多かった農業地域に十マイルか十五マイルの間隔で点在する数多くの他の小さな町と区別のつかない――よそ者には――小さな町の裏通りに面している。私の父とその姉たちはこの家で育ち、相変わらずここで暮らしていた姉たちとその母親のところへ、私の母が加わったのだ――そして、母のお腹のなかで大きくなって活発に動いていた私も加わった――が、それは私の父が、ヨーロッパの戦争があと数週間で終わるというときに死んだのちのことだった。

私の母――ジル――は夕暮れ近くの明るい日差しのなかで、食堂テーブルの横に立っている。教会で催された告別式のあと寄ってくれと招かれた人々で、家はいっぱいだ。皆、紅茶やコーヒーを飲みながら、ちっぽけなサンドイッチやバナナブレッドやナッツローフやパウンドケーキをなんとか指でつまんでいる。カスタードタルトやレーズンタルトといったペーストリー生地が崩れやすいものは、ジルの義母が自らスミレを描いた嫁入り道具の小さな陶器の皿に乗せてデザートフォークで食べる。ジルはなんでも指でつまむ。ペーストリーのかけらが落ち、レーズンが落ち、彼女の緑のベルベットのドレスにくっついている。この日にこのドレスは暑すぎるし、マタニティードレスでもなくて、リサイタル用の、彼女が人前でヴァイオリンを弾くときに着る、ゆったりとした一種のローブだ。裾は前の部分が持ち上がっているが、それは私のせいだ。でも、彼女の手持ちのなかで、じゅうぶんなゆとりがあって夫の告別式に着られるほど上等の服はそれしかない。

なんだってまたこんなに食べるんだ？　どうしたって人目についてしまう。「二人分食べているのよ」アイルサは自分の客たちに告げる、彼らが義妹について何を言おうが言うまいが、それによって足をすくわれたりしないように。

ジルは一日じゅう胸がむかついていたのだが、急に教会で、オルガンがなんて下手なんだろうと思っていたときに、オオカミのように腹が減っていることにとつぜん気がついたのだ。「オー・ヴァリアント・ハーツ」（戦没者を悼む賛美歌）のあいだじゅうずっと、彼女は肉汁と溶けたマヨネーズの滴る分厚いハンバーガーのことを考えていて、今は、クルミとレーズンとブラウンシュガーで作られたものや、歯が疼くほど甘いココナッツアイシングや、うっとりするようなバナナブレッドやカスタードのなかにその代用になるものがないか、見つけようとしている。もちろん、どんなものでも無理なのだが、彼女はどんどん続けている。現実の空腹が満たされても想像上の空腹感は相変わらず活発で、さらなる焦燥感が募ってパニックに近くなり、もはや味さえわからないまま口に詰め込んでしまう。この焦燥感は表現のしようがなく、柔毛で覆われたような逼迫感に関係していると言うしかない。陽光のなかで密生している窓の外のメギの垣根、じっとりした腋の下にくっつくベルベットのドレスの感触、義姉のアイルサの頭にまとめられた巻き毛――タルトのレーズンと同じ色

――の束、皿からつまみあげられるかさぶたのように見える、描かれたスミレさえも、こういったものすべてが彼女にはなんとも忌まわしく耐え難く思える。どれもごくあたりまえのものだとわかってはいるのだが。それらは彼女の新たな、思いもよらなかった人生についてのメッセージを帯びているように見える。

思いもよらなかったとはまたどうして？　彼女が私のことを知ってからしばらく経っているし、ジョージ・カーカムが死ぬかもしれないということもわかっていた。なんといっても彼は空軍にいたのだから（そしてこの午後、カーカム家の彼女のまわりでは――未亡人である彼女に向かって、あるいは彼の姉たちに向かってではないが――彼はまさに、きっと死ぬだろうとさいしょからわかるタイプだったと、皆が言っている。つまり、彼は見栄えが良くて、潑剌としていて、一家の誇り、あらゆる期待をかけられた存在だったのだ）。彼女にはこのことがわかっていたのだが、自分の普段の生活を続け、暗い冬の朝にヴァイオリンを抱えて路面電車に乗り込み、音楽学校へ行って、他の人たちの音は聞こえてくるものの、薄汚れた部屋でただひとり、ラジエーターの騒音を相手に何時間も練習した。両手の皮膚はさいしょは寒さで赤くまだらだが、そのうち室内の乾燥した熱気でかさかさになる。彼女は、夏はハエが入ってきて、冬には窓台に雪が散る建て付けの悪い窓のある貸間で暮らし続け、そして――吐き気がしないときは――ソーセージやミートパイや黒っぽいチョコレートの塊を夢見ていた。音楽学校では皆、彼女の妊娠をできものか何かのように如才なくあしらった。どのみち、長いあいだ目立たなかったし。骨盤の広い大柄な女の子の場合、初回妊娠は概してあまり目立たないのだ。私がでんぐり返りしていてさえ、彼女は人前で演奏した。堂々と太った体で、長い赤毛を肩にぼさぼさと垂らし、幅広の顔を紅潮させて、しかつめらしい一心不乱の表情を浮かべて、彼女はこれまででもっとも重要なリサイタルで独奏した。メンデルスゾーンのヴァイオリン協奏曲を。

世の中のことも多少は気に留めていた——戦争が終わりかけているのは知っていた。私の誕生後、ジョージはすぐに帰ってくるかもしれない、と彼女は考えていた。そうなったら自分の部屋でそのまま暮らし続けるわけにはいかないとわかっていた——どこかで彼といっしょに暮らさなくてはならないだろう。そしてそこに私もいるのだと彼女にはわかっていたが、彼女は私の誕生を、何かが始まるのではなく何かが終わるのだと思っていた。腹の片側の、いつも痛む場所を蹴られるのも終わりになるだろうし、立ち上がった拍子に生殖器に血液が殺到してズキズキするのも（まるでその部分に焼けるように熱い湿布を当てられたかのように）終わりになる。乳首はもはや大きい黒ずんだ瘤だらけの状態ではなくなるだろうし、毎朝ベッドから出るまえに静脈が腫れた脚に包帯を巻く必要もなくなる。三十分かそこらおきに排尿する必要もなくなるし、足のサイズも縮んで普段の靴が履けるようになるだろう。いったん外に出てきたら、私はそれほど面倒を掛けないだろうと彼女は思っているのだ。

ジョージが戻ってこないと知ったあと、あの同じ部屋でしばらく私と暮らすことを彼女は考えた。彼女は赤ん坊に関する本を手に入れた。私に必要な基本的な品々を購入した。その建物には彼女が練習しているあいだ私の面倒を見てもらえそうなお婆さんが住んでいた。彼女は戦争未亡人の恩給をもらえるだろうし、あと六ヶ月すれば音楽学校を卒業できる。

そこへ、アイルサが列車で、彼女を迎えに来た。アイルサは「ここでひとりぼっちで困っているあなたをほうってはおけないわ。どうしてあなたはジョージが海外へ行ってしまったときに来なかったんだろうかって、みんな不思議がっているのよ。そろそろ来る潮時だわ」

「僕の家族は素晴らしいんだ」とジョージはジルに話していた。「イオナは気病みがひどくて、アイルサは鬼軍曹ってところかな。そして母は耄碌している」

彼はまたこうも言った。「アイルサは頭が良かったんだけど、父さんが死んで、学校をやめて郵便局で働かなきゃならなくなったんだ。僕は見栄えの良さをもらって、可哀想なイオナには荒れた肌と過敏な神経しか残っていなかった」

ジョージを見送るために姉たちがトロントへやってきたときに、ジルは初めて二人に会った。その二週間まえに行われた結婚式には二人は来なかったのだ。式にはジョージとジルと牧師と牧師の妻と二人目の証人として呼ばれた隣人しか列席しなかった。すでにジルの胎内に抱え込まれていた私もその場にいたが、式を挙げた理由が私だったわけではなく、あのときは誰も私の存在を知らなかった。そのあとジョージは、よくある自分で撮れる写真ボックスで、ジルと二人ポーカーフェイスの結婚写真を撮ろうと言い張った。彼はどこまでも意気揚々としていた。「これでおとなしくなるだろう」写真を見た彼はそう言った。特に誰かおとなしくさせようと思っている相手がいるのだろうかとジルは思った。アイルサ？　それとも、彼を追いかけて、感傷的な手紙を書いて寄越したり、彼のためにアーガイル柄の靴下を編んだりしていた可愛い女の子たち、魅力的で元気のいい女の子たち？　彼は履けるときにはその靴下を履いたし、プレゼントは貰っておいて、バーでふざけて手紙を読み上げた。

結婚式のまえに何も朝飯を食べてこなかったジルは、式の最中にパンケーキとベーコンのことを考えていた。

二人の姉たちは彼女が予期していたよりは普通の容貌だった。もっとも、ジョージが見栄えの良さをもらってしまったというのは本当だったが。彼はダークブロンドの絹のような髪を波打たせ、目には強く陽気なきらめきがあり、くっきりした羨ましいような容貌だった。唯一の難点は背がそれほど高くないことだった。ジルと目を合わせるにはじゅうぶんな背丈というだけで。それに、空軍パイロットになるには。

「パイロットには背の高い男は要らないんだ」と彼は言った。「僕のほうが勝っちまったんだ。ひょろひょろっと伸びた連中にさ。映画に出てる男は背の低いのが多いんだ。キスするときは箱に乗っかってるんだよ」

(ジョージは映画を観ながら馬鹿騒ぎすることがあった。キスシーンを野次ったりするのだ。彼は現実の世界でもキスはあまり好まなかった。行動に取り掛かろうよ、と言うのだった)

姉たちも背が低かった。二人はスコットランドの地名にちなんで名付けられていて、二人の両親は新婚旅行でそこを訪れ、その後一家は財産を失ったのだ。アイルサはジョージより十二歳年上で、イオナは九歳上だった。ユニオン駅の人ごみのなかで、ずんぐりした二人は、途方に暮れているように見えた。二人とも新しい帽子とスーツを身に付け、最近結婚したのは彼女たちみたいだった。そして、イオナが上等の手袋を列車に置いてきてしまったというので、二人ともうろたえていた。イオナの皮膚が荒れているのは確かだったが、目下のところ吹き出物はなく、それにニキビの時代は終わっていそうだった。肌はでき物の痕のでこぼこだらけで、ピンクの白粉の下で黒ずんでいた。

帽子の下からはほつれた巻き毛が垂れ下がり、目は、アイルサに叱られたせいか弟が戦争に行ってしまうせいか、涙に濡れていた。アイルサの髪はきつくパーマをかけた巻き毛をまとめて束ね、てっぺんに帽子が乗っかっていた。きらきらした縁のメガネの奥の淡い色の目は鋭く、丸いピンクの頬で、顎にはえくぼがあった。彼女もイオナもすっきりしたスタイルだった——高い胸に細いウエストに張り出したヒップ——が、イオナの場合このスタイルは、間違って拾い上げてしまったと肩をすぼめ、両腕を組んで隠そうとしているもののように見えた。アイルサは自分のめりはりのきいた身体を、しっかりした陶磁器でもできているように、挑発的ではなく自信たっぷりな様子に見せていた。二人とも髪はジョージと同じダークブロンドの色合いだったが、彼のような艶はなかった。彼のユーモアのセンスを共有しているようにも思えなかった。

「じゃあ、行ってくるからね」とジョージは言った。「パッシェンデールの野原で英雄として死に行ってくるよ」するとイオナが「いやだ、そんなこと言わないでよ。そんな言い方しないで」と言った。アイルサはラズベリー色の口元を引きつらせた。

「ここから遺失物取扱所の看板が見えるわ」と彼女は言った。「でも、あそこは駅でなくした物だけ扱っているのかしら、それとも列車で見つかった物？　パッシェンデールは第一次大戦のときでしょ」

「そうだった？　ほんと？　僕は遅すぎた？」ジョージは手で胸を叩きながら言った。

そしてその数ヶ月後、アイルランド海上空を飛ぶ訓練飛行で焼死してしまったのだ。

アイルサは終始微笑んでいる。彼女は「ええ、もちろん誇りに思っていますとも。思っていますよ。でも誰かを喪ったのはあたしひとりじゃありません。弟はやらなきゃいけないことをやったんです」と言う。彼女の威勢の良さにいささかショックを受ける人もいる。だが「可哀想なアイルサ」と言う人もいる。あんなにジョージ一筋で、ロースクールへやるために貯金していたのに、彼は姉を愚弄するようなことをした――入隊したのだ。出征して、死んでしまった。彼は待ちきれなかったのだ。

二人の姉は、自分たちの教育を犠牲にした。歯並びを整えることさえ――二人はそれをも犠牲にした。イオナは確かに看護学校へ行ったが、歯を直しておいたほうが彼女の役には立っていただろう。彼女とアイルサは結局英雄を得たというわけだ。皆がそうだと認めている――英雄であると。この場の若い者たちは、家族に英雄がいるというのはたいしたことだと考えている。今意義を認められていることはずっと変わらない、永遠にアイルサとイオナにつきまとうと思っている。「オー・ヴァリアント・ハーツ」が永遠に二人のまわりで響き渡るのだと。先の戦争を覚えている年輩の人々は、結局二人が得られたのは記念碑に刻まれた名前だけだということを知っている。なぜなら未亡人、がつがつ食らっているあの女の子が、恩給を受け取るのだから。

アイルサは目の回るような気分だが、これはひとつには二晩続けての掃除で寝ていないからだ。べつにこの家がまえはきちんときれいになっていなかったわけではない。にもかかわらず、すべての皿、鍋、装飾品を洗い、どの額のガラスも磨き、冷蔵庫を引っ張り出してその後ろをごしごし磨き、地下室の階段を洗い流し、ゴミ入れにブリーチを流し込まなくてはならないと彼女は思ったのだ。頭上にあるまさにこの、食堂テーブルの上の照明器具も、分解してすべての部品を石鹼水に浸して、ゆすいで、水気を拭き取ってまた組み立てなければならなかった。郵便局での勤務があるので、アイルサはこういった作業を夕食後にならないと始められなかった。彼女は今では郵便局長で、一日休みをとることは可能だったのだが、なにしろアイルサなので、けっしてそうしようとは思わなかった。

今や彼女はほほ紅の下で火照っていて、レースの襟のついたダークブルーのちりめんのドレスを着込んでそわそわしている。じっとしていられないのだ。取り皿を補充して回し、あら大変、皆のお茶が冷めてしまっているんじゃないかしら、と言っては急いで新しく淹れにいく。客が快適に過ごしているか気遣い、リウマチやちょっとした病気の具合を訊ね、自身が悲劇に見舞われたにもかかわらず微笑みながら、自分の場合はありふれた喪失だ、ほかにもこんなに大勢が同じ目に遭っているのに愚痴なんか言えない、ジョージはきっと友人たちに、悲嘆にくれるのではなく皆で力を合わせて戦争を終わらせたことを感謝してもらいたいと思うだろう、と何度も何度も繰り返している。すべて、郵便局で耳にするのに皆が慣れている、陽気に叱りつけるような、甲高くて語気の強いしゃべり方だ。おかげで皆、なにか悪いことを言ってしまったのではないかというような心許ない気持ちにさせられる。ちょうど郵便局で、こんな筆跡ではどうしたって判読しがたいとか、小包の包装がずさんだとか気づかされるときと同じく。

アイルサは、自分の声がやたら甲高く、にこにこし過ぎだと気がついている、もう結構ですと言っている人にお茶を注いでいることにも。キッチンでティーポットを温めながら、アイルサは「あたし、どうしちゃったのかしら。なんだかやたらピリピリしてしまって」と言う。

彼女がこう言っている相手はドクター・シャンツ、裏庭の向こう側の隣人だ。

「すぐ治まるよ」と彼は言う。「臭化カリ（鎮静剤）をあげようか？」

食堂側のドアが開くと、ドクターの声は変化する。「臭化カリ」という言葉はしっかりと、専門家らしく発せられる。

アイルサの声も変化し、惨めな声音が勇猛果敢になる。彼女は「あら、結構です。自力でなんとかやっていきますから」と答える。

イオナの仕事は母親を監視すること、母親がお茶をこぼさないよう——不器用なためではなく、健忘症のためにやってしまうのだ——見ていることと、母親が鼻をぐずぐずいわせて泣き出したら連れ去ることだ。だがじつのところミセス・カーカムの振る舞いはたいていの場合礼儀正しく、アイルサよりもたやすく皆をほっとさせる。一時《いっとき》に十五分のあいだは状況を理解していることができる——というか、しているように見え——そして果敢にきっぱりと、この先ずっと息子がいないのを寂しく思うことだろうが、まだ娘たちがいるのはありがたいことだと述べる。アイルサは有能で頼りになる、これまでもずっとそうだったが、驚くべき存在だ。そしてイオナは優しさそのものだ。新しい義理の娘に言及することさえ忘れてはいないのだが、あの年代の女性のほとんどが男性の耳がある社交的な集まりでは触れないことに触れてしまったときには、たぶん口が過ぎたとほのめかすのではないか。ジルと私を見ながら、彼女は言う。「それにあたしらみんなに慰めがやってきますしねえ」

そして、部屋から部屋へ、客から客へと巡っているうちに、すっかり忘れてしまい、自分の家を見回して言う。「どうしてあたしたちここにいるの？　こんなに大勢で——なんのお祝い？」それからこれはすべてジョージに関係しているのだという事実に気づいて、こう訊ねる。「ジョージの結婚式なの？」最新の情報に加えて彼女は穏健な思慮分別もいくらか失っている。「あんたの結婚式じゃないよねえ」と、彼女はイオナに訊ねる。「いや。そんなことないよねえ。あんたには恋人がいたためしがないんだから、ねえ？」事実を直視、弱者切り捨て的な響きが声音に漂ってきている。ジルを見つけると、彼女は笑う。

「あれが花嫁じゃないよねえ？　おやおや。これで合点がいった」

だが去っていったときと同じく突然に現実が戻ってくる。

「何かニュースは？」と彼女は訊ねる。「ジョージのニュースは？」アイルサが心配していた泣き声が始まるのはこのときだ。

「物笑いの種になりそうだったら、連れ出してね」とアイルサは言ってあった。

イオナには母親を連れ出すことなどできない――生まれてこの方、誰に対してであれ権力を行使できたことなど一度もない――だがドクター・シャンツの妻が老女の腕を摑む。

「ジョージは死んだの？」ミセス・カーカムがこわごわ訊ねると、ミセス・シャンツは答える。「ええ、そうですよ。でもほら、ジョージの奥さんには赤ちゃんができるでしょ」

ミセス・カーカムは相手に寄りかかる。彼女はくしゃんとした顔になり、囁くように言う。「お茶をいただけますかねえ？」

あの家では、どちらを向こうと父の写真が目に入るように母には思える。いちばん最後の、彼が軍服を着ている正式な写真は、食堂の窓の柱間にある蓋を閉じたミシンの上に、刺繡を施した飾り布を敷いて置かれている。イオナはそのまわりに花をあしらったのだが、アイルサが取り去った。

まるでカトリックの聖者みたいに見えてしまうから、と言って。階段の上に掛かっているのは六歳の頃のもので、外の歩道でおもちゃの手押し車に片膝を乗せている。そしてジルが寝ている部屋には、「フリー・プレス」の新聞配達袋を持ったジョージが自転車の横に立っているもの。ミセス・カーカムの部屋には八年生のときのオペレッタの衣装を着けた、金色のボール紙の王冠を頭にかぶった写真がある。音痴のため主役にはなれなかったのだが、もちろん脇役のなかではいちばんいい役に選ばれ、それが王様だったのだ。

食器棚の上の写真屋で撮った彩色写真は三歳のときのもので、縫いぐるみの片脚を掴んで引きずっているぼやけたブロンドの子供が写っている。アイルサはいかにもお涙頂戴みたいに見えそうで下ろそうかと思ったのだが、その部分だけ壁紙が鮮やかに見えるよりは、とそのまま掛けておいたのだ。そしてその写真については誰も何も言わなかったのだが、ミセス・シャンツだけはべつで、立ち止まって、以前にもときどき言ったことのあることを口にした。それも涙ながらにではなく、ちょっと面白がっているような様子で。

「あら——クリストファー・ロビンだわ」

皆、ミセス・シャンツの言うことにはいつもながらあまり注意を払わなかった。

どの写真でもジョージは一ドルコインのごとく輝いている。将校の帽子や王冠をかぶっていないかぎり、眉の上には常に太陽のような髪があるのだ。そしてほんの幼児の頃でさえ、自分が陽気で抜け目がなくて魅力的なタイプの男になるとわかっているかのように見えた。人をほうってはおかない、笑わせずにはおかないタイプに。自分をネタにしてのこともあるが、ふつうは他人をネタにして。ジルは写真の彼を見ては、彼が酒を飲んでも決して酔っ払っているようには見えず、他の酔っ払いたちに自分の不安やごまかし、性的経験がないことや裏切りを告白させては、それをジョークや屈辱的なニックネームに仕立て上げ、犠牲者たちがそれを楽しむふりをしていたことを思い出す。なんといっても彼には、おそらくは不安から彼にくっついている——あるいはいつも言われていたように、彼が気持ちを明るくしてくれるからというだけのことだったのかもしれないが——追随者や友だちが大勢いた。彼がどこにいようとそこが部屋の中心となり、彼の周囲の空気は危険と陽気さとでパチパチ音を立てていた。

ジルはあんな恋人をどう考えればよかったのだろう？　彼に会ったとき、ジルは十九で、それまで誰からも求められたことはなかった。何が彼を惹きつけたのかジルにはわからなかったし、他の誰にもわからないのが見て取れた。同世代の大半にとってジルは謎だったが、退屈な謎だった。ヴァイオリンの研鑽に人生を捧げていて他には何の関心もない女の子。

そうとばかりも言い切れない。ジルはみすぼらしいキルトにくるまって横になりながら恋人を思い浮かべた。でもそれは決してジョージのような輝かしいおどけ者ではなかった。温かい、クマのような男、あるいは十歳年上ですでに高名な、すごい可能性を秘めた音楽家をジルは思い浮かべた。ジルの恋愛観はオペラ的だった、彼女がもっとも称賛する音楽形態ではなかったのだが。ところがジョージは愛を交わすときに冗談を言った。終えると、ジルの部屋を跳ね回った。無作法で子供じみた声をたてた。彼のぶっきらぼうな行為は、ジルが自分で自分に加える行為から得ていた喜びはほとんどもたらしてくれなかったが、彼女は必ずしもがっかりしなかった。

事態が進展する速さにぼうっとしていたと言うほうが近い。そして彼女の心が物理的、社会的現実に追いついたときには、幸せに——感謝に満ちて幸せに——なれると思った。ジョージから関心を注がれ、自分は結婚する――それはすべて自分の人生の光り輝く増築部分のようだった。呆然とするような光輝に満ちた明るい部屋べやだ。それから爆弾というかハリケーンがやってきた、よくある大きな不幸の一撃が、そして増築部分のすべてが消え去った。吹き飛び、消滅し、彼女に残されたのは以前と同じ空間と選択肢だった。ジルは確かに何かを失った。だがそれは、彼女が本当に手にしたものでもなければ、仮想の将来設計として考えていた以上のものでもなかった。

彼女はもうじゅうぶん食べた。長いあいだ立っているので、足が痛む。かたわらのミセス・シャンツが話しかけてくる。「ジョージの地元の友だちには、もう誰か会った?」

夫人が言っているのは、廊下の出入り口のところにずっといる若い人たちのことだ。見栄えのいい女の子が二人、海軍の軍服を着たままの青年がひとり、その他。彼らを見ながら、誰も心底悲しんではいないとジルははっきり思う。アイルサはたぶん、でもアイルサには自分なりの理由がある。誰もジョージの死を心底悲しんではいない。教会では泣いていて、これからもっと泣きそうに見えるあの女の子でさえ。今やあの女の子は、自分がジョージを愛していたことを思い出し、彼も自分を愛していた――いろいろあったにもかかわらず――と思いながらも、それが間違いだと証明するようなことを彼がしたり言ったりするんじゃないかなどと心配しないでいられる。そして、ジョージのまわりに群がっていた連中が笑い出しても、誰のことを笑っているのだろうかとか、ジョージはあの連中に何を言っているのだろうなどと、誰も気にする必要はないのだ。彼についていこうと懸命に努力したり、彼の好意を失わないようにするにはどうすればいいか考えたりする必要はもうないのだ。

もし生きていればジョージが違う人間になっていたかもしれないとは、彼女は思わない、なぜなら彼女自身違う人間になれるとは思えないからだ。

彼女は「いいえ」と熱のこもらない口調で答え、それでミセス・シャンツは、「わかるわ。初めての人たちに会うのって楽じゃないものねえ。とりわけ——わたしがあなたなら、横になりに行きたいところだわ」と言う。

ジルは彼女がきっと「一杯やりに行きたいところだわ」と言うんじゃないかと思いかけた。でもここでは何も提供されず、ただお茶とコーヒーだけだ。ジルはどのみちほとんど飲まない。でも誰かの呼気のアルコールのにおいはわかるし、ミセス・シャンツの呼気もにおうと思ったのだ。

「そうすれば？」とミセス・シャンツは言う。「こういうことはなかなか緊張するものよ。アイルサに言っておいてあげるわ。さあお行きなさい」


ミセス・シャンツは小柄な女性で、灰色の細い髪に輝く目、しわのよった尖った顔だ。毎冬彼女はひとりフロリダで一ヶ月過ごす。彼女には金がある。彼女と夫が自分たちのために建てたカーカム家の裏にある家は、長くて低くて、眩いばかりに白く、角は曲面になっていて、ガラス煉瓦が広がっている。ドクター・シャンツは二十歳か二十五歳彼女より年下だ——ずんぐりして、活発で、愛想の良さそうな男性で、額は高くなめらかで金髪の巻き毛だ。二人には子供はいない。夫人にはさいしょの結婚のときの子が何人かいるらしいが、彼女のもとを訪れたことはない。じつのところ、ドクター・シャンツはもともと彼女の息子の友人で、大学から友人の家に連れてこられて母親に恋し、母親も息子の友人に恋して離婚し、そしてここで二人は結婚して、寡黙で贅沢な亡命生活を送っているという話だ。

ジルは確かにウィスキーのにおいを嗅いだ。ミセス・シャンツは――彼女に言わせれば――理にかなった期待が一切持てない集まりに出るときには、いつもフラスコ瓶を持ち歩く。飲んでもべつに笑い転げたりろれつが回らなくなったり喧嘩をふっかけたり人に抱きついたりすることはない。実際のところ、彼女はいつもちょっと酔っ払っているけれども決して本当に酔っ払うことはないのかもしれない。彼女はアルコールをほどほどに、元気づけになる程度に摂取するのに慣れていて、おかげで彼女の脳細胞はびしょ濡れになることも干上がってしまうこともない。唯一秘密を暴露してしまうのがにおいだ（酒を嗜まないこの町では、彼女が飲まなくてはならない薬のにおいだとか、あるいは胸に塗らなくてはならない軟膏のにおいだとさえ考える人も多い）。においと、それにもしかすると彼女のゆっくりした話し方、一言一言間を空けているように思える話し方も。彼女はこのあたりで育った女なら口にしないようなことを、もちろん口にする。自分のこともしゃべる。ときどき夫の母親と間違えられるのだと話す。たいていの人は自分たちの間違いに気づくと慌てふためく、ひどく決まり悪がるのだと彼女は話す。でも一部の女たち――たぶんウエイトレスとか――は強い敵意を滲ませた目つきでミセス・シャンツをひたと見据える、なんだって彼はあんたなんかのために自分を無駄にしてんのよ？　とでも言いたげに。

するとミセス・シャンツはただこう言ってやるのだ。「わかってるわ。そんなの公平じゃないわよね。でも人生って公平じゃないものなのよ、あなたもそれに慣れたほうがいいわ」

この午後彼女は適切な間隔をあけて飲むことができない。キッチンも、その裏の狭苦しい食品庫でさえ、常に女たちが出入りしている。彼女は二階のバスルームへ行かなくてはならないが、そうしょっちゅうは行けない。午後遅く、ジルが姿を消してちょっとしてから彼女がまた二階へ行くと、バスルームのドアに鍵がかかっている。寝室のどれかに忍び込んでみようかと彼女は思い、どの部屋が空いているのだろう、ジルが使っているのはどの部屋だろうと考える。するとバスルームからジルの声が聞こえてくる。「すぐ出ます」とかなんとかそんなことを言っている。ごく当たり前の言葉なのだが、その口調は緊張して怯えている。

ミセス・シャンツは、緊急事態だからということを口実にそのまま廊下でそそくさとひと飲みする。

「ジル？　だいじょうぶ？　なかへ入ってもいい？」

ジルは四つん這いになって、バスルームの床にできた水たまりを拭き取ろうとしている。破水については本で読んでいた――陣痛や、おしるしや、過渡的段階や、胎盤について読んでいたのと同じように――が、それでもやはり温かい液体が流れ出したのにはびっくりしてしまった。ジルはトイレットペーパーを使わなくてはならない。アイルサがいつものタオルをぜんぶ片付けて、ゲストタオルと称する刺繍を施した滑らかなリネンの布を出しているからだ。

ジルは湯船の縁に摑まって身を起こす。ドアのかんぬきを外したそのとき、さいしょの痛みに驚かされる。彼女の場合は軽い痛みが一回というのではない、前兆とか、出産の第一段階としての一群の痛みといったものではない。どっと手厳しい猛攻となり、引き裂かれるように分娩へと突進する。

「落ち着いて」、ミセス・シャンツはできるだけジルを支えながら声を掛ける。「どれがあなたの部屋か教えて、あなたを寝かせなくちゃ」

ベッドにたどり着きもしないうちに、ジルはミセス・シャンツの細い腕に指を食い込ませて青黒い痣をつける。

「ああ、これは早いわ」とミセス・シャンツは言う。「さいしょの赤ちゃんだというのに大物だわ。夫を呼んでくるわね」

そんなふうにして私は、ジルの計算が信頼できるならば十日早く、あの家で生まれた。アイルサが客を帰すか帰さないうちに、家はジルの声で満たされた、信じられないような叫びと、それに続く恥を知らない大きな呻き声で。

たとえ母親が不意打ちをくらって自宅で出産したとしても、当時はそのあとで母親と赤ん坊を病院へ移すのが普通だった。ところが町では一種の夏風邪が流行っていて、病院は最悪の状態になった患者でいっぱいだった。そこでドクター・シャンツは、ジルと私は家にいたほうがいいだろうと判断した。なんといってもイオナは看護婦としての訓練の一部を終了しており、私たちの面倒を見るために二週間の休暇が取れることになったのだ。

ジルは本当のところ、家族と暮らすということをまったく知らなかった。彼女は孤児院育ちだった。六歳から十六歳まで共同寝室で寝ていた。明かりは決められた時刻に点いたり消えたりし、決められた日付のまえやあとに暖房炉が動かされることは決してなかった。油布を掛けた長いテーブルで食事して宿題をし、通りの向かいは工場だった。ジョージはその印象を気に入っていた。女の子をタフにしてくれるだろうな、と彼は言った。冷静沈着で情に流されない孤独な性格になるだろう。ロマンチックな馬鹿げたことを一切期待しない人間になるだろう、と。だが、その施設は彼が思い描いたらしい冷酷な方針で運営されていたわけではなく、運営していた人たちは不親切ではなかった。ジルは十二歳のときに他の何人かとコンサートに連れて行ってもらい、そこで自分はどうしてもヴァイオリンを弾けるようにならなくてはならないと心に決めた。彼女はすでに孤児院で遊び半分にピアノを弾いていた。誰かが関心を持ってくれて、ジルのために中古《セカンド・ハンド》の、どう見ても二流品《セカンド・レート》のヴァイオリンを手にいれてくれ、そして何回かレッスンを受け、これがしまいに音楽学校の奨学金へと繋がったのだ。後援者や役員たちのための演奏会が開かれ、盛装の、フルーツパンチやスピーチやケーキが供されるパーティーが催された。ジル自身もちょっとしたスピーチをしなければならず、感謝の念を表明したが、本当のところ、彼女はこういったことすべてを至極当然のように思っていた。自分はあるヴァイオリンと生来の宿命的な絆で結ばれていて、人の手助けなどなくとも一体となっていただろうと確信していたのだ。

共同寝室で友だちはいたが、皆早くに工場や事務所へ出て行って、ジルは彼女たちのことを忘れてしまった。孤児たちが通う中等学校では、ある教師がジルと面談した。面談では「普通」とか「バランスのとれた」といった言葉が登場した。その教師は、音楽は何かからの逃避あるいは何かの代替物だと思っているようだった。姉妹とか兄弟とか友だちとかデートの。ジルはエネルギーをひとつのことに集中するのではなく分散すべきだと、その女教師は勧めた。もっと肩の力を抜きなさい、バレーボールをおやりなさい、音楽をやりたいというのなら、学校のオーケストラに参加しなさい。

ジルはその女教師を避けるようになり、女教師と話さなくてもいいように、階段を上ったり、その区画を迂回したりした。同様に「バランスのとれた」とか「人に好かれる」という言葉が目に飛び込んでくるや、そこのページで本を読むのをやめてしまうようにもなった。

音楽学校ではもっと楽だった。そこでジルは自分と同じくらいまったくバランスのとれていない、完全に取り憑かれたような人たちと出会った。やや上の空で、対抗意識に満ちたいくつかの交友関係を、ジルは結んだ。ある友人の兄が空軍にいて、この兄というのがたまたまジョージ・カーカムの犠牲者であり崇拝者だった。彼とジョージは家族の日曜夕食会に立ち寄り、ジルもそこへ客として来ていた。彼らはどこか他へ飲みに行くところだった。そしてそんなふうにして、ジョージとジルは出会った。私の父は母と出会ったのだった。

ミセス・カーカムの世話をするために、常時誰かが家にいなければならなかった。それでイオナはベーカリーの夜勤をしていた。ケーキのデコレーションをして——この上なく手の込んだウエディングケーキまでも——そして五時に初回のパンをオーヴンに入れる。ひどく震えるので人にお茶を出すことなどできない彼女の両手は、ひとりでするとなるとどんな作業をさせても力強く巧みで辛抱強く、傑出してさえいた。

アイルサが仕事に出かけたある朝——これはジルがこの家に来て私がまだ生まれていなかった短いあいだのことだ——イオナは通りかかったジルに寝室からひそひそと声を掛けた。内緒事があるかのように。でも今この家で、誰に内緒にしなければならないというのだろう？　ミセス・カーカムのはずはなかった。

イオナは自分の整理ダンスのつっかえた引き出しを開けるのに、四苦八苦しなければならなかった。「まったく」と彼女はくすくす笑いながら言った。「いまいましいったら。ほうら」

引き出しには赤ん坊の衣類がぎっしり詰まっていた——ジルがトロントの古着や工場の不合格品

を売っている店で買ってきたような、簡素な必需品のシャツや寝巻きではなく、ニットのボンネットやセーターや毛糸編みの靴やおむつカバー、手縫いの小さなガウンだった。あらゆるパステルカラー、あるいはその組み合わせで――ブルーかピンクかといった偏りはなかった――かぎ針編みの縁飾りや、花や鳥や子羊の細かい刺繍が施されている。そんなものがあるということをジルがほとんど知らなかったような類の物だ。ベビー用品売り場を徹底的に見て歩いたり、乳母車を覗き込んだりしていれば知っていただろうが、彼女はそんなことしたことがなかった。

「もちろん、あなたがどんな物を用意しているのかわからないし」とイオナは言った。「とっくにどっさり用意しているかもしれないわねえ、それに手作りはお嫌いかもしれないし、どうなのかしら――」彼女のくすくす笑いは一種の会話の句読点で、それにまた、あの謝るような口調の延長でもあった。何を言おうと、どんな顔つきや仕草をしようと、すべて謝罪のべたべたした蜂蜜というか鼻声の粘液が詰まり、覆われているように思われ、これにどう対処したらいいのかジルにはわからなかった。

「本当に素敵だわ」とジルは平板な口調で言った。

「あら、いえ、あなたが欲しがるかどうかさえわからなくて。あなたの気に入るかどうかわからなくてね」

「きれいだわ」

「ぜんぶ作ったわけじゃないの、買ったのもあるの。教会のバザーへ行ったり、病院支援団体、あそこのバザーに行ったり、ちょっといいんじゃないかって思ったんだけど、あなたが気に入らなかったり、もしかして必要ないんだったりしたら、伝道バザーに出しちゃうからいいのよ」

「必要ですとも」とジルは言った。「こんなのはひとつも持っていないわ」

「ほんとうに？　あたしが作ったのはたいして出来がよくないけど、教会の女の人たちが作ったのとか病院支援のはもしかして、あなたもいいんじゃないかって思ってくれるかもしれないわ」

ジョージがイオナは気病みがひどいと言っていたのはこのこと？（アイルサによると、看護学校での彼女の神経衰弱の原因は、彼女が敏感すぎたことと、指導者がちょっと彼女に厳しすぎたことだった）彼女は安心させてもらうことを強く求めているように思えるのだが、どう安心させようと努めてもじゅうぶんではないらしいのだ、というか、彼女には届かないのだ。イオナの言葉もくすくす笑いも鼻をぐずぐずいわせるのも湿っぽい表情も（手もきっと湿っぽいに違いない）、体を――ジルの体を――這い上がってくるもののように、肌の下に潜り込もうとするダニであるかのようにジルには感じられた。

だがこれについては、ジルはそのうち慣れてしまった。もしくは、イオナの調子も和らいだ。朝、アイルサが出て行ってドアが閉まると、ジルもイオナもほっとした――先生が教室を出て行ったような感じだった。二人は二杯目のコーヒーを飲み、そのあいだミセス・カーカムは皿を洗った。彼女はこの仕事をひどくゆっくりと――ひとつひとつの物をしまう引き出しや棚を見回して探しながら――ちょっとした失敗を交えながらやっていた。でも儀式も交えられていて、決してそれを省くことはしなかった。たとえば、コーヒーの滓を勝手口の横の茂みに撒くといったことだ。

「コーヒーを撒くと育つと思ってるの」とイオナは囁いた。「地面じゃなくて葉っぱの上に掛けるんだけどね。あたしたち毎日ホースで洗い流さなくちゃならないのよ」

イオナは孤児院でいちばんいじめられていた女の子たちに似ているとジルは思った。そういう女の子たちはいつも他の誰かをいじめたがった。しかしいったんイオナに長々と続く謝罪や控え目な非難のバリケード（「もちろんあの店じゃ、何事であれあたしに相談してもらえるのはいちばん最後なのよ」「もちろん、アイルサはあたしの意見になんか耳を貸しちゃくれないわ」「もちろんジョージは、どれほどあたしを軽蔑しているかってことをぜんぜん隠していなかった」）を越えさせてしまうと、なかなか面白いことをしゃべってくれることもあった。イオナはジルに、かつては自分たちの祖父のものだったけれど今は病院の中央棟になっている家について、父親が職を失う原因となったある疑わしい取引について、ベーカリーの既婚者二人のあいだで進行中のロマンスについて話した。また、シャンツ夫妻の過去の経緯とされているものについても口にし、アイルサがドクター・シャンツに甘いということまでしゃべった。神経衰弱に陥ったあとでイオナが受けたショック療法がどうやら彼女の思慮深さに穴を開けてしまったらしく、その穴の向こうから響いてくる声は——遮蔽となっていたごちゃごちゃが取り除かれると——意地悪で陰険だった。

そしてジルとしてもおしゃべりで時間を過ごすほうがよかった——ヴァイオリンを弾こうにも、彼女の指は今ではすっかりむくんでしまっていた。

それから私が生まれて、何もかもが変わった。とりわけイオナにとっては。

ジルは一週間ベッドにいなくてはならず、起き上がってからでさえ、体の強ばった老女のように身動きし、毎回用心しいしい椅子に座り込んだ。縫い合わされたところがひどく痛み、腹と胸はミイラのようにきつくぐるぐる巻きにされていた——それが当時の慣習だった。乳の出は有り余るほどだった。包帯を通ってシーツの上へと漏れ出した。イオナは包帯を緩めて乳首を私の口に入れようとした。ところが私は断じて受け入れようとはしなかった。母の乳房を拒んだのだ。私は甲高い声で泣き叫んだ。大きくかちかちの乳房は、鼻面の突き出た獣に顔じゅうつつき回されるのも同然だったのだろう。イオナに抱かれて白湯をちょっと飲ませてもらい、私は静かになった。だが私の体重は減少していた。白湯では生きられない。そこでイオナは粉ミルクを調製し、体を強ばらせて泣き叫んでいた私をジルの腕から取り上げた。イオナは私を揺すってあやしながら、ゴムの乳首で頰を軽くつつき、そして私はそちらのほうを好むことが判明した。私は粉ミルクをがつがつと飲み、胃に収めた。イオナの腕と彼女が担当する乳首が私の選んだ家となった。ジルの胸はいっそうきつく締め上げられ、乳が干上がるまで液体を控えて（思い出してもらいたいが、これは暑い季節のことだった）痛みを我慢しなければならなかった。

「なんておサルちゃんなの、なんておサルちゃんなの」イオナは歌うように言った。「あんたはおサルちゃんよ、ママのいいおっぱいは要らないだなんて」

私はたちまち太って力が強くなった。泣き声も大きくなった。イオナ以外の人が抱こうとすると泣いた。アイルサも、ドクター・シャンツの思いやり深く温かな手も拒んだが、もちろんいちばん注目を浴びたのは、私のジルに対する嫌悪感だった。

ジルがベッドを出られるようになると、イオナは自分がいつも私に授乳するときに座っている椅子にジルを座らせた。イオナは自分のブラウスをジルの肩に着せかけて、ジルの手に哺乳瓶を持たせた。

駄目だ、私はだまされなかった。私は頰を哺乳瓶に打ち付け、両脚をぐっと伸ばし、腹を強ばらせて瘤のようにした。私は代用品を受け入れようとはしなかった。私は泣いた。頑として降参しなかった。

私の泣き声はまだか細い新生児の泣き声だったが、家のなかをかき乱し、そしてイオナだけがそれを止める力を持っていた。イオナでない人に触られたり話しかけられたりすると、私は泣いた。イオナに揺すってもらわずに寝かされると、私は疲れ果てるまで泣いて、十分間眠り、またもややる気満々で目を開けた。私には機嫌のいい時間もぐずる時間もなかった。イオナの時間とイオナのいない時間があり、いない時間は――ああ、ますます悪いことに――他の人たちの時間、おもにジルの時間になっていきそうだった。

となると、休みをとった二週間が終わってしまったら、イオナはどうやって仕事に戻ればいいのだ？　戻ることはできない。それについては疑問の余地はなかった。ベーカリーには他の人を雇ってもらわなくては。イオナは家のなかでもっとも取るに足りない存在からもっとも重要な人間になった。彼女こそが、そこで暮らす人々と、絶え間ない耳障りな声、答えようのない不満とのあいだに立ちはだかる人間なのだ。彼女はこの一家がなんとか安楽に暮らしていけるよう、昼となく夜となく起き上がらなければならなかった。ドクター・シャンツは心配した。アイルサでさえ心配した。

「ねえイオナ、へとへとにならないようにしてね」

それでもなお、素晴らしい変化も起こっていた。イオナは青白かったが、肌は紅潮して、ついに思春期から抜け出したかのようだった。誰であろうと目を合わせられた。それにもう震えもなく、くすくす笑いもほとんど消え、声音には陰険で媚びるようなところはなくなって、アイルサの声のように偉そうに、そしてもっと楽しそうになった（ジルに対する態度のことで私を叱っているときがいちばん楽しそうだった）。

「イオナは幸せの絶頂ね――あの赤ん坊をひたすら崇拝しているの」アイルサは皆にそう話した。だが実際はイオナの振る舞いは崇拝しているにしては威勢が良すぎるように思えた。私を静かにさせながら自分がどれほど騒々しくしているかイオナは気にしなかった。彼女は「今行くからね、今行くからね、おとなしく待ってて」と息せき切って叫びながら階段を駆け上がった。私を無頓着に肩にくっつけて片手で支えて歩き回りながら、もう片方の手で私の世話に関連する仕事をやってのけた。彼女はキッチンで権力を行使し、レンジは殺菌用に、テーブルは粉ミルクの調製用に、流しは赤ん坊の入浴用に接収した。何かを置き忘れたりこぼしたりすると、アイルサがいるところでさえ陽気に悪態をついた。

彼女は自分が、私がさいしょの合図となる泣き声を放ってもたじろがない、壊滅の危険のぼんやりした兆候を感じない唯一の人間だとわかっていた。それどころか、自分が力を持っているという感覚、そして感謝の気持ちから、心臓が倍の速さで打ち始め、踊りだしたい気分になるのだった。

包帯を取り去り、腹部が平らになったのを確かめると、ジルは自分の両手を見てみた。むくみはすっかり消えたようだった。ジルは階下へ行って戸棚からヴァイオリンを取り出し、カヴァーを外した。ちょっと音階を弾いてみるつもりだった。

これは日曜の午後のことだった。イオナはわたしの泣き声が聞こえないかと常に片耳をそばだてたまま、昼寝しようと横になっていた。ミセス・カーカムも横になっていた。アイルサはキッチンで爪を塗っていた。ジルはヴァイオリンの調弦を始めた。

私の父も父の家族も音楽にあまり関心を持ってはいなかった。こういうことをよく知らなかった。ある種の音楽に対して自分たちが感じる抵抗感というか敵意とさえ言えるもの（これは彼らの「クラシック」という言葉の発音の仕方にさえ現れていた）は人格の素朴な強さに、誠実さと騙されまいとする決意に基づいているのだと彼らは考えていた。まるで単純な旋律から離れた音楽は聴く者を騙そうとしており、そしてこのことは誰もが心の底ではわかっているのだが、一部の人間は――気取りから、飾り気のなさと正直さが欠如しているために――そうだということを認めようとしないのだといわんばかりに。そしてこうした気取りと意気地のない寛容さから、交響楽団だのオペラだのバレエだのコンサートだのといった人を眠らせてしまうようなものの世界が生まれたのだ。

この町の大半の人々が同じように感じていた。ところがここで育ったわけではないジルはこういう感情がどれほど深いか、どの程度当然のこととみなされているかわかっていなかった。父は決してこういう感情を、というかこういう感情を持つという美徳を誇示することはなかった、父は美徳などというものが好きではなかったからだ。ジルが音楽家だということは気に入っていた――音楽ゆえにではなく、おかげで彼女が奇妙な選択となるからで、ジルの服装とか暮らしぶりとかぼさぼさの髪も同様に一役買っていた。彼女を選んだことで、彼は皆に自分が彼らをどう思っているか見せつけたのだ。彼を捕まえたいと願っていたあの女の子たちに見せつけた。アイルサに見せつけたのだ。

ジルは居間のカーテンのかかったガラス戸を閉めておいて、うんと小さな音で調弦した。おそらく音はまったく漏れていなかっただろう。あるいはもしアイルサがキッチンで何か聞きつけたとしても、外から聞こえてくる音だと、近所のラジオの音だとでも思っていたかもしれない。

ジルは、今度は音階を弾き始めた。指は確かにもうむくんではいなかったものの、強ばった感じがした。身体全体が強ばった感じで、姿勢がどうもあまり自然ではなく、体に固定している楽器から信用されていない気がした。だがそれでも、彼女は音階を始めた。以前にも確かこんなふうに感じた覚えがあった、インフルエンザにかかったあとや、練習のしすぎでひどく疲れていたとき、べつに何の理由もなかったことさえも。

私は不機嫌にぐずぐずいうことなく目を覚ました。なんの警告も、準備もなかった。とにかく金切り声が、家に降りかかる滝のような金切り声が、私がそれまでに放ったことがなかったような叫びが響いた。思いもよらない苦悶の新たなるおびただしい放出、石だらけの波で世界を懲らしめる苦悩、拷問部屋の窓から放たれる苦痛の一斉射撃。

イオナはすぐさま起き上がり、わたしのあげる声に初めてぎょっとして、「なんなの、なんなの？」と叫んだ。

そしてアイルサは、窓を閉めようと走り回りながら、「フィドルよ、フィドルよ」と叫んだ。アイルサは居間のドアをぱっと押し開けた。

「ジル。ジル。これはひどいわ。とにかくひどいわ。赤ちゃんの声が聞こえないの？」

アイルサは居間の窓を引き降ろして閉めるために、下の虫除け網をはぎ取らなければならなかった。アイルサはキモノ姿で座り込んで爪を塗っていたのだが、このとき自転車で通りかかって覗き込んだ男の子に、キモノがはだけて下のスリップがむき出しになっているのを見られてしまった。「なんてこと」と彼女は言った。彼女がここまで自制心を失うのはめったにないことだった。「それを片付けてちょうだい」

ジルはヴァイオリンを下に置いた。

アイルサは廊下へ駆け出してイオナに叫んだ。

「日曜日なのよ。その子を泣き止ませてくれない？」

ジルが押し黙ったままゆっくりと部屋を出てキッチンへ行くと、そこではミセス・カーカムがストッキングを履いただけの足で立って、カウンターにしがみついていた。

「アイルサはいったいどうしたの？」と彼女は訊ねた。「イオナは何をしたの？」

ジルは外に出て裏口の階段に腰を下ろした。向こう側にある太陽に照らされてぎらぎら光っているシャンツ家の白い家の後壁を眺めた。周りはすべて他の家々の他の暑い裏庭と熱い壁だ。そのなかには、互いに顔も名前も経歴もよく知り合っている人々がいる。そしてここから三区画東へ、あるいは五区画西へ、六区画南へ、十区画北へ歩くと、すでに地面から高く伸びた夏の作物の壁に、柵を巡らしたまぐさや小麦やトウモロコシの畑に行き当たる。まさに田園だ。伸びる穀物や納屋の前庭や押し合いながら口をもぐもぐやっている動物たちの悪臭のおかげで、息もつけない。遠くの森林地帯は、日陰の平安な隠れ場所のように人を招き寄せるが、実際には虫で沸き返っていた。

ジルにとって音楽とはどのようなものなのかということを、どう説明すればいいのだろう？　景色だのビジョンだの楽器との対話だのはどうでもいい。むしろ、彼女が断固として果敢に取り組まなければならない課題であり、彼女が人生における自分の義務として引き受けた課題なのだ、と言えるのではないか。ならば、この課題に取り組むにあたって彼女の役に立つ道具が取り上げられるとしたらどうだ。その壮大なる課題はなおもそこにあり、他の人たちはそれを支えているのに、彼女からは取り上げられている。彼女にとっては、ただ裏口の階段とぎらぎら光る壁と、そして私の泣き声だけなのだ。私の泣き声は彼女の人生から役に立たないものをすべて切り取るナイフだ。私にとって役に立たないものを。

「お入りなさい」と網戸になったドア越しにアイルサが声を掛ける。「さあ入って。あなたに怒鳴ったりするんじゃなかったわ。入って、人に見られるでしょ」

夕方には、この出来事全体が軽く受け流せるようになっていた。「今日はきっと、このあたりでぎゃあぎゃあ喚く声を聞いたでしょうねえ」アイルサはシャンツ夫妻に言った。イオナが私を寝かせつけているあいだ、隣家のパティオへ来ないかと誘われたのだ。

「赤ん坊はどうやらフィドルは嫌いみたい。ママに似なかったのね」

ミセス・シャンツでさえ笑った。

「だんだんと好きになるものなのよ」

ジルは彼らの話し声を聞いた。少なくとも笑い声は聞こえ、何の話なのか想像がついた。ジルはベッドに横になって『サン・ルイ・レイの橋』（ソーントン・ワイルダー著）を読んでいた。アイルサの許しを求めるべきだとは思い及ばず、勝手に書棚から取り出したのだ。時折話の筋は空白になり、向こうのシャンツ家の庭からあの笑い声が聞こえてきて、それから隣室でイオナがぺちゃぺちゃ呟く熱愛の言葉が聞こえ、ジルはいらいらと汗まみれになっていた。おとぎ話なら、若き巨人女の力を得てベッドから出て、家のなかの家具を壊し首をへし折っているところだ。

私が生後ほぼ六週間になった頃のこと、アイルサとイオナは母親を連れて、グエルフのいとこたちのところへ泊まる毎年恒例の一泊旅行へ行くことになっていた。イオナは私もいっしょに連れて行きたがった。でもアイルサがドクター・シャンツを連れてきて、暑い気候のなか小さな赤ん坊をそんな旅に連れ出すのは感心しないと言い聞かせてもらった。するとイオナは家に留まることを望んだ。

「運転とお母さんに気を配るのと両方はできないわ」とアイルサは言った。

イオナは私に夢中になりすぎている、一日半自分の赤ん坊の面倒を見るのはジルにとってそれほど大変なことではないだろう、とアイルサは言った。

「違うかしら、ジル？」

ジルはそのとおりだと答えた。

イオナは、私といっしょにいたいからではないというふりをしようとした。暑い日に運転すると車酔いになるのだとイオナは言った。

「あんたは運転しないわ。ただ座っていればいいだけよ」とアイルサは答えた。「あたしはどうなのよ？　好き好んで行くんじゃないのよ。向こうがあたしたちを待っててくれてるから行くのよ」

イオナは後部座席に座らなければならなかったが、そうすると車酔いがひどくなると彼女は言った。母親を後ろに座らせるのはまずいだろうとアイルサは答えた。ミセス・カーカムは、あたしはべつに構わないよ、と口を挟んだ。アイルサは駄目だと言った。アイルサが車を出すとき、イオナは窓を下げた。朝の沐浴と授乳を済ませて私を寝かせてきた二階の部屋の窓を、イオナはひたと見据えていた。アイルサは玄関に立っているジルに手を振った。

「行ってくるわね、お母ちゃま」アイルサは陽気で挑発的な声で叫び、ジルはなんとなくジョージを思い出した。これから家を離れるのだという思いと、そこに組み込まれている新たな混乱の兆しがアイルサの気持ちを高揚させているようだった。そしてまた、イオナを相応しい位置に戻したということも、アイルサにとってはたぶん気分がよかった——安心できた——のだろう。

三人が出発したのは午前十時頃で、それから先の一日はジルが経験したもっとも長く、最悪なものとなった。私が生まれた日、あの悪夢のような出産でさえ比べ物にならなかった。車が隣の町まで行かない頃に、私は、まるでイオナから引き離されたことをわかっているかのように嘆き悲しみながら目を覚ました。イオナがほんのちょっとまえに授乳していたので、ジルは、私がお腹を空かせているのかもしれないとは思わなかった。だがジルはおむつが濡れているのを発見し、赤ん坊は、おむつが濡れるたびに替える必要はないし、ふつうはおむつが濡れたからといって泣くことはないと本で読んでいたにもかかわらず、おむつを替えることにした。おむつを替えるのはこれが初めてではなかったが、これまでジルはいつもたついて、実際のところ、しばしばイオナが引き継いではやってくれていた。私はできるだけ仕事をやりにくくしてやった――手足をばたばたさせ、背中をそらせ、全力を尽くして寝返りをうとうとし、そしてもちろん泣き続けた。ジルの手は震え、ピンを布に刺すのに苦労していた。ジルは落ち着いているふりをし、私に話しかけてみた。イオナの赤ちゃん言葉を、優しくおだてるのを真似しようとしたが、なんの役にも立たず、そんなつっかえつっかえの心のこもらない言葉は私をいっそう怒らせた。おむつをピンで留めてしまうと、ジルは私を抱き上げ、自分の胸と肩に寄り添わせようとしたが、私はジルの体が真っ赤に焼けた針山でできているかのように硬直した。ジルは腰をおろして私を揺すった。立ち上がって、私を弾ませた。甘い言葉の子守唄を歌ってくれたが、その声は憤りや怒りや、すぐさま憎悪と断定できそうなものに満ち溢れて震えていた。

私たちはお互いにとって怪物だった。ジルと私は。

しまいにジルは私を、荒っぽく扱いたいところだっただろうがそっと下ろし、すると私は彼女から離れられたらしい様子にほっとして静かになった。彼女はそっと部屋から出て行った。そしてそれほどたたないうちに、私はまた始めた。

そんな具合に続いた。私は休みなく泣いたわけではない。二分、五分、十分、二十分休憩を取った。ジルが私に授乳する時間になると、私は受け入れ、体を強ばらせながら彼女の腕に抱かれて、警告するように鼻をぐすぐすいわせて飲んだ。ミルクを半分飲み下すと、攻撃に戻った。結局は、泣き叫ぶ合間にほとんど上の空で飲み干した。眠りに落ちた私を、ジルは下ろした。ジルは階段をそっと下りた。どちらへ行けば安全か見定めるかのように廊下にたたずんだ。試練とその日の暑さとでジルは汗をかいていた。貴重で脆弱な静けさのなかをジルはキッチンへ行き、大胆にもコーヒーポットをレンジにかけた。

コーヒーが入らないうちに、私は肉切り包丁のような泣き声をジルの頭に打ち下ろした。

ジルは何か忘れていたのに気がついた。授乳のあとでげっぷをさせていなかったのだ。ジルは決然と二階へ行き、私を抱き上げて怒れる背中を叩いたりさすったりしながら歩き、間もなく私はげっぷをしたものの、泣き止まず、ジルは諦めた。ジルは私を寝かせた。

乳児の泣き声はどうしてあんなに強力で、内面においても外面においてもこちらが頼りにしている秩序を壊すことができるのだろう？　まるで嵐だ――執拗で、芝居がかっていて、それでいて純粋で巧まざるところがある。哀願というよりは非難だ――抑えようのない激しい怒り、愛とも憐れみとも無縁の、こちらの頭蓋のなかで脳みそを押しつぶさんばかりの生得の怒りから発しているのだ。

ジルには歩き回ることしかできない。居間の敷物の上を行ったり来たり、食堂テーブルのまわりをぐるぐる。キッチンへ行くと、時間がどれほどゆっくりゆっくりとしか経たないか、時計が教えてくれる。じっとしていられるのはせいぜいコーヒーをひとすすりするあいだだけ。お腹が減ると、立ち止まってサンドイッチを作ることはできないので、コーンフレークを手づかみで食べ、家じゅうにこぼして進路の跡を残す。食べること、飲むこと、どんな当たり前のことをやろうとしても、嵐の最中に小さなボートの上で、あるいは凄まじい風で梁がたわんでいる家のなかでそういうことをやるのと同じくらい危険に思える。嵐から注意をそらすことはできない、さもないと最後の防御も破られてしまう。正気を保とうとして周囲の何か穏やかな細部に注意を向けるのだが、風の叫びは——私の叫びは——クッションや敷物の模様や窓ガラスの小さな渦にも宿ることができるのだ。私は逃避を許さない。

家は箱のように閉ざされている。アイルサの恥の概念がジルにもいくらか影響を及ぼしたものか、あるいはジルにも彼女なりの恥ずかしさが生じていたものか。自分の赤ん坊をなだめられない母親——これ以上の恥があるだろうか？　ジルはドアも窓も閉めておく。床置き型の扇風機も回っていないが、これはじつは忘れていたからだ。現実的に楽になることなど、もはや彼女は考えていない。この日曜はその夏でもっとも暑い日に数えられ、たぶんそれが私にとって問題なのではないかということなど、考えてもいない。経験を積んだ、あるいは勘のいい母親なら、きっと私に悪魔の力を与えたりする代わりに風にあてていただろう。ひどい絶望を感じるのではなく、厄介な暑さに思い当たっていたことだろう。

午後のある時点で、ジルは馬鹿げたというか自暴自棄そのものの決心をする。私を残して家から出ていってしまったりはしない。私が作った刑務所に閉じ込められて、ジルは自分の空間を、内部での逃げ道を考える。ジルはヴァイオリンを取り出す。あの音階を弾いた日、アイルサとイオナが家族の冗談にしてしまった試みからこっち、触っていなかったのだ。弾いても私を起こす心配はない、すでに完全に目を覚ましているのだから。それに、どうすれば今以上に怒らせることができるというのだ？

見方によれば、ジルは私に敬意を表している。もはや心にもない慰撫はないし、見せかけの子守唄や腹痛への気遣いもない、あらあら赤ちゃんどうしたの、もない。代わりにジルはメンデルスゾーンのヴァイオリン協奏曲を、リサイタルで弾き、卒業証書を貰うための試験でまた弾かなければならないあの曲を弾く。

メンデルスゾーンを選択したのは彼女自身で——彼女がより熱烈に賛美するベートーヴェンのヴァイオリン協奏曲ではなく——メンデルスゾーンのほうが高い点数をもらえると思っているからだ。こちらのほうがより完全に習得できる——習得している——と彼女は思っている。大失敗の恐れなどすこしもなしに腕を誇示して試験官に良い印象を与えられると自信を持っている。これは生涯悩ませられるような作品ではない、と彼女は判断したのだ。いつまでも取り組んで力量を示そうと努力することになるようなものではない。

ただ弾けばいい。

彼女は弦を合わせ、ちょっと音階を弾き、自分の聴覚から私を消し去ろうと努める。自分の体が固くなっているのはわかっているが、今回は心構えができている。音楽に没入していくにつれ、問題は少なくなるのではないかと彼女は期待している。

彼女は弾き始める。弾き続ける。どんどん続けて、最後までずっと弾く。ところが彼女の演奏は最悪だ。拷問だ。彼女は頑張り続ける、これはきっと変わる、変えられると彼女は思うのだが、変えられない。何もかもうまくいかず、彼女の演奏はジャック・ベニーがあの大胆不敵なモノマネでやるような類と同じくらいひどい。ヴァイオリンには魔法がかけられ、ジルを憎んでいる。彼女が表そうとするすべてを断固として捻じ曲げて返すのだ。これよりひどいことはあり得ない——鏡を覗き込んだら、頼もしい自分の顔がこけて、病んで、意地悪そうな目つきをしているのが見えるよりもまだ悪い。とても信じられないようなトリックに引っかかって、それが間違いだと証明しようと、目を背けては元に戻し、背けては戻し、何度も何度もやってみているかのようだ。それでこうして弾き続けているのだ、トリックを破ろうとして。だがうまくいかない。それどころかますますひどくなる。顔や腕や体の両脇を汗が伝い、手が滑る——まったくのところ演奏は底なしにひどくなるばかりだ。

終わった。すっかり弾き終えた。何ヶ月もまえにマスターし、以来完成していて、手に負えないものは何も残っておらず、扱いにくいところさえなかった曲に完全に打ち負かされてしまったのだ。その曲によって彼女は、空っぽになって打ち砕かれた自分自身を見せつけられた。突如奪われてしまった自分を。

彼女はあきらめない。彼女は最悪のことをやってしまう。この自暴自棄の状態で、彼女はまた始める。ベートーヴェンを弾いてみるのだ。そしてもちろんぜんぜん駄目で、どんどんひどくなり、彼女は心のなかで喚き、喘いでいるようだ。彼女は弓とヴァイオリンを居間のソファの上に置き、それからまた取り上げて、ソファの下に突っ込む、見えないようにする。自分が吐き気を催しそうな芝居がかった身振りでそれを椅子の背に叩きつけて壊してしまう様が目に浮かぶからだ。

　この間ずっと、私は降参していない。もちろん、こんな競争で降参したりはしない。

ジルは、これまで誰も横になったことはないし、来客がない限り座ることさえない空色のブロケードの固いソファに横になり、本当に眠ってしまう。どのくらいかわからない時間が経ったあと彼女が目を覚ますと、火照った顔をブロケードに押し付けて頬に模様の痕をつけ、口から垂らした涎で空色の生地にしみをつけている。私の大騒ぎはまだ続いているのかまた始まっているのか、槌で打たれるような頭痛のごとく高くなったり低くなったりしている。そして彼女は実際に頭痛に襲われている。彼女は立ち上がると、熱気を押しのけながら――まさにそんな感じなのだ――アイルサが２２２（アスピリン、カフェイン、コデインを含む錠剤）をしまっているキッチンの食器棚へと進む。どんよりした空気に彼女は下水を連想する。それも当然だ。彼女が寝ているあいだに私はおむつを汚していて、そのむっとするにおいが家じゅうに広がる時間はじゅうぶんあったのだ。

　２２２。また哺乳瓶を温める。階段を上る。彼女は私をベビーベッドから抱き上げずにおむつを替える。おむつ同様シーツもめちゃめちゃだ。２２２はまだ効いてこなくて、彼女の頭痛は前かがみになると激しく強まる。汚れ物を引っ張り出し、私の赤くなった部分を洗い、きれいなおむつをピンで留め、汚れたおむつとシーツを浴室へ持っていって便器のなかでこそげ落とす。それを消毒剤のバケツに浸けるが、すでにあふれんばかりだ。今日はいつもの赤ん坊の洗濯物をしていないからだ。それから私に哺乳瓶で授乳する。私はまたおとなしくなって吸う。そうするだけのエネルギーが私に残っていたのは驚くべきことだが、私は吸う。授乳は一時間以上遅く、私は溜め込んだ――だがもしかするとなし崩しにもしていたかもしれない――不平不満に加えて本物の飢えに苛まれている。私はせっせと吸い、すっかり飲んでしまい、それから疲れ果てて寝てしまい、今回は本当にそのまま眠り続ける。

ジルの頭痛は和らぐ。彼女はぼうっとしながら私のおむつやシャツやベビードレスやシーツを洗う。ごしごし洗って濯いで、私がかかりやすいおむつかぶれを防ぐためにおむつを煮沸しさえする。彼女はそれをぜんぶ手で絞る。翌日は日曜日で、戻ってきたアイルサは日曜日に外に何か干してあるところなど見たくはないだろうから、室内で干す。どっちにしろジルにしたって外に出たくはない。今のような、夕闇が濃くなってきて人々が涼をとろうと外で座っているときにはなおさらだ。今日皆が聞いていたに違いないあの状態のあとでは、隣人たちに姿を見られるのは——愛想の良いシャンツ夫妻に挨拶されるのでさえ——いやだ。

そして今日という日が終わるには、じつに長い時間がかかる。遠くまで届く日差しと伸びた影が衰え、途方もない熱気がわずかに揺らいで心地よいひんやりした隙間ができるには。すると突然、星が群れになって現れ、木々は雲のように大きくなり、安らぎを振りまく。だが長いあいだではないし、ジルにではない。真夜中までにはまだ間がある頃、かぼそい泣き声が聞こえる——ためらいがちとは言えないが、少なくともかぼそい試し泣きのようで、まるで一日練習したにもかかわらず私はコツを見失ってしまったかのようだ。というか、じつのところ、やるだけの価値があるんだろうかと疑問に思っているかのようだ。それからちょっと休憩、見せかけの中断、あきらめだ。だがそのあとは、全力での、苦悩に満ちた、容赦ない再開。ジルはちょうど、頭痛の名残をなんとかしようとまたコーヒーを淹れ始めたところだった。考えてみたら、このとき彼女はテーブルに座ってそれを飲んでいたのかもしれない。

今、彼女はレンジの火を消す。

そろそろその日最後の授乳の時間だ。前回の授乳が遅れていなければ、今頃私は飲む気満々だったろう。もしかして飲む気満々なのか？　温めているあいだに、222をもう二錠ばかり飲もうとジルは考える。それから、それじゃ駄目かもしれないと思う。もっと強いのが必要だ。浴室の戸棚では、ペプトビスモル（胃薬）と通じ薬と足の消臭パウダーと彼女が手を触れるつもりのない処方薬しか見つからない。だが彼女はアイルサが生理痛のときに何か強い薬を飲んでいるのを知っているので、アイルサの部屋へ行き、整理ダンスの引き出しを探して、まことにもっともなことながら生理用ナプキンのいちばん上に痛み止めの瓶が横になっているのを見つける。これも処方薬だが、ラベルを見ればなんのための薬なのかは明らかだ。彼女は二錠取り出すと、キッチンに戻り、哺乳瓶を入れた鍋の湯が煮立ってしまってミルクが熱すぎることに気づく。

彼女は哺乳瓶を蛇口の下に突き出して冷やし――私の泣き声が、ごうごう流れる川の上を飛ぶ猛禽の群れの騒がしい鳴き声のように彼女に降り注ぐなかで――そしてカウンターの上で待っている錠剤を見て考える、そうだわ。彼女はナイフを取り出すと錠剤のひとつからちょっと削り取り、哺乳瓶の乳首を取ると削り取った粒をナイフの刃ですくい上げて、ミルクの上に撒き散らす――白い細粒をほんのちょっと。それから一錠と八分の七、あるいはもしかしたら一錠と十二分の十一、それどころか一錠と十六分の十五かもしれない錠剤を自分も飲み、哺乳瓶を二階へ持っていく。彼女は私のたちまち硬直する体を抱き上げ、非難がましい口元に乳首を突っ込む。ミルクは私の好みよりはまだちょっと温かすぎ、さいしょ私は彼女めがけて吐き出す。それから間もなく、いけるじゃないかと判断し、ぜんぶ飲み干してしまう。

イオナが悲鳴をあげている。家じゅうぎょっとするような日の光が満ち溢れるなかでジルが目を覚ますと、イオナが悲鳴をあげている。

計画ではアイルサとイオナと母親はグエルフの親戚のところに夕方近くまでいて、暑い時間帯に運転するのを避けることになっていた。ところが朝食のあと、イオナがぐずぐず言い始めた。イオナは家にいる赤ん坊のところへ帰りたいのだった、心配で一晩じゅうほとんど眠れなかったのだと彼女は言った。親戚の前で妹と口論を続けるのはばつが悪かったので、アイルサは折れ、三人は昼まえに家に着き、静まり返った家のドアを開けたのだ。

アイルサが言った。「うわあ。この家はいつもこんなにおいなのに、あたしたち慣れっこになってしまって気がつかないだけ？」

イオナは姉の横をすり抜けると階段を駆け上がった。

今や彼女は悲鳴をあげている。

いいいいい。

死んでる。死んでる。死んでる。人殺し。

彼女は錠剤のことは何も知らない。ならばどうして「人殺し」だなんて叫ぶんだ？　毛布だ。私が頭まですっぽり毛布に包まれているのを目にしているのだ。窒息。毒じゃなくて。イオナが「死んでる」から「人殺し」までたどり着くのにぜんぜん時間はかからない、半秒もかからない。たちまちの飛躍だ。彼女はベビーベッドの私を、死の毛布が巻きついたまま引っつかみ、毛布で覆われた包みをぎゅっと抱きしめて悲鳴を上げながら部屋から駆け出し、ジルの部屋へ行く。

ジルは十二時間か十三時間眠ったあとで、ぼうっとしながらなんとか起き上がろうとする。

「あんた、あたしの赤ちゃんを殺しちゃった」イオナがジルに向かって喚いている。

ジルは相手の言うことを訂正しない――わたしのよ、とは言わない。イオナはジルに私を見せようと、糾弾するように突き出すが、ジルがちらと見る間もないうちに私はまた元通り抱きしめられている。イオナは呻き、腹を撃たれたかのように前かがみになる。私を抱きしめたまま、イオナはよろよろと階段を下り、上がってこようとしていたアイルサとぶつかる。アイルサは危うく倒れそうになる。彼女は手すりにしがみつくが、イオナは目もくれない。自分の体の真ん中に新たに開いたぞっとするような穴に、包まれた私を押し込もうとしているかに見える。認識の生々しい呻き声の合間から言葉が出てくる。

赤ちゃん。あたしの愛しい。可愛い。うう。ああ。呼んで。窒息。毛布。赤ちゃん。警察。

ジルは何も掛けずに、そして寝巻きに着替えもせずに寝ていた。まだ昨日のショートパンツとホルタートップのままで、一晩寝て起きたのか昼寝から目覚めたのかよくわからない。自分がどこにいるのか、今日が何曜日なのかも定かではない。それにイオナは何を言ってたんだっけ？　温かい毛糸の大桶から手探りで起き上がろうとしながら、ジルはイオナの叫びを聞くというよりは眺め、そしてその叫び声は赤い閃光のよう、自分の瞼の内側の熱い静脈のようだ。ジルは理解できなくて構わないという贅沢にしがみつくが、一方では自分は理解しているとわかっている。それが私のことだとわかっている。

でもイオナは間違えている、とジルは思う。イオナは夢の違う部分に入り込んでしまったのだ。あの部分はもう終わっている。

赤ん坊はだいじょうぶなのだ。ジルは赤ん坊の面倒をみた。外に出て赤ん坊を見つけて包みこんだ。だいじょうぶだ。

階下の廊下で、イオナはなんとか努力していくつかの言葉をつなげて叫ぶ。「あの人、毛布をあの子の頭まで引っ張り上げたの、あの子を窒息させたの」

アイルサが手すりにしがみつきながら階下へやってくる。

「それを置きなさい」と彼女は言う。「それを置きなさい」

イオナは私をぎゅっと抱きしめて呻く。それから私をアイルサに差し出して言う。「見て。見て」

アイルサはぱっと横を向く。「いやよ」と彼女は言う。「ぜったい見ないわ」イオナは近づいて私をアイルサの顔に押し付ける――私は毛布ですっぽり包みこまれたままだが、アイルサはそれを知らないし、イオナは気がついていない、というか、気にしていない。

今度はアイルサが悲鳴をあげている。彼女は食堂テーブルの向こう側へと走りながら叫ぶ。「それを置いて。それを置いて。死体なんかぜったい見ないからね」

ミセス・カーカムがキッチンから入ってきて言う。「あんたたち。ああ、あんたたち。いったい何を揉めてるの？　こんなのはごめんだよ、まったく」

「見て」とイオナは、アイルサのことは忘れ、テーブルを回って母親に私を見せようとする。

アイルサは廊下の電話のところへ行って、交換手にドクター・シャンツの番号を告げる。

「ああ、赤ちゃん」ミセス・カーカムは毛布をぐいと横へ引っ張る。

「あの人、この子を窒息させたの」とイオナが告げる。

「なんてこと」とミセス・カーカム。

アイルサは電話でドクター・シャンツと話していて、すぐにここへ来てくれと震える声で頼んでいる。アイルサは電話から振り向いてイオナを見て、しゃんとしようと唾を飲み込み、命じる。

「さあ。静かになさい」

イオナは甲高い反抗的な叫びをあげると、姉から逃れて廊下の向こう側の居間へ駆け込む。相変わらず私をしっかり抱きしめたままだ。

ジルが階段の上に来ている。アイルサがその姿を見つける。

アイルサは命じる。「ここへ降りていらっしゃい」

下へ来させたジルをどうしたらいいのか、なんと言ったものか、アイルサは何も思いつかない。ジルに平手打ちでも食わせたそうな表情だ。「今さらヒステリーを起こしたってしょうがないわ」とアイルサは言う。

ジルのホルタートップはちょっとねじれていて、片方の乳房のほとんどがはみ出している。

「身なりを整えなさい」とアイルサは言う。「服を着たまま寝てたの？　あなたったら、酔っ払いみたい」

ジルには自分がまだあの夢の世界の雪あかりのなかを歩いているように思える。でもこの半狂乱の人たちが夢に侵入してきた。

アイルサはようやくいくつかの必要なことについて考えられるようになる。何が起こったのであれ、殺人なんてことは問題外にしておかなくては。赤ん坊というのは、寝ているあいだになんの理由もなしに死ぬものだ。そんな話を聞いたことがある。警察なんて問題外だ。検死解剖もなし——静かで悲しいささやかな葬儀。この点での障害はイオナだ。今のところはドクター・シャンツに、イオナに注射してもらえばいい。イオナは注射で眠るだろう。でも毎日注射し続けてもらうわけにはいかない。

イオナをモリスヴィルへ入れればいいのだ。ここは精神障害者のための病院で、昔は「施設」と呼ばれていて、将来は「精神病院」と、ついで「メンタルヘルス・センター」と呼ばれるようになる。だが大半の人は、すぐ近くの村にちなんでただ「モリスヴィル」と呼んでいる。

モリスヴィルに行く、と言うのだ。彼女、モリスヴィルに連れて行かれたよ。そんなことをやってると、しまいにモリスヴィルへ行くことになるよ。

イオナは以前そこに入っていたことがあるのだから、また入ればいい。ドクター・シャンツにイオナを入院させてもらって、出してもだいじょうぶと判断されるまで置いておいてもらえばいい。赤ん坊が死んだ影響。妄想。いったんそういうことになってしまえば、イオナが脅威を及ぼすことはないだろう。イオナの言うことになど、誰も注意を払わない。イオナは神経衰弱にかかったのだ。実際、それが本当みたいに見えるじゃないか――イオナはもうすでに半分神経衰弱みたいに見えるじゃないか、あんなふうに喚いたり、走り回ったりして。ずっとそのままになる恐れはある。でもたぶんそんなことはないだろう。近頃ではいろんな治療法があるんだから。落ち着かせる薬、一部の記憶を抹消したほうがいいならショック療法、それに必要なら、頑として混乱したままで救いようのない人に施す手術もある。モリスヴィルではやっていない――都会へ送らなくてはならない。

こういう――一瞬のうちに心を駆け巡った――ことすべてにおいて、アイルサはドクター・シャンツを当てにしなくてはならない。彼が快く好奇心を持たないでいてくれることを、そして進んでアイルサと同じように物事を見てくれることを。でもアイルサがどんな経験をしてきたか知っていれば、そんなことは難しいはずがない。この一家の世間体のために彼女が行ってきた投資、父親のお粗末な経歴や母親の混乱した頭からイオナの看護学校における挫折やジョージの出征と戦死まで、彼女が被らなければならなかった打撃。この上なおアイルサは世間に知れ渡るようなスキャンダルに見舞われても当然だというのか――新聞に記事が載り、裁判、もしかしてなんと義妹が刑務所に?

ドクター・シャンツはそんなふうには思わないだろう。そしてそれは親しい隣人として目にしてきたことによってこうした理由を積み上げられるからというだけではない。世間から評価されずにやっていかなくてはならない人間は遅かれ早かれ世間の冷たさが身に沁みるに決まっているということをわかっているからというだけではない。

彼がアイルサを助ける理由は、今裏口から駆け込んできて、キッチンを通り抜けながら彼女の名前を呼んでいる彼の声にすべて表れている。

階段の下にいるジルが、ちょうど「赤ん坊はだいじょうぶです」と言ったところだ。

するとアイルサが言った。「何を話したらいいかあたしが指示するまで黙っていなさい」

ミセス・カーカムはキッチンと廊下との出入り口の、ドクター・シャンツの通り道の真正面に立っている。

「ああ、来てくださってよかった」と彼女は言う。「アイルサとイオナがお互いにすっかり頭にきちまって。イオナはドアのとこで赤ん坊を見つけてね、死んでるって言ってるんです」

ドクター・シャンツはミセス・カーカムを抱き上げて脇へどかせる。彼はもう一度「アイルサ?」と呼び、両腕を差し伸べるが、結局両手でアイルサの肩をがっしり押さえるだけに終わる。

イオナが居間から空手で現れる。

ジルが「赤ちゃんはどうしたの？」と訊ねる。

「隠したの」イオナは生意気な口調で言い、ジルに顔をしかめてみせる――とことん怯えた人間が、性悪なふりをするときのような表情だ。

「ドクター・シャンツに注射してもらいましょう」とアイルサが言う。「それであんたのことは片付くわ」

ここで、イオナが走り回り、玄関から飛び出そうとし――アイルサがそれを止めようと飛びかかる――それから階段へ行くが、そこでドクター・シャンツがイオナを捕らえて馬乗りになり、「さあ、さあ、さあ、イオナ。落ち着きなさい。すぐによくなるからね」と言いながら両腕を押さえ込むという馬鹿げたシーンが繰り広げられる。するとイオナは叫び、しくしく泣いて、静まる。彼女のあげる声も、あちこち飛び回るのも、逃げようとするのも、すべて演技しているように見える。あたかも――文字どおり万策尽きているにもかかわらず――アイルサとドクター・シャンツに抵抗しようとしてもほぼ不可能だとわかっているので、この種のパロディでしかそうしようがないのだとでもいうように。それがはっきり示しているのは――そしてたぶんこれこそ彼女の真の狙いなのだろうが――彼女は二人に抵抗しているのではなく崩壊しているのだということだ。じつに決まり悪く不都合な具合に崩壊し、アイルサから「自分を情けないと思いなさい」と怒鳴られている。

注射しながら、ドクター・シャンツは言う。「いいぞ、イオナ。よしよし」

彼は振り向いてアイルサに声を掛ける。「お母さんを見てあげて。座らせないと」

ミセス・カーカムは指先で涙を拭っている。「あたしはだいじょうぶだよ」と彼女はアイルサに言う。「とにかく、あんたたち二人が喧嘩しないでいてくれるといいんだけどねえ。イオナが赤ん坊を産んだって教えてくれたらよかったのにさ。あの子に赤ん坊を育てさせてやればよかったのに」

ミセス・シャンツが夏のパジャマの上に日本のキモノを羽織って、勝手口から家のなかに入ってくる。

「皆さん、だいじょうぶなの?」と彼女は呼びかける。

調理台の上にナイフが置いてあるのを見た彼女は、回収して引き出しにしまっておいたほうが賢明だろうと考える。誰かが大騒ぎをやらかしているときには、ナイフがすぐ手に取れるという状態はおよそ望ましくない。

この状況の最中、ジルはかすかな泣き声が聞こえたように思う。ジルはイオナとドクター・シャンツを迂回するために不器用に手すりを乗り越えて――ジルがまた階段を駆け上がりかけていると、イオナがそちらへ走ってきたのだ――床に降りていた。ジルは観音開きの扉を通って居間へ入るが、さいしょ、私の気配はない。ところが、またかすかな泣き声が聞こえ、ジルはその声を追ってソファのほうへ行き、下を覗く。

そこに私がいる、ヴァイオリンの横に押し込まれて。

廊下から居間へ行くまでのその短い移動のあいだに、ジルは何もかも思い出し、それはまるではっと息が止まって口中に恐怖がどっと湧き上がり、ついで喜びの閃光によって人生が再び動き始めるかのようだ。ちょうどあの夢と同じように、小さな干からびたナツメグ頭の死体ではなく、生きている赤ん坊を見つけたことで。ジルは私を抱く。私は体を強ばらせもしないし、蹴飛ばしもしないし、のけぞりもしない。私はミルクに混ぜられた鎮痛剤のせいでまだひどく眠い。薬のおかげで一晩と半日前後不覚となっていたのだが、もっと量が多ければ——おそらくあれよりすこし多いだけでも——私は本当におしまいになっていただろう。

毛布とはまったく関係なかったのだ。あの毛布をまともに見たら誰でもあれが軽くてざっくりした織りで、必要なだけの空気を吸う妨げにはなりようがないとわかっただろう。漁網越しに息を吸うのと同じくらい楽に息が吸えるのだ。

疲労も一役買っていたのかもしれない。丸一日泣き喚いて、あんなに凄まじい自己表現をやってのけたのだ、疲労困憊していたのかもしれない。それと、そしてミルクに落とされた白い粉末が私を深い確固たる眠りに陥らせ、呼吸がうんと微かになっていたのでイオナには感じ取れなかったのだ。私が冷たくないことにイオナは気づくのではないかと思われるだろう、それに、あんなに嘆いたり泣き叫んだり走り回ったりすれば、私はすぐに意識を取り戻していたんじゃないかと思われることだろう。なぜそうならなかったのかはわからない。イオナは恐慌をきたしていたし、そもそも私を見つけるまえからおかしかったし、それで気がつかなかったのではないかと思うが、なぜ自分がもっと早く泣かなかったのかはわからない。それとももしかしたら、ちゃんと泣いたのにあの騒ぎで誰にも聞こえなかったのかもしれない。それとももしかしたら、イオナは実は私の声を聞いて、私を見てみて、そしてソファの下に押し込んだのかもしれない。なにしろその頃には何もかもが駄目になっていたのだから。

そしてジルが聞きつけた。聞いたのはジルだったのだ。

イオナはその同じソファへ運ばれた。アイルサはブロケードを汚さないよう妹の靴を脱がせ、ミセス・シャンツはイオナに掛ける軽いキルトを取りに二階へ行った。

「暖かくする必要がないのはわかっているわ」と彼女は言った。「だけど、目が覚めたときに、キルトに包まれていたほうがイオナの気分がいいんじゃないかと思うの」

もちろんそのまえに、私が生きているのを確認しようと皆がまわりに集まっていた。アイルサはすぐにそう気付かなかった自分を責めていた。死んだ赤ん坊を見るのが怖かったと認めるのが、彼女にはまことに遺憾だった。

「イオナの神経過敏はきっとうつるんだわ」とアイルサは言った。「まったく迂闊だったわ」

アイルサは、ホルタートップの上にブラウスを羽織ってきなさい、と命じたそうな顔でジルを見た。それから、自分がジルに対してさんざん乱暴な口をきき、しかも結局それが故なきことだったのを思い出して、何も言わなかった。イオナは赤ん坊なんて産んでいないと母親を納得させようとさえしなかった。ミセス・シャンツに小声で「やれやれ、これで世紀の噂が生まれそう」と囁きはしたが。

「何か恐ろしいことが起こったんじゃなくて本当によかったこと」ミセス・カーカムが言った。「一瞬、イオナがあの子を殺しちゃったのかと思った。ねえアイルサ、妹を責めないようにしなくちゃいけないよ」

「そんなことしないわ、ママ」とアイルサは答えた。「さあ、キッチンで腰を下ろしましょ」

本当なら私がその朝のもっと早いうちに要求して飲ませてもらっていたはずのミルクの瓶が用意できていた。ジルはずっと私を片腕で抱きかかえたままそれを温めた。

ジルの目はキッチンに入ってくるとすぐにナイフを探したが、不思議なことに見当たらなかった。

でも、調理台の上にうんと細かい粉末が散っているのは見分けられた――というか、見分けられるように思えた。ジルは空いているほうの手でそれを拭ってから、哺乳瓶を温めるための水を出そうと蛇口をひねった。

ミセス・シャンツはせっせとコーヒーを淹れていた。濾しているあいだ、彼女は消毒器をレンジにかけて、昨日使った哺乳瓶をきれいに洗った。そつなく有能に仕事をこなしながら、この感情の崩壊と混乱にはどうも浮き浮きさせられるという事実をなんとか押し隠していた。

「イオナは確かにあの赤ちゃんに執着していたわ」と彼女は言った。「こういうことが起こって当然だったのよ」

夫とアイルサに締めくくりの部分を述べようとレンジから向き直った彼女は、ドクター・シャンツがアイルサの両手を彼女が置いていた場所、すなわち頭の両側から下ろしてやっているのを目にした。いやにそそくさと後ろめたそうにドクターは自分の手を放した。そんなことをしなければ、ごく当たり前の慰めの所作にしか見えなかったことだろう。間違いなく医者には行う資格があることだ。

「ねえアイルサ、お宅のお母さまにも横になってもらうほうがいいんじゃないかしら」ミセス・シャンツは間を置かずに思いやり深く言った。「わたしが行って説得するわ。もし眠ってくれたら、今度のことはぜんぶお母さまの頭から消えてしまうかもしれない。イオナの頭からもね、うまくいけば」

ミセス・カーカムはキッチンに入ったとたん、またそこからさまよい出ていた。ミセス・シャンツは、居間でイオナを見つめながら、しっかり包んでやろうとキルトをいじくっている彼女を見つけた。ミセス・カーカムはべつに横になりたくはなかった。事態を説明してもらいたかったのだ――自分自身の説明はなんとなく変だということはわかっていた。それに、皆に以前のように話をしてもらいたかった、今みたいな妙に優しい自己満足に満ちた口調ではなく。でも、身に付いた礼儀正しさと家のなかで自分が持っている力など取るに足りないという弁えから、ミセス・シャンツに二階へ連れていかれるがままになっていた。

ジルはミルクの作り方の説明を読んでいた。コーンシロップの缶の横に記されていたのだ。二階へ上がっていく足音を耳にした彼女は、チャンスのあるときにやっておくべきことがあるじゃないかと思った。彼女は私を抱いて居間へ行くと、椅子の上に寝かせた。

「いいわね」と彼女は囁いた。「じっとしてるのよ」

彼女は膝をついてヴァイオリンをちょっとずつ動かし、そっと隠し場所から引っ張り出した。カヴァーとケースを見つけた彼女は、ヴァイオリンをきちんとしまった。私はじっとしていた――まだ寝返りはうてなかった――し、声もあげなかった。

二人きりに、キッチンで自分たちだけになっても、ドクター・シャンツとアイルサはおそらくこの機を逃さず抱き合ったりはしないで、ただ見つめ合っていただけなのではないか。認識はしながらも、約束したり絶望したりすることはなしに。

イオナは脈を探ってはみなかったことを認めた。それに私が冷たかったと主張したりはしなかった。強ばった感じだったのだと彼女は言った。それから、強ばっていたのではなく重かったのだと言った。ひどく重くて、これは生きているはずがないと即座に思ったのだと彼女は言った。塊、死体の重さ。
これには一理あると思う。自分が死んでいたとか死んだ状態から蘇ったとは思わないが、自分がちょっと離れたところにいて、そこから戻ってきたのかもしれないし戻らなかったのかもしれないとは思う。その結末は定かではなく、意志が関係していたように思える。どちらを選ぶかは私次第だったということだ。

そしてイオナの愛、私がこの先受ける愛のなかでもこれほど心からのものは絶対ないであろうその愛が私に決心させたのではなかった。イオナの叫び声も、私を自分の体にぎゅっと押し付ける様も効果はなかった、最終的な説得力はなかった。私が甘んじて受け入れるべき相手はイオナではなかったからだ(私にわかっていたなんてことがあるのだろうか——結局のところ自分にもっとも恩恵をもたらしてくれるのはイオナではないということが、私にはわかっていたなんてことがあるのだろうか?)。それはジルだった。私はジルに、そしてジルから得られるものに、たとえそれが期待したものの半分にしか見えなかろうと、甘んじるしかなかったのだ。

わたしには、あのとき初めて自分が女という性になったように思える。そのことについては生まれるずっとまえから決まっていたのだし、わたしの人生が始まって以来誰にとっても明らかだったということはわかっている、でも、わたしが戻ってこようと決めたあの瞬間、母に抗うのを断念し(あれは母を完全に降伏させるといったようなことのための戦いだったに違いない)、じつのところ、勝つことよりも生き延びることを選んだ(死は勝利となっていたことだろう)あの瞬間に初めて、わたしは自分の女という性を引き受けたのだと思う。

そしてジルもまたある程度、自分のものを引き受けた。真摯に、ありがたいと思いながら、自分が免れたばかりのことについて思い切って考えてみることすらできないまま、彼女はわたしを愛することを引き受けた、愛さないとしたら、あとは最悪の事態しかなかったからだ。

ドクター・シャンツは何かおかしいと思ったが、詮索しなかった。ドクターはジルに前日のわたしの様子を訊ねた。ぐずった？　彼女は、はい、とてもぐずりました、と答えた。早産児は、若干早く生まれた赤ん坊でさえ、ショックを受けやすいから、気をつけなければならないのだと医師は言った。わたしをいつも仰向けで寝かせるようにしたほうがいいと医師は勧めた。

イオナはショック療法を受ける必要はなかった。ドクター・シャンツは彼女に錠剤を与えた。わたしの世話で無理をしすぎたのだと医師は言った。ベーカリーでイオナの仕事を引き継いでいた女の人が音を上げた——夜働くのが嫌だったのだ。そこでイオナはその仕事に戻った。

六、七歳の頃、夏に伯母たちを訪ねたときのことでいちばんよく覚えているのがそれだ。いつもなら許されない真夜中という妙な時刻にベーカリーへ連れて行かれて、イオナが白い帽子とエプロンを身につけるのを見守り、生きているもののように動き、泡が出る巨大な白いパン生地の塊をこねるのを眺めるのだ。それからイオナはクッキーの型抜きをし、余った切れ端をわたしに食べさせ、特別な機会にはウエディングケーキを形作る。どの窓にも夜が満ち溢れているなかで、あの大きな厨房のなんと明るく真っ白だったことか。わたしはボウルからウエディングケーキのアイシングをこそげた——溶けた、ずきずきするような、抗いがたい砂糖。

わたしはそんなに遅くまで起きているべきではないし、そんなにたくさん甘いものを食べるべきでもないとアイルサは思っていた。でも彼女はそのことについて手をこまねいていた。お母さんはなんと言うだろう、とアイルサは言った――まるで、影響力を持っているのはジルで、アイルサ自身ではないかのように。わたしが家では守る必要のなかったいくつかのルールがアイルサにはあった――そのジャケットを掛けておきなさい、そのグラスはゆすいでから乾かしなさい、でないとしみができるから――でも、ジルの記憶にあるような、相手を責めたてる厳しい人物をわたしは目にしたことがない。

その頃には、ジルの音楽を軽んじるような物言いはなくなっていた。なんといっても、わたしたちの生計はそれで成り立っていたのだから。彼女は結局メンデルスゾーンで挫折することはなかった。学位を取得した。音楽学校を卒業した。髪を切って痩せた。トロントのハイパークの近くにメゾネット式アパートを借りて、何時間かわたしを見てくれる女の人を雇うことができた。戦争未亡人の恩給をもらっていたおかげだ。それから、ラジオのオーケストラで仕事を見つけた。その職業人生を通じてずっと音楽家として働き、教える仕事にはまったく頼らずにすんだことを彼女は誇ってもいいのではないか。自分はたいしたヴァイオリニストじゃない、驚嘆すべき才能や運命を持ち合わせていないのはわかっていると彼女は言っていたが、彼女はすくなくとも自分のやりたいことで生計をたてることができた。わたしの継父と結婚して、わたしたちが彼とエドモントンへ引っ越してからでさえ(継父は地質学者だった)、彼女はそこの交響楽団で弾き続けた。半分血の繫がったわたしの妹たちのそれぞれが生まれる一週間まえまで弾いていた。運がよかったわ、と彼女は言っていた――夫は決して文句を言わなかった。

イオナはじつのところ二度ほど発作をぶり返した。わたしが十二歳頃のときがひどかった。モリスヴィルに数週間入れられた。そこでインシュリンを投与されたのだと思う――太って、おしゃべりになって戻ってきた。わたしはイオナがいないあいだにあの家を訪れ、ジルもそのちょっとまえに生まれたわたしの初めての妹を連れていっしょに来ていた。母とアイルサの会話を聞いていて、もしイオナが家にいたら赤ん坊を連れてくるのは望ましくなかったのだとわかった。「イオナの病気を引き起こす」おそれがあったのだ。イオナがモリスヴィルに入れられることになった発作に赤ん坊が関係していたのかどうかは知らない。

そのときの訪問ではわたしはのけ者になった気分だった。ジルもアイルサもまたタバコを吸い始めていて、夜遅くまでキッチンテーブルでコーヒーを飲みながらタバコを吸い、赤ん坊の午前一時の授乳時間が来るのを待っていた（母は今度の赤ん坊には母乳を与えていた――自分はそんな体温で温められた食べ物を体から直に与えられることはなかったと聞いて、わたしはほっとした）。眠れなくて仏頂面で階下へ降りていって、俄然おしゃべりになり、うわっ調子に大人ぶって二人の会話に割ってはいろうとしたのを覚えている。わたしには聞かせたくないことを二人で話し合っているのは察していた。二人はなぜかとても仲良くなっていた。

わたしがタバコに手を伸ばすと、母は「ほら行きなさい、そんな物に手を出さないで。わたしたちは話をしてるんだから」と言った。アイルサは、コーラでもジンジャーエールでも、冷蔵庫から何か飲み物を出していらっしゃいと言った。わたしは言われたようにして、それを二階へ持っていかないで外へ出た。

わたしは裏口の上がり段に腰を下ろしたが、女たちの声はすぐさまうんと低くなって、嘆いたり励ましたりするひそひそ声は聞き取れなくなった。そこでわたしは裏庭の、ドアの網戸越しに投げかけられている光のむこうへぶらぶら歩いて行った。

　角がガラス煉瓦になっている長い白い家には今では新しい人たちが住んでいた。シャンツ夫妻は引っ越して、一年を通じてフロリダで暮らすようになっていた。夫妻は伯母たちにオレンジを送って寄越し、アイルサによればそれは、カナダで買えるオレンジが永遠に我慢できなくなってしまうような味わいだった。新しく住み着いた人たちはプールを設置し、もっぱら二人の可愛らしい十代の娘たち――通りで出会うとわたしをまったく無視する女の子たち――と娘たちのボーイフレンドが使っていた。伯母たちの庭と隣とのあいだの茂みはかなり高く伸びてしまっているものもあったが、それでもまだ彼らがプールの周囲を駆け回っては互いに押し合って水に落とし、盛大な悲鳴と水しぶきをあげるのを観察できた。わたしは彼らの戯れを軽蔑した、わたしは人生を真面目に受け止めていたし、ロマンスに対してもっとずっと高尚で愛情のこもったイメージを抱いていたからだ。それでもやはり、彼らの注意を引きたいとは思っていた。彼らのひとりが暗闇で動くわたしの淡い色のパジャマを見て、幽霊だと思って本気で悲鳴をあげてくれたら嬉しかったろうに。

訳者あとがき

本書は、二〇一三年度ノーベル文学賞を「短篇の名手」として受賞したカナダの作家アリス・マンローが一九九八年に発表した九冊目の短篇集（選集を除く）である。

著者は当時六十代。私生活では孫息子が二人いるお祖母ちゃんとなり、作品はコンスタントにニューヨーカーに掲載されるようになって、数々の受賞により国内ばかりでなく国外でも名声が高まってきた頃だ。遅咲きのスタートだったマンローが押しも押されもせぬ有名作家としての地位を確立した、円熟期の作品集といえる。本書は本国カナダで一九九八年度ジラー賞、そしてアメリカでは同年全米批評家協会賞を受賞している。

表題作である「善き女の愛」は、一九九六年十二月、ニューヨーカーの「小説特集」号に、短篇というよりはむしろ中篇と呼ぶべき長さにもかかわらず一挙掲載され、直ちに傑作として批評家の注目を集め、オー・ヘンリー賞に選ばれた作品である。

舞台はマンロー自身の故郷を思わせるオンタリオ州の小さな町。早春のある日、川へ泳ぎにやってきた三人の男の子が水中に車が沈んでいるのを発見するところから物語は始まる。車中には町の検眼士の死体があった。ついで中年の訪問看護婦イーニドが登場する。「善行をなすこと」を人生の目的とする彼女は、職業としてというよりはいわば奉仕として、地域の在宅看護を必要とする患者の世話をしている。目下彼女が看護にあたっているのは、腎臓が機能しなくなって死を待つばかりのミセス・クィンという女性で、夫はイーニドの元同級生だ。うだるような夏の熱気がたちこめるなかでの、死にかけている女（ひどく野卑なところがあってイーニドはどうも好きになれない）と真面目で寡黙なその夫、そしてイーニドとのあいだの微妙な心理的駆け引きが、マンローならではの絶妙な筆で描かれ、そこへ突然、冒頭で水死体として登場した検眼士にまつわるとんでもない話が投げ込まれる。これまたマンローらしいオープン・エンディングはさまざまな解釈が可能で、黄昏時ののどかな情景の奥に慄然とするようなものが潜んでいそうに思えてくる。ちなみに、ささいなことではあるが、ミセス・クィンの死んだ日はちょうどマンローの二十歳の誕生日にあたる。

次の「ジャカルタ」は、マンロー自身が一九五六年から五九年まで子持ちの若い主婦として暮らした時代のウエストバンクーバーと、それから数十年後のオレゴン州のとある町を交互に行き来するという、マンローお得意の、時の流れとその間の社会や人の変化をじっくり感じさせる巧みな構成となっている。ウエストバンクーバーのビーチで友人のソンジェと読書や知的な会話を楽しむキャスは、赤ん坊を抱えた若い母親で、保守的で誠実な夫ケントにどこか飽き足らないものを感じている。ソンジェの夫コターは進歩的な反体制派ジャーナリストで、妻に「性の解放」の実践を強いたりするのだが、ソンジェはそんな夫を古風な女のように全身全霊をあげて愛している。ついで読者は老年期に差しかかったケントが砂漠の町に住むソンジェを訪ねる場面へとぽんと連れて行かれる。コターはあれからすぐにジャカルタへ行って死に、キャスは早い段階でケントのもとを去ったらしい。ケントもソンジェもともに捨てられた者同士で、数十年たってもなお去っていった相手を愛している。エンディングでは、人生の移ろいの物悲しさが胸に迫る。ちなみに、キャスとソンジェが「モニカたち」と呼ぶママ友集団が登場するが、マンローの長女シーラの著した母の伝記*Lives of Mothers & Daughters*によると、ウエストバンクーバー時代のマンローは、こうした近隣のモニカたちとの付き合いで貴重な執筆時間を奪われるのを苦にしていたようだ。

「コルテス島」の、貸間暮らしの「小さな花嫁さん」には、作者自身が色濃く投影されている。むろん奇矯な家主夫婦のことはフィクションだろうが、ここでは新婚時代のマンローの「書くこと」への野心が窺えて興味深い。この若夫婦がより良い住まいへと引越しを重ね、やがて「最後の、そして最高に素晴らしい家」にたどりつき、「わたしはその家に、災厄の兆候とほんの微かな逃走の予兆を感じながら足を踏み入れた」というところも作者の人生そのままである。夫の強い希望で購入したヴィクトリアのその家（なかなかの豪邸だったようだ）で、育った環境や思想信条の違いから来る夫婦の亀裂は修復しようのないものとなり、マンローは離婚を決意して夫のもとを去ったのだった。

自分の夢や野心、欲望と、子への愛や責任とのあいだで引き裂かれる若い母、というのはマンローがよく取り上げるテーマだが、「子供たちは渡さない」で、子を失う痛みをこの先ずっと抱えていく苦しみを思いながらもポーリーンは、子は大きくなったらどのみちなんらかの形で母親とは縁を切ってしまう、「母親には、この密やかでいささか滑稽な孤独感が常に待ち受けている」のではないかと考える。そして、「セイヴ・ザ・リーパー」では、自由な女としての人生を謳歌してきたらしいイヴは、自分では精一杯母として一人娘を守ってきたつもりでいたのに、老年が近づいた今ではこの「滑稽な孤独感」に苛まれている。「腐るほど金持ち」で、母に捨てられたことで深く傷ついている利発な少女カリンは、しまいに心の中で母を「騒々しい黒い点々の集まり」にしてしまう術を覚え、自立した女性へと成長していく。母と娘の関係は、ややこしくて切ない。ちなみに、「セイヴ・ザ・リーパー」の、メルヘン調のモザイク壁がある家のエピソードは、マンローが二人目の夫とドライヴしていて実際に経験したことらしく、ゴミ屋敷のような家で酔っ払った男たち（うち一人は裸）に囲まれた夫妻は、慌てて逃げ出したという。

　手紙で綴られる「変化が起こるまえ」は、マンローの世代がちょうど古い時代の最後に位置していたことを、その後の変化とともに改めて思わせられる。

　最後の「母の夢」は、もう中年になっているらしい語り手が、自分の誕生前後を回想する。英語では、赤ん坊については、通常は物を指す、性を表さないitという代名詞が使えることを利用して、この一篇では最後まで赤ん坊の性別が明かされない。芸術などという益体もないものを嫌う質実剛健な田舎気質のなかへ踏み込んだ天性の芸術家である若い母が、本当の意味で母となる瞬間を描くこの物語は、現在形を効果的に使って強い印象を醸し出す語り口だ。

　マンローの長女シーラは前述の伝記のなかで、「わたしのテーマは昔から今にいたるまでずっと『人生なるもの』なのだと母は語った」と記している。本書の八篇でも、マンローならではの計り知れない奥行のあるリアルさで示された「人生なるもの」の妙を、たっぷり楽しんでいただけることと思う。

　最後になりましたが、訳出の際の数々の疑問に丁寧に答えてくださった翻訳家、平野キャシーさんに、深くお礼申し上げます。担当編集者の須貝利恵子さん、そして新潮社校閲部の皆さんには、今回もまた大変お世話になりました。ありがとうございます。

二〇一四年十一月十日

小竹由美子

The Love of a Good
Woman
Alice Munro

善き女の愛

著 者
アリス・マンロー
訳 者
小竹由美子
発 行
2014年12月20日

発行者　佐藤隆信
発行所　株式会社新潮社
〒162-8711 東京都新宿区矢来町71
電話 編集部 03-3266-5411
読者係 03-3266-5111
http://www.shinchosha.co.jp

印刷所
株式会社精興社
製本所
大口製本印刷株式会社

乱丁・落丁本は、ご面倒ですが小社読者係宛お送り下さい。
送料小社負担にてお取替えいたします。
価格はカバーに表示してあります。

ISBN978-4-10-590114-1 C0397

CREST BOOKS
Shinchosha

ディア・ライフ

Dear Life
Alice Munro

アリス・マンロー
小竹由美子訳

二〇一三年、ノーベル文学賞受賞。A・S・バイアット、ジュリアン・バーンズ、ジョナサン・フランゼン、ジュンパ・ラヒリら世界の作家が敬意を表する現代最高の短篇小説家による最新にして最後の作品集。

CREST BOOKS

林檎の木の下で

The View from Castle Rock
Alice Munro

アリス・マンロー
小竹由美子訳

スコットランドの寒村から新大陸へ――。
三世紀の時を貫く作家自身の一族の物語。
透徹した眼差し。低く落ちついた声。天才的な筆捌き。
人生のすべてを凝縮したような十二の自伝的短篇。

CREST BOOKS

イラクサ

Hateship, Friendship, Courtship, Loveship, Marriage
Alice Munro

アリス・マンロー
小竹由美子訳

一瞬が永遠にかわるさま。長い年月を見通すまなざし。
長篇小説のようなずっしりした読後感を残す、
「短篇小説の女王」による大人のための九つの物語。
ニューヨークタイムズ「今年の10冊」選出作。

CREST BOOKS